外国文学名著丛书

〔法〕乔治·桑/著

木工小史

齐香/译

"外国文学名著丛书"编委会

人民文学出版社

George Sand
LE COMPAGNON DU TOUR DE FRANCE
据 Presse Universitaire de Grenoble，1852 年版译出。

图书在版编目(CIP)数据

木工小史/(法)乔治·桑著；齐香译．— 北京：人民文学出版社，
2020(2021.7 重印)
(外国文学名著丛书)
ISBN 978-7-02-015886-7

Ⅰ.①木… Ⅱ.①乔… ②齐… Ⅲ.①长篇小说—法国—近代
Ⅳ.①I565.44

中国版本图书馆 CIP 数据核字(2019)第 271538 号

责任编辑　刘　彦
装帧设计　刘　静
责任印制　王重艺

出版发行　人民文学出版社
社　　址　北京市朝内大街 166 号
邮政编码　100705

印　　刷　河北新华第一印刷有限责任公司
经　　销　全国新华书店等

字　　数　297 千字
开　　本　850 毫米×1168 毫米　1/32
印　　张　14.125　插页 3
印　　数　4001—7000
版　　次　2020 年 8 月北京第 1 版
印　　次　2021 年 7 月第 2 次印刷

书　　号　978-7-02-015886-7
定　　价　56.00 元

如有印装质量问题，请与本社图书销售中心调换。电话：010-65233595

乔治·桑

出版说明

人民文学出版社自一九五一年成立起,就承担起向中国读者介绍优秀外国文学作品的重任。一九五八年,中宣部指示中国科学院文学研究所筹组编委会,组织朱光潜、冯至、戈宝权、叶水夫等三十余位外国文学权威专家,编选三套丛书——"马克思主义文艺理论丛书""外国古典文艺理论丛书""外国古典文学名著丛书"。

人民文学出版社与中国科学院文学研究所,根据"一流的原著、一流的译本、一流的译者"的原则进行翻译和出版工作。一九六四年,中国社会科学院外国文学研究所成立,是中国外国文学的最高研究机构。一九七八年,"外国古典文学名著丛书"更名为"外国文学名著丛书",至二〇〇〇年完成。这是新中国第一套系统介绍外国文学作品的大型丛书,是外国文学名著翻译的奠基性工程,其作品之多、质量之精、跨度之大,至今仍是中国外国文学出版史上之最,体现了中国外国文学研究界、翻译界和出版界的最高水平。

历经半个多世纪,"外国文学名著丛书"在中国读者中依然以系统性、权威性与普及性著称,但由于时代久远,许多图书在市场上已难见踪影,甚至成为收藏对象,稀缺品种更是一书难求。在中国读者阅读力持续增强的二十一世纪,在世界文明交流互鉴空前频繁的新时代,为满足人民日益增长的美

1

好生活的需要,人民文学出版社决定再度与中国社会科学院外国文学研究所合作,以"网罗经典,格高意远,本色传承"为出发点,优中选优,推陈出新,出版新版"外国文学名著丛书"。

值此新版"外国文学名著丛书"面世之际,人民文学出版社与中国社会科学院外国文学研究所谨向为本丛书做出卓越贡献的翻译家们和热爱外国文学名著的广大读者致以崇高敬意!

"外国文学名著丛书"编委会
二〇一九年三月

编委会名单

（以姓氏笔画为序）

1958—1966

卞之琳	戈宝权	叶水夫	包文棣	冯　至	田德望
朱光潜	孙家晋	孙绳武	陈占元	杨季康	杨周翰
杨宪益	李健吾	罗大冈	金克木	郑效洵	季羡林
闻家驷	钱学熙	钱锺书	楼适夷	蒯斯曛	蔡　仪

1978—2001

卞之琳	巴　金	戈宝权	叶水夫	包文棣	卢永福
冯　至	田德望	叶麟鎏	朱光潜	朱　虹	孙家晋
孙绳武	陈占元	张　羽	陈冰夷	杨季康	杨周翰
杨宪益	李健吾	陈　燊	罗大冈	金克木	郑效洵
季羡林	姚　见	骆兆添	闻家驷	赵家璧	秦顺新
钱锺书	绿　原	蒋　路	董衡巽	楼适夷	蒯斯曛
蔡　仪

2019—

王焕生	刘文飞	任吉生	刘　建	许金龙	李永平
陈众议	肖丽媛	吴岳添	陆建德	赵白生	高　兴
秦顺新	聂震宁	臧永清

目　次

译本序 ·································· 罗大冈 1

说明 ··· 1
第 一 章 ······································· 1
第 二 章 ······································· 8
第 三 章 ······································ 15
第 四 章 ······································ 27
第 五 章 ······································ 34
第 六 章 ······································ 40
第 七 章 ······································ 49
第 八 章 ······································ 60
第 九 章 ······································ 70
第 十 章 ······································ 81
第十一章 ······································ 87
第十二章 ···································· 102
第十三章 ···································· 117
第十四章 ···································· 131
第十五章 ···································· 136
第十六章 ···································· 157

第十七章	172
第十八章	183
第十九章	197
第二十章	210
第二十一章	229
第二十二章	242
第二十三章	255
第二十四章	265
第二十五章	273
第二十六章	284
第二十七章	297
第二十八章	307
第二十九章	325
第三十章	343
第三十一章	359
第三十二章	371
第三十三章	388
第三十四章	404
结论	412

译 本 序

乔治·桑的小说《木工小史》原名《周游法国的木工行会会友》。译名简称《木工小史》，不仅为了适合简明扼要的汉语风格，便于中国读者一目了然；而且为了更好地突出小说内容，那就是，既涉及十九世纪法国木工行会的内幕，又叙述两个青年木工和贵族妇女的恋爱故事。

乔治·桑是一位多产的小说家，她毕生发表过大小不同的小说约八十余种，仅次于包括九十多种小说的《人间喜剧》作者巴尔扎克。发表于一八四一年的《木工小史》，按发表的先后说，是她的第二十一部作品。她的第一部作品《玫瑰红与白雪白》发表于一八三一年，发表《木工小史》时，这位小说家已积累了十年创作经验。《木工小史》是标志着乔治·桑的创作才能达到成熟阶段的作品之一。从一八四一年到一八五一年，是乔治·桑创作力量最旺盛时期，她的那些最受欢迎的作品，几乎全在这个时期产生，而《木工小史》正是乔治·桑创作事业全盛时期的第一颗硕果。

在乔治·桑的小说中，《木工小史》是别具一格的。它的特点在于内容丰富，情节错综复杂。小说大致可分为三大部分，三个环节。第一部分的重点是木工行会各派的互相矛盾和争斗；第二部分的重点是法国烧炭党人的地下活动，也就是小说的历史背景；第三部分的重点是两个青年木工和两个贵族妇女的爱情。在第一、二部分中，也已经在捎带写爱情，为第三部分集中写爱情打下基础。爱情是全书的脉络，全书的灵魂。而且不是一般的爱情，却是贵族少妇与贵族小姐钟情于平民青年的故事，是冲破阶级界限的爱情。这种爱情故事本身有鲜明的反抗传统拘束，反抗阶级压迫的色彩。

贵族小姐打破门第成见，力求和平民青年相爱和结婚，这个主题在乔治·桑的小说中并不罕见，例如《安吉堡的磨工》（1845）就是建筑在这个主题上的。在乔治·桑思想中，这是反封建的进步姿态，也是她的切身体会，她的祖母就是一个贵族老爷和一个平民出身的女演员的私生女。她的母亲也是贵族和平民女儿自由结合的果实。所以在乔治·桑的血脉中，流着贵族与平民两种因素相融合的血液。在她的思想中，这种超阶级的爱情和婚媾也是有来源的。她最崇拜的作家，十八世纪的卢梭（1712—1778），日内瓦的一个普通钟表匠的儿子，自学成才的思想家和文人，在他一生中和贵族女子发生爱情关系不止一次，他的轰动一时的小说《新爱洛绮丝》描写的就是一个贵族小姐和她的家庭教师的爱情。卢梭是十八世纪的作家。乔治·桑是十九世纪的作家。在他们的时代，已经可以把贵族与平民之间的超阶级恋爱公然写在书中。在中世纪和十六世纪的法国，情况大不相同。那时，如果一个平民男子对贵族妇女起"不良"念头，被人发现之后，立刻要受砍头的重刑。

《木工小史》一开始，作者介绍了男女主人公的故乡和各自家庭。比埃·于格南是维勒普娄乡镇上年高望重的老木匠于格南师傅的独生子，手艺高，人品好，方圆数十里找不到第二个像比埃那样英俊的小伙子。女主人公绮绶·德·维勒普娄，是维勒普娄老伯爵钟爱的孙女。她端庄秀丽，好学深思，和一般骄奢浮浅的贵族小姐显然不同。老伯爵从巴黎回到他的封地维勒普娄，准备长住。这个地名虽系虚构，却是颇有深意。乔治·桑最爱看的一部小说，卢梭的《新爱洛绮丝》所写的那个苦恋贵族小姐的平民出身的家庭教师，名字就叫圣·普娄。可见乔治·桑在写绮绶和比埃的爱情故事时，未始没有想到《新爱洛绮丝》中的一对情人。两部小说基本上有相同之处，都是写超越阶级界限，打破门第成见的爱情。

维勒普娄伯爵携眷还乡，打算在故乡养老。他事先写信吩咐他的管家，雇用木工，修葺老屋，尤其是原来的小礼拜堂，准备改装为书画陈列室和游艺室，需要能工巧匠，才能胜任。而镇上的木工于格南老师傅和儿子比埃，恰好是最适当的人选。小说通过这个巧妙安排，使贵族府中的千金小姐和平民身份的青年木工有常常接近的机会，日子稍久，自然而然地发生爱情。不过《木工小史》的爱情故事不是很单调的。它和花枝一样，有主枝，有分枝。主枝是比埃和绮绶的爱情，分枝是阿莫里和老伯爵的侄孙媳妇，侯爵夫人约瑟芬的不正当关系，另一分枝是阿莫里和萨维尼安娜的感情。这个第二分枝虽然不是小说的主要情节，可是写得很真实，很有深度，萨维尼安娜这个平民妇女的形象也特别动人。她丈夫是和阿莫里同属一派的木工行会会友的领头人。按照行会的规定，领头人和他的妻子开设一家小旅舍，供同派的会友在那里歇脚、进餐或住宿。这个小旅店同时也作这派木工聚会之所。阿莫里曾经在那里住过一些日子。那时，他是将近二十岁的小青年。萨维尼安娜也不过二十多岁，虽然已经是两个孩子的母亲。

3

这个平民妇女性情温和、态度端庄,容貌也很秀丽。她管理小旅店,里里外外,井井有条,待人接物,既热情又有分寸,过往的木工人人称道她。她对丈夫十分忠诚,丈夫对她也非常温柔,家庭生活是和美的。可是萨维尼安娜心中老是有点不满足的感觉,原因是她丈夫年龄比她大得多。因此,当她发现阿莫里对她怀有默默的爱慕之情时,她也情不自禁地爱上了他。虽然她岁数比阿莫里大一些,但两人都在青年时期。后来萨维尼安娜的丈夫因病去世。阿莫里应比埃邀请到比埃家乡去帮助于格南父子赶做伯爵府上的木活,他和侯爵夫人约瑟芬偷偷摸摸搞得火热,早把萨维尼安娜对他的一片深情置诸脑后。

萨维尼安娜守寡之后,独自一人照管旅店,又要抚养两个孩子,觉得无法支持,而且她的经济条件也很紧张。她丈夫在世之日,本已向一个善良正直的木工借了许多钱,维持旅店的营业和自己就医治病。这时,那位对她丈夫一向忠诚的木工就向她示意,希望她能改嫁给他。这样,以前的欠账可以一笔勾销,小旅店就算他和萨维尼安娜共同的产业,由两人共同经营,两个孩子也由他负责抚养。按说这是合理的安排,可是萨维尼安娜犹豫很久,最后还是拒绝了朋友的请求。因为那位木工岁数比她大得多,她对他一向很尊敬,可是没有爱情。她想,前半生自己已经走错了路,和一个岁数大的人结婚,心中总是郁郁不乐,后半生可决不能再不拿定主意。更重要的是那时她心中惦着阿莫里,以为阿莫里也仍然一往情深地爱着她。她宁愿嫁给阿莫里,即使受穷。于是她把旅店的全部设备和房屋都卖掉,用所得的钱偿清债务,使她自己和两个孩子都成了自由的人,虽然他们已一贫如洗。最后她把随身的衣物打了一个不很大的包裹,带了两个无父的孤儿,到比埃·于格南家乡去找阿莫里。忠厚的女人,她没有想到这样做是多么冒险。

见了阿莫里之后,她发现他完全变了。他对她十分客气,可是一点也不热情。等到她明白阿莫里已经爱上了别的女人,对她已经毫无感情,她悲伤得心都碎了。可是她仍然保持庄重的态度,决不愿意当着她的孩子和一些陌生人痛哭一场。她也不愿意回去求丈夫生前的朋友援助她。她接受了绮绶的帮助,为伯爵府中做些浆浆洗洗、缝缝补补的活计,用微薄的报酬,勉强使自己和两个孩子免受饥寒。

萨维尼安娜是《木工小史》中突出的正面人物形象之一,其重要性不亚于比埃与绮绶这两个正面人物。作者塑造理想化的平民青年比埃·于格南,同时又塑造理想化的平民女性萨维尼安娜。这个人物比理想化的青年木工比埃更朴素、自然、真实、深刻。作者既塑造了理想化的、开明的贵族女性绮绶,又塑造了和绮绶的形象相衬托的理想化的平民女性萨维尼安娜,这个形象比绮绶更落落大方,入情入理,亲切动人。这个平民女性,不但有秀丽的风度,而且有美的灵魂,她识大体,通情理,有热情,有分寸;她责己严于责人,阿莫里对她感情不忠诚,她没有怨言,就责怪自己太轻率了。她比贵族妇女更有教养,更有涵养,然而毫不矫揉造作。萨维尼安娜是《木工小史》中塑造得最成功,感人最深的人物形象。就整部小说而言,萨维尼安娜不是主角,而是配角,然而这个人物发出的光辉,绝不在主角绮绶之下,甚至也许超过绮绶。萨维尼安娜这个形象替《木工小史》增光,替作者乔治·桑增光。我们不可能一一分析小说中的所有人物。着重提出萨维尼安娜,是为了举例说明这部小说的精华所在,说明乔治·桑艺术的优点。

在这部小说中,萨维尼安娜和阿莫里的爱情故事,起着两种作用。首先,它是比埃和绮绶两人的爱情故事的陪衬。比如画花,为了突出主要的一枝花,或一朵花,必须在旁边画非主要花或叶,作为陪衬,相形之下,使主要的目标更为突出。其次,它是小说中两个重要内容之间的联系。一边是平民青年比埃和贵族小姐绮绶之间的爱情,一边是木工行会中各个不同派别之间的争夺殴斗。这两种本来互不相关的情节之间需要一种黏合剂,它使小说的全部情节给人以互相贯穿而不是支离破碎的印象。阿莫里和萨维尼安娜的爱情就是起这种黏合剂的作用。

比埃的父亲,于格南老师傅属于老一辈的木工。在他年轻时期,法国木工周游全国,寻师访友,精练手艺,同时参加行会,参加派别斗争的这种风气,可能还不是十分盛行。于格南师傅从未参加过行会,也不曾周游法国。他因此吃过亏。有一次,他在村外的大路上遇见一个外地来的木工。此人是行会会友,他见了于格南之后,发现对方不是行会会友,而且态度傲慢,于是毫不留情地把于格南痛打一顿。于格南吃了亏还不好意思对人说,闷闷不乐地在家养伤多日,才告恢复。从此他对木工行会恨之入骨,不论哪一派的木工,他都恨。他不许他儿子比埃参加行会。可是比埃到了二十岁就向父亲提出允许他周游法国的请求。父亲拦阻不住,只好给了他一点钱,让他到法国全国的大路上到处漫游,一边干活谋生,一边拜师傅学手艺。自然,他也免不了参加行会。回家之后,比埃只向他父亲说了学艺的经过,没有向父亲提起参加行会的事。老于格南没有追问,他心中明白,比埃很可能已经是行会会友。

于格南父子在维勒普娄伯爵府中干活,本来完工的限期就很紧,不巧老于格南和一名比较得力的徒工又不慎受伤,需要养息几天。比埃只好取得父亲同意,到邻近的小城布卢瓦去请几个他熟识的木工来帮忙。到了布卢瓦之后,比埃到萨维尼安娜和她丈夫经营的旅店投宿,因为他正是这旅店所代表的"卡渥派"木工行会会友。旅店中聚集着卡渥派全体木工,在讨论如何应付"得渥郎派"木工的挑战。得渥郎派是卡渥派的死对头。他们人多势壮,企图把卡渥派木工赶出布卢瓦城,然后占据他们的地盘。他们的挑战方式是手艺竞赛,两派木工各选手艺高强代表若干人,分头制作一件难度极高的木活,谁的制作最精巧,谁有权将敌对派的木工赶走,不让他们在本地工作和生活。这种竞赛很难得到公平合理的评判,所以往往引起争执和殴斗。《木工小史》第十章详细介绍了木工行会各派的历史和互相倾轧、争执、殴斗的情况,第十三章描写了两派敌对的木工残暴殴斗,互有死伤的悲惨场面。得渥郎派木工不等规定竞赛开始,就集合大队人马,手执棍棒袭击卡渥派的旅店,破门而入,见人便打。卡渥派木工为了自卫,只好迎战。那天,比埃·于格南和阿莫里都在场。比埃一贯反对木工之间各立宗派,互相斗争。但是敌人已经迫到眼前,没有办法,只好起来自卫。阿莫里为了保护萨维尼安娜,打死了一个敌人,自己也受了重伤。那时,这个还不到二十岁的小青年深深地爱着萨维尼安娜,为了保护她,他流尽自己的鲜血也甘心。没有想到后来他迷上了一个贵族少妇,竟把萨维尼安娜完全忘了。

乔治·桑为什么这样详细地介绍和描述各派木工之间的

矛盾和斗争呢？主要的原因是：乔治·桑是卢梭的信徒，她不但有民主思想，也怀着一片平等和博爱的热情，她确实关心劳苦大众的生活，她目睹木工行会会友之间的互相争夺、殴斗和残杀，深为痛心。她在自己的小说中揭露这种野蛮的封建势力的影响，希望引起公众重视，甚至有人挺身而出，设法改变不合理的社会现状。其次，她寄希望于工人阶级内部的明智之士，她笔下的比埃·于格南，就是这种优秀人物。她不惜大量笔墨，叙述木工队伍内部的兄弟阋墙，为了作一反衬，从而突出比埃的高大形象。因为比埃耿耿于怀的就是要设法调解工人兄弟之间矛盾斗争，使他们友爱互助，团结起来，对付他们共同的压迫者、剥削者。在《木工小史》第十二章，作者借比埃的口，说了这样的话："你们看不见富人的世界吗？他们有什么权利生来就幸福，你们有什么罪过在贫困中生活，在贫困中死亡，你们永远没有想到过吗？"

在本书第九章，比埃说得更清楚："我明白了一切劳动者共同命运的意义，在我们大家中间制造区别、等级、敌对阵营，这种野蛮习俗使我感到越来越残忍有害。怎么？那些为他们的利益而剥削我们的……敌人，难道还不够我们对付吗？我们应该彼此吞噬吗？被富人的贪欲所压迫，被贵族的妄自尊大降低到所谓下贱的条件中……我们受的屈辱还不够吗？我们还不够不幸吗？难道说，在忍受别人把我们推到最低阶层的不平等时，我们自己还要设法在我们之间强调这种荒谬的、罪恶的不平等吗？"

这些话说明比埃的思想感情中出现了朴素的阶级觉悟，也说明乔治·桑的思想感情中蕴蓄着朴素的社会主义理想。但是乔治·桑毕竟是个浪漫主义作家，她一面认为像比埃·

于格南那样的有知识有见解的人才,在工人们队伍中并不是孤立的例子。她是把比埃当作有觉悟的工人中的代表人物来描写的。与此同时,她又竭力将比埃这个形象神秘化,"使他成为一个神秘奇特的人物,有些像那些有灵感的牧羊人,他们生在古老的传统中,带有先知的天才"(见第十二章)。作者通过和比埃情同手足的好友阿莫里,对比埃作了这样高的评价和颂扬:"过去我只觉得你是一个有学问、诚实、善良的会友。而现在,我看你不仅仅是如此,不仅仅是一个工人,也许不仅仅是一个人。我怎么说呢,我想象你就是耶稣,这位木工的儿子①,贫穷,微贱,在大地上流浪,对像我们一样没钱,差不多吃不饱,没有受过教育(人们是这样描写我们的)的苦难的工人们说话。"(同上)

不少评论家认为乔治·桑把比埃的形象美化得过火了,使人有不真实的印象。过分地美化、理想化小说中的正面人物,这是浪漫派作家的惯用手法。例如雨果在他的小说中就常用这类手法。而巴尔扎克、司汤达、福楼拜等现实主义大师,则不用这种夸张法。此外,全面铺开群众场面,借以烘托其中的一个鹤立鸡群式的优秀人物,也是浪漫主义文学的惯用手法。所以说乔治·桑的小说总的倾向是浪漫主义。对浪漫主义也要一分为二,它有缺点,也有优点。浪漫主义在当时当地曾经有过进步作用,不能因为它不是现实主义就一笔抹煞。

乔治·桑竭力美化比埃·于格南,也不是毫无根据的,她心中有塑造这个形象的活样板。近在身边的是比埃·勒鲁

---

① 传说耶稣是木工约瑟夫和处女马利亚的私生子。

(1797—1871),远一点的样板就是她最崇拜的思想大师与文学大师卢梭。比埃·勒鲁是一八三三年圣伯夫介绍给她的,为了帮助她在自己彷徨不定的思想上找出比较明确的方向,因为勒鲁在当时算是一个有社会主义倾向的思想家。乔治·桑和勒鲁来往之后,非常满意。她写信给圣伯夫说:"你给我介绍勒鲁这个念头,我觉得真是友谊的天才上发出的闪光,因为勒鲁的智慧真足以弥补我自己智慧之不足,同时他的人道情操完全适应我自己的人道情操的各种冲动。"[1]勒鲁年轻时曾经当过排字工人和校对。后来他自学成才,发表著作《论人类的原则及其未来》等。在政治上,勒鲁曾经接近圣西蒙派,后来转向共和党。这一切都影响过乔治·桑。然而乔治·桑是小说家,是艺术家而不是思想家,不能要求她有完整的思想体系。她只能有热情和美梦。她和勒鲁的关系相当亲密,和勒鲁一同办过报,人们说她是勒鲁的女弟子,她确实也把勒鲁当作老师。在她心目中,勒鲁就是工人出身的学者。那么为什么比埃·于格南不可以成为第二个勒鲁呢?比埃·于格南的形象中有勒鲁的成分,然而不尽是勒鲁而已,还有别的素材。

一八四〇年五月,勒鲁将木工出身的作家亚格力戈尔·佩底吉埃的著作《木工行会之书》借给乔治·桑看。同月二十日,乔治·桑和佩底吉埃初次见面,嗣后两人结成朋友。在那时以前,乔治·桑对于木工行会的情况一无所知。读了佩底吉埃的书以后,乔治·桑大为振奋。因为这位木工作家的书中有木工行会的材料,也有行会会友的诗歌,而主旨在于呼

---

[1] 转引自比埃·萨罗蒙的《乔治·桑评传》。

吁木工们觉醒,使行会成为工人兄弟团结一致的组织,不要再互相争斗,互相残害。这也正是比埃·于格南的思想。没有佩底吉埃就不可能有比埃·于格南。没有《木工行会之书》就不可能有《木工小史》。《木工行会之书》早就被人遗忘了,而《木工小史》直到一九七九年,法国的乔治·桑研究会还发表了经过严格考订和详细注释的新版。中译本根据的就是一九七九年的新版。小说是艺术作品,优秀的艺术品必然有强大的生命力,经得起时间的考验。

《木工小史》另一特点在于和历史背景结合得相当具体。书中叙述的情节都发生在一八二三年,作者在小说的第二十九章中明确指出:"就在一八二三年的十一月三日,也就是在科林思人①和侯爵夫人发生关系大约两个月以后,人们庆贺维勒普娄伯爵的生日。"

比埃去布卢瓦城招工,走近这座城市时,在大路上遇到一个神秘人物,他主动和比埃攀谈,向比埃提出许多不三不四的问题,并邀请比埃去参加一个神秘的集会。那是一个小市民阶级的知识分子,三十多岁,行动诡秘。许久以后,比埃才知道此人名叫阿希尔·勒弗,公开身份是酒厂的推销员,实际上是烧炭党的地下活动人员,负有物色可能吸收入党的对象的使命。他对于比埃的情况有所了解,因此希望把这个有学识有头脑的青年工人吸收为烧炭党党员。后来比埃在维勒普娄伯爵府中又碰到这个神秘人物。原来阿希尔曾在贵族府中充当家庭教师。近来他常在贵族府中短期做客,隐蔽真实身份,以便在附近一带展开为烧炭党招兵买马的活动。烧炭党的政

---

① 即阿莫里。

治目标是颠覆路易十八的封建复辟王朝,准备搞武装起义,所以需要无产者、劳动群众参加。小说一步一步地向读者透露秘密,引起读者的好奇心:原来维勒普娄伯爵,这个老贵族,政治上的老狐狸,也已经是烧炭党成员。

烧炭党本来是意大利民族主义革命的秘密组织,其目标是赶走外国入侵者,颠覆占领者手中掌握的傀儡政权,恢复意大利的自由、独立和民主。这个组织的成员隐蔽在森林中,以烧炭卖炭为公开的职业。在法国路易十八复辟王朝统治时期(1814—1824),法国反对党联合起来,进行颠覆活动,总称烧炭党。一八二二年发生几起烧炭党人武装起义,都没有取得成功。一八二三年法国烧炭党重整旗鼓,准备卷土重来。可是由于法国烧炭党成分复杂,内部意见分歧,所以没有能达到他们的革命目标:推翻路易十八的复辟王朝。法国烧炭党主要由下列四大派组成,即:拿破仑派、共和派和拥护封建王室的奥尔良派与奥朗琪派。阿希尔·勒弗和维勒普娄伯爵属于何派,小说没有明确交代。可能他们两人就不属于同一派别。小说作者乔治·桑倾向共和派,则有事实为证。但她始终没有参加烧炭党。从小说的叙述来看,她对烧炭党并无多大好感。这个地下政党由于内部意见分歧,各有各的目的,所以一直是比较涣散,比较软弱,成不了大事。一八二三年路易十八派遣远征军援助西班牙国王费迪南七世镇压西班牙的革命力量,打了胜仗。消息传到法国,法国烧炭党人目睹路易十八的政权由于西班牙军事冒险获得胜利而更加巩固,于是灰心丧气,意志消沉,慢慢地散了摊子,其中比较积极的分子,纷纷参加别的政党。老朽的维勒普娄伯爵从此不提烧炭党了。《木工小史》的历史背景和政治气候,就是如此。在这方面,《木工小史》如实反映历史,并没有虚构和文饰。

对于我国读者,乔治·桑并不是一个完全陌生的法国作家。她的最受欢迎的作品如《小法岱特》《魔沼》《安吉堡的磨工》等,我国都已有译本。可是,对这位十九世纪法国重要女作家的比较全面和系统的研究与介绍,似乎至今还是空白。本文限于时间与篇幅,不可能来填补这个空白,只能就乔治·桑的生平和主要文学活动作简明扼要的介绍,供需要了解乔治·桑的基本情况的读者参考。

乔治·桑原名亚芒蒂娜-吕西-奥洛·杜班,一八〇四年出生于巴黎,父亲是贵族,在拿破仑军队里任职,母亲出身于近乎流浪的波希米亚人那样的家族,本人是个舞蹈演员,"连舞蹈演员都够不上,只是巴黎通俗剧场中的一个配角"①。乔治·桑的父亲和这位"连舞蹈演员都够不上"的浪漫女子相爱、同居。一八〇四年六月五日,两人悄悄地结了婚。不到一个月,即同年七月一日,新娘生下了一个女孩,就是未来的乔治·桑。本来,乔治·桑的父亲把他的婚事瞒着他的母亲。后来老太太听到了风声,大不以为然。她先想拆散这对匆匆结婚的夫妇,不承认他们的婚姻。可是等到她看见了她的孙女,小奥洛,也就是未来的乔治·桑,老太太心软了。她追认了儿子的婚姻,条件是把孙女抱来归她抚养。她始终不爱见儿媳妇,那位"连舞蹈演员都够不上"的青年妇女。她倒是不嫌她出身不高(老太太自己出身也不怎么样),却嫌她佻达无行。一八〇八年九月十七日夜间,乔治·桑的父亲从附近城

---

① 语出乔治·桑自传《我的生平》。

镇上的朋友家中宴饮归来,醉醺醺地骑在马上,缰绳没有抓稳,途中马受了惊,猛力地把背上的人甩在路畔一堆石头上,那醉汉当时就摔死了。

乔治·桑从四岁起只有她祖母一个亲人,依靠她祖母抚养长大。她母亲声言,乔治·桑的祖母不死,她决不回家去看她女儿。祖母对乔治·桑一生影响很大,所以也要介绍几句。她名叫玛丽-奥洛·德·萨克斯,是波兰国王奥古斯特二世的私生子萨克斯元帅和一个名叫玛丽·兰多的女演员的私生女。她十八岁结婚,十九岁就守寡。从那时起,她跟她母亲和姨母一起生活了大约十年。那是当时的女演员们的生活环境,相当自由散漫。可是玛丽-奥洛在这样环境中一直保持端正的品行,没有沾染轻佻的习气。到一七七七年,她认识了一个很文雅的老人,他是"包税人",包收国家赋税,家财巨万,十分富有。老人向玛丽-奥洛求婚,她同意了。结婚时她二十九岁,新郎七十二岁。婚后生活十分和美,老人有钱,他让年轻的妻子过着非常豪华的生活。她给老人生了一个儿子,后来就是乔治·桑的父亲。这一段家谱说明乔治·桑的父系和母系方面,都有贵族和平民通婚的超阶级婚姻的事实,所以说乔治·桑自己的血液中融合着贵族与平民两种因素,她在她的作品中念念不忘地歌颂超阶级、超门第的爱情,并非偶然。从乔治·桑的家庭历史来看,封建贵族家庭中到处是私生子私生女,可见两性关系的放荡和"自由"。乔治·桑一辈子就相当充分地实践了这种"自由"。我们可以理解,她的"自由"在贵族社会中也不是孤立的现象。不过由于她是小说家,所以她本人的风流逸事特别引人注意。乔治·桑祖母和她的老年丈夫生活了十年。老人八十二岁病逝,给遗孀留下一笔足够她过一辈子优裕的然而有节制的生活。于是乔治·桑的祖母到法国中部安德尔(Indre)省的一个山明水秀的乡村买了一座庄园,在那里安家落户,安逸地度过后半生。这个明智的措施给乔治·桑造福不浅。那个乡村名叫诺昂(Nohant)。我们读乔治·桑的传记常常碰到这个字,可见它和乔治·桑一生关系多么密切。她在那个乡村度过童年和少年时期。当地的一山一水,一草一木,她都非常熟悉,当地的人情风俗对于她来说都非常亲切。后来她能写出那么动人的一系列乡土小说,没有她在诺昂的切身体验是不可能的。

　　祖母死后,乔治·桑继承遗产,成了诺昂庄园的主人。她很喜爱诺昂,这是她毕生的根据地和安乐乡。虽然她常去巴黎,或到别处旅行,可是极大部分时间都在诺昂度过。她的小说大部分是在诺昂创作的。她很好客,诺昂庄园中经常高朋满座。她写的几个剧本也在诺昂试演。她家中有一个演木偶的戏班子,这是她热爱的一种娱乐,她经常和孩子一同欣赏。乔治·桑在诺昂安度晚年,直到生命的最后一天。

　　乔治·桑的婚姻生活是不圆满的。一八二二年四月,乔治·桑认识了一个青年,"身材挺秀,举止潇洒,面部表情经常是乐呵呵的,姿态却像军人",他的确是军人,后备队的少尉,名叫卡西弥·杜德望。他父亲杜德望男爵是拿破仑帝政时期的新贵族。他是他父亲的私生子。十八岁的乔治·桑爱上了这个少尉。同年九月,他们结婚了。一起头,婚后的生活使乔治·桑感到幸福。过了一两年,这种生活和年轻的丈夫,都使她厌倦难忍了。一八三五年八月,这个不安于室的少妇,提出和她丈夫离婚。次年八月,离婚的法律手续完成。那时她三十一岁,从此她过着独身生活,一直到老没有再结婚。她生过一男一女。离婚后,这两个孩子归她抚养。

在乔治·桑漫长的一生中,她不断地有新的爱情对象,新的情夫。她的爱情故事多到不可胜数,其中最出名的是她和法国十九世纪著名浪漫主义诗人缪塞,以及稍后和波兰作曲家肖邦的恋爱和同居经过。在我们涉猎过的乔治·桑传记中,对于这方面都有详细的叙述,好像乔治·桑一辈子除了写小说之外,最重要的就是她那些无穷无尽的爱情历险记。我们认为没有必要在这个问题上多费笔墨。我们只想概括地谈一谈我们对这个问题的感想。首先,不能把乔治·桑和法国社会中那些轻佻放荡的女性一概而论。乔治·桑有一个热情奔放的性格。正如她的传记作者之一比埃·萨罗蒙所说,乔治·桑在和异性朋友交往时,常常在友谊与爱情之间不能掌握严格的界限。当她结识一个男子,发现他有某一种优点之后,她的火炽的感情往往会把对方的优点夸大十倍、百倍,于是把对方美化为人间罕有的好人、超人,把对方捧到天上去。等到有一天,她在感情上对这位"好人"发生厌倦,她就再也不能忍受和他在一起,不但必须和对方决裂,而且把对方恨之入骨,恨不得把他打入十八层地狱。乔治·桑就是这样一个极端感情用事的女性。她的激情像烈火一样,随时在寻找可供燃烧的对象,等到一个对象烧成灰烬以后,她的激情又去寻找新的对象。她的怒潮一般的激情,是她的文思汹涌的总源泉。她把对于人生的无限情意,都化成酿造文艺美酒的酵素。

乔治·桑是天生的创作人才。她少年时开始写作,虽然早期的试作不值得保存下来,可是她早就体会到两点:首先,写作对于她是莫大的乐趣,是一种陶醉,几乎可以说是本能;往往她在实际生活中有什么使她特别兴奋,或使她特别苦恼的事,她用埋头写作发泄她的情绪,创作完成之后,她的心情也就平静了。这一点显然是成为一个真正的艺术家所不可缺少的条件。其次,她文思如泉涌,笔端奔放,洋洋洒洒,不能自已。文思高潮时,她必须每天手不停挥,伏案疾书一连数十天,积稿盈尺,才觉得轻松了一些。

一八三一年她在《巴黎评论》月刊上用笔名朱尔·桑(Jules Sand)发表第一篇小说《第一夫人》,因为一八三〇年七月,她认识了一个十九岁的小青年,名叫朱尔·桑陀(Jules Sandeau)。这是一个聪明俊秀的小伙子,又有文才。乔治·桑和他关系亲密,在他的协助下,乔治·桑开始产生值得发表的几部早期小说,所以用这笔名。后来乔治·桑虽然和朱尔·桑陀不再来往,为了纪念那一段友谊,她始终保留一个"桑"(Sand)字,作为她固定的笔名。这就是乔治·桑这个笔名的来由。

乔治·桑文思汹涌,到老不衰。一八三二年她发表使她一举成名的小说《安蒂亚娜》。次年她发表同样受公众热烈欢迎的小说《瓦朗蒂娜》。这两部作品奠定了她在当时法国文坛上很高的地位。直到她生命将要终了的一八七六年,她还发表新的作品《弗拉玛朗德》和《佩斯蒙的塔楼》两部小说。

有些评论家习惯于把乔治·桑毕生发表为数甚多的小说分成几大类,便于陈述。比如:乡土小说,社会主义小说,浪漫主义小说,描写社交场的小说,等等。其实这样的分类不可能精确,因为有不少小说既包含甲类的因素,同时也具备乙类的条件;既可以列入甲类,也可以列入乙类。但是,有些问题是可以肯定的,比如说,《小法岱特》《魔沼》等是乔治·桑的乡土小说的代表作,《木工小史》是她的社会主义文学的代表作。由此可见,爱情不是《木工小史》中的唯一的主题。在乔治·桑的大致统计为八十部的小说中,不可能找出一部没有爱情作为主要线索的小说。《木工小史》的创作意图,不但在于把比埃描写为一个有崇高的品德,有知识有见解的优秀工人,而且作者在比埃身上寄托着很大的期望,她要使比埃日后成为一个用实际行动,完成解放木工行会会友的伟大事业的人。也就是说,他将使木工不再分为互相争斗、互相残杀的派别,使他们团结一致,提高觉悟,把斗争的矛头指向工人阶级的共同敌人。

在《木工小史》中,作者曾经宣称这部小说写的是比埃的青年时代,以后还准备写比埃的中年时代甚至老年时代的小说。可是乔治·桑没有能实现这个愿望。可能是因为要写从事实际的革命运动的比埃,她缺乏具体资料。乔治·桑早期写小说主要凭灵感,凭感情的冲动,小说的基调是抒情的。到了中年时期,写小说的才能臻于成熟的阶段,她写小说就不是单纯地凭灵机一动,而是参考和运用大量有关的材料,因此也增加了现实主义的因素。《木工小史》是乔治·桑成熟期的小说代表作之一。如果作者不大量利用佩底吉埃的现成材料,不可能写出书中第十和第十三等章节。

比较详尽的法国文学史告诉我们,在十九世纪的法国文坛上,乔治·桑的小说读者之多,影响之广,声誉之高,曾经一度凌驾于巴尔扎克、司汤达和福楼拜等作家之上。可是时间的考验是无情的。今天法国读者和评论家对乔治·桑的看法已大大不同,她的重要性已经远远落在巴尔扎克、司汤达等作家后面。话说回来,如果认为乔治·桑已不值一提,那也是不科学的。乔治·桑的作品有它们的特色,从具有强烈个性的观察角度,反映了当时当地的社会生活和人们的精神面貌,所以不能完全否定。实事求是地说,从乔治·桑的许多小说中选出大约十部比较精彩的,作为供今天的读者欣赏的古代名著,这是完全可能的、有益的。而在这大约十部小说的选题之中,不能没有《木工小史》,这至少是我们的管见,提供同志们参考。

罗 大 冈
1983年4月于北京

说　明[*]

当我阅读一位在当时默默无闻，而今天已经颇有名声的人写的著作《行会之书》（作者亚格里戈·伯底基耶是圣安东郊区的木工，现在是人民代表①）时，感受很深，这不仅是由于"门派"在古老教义中的诗意，也是由于主题的重要道德意义。于是我用诚挚的进步思想，写了《周游法国木工行会会友》这部小说。

在设法表现我们这时代所容许的尽可能先进的工人典型时，我不能不在他身上赋予对现实社会的见解，对未来社会的向往。然而，在某些阶级中，人们大叫大嚷，说这是不可能的，太夸张了，人们指控我恭维平民，想美化他们。请问，为什么不能恭维，不能美化平民呢？就算我的典型太理想化了，为什么人们可以允许我美化别的阶级的人物，却无权同样地美化平民呢？为什么我不描绘出尽可能令人感到可爱，感到庄严的形象，使一切聪明善良的工人都想仿效他呢？从什么时候起，小说必须是现存事物的图画，是现代的人和事物的无情冷酷的现实？我知道，可能是如此，巴尔扎克，这位我一贯敬服

---

[*] 这是《周游法国木工行会会友》（中译本简称《木工小史》）1852年重版的前言。

① 指1848年法国第二共和国时期，经过全国普选产生的立宪议会议员。

的大师,他写了《人间喜剧》,虽然我和这位著名人物友谊深厚,可我是从另一方面来观察人间事物的,我还记得,差不多在我写《木工小史》那个时期,曾经对他说过:"您写《人间喜剧》,这个题目太谦虚了。您很可以说是《正剧》《人间悲剧》。"

他回答我说:"对。您呢,您在写《人间史诗》。"我说:"这么一说,标准又提得太高了。我是想写人类的牧歌、诗篇,人类的小说。总之,您愿意而且善于按照一个人在您眼前出现的那样去描绘他,这很好。我呢,我觉得我倾向于按照我希望他是什么样子,我想他应当是那样来描写他。"由于我们之间没有竞争,我们立刻各自行使自己的权力了。

在那个时期,十来年以前,对于那些和工匠作坊里的人没有直接关系的上层社会的人们来说,我那个比埃·于格南的典型显得美化了。可是,亚格里戈·伯底基耶本人至少和比埃·于格南一样聪明,一样有知识。另外,任何一个工人都有可能是年轻俊秀的,这点谁也不会否认。一个所谓出身高贵的妇女,可以爱一个出身微贱的男子的美貌,这是有过的事。一个多情多智的妇女,可以在她热爱的男子身上只赏识他的情和智。我希望,如果我们目前还没见到这种情况,将来总会见到的。最后,人们可以确信,当时还没存在的不久可能而且应当存在。下边就是证据:几年后,欧仁·苏写的一本非常受欢迎的小说里,主人翁就是一个工人,他把这工人写成诗人、哲学家,更有甚者,还把他写成社会主义者。没人对此提出异议。是不是因为这人表现得比别人更巧妙,服装比别人更逼真?这是可能的。看到我的同行们能在我失败之处获得成功,我总是很高兴,从不为此伤心。归根到底,问题是一样的。

一个工人是一个人,和别人完全一样;一位"先生"和别的"先生"也完全相同。如果有人对此感到惊讶,那倒使我十分惊讶。为了和世界上所有的秀才①一样有知识,并非必须考上秀才。一个人有道德、相信宗教并不是在学校里就可以学到的,因为学校只教授希腊文和拉丁文。在那里,人们得到一点知识,非常缓慢,而一个工人,如同一个妇女,凭着智慧和意志,可以在不久更快地获得它。总之,这种所谓种族和性别的低劣性是一种成见,对这种成见,今天再不能去真诚地支持它了;而更多地去攻击它,现在看来也太幼稚了。

我第一次发表这部大家即将阅读的小说时,受到两个宗派咒骂的压力,那就是贵族和资产阶级,还不算教会,他们在报纸上毫不客气地诬蔑我,说我每星期天都去"近郊"②研究工人的风俗,每次都是跟比埃·勒鲁③一起喝得醉醺醺回来的。某些人、某种宗教就是这样以欢迎的态度来对待这些想改善道德的企图。一本以"福音书"式的思想作为公开目标的书,就是这样被卫道士们和传播"福音"的教士们接受的。

乔治·桑
诺昂　1851年10月23日

---

① 秀才,原文是 bachelier,法国的中学毕业会考中者。
② 当时巴黎市区与郊区之间用大栅栏隔开,靠近栅栏地带称为"近郊",是"穷人"和"危险分子"们的碰头地点。
③ 比埃·勒鲁(1798—1871),排字工人出身的哲学家、政论家,圣西蒙主义者。乔治·桑曾经参加勒鲁等人创办的《独立杂志》(1841)的活动。

第 一 章

按照勒乐布先生的说法，维勒普娄村庄是卢瓦尔-歇尔省最美的地方。根据勒乐布先生秘密的感觉，当维勒普娄高贵的家族（他是他们的代理人）不在维勒普娄庄严古老的庄院居住时，本村最能干的人，就是勒乐布先生本人。当组成这个家族的那些有名人物不在的时候，全村只有勒乐布能正确无误地书写。他有一个儿子，也是个能干的人。在这方面，只有一个意见，也可以说有两个，那就是父亲的意见和儿子的意见，尽管当地那些机灵的人认为他们两人都够诚实的，不至于互相偷窃了圣灵。①

那些在索洛涅大路上来来往往，从一个庄院到另一个庄院推销货品的捐客，以及赶着牲口、驮着货物，从一个集市到另一个集市去赶场的商人，不管他们是步行、骑马还是坐车，很少没有遇到过维勒普娄家中的这位司账、总管、管家、心腹勒乐布先生，哪怕一生只遇到过一回。曾经有幸认识他的人不妨回忆一下，这是一个身材矮小、干瘦、面色焦黄却很活跃的人。乍一接近他，你会觉得他沉默寡言，但是慢慢地他就变

---

① 典出于基督教"三位一体"之说，即天主（父）、耶稣（子）与圣灵。大意说父子之间不至于互争圣灵，认为自己比对方聪明能干。

得爱和人谈心,甚至过分地爱说话,难道不是这样吗?这是因为跟外村人在一起,他老是这样想:瞧,居然还有人不知道我是谁。接着又产生第二个念头,并不比第一个更好受:竟有人能够不知道我是谁。当他觉得这些人并不是完全不配赏识他的时候,就得出这样的结论:那么应当由我来告诉这些正直的人,我到底是谁。

于是他就在农业这个问题上来摸他们的底,必要时毫不客气地故作惊人之论,吸引他们的注意力;他是省城农业协会的通信会员,可他并不因此更感到骄傲。假如他能使人向他提问题,他一定会说:我曾经在我们的土地上做过这个试验。假如有人问他这些土地的质量,他就回答:有各种不同的质量。有四里厄①平方的面积;有干的、湿的、潮的、肥的和贫瘠的各种土质。

在索洛涅,有四里厄的土地并不算很富有,维勒普娄的土地也只不过给他们带来了三千里弗尔②的收入,但是维勒普娄家还有两块面积稍小一些的土地给人租种,勒乐布每年去检查一次。因此他的能耐是多方面的,他有永远说不完的长篇大论和对农业问题的阐述。

当他的谈话产生了最初效果以后,他迟疑了一会儿,因为他想表现得谦虚一点,并且承认自己地位高总要付出一点代价,接着就试探着提起维勒普娄的名字。假如听者事先深知这名字的重要性,勒乐布就低垂着眼皮说:"我就是替这家管事的。"假如听者自己找麻烦,问这家是怎么回事,啊,那么活

---

① 里厄,法国古里,约合四公里。
② 里弗尔,古法郎。

该他倒霉,因为勒乐布先生就要担负起讲给他听的责任;那便是没完没了的家族史,列举婚姻关系以及不是门当户对的婚姻关系,一长串叔伯兄弟和他们后代的名单;接着是家产的统计数字,随后又陈述他所完成的改良等等。当一辆公开马车有幸有勒乐布这位乘客时,他会把旅客们送入甜蜜的梦乡,不管是车子颠簸还是翻倒,都不能惊醒他们。从第一站直到末一站,他都跟他们谈维勒普娄的家庭情况。他简直可以谈论着这个家族绕地球兜一圈。

勒乐布到巴黎去时,他的时间过得可很不舒服,因为在那轻佻的蚁群中,好像没有人关心维勒普娄家族。街上没有人跟他打招呼,散戏时人群竟把这个对维勒普娄家的繁荣如此必要的人物挤得几乎透不过气来。对这些,他简直难以理解。

关于这个家族的精神状态,各人之间的区别,不同性格的概况,干脆不必问他。也许是由于审慎,也许是由于不适于作这类的观察,他对这些有名的人物什么都谈不出来,除了说说这个人比那个人更节省些,或者对于理财更精通些。对于他来说,一个人的品质或他的重要性,只有靠他能继承的钱财数目来衡量;当有人问他维勒普娄小姐是不是和气、美丽,他就会回答她大约可以有值多少钱的陪嫁。他不明白人们是好奇的,他们想知道更多的东西。

一天,勒乐布起得比平时还要早,不可能比这更早了,除了像人们所说,头一天晚上就起来了。他沿着大街往下走,这是村子里唯一的一条大路,名叫国王街,他向右转,进入一条相当清洁的小胡同,在一所外表比较简陋的小房子前停下来。

太阳刚刚把房顶染成金黄色,被吵醒的公鸡在用假嗓子啼唱,只穿着睡衣站在门口的孩子们,走到街上才把衣服穿好。可是,在于格南老爹的作坊里,已经响起刨子哀怨的声音以及锯子尖涩的呻吟,徒弟们都各就岗位,师傅用一种父亲般的粗鲁在教训他们。

老木匠抬抬蓝布便帽说:"管家先生,已经出来办事啦?"

勒乐布向他做了一个神秘而庄严的手势,木匠走近他时,他说:"我们到你园子里去,我有正经事跟你谈。在这儿,我脑袋都震裂了;你那些徒弟好像故意这样做,他们像聋子似的敲打。"

他们穿过作坊后间,又穿过一个小院子,走进一块果树的园地。接枝还没有改善这些果树的味道,剪刀也没有改变它们强壮的形态;百里香和鼠尾草,夹杂着几株石竹和丁香,使清晨的空气芳香扑鼻,一道茂密的篱笆使好奇的邻人看不到散步的人。

在那里,勒乐布更加郑重其事,他向木匠于格南师傅宣告那家主人就要来到。

于格南师傅听了并没有表现出震惊的样子,否则会使这位总管高兴的。

他说:"好呀,这是你的事,勒乐布先生,跟我没关系,除非有块地板要整治,或是有个衣柜要修补一下。"

总管说:"我的朋友,事情可比这个重要得多。这家人曾有意(恕我大胆,我要说这是个古怪的主意)修理小教堂,我来看看,你能不能或是愿不愿干这件活儿。"

于格南老爹惊讶地说:"小教堂,他们想把小教堂重新修整一下,是吗?这倒是件古怪事儿。我本来还以为他们不是那种信教真正虔诚的人;不过,看来在这个年头,不能不这样。有人说国王路易十八……"

勒乐布皱着眉头回答说:"我不是来跟你谈政治的,我来只是想知道你是不是十足的雅各宾激进派,以致不肯到贵族府上去修缮小教堂,不肯接受这家给予的优厚报酬。"

于格南老爹搔着头皮说:"好说,我已经给仁慈的上帝干过活儿了;不过,请你说明白点儿。"

总管说:"到时候我会解释的,目前我能对你说的,就是我负责或者去杜尔或者在布卢瓦寻找熟练的工人。不过,你要是能干这项修理工作,我宁愿用你。"

这个开场白使于格南老爹很高兴,但他是谨慎的人,很清楚他的对手是怎样一个总管,他小心地不露出高兴的样子,回答说:"我打心眼儿里感谢你的好意,勒乐布先生,不过你知道,目前我手上正忙别的活儿。有的是活儿干,本地的活儿,什么都得我干,因为干我这行的只有我一个人。要是我接了厦垛①里的活儿,就会得罪镇上和乡间的人,他们就要另找一个木匠,把我的活计都抢走。"

"这是件美事:不到一年,也许半年就赚一大笔现金。我十分明白你主顾很多,于格南师傅,不过你的主顾并不是每人都付钱的。"

这一下挫伤了作为木匠的平民阶层的自尊心,他说:"对不起,他们都是诚实的人,他们出得起钱的活计才拿来叫我做。"

---

① 厦垛是法语"Château"的音译。这是法国封建时代遗留下来的一种特殊建筑,封建郡主的宅第兼堡垒(在欧洲其他大国也有这种情况)。在汉语中,找不到一个适当的词可以表达既是贵族宅第,同时又有堡垒的含义,因此将"Château"音译为厦垛并加注解。(现多译作"城堡"。——编者注)

总管带着狡猾的微笑说:"他们付钱可不爽快。"

于格南回答:"那些拖欠的人,都是我愿意让他们赊账的。我跟那些和我一样的人好商量;我也一样,有时我虽不是故意但也不得不让主顾等货。"

总管心平气和地说:"我看出来了,我的建议并不吸引你。很对不起,打扰你了,于格南老爹。"说着,他抬抬便帽,做出要走的样子;但是行动缓慢,因为他很清楚这位手艺人是不会让他这么走开的。

果然,在小径尽头,谈话又恢复了。

于格南装出犹豫不决的神气,其实他并没觉得有犹豫的必要,他说:"要是我能知道是什么样的活儿就好啦,可是也许这超出我的能力……这是老式的护墙木雕。从前,人们干活可比现在细致……多费事的活儿一定多挣工钱。现在,我们要用更多的时间,可是给我们的工钱却少了。必需的工具也常常不齐全……而且老爷们也不那么富有,气派不那么大了……"

勒乐布挺起胸说:"维勒普娄家的情况可不能一概而论,活干得好一定多给钱。这点我能保证,有活儿要找人干的时候,从来没缺过工人。好吧,我应当到瓦朗塞去了,听说那里有好工匠。"

"如果你要我干的是像我在本区教堂里做的那个讲坛之类的活儿……"木工说,同时巧妙地提到他去年完成的那件完美无疵的活计。

管家说:"兴许要更难些。"其实他前一天已经仔细地观察了本教区的讲坛,明知那是毫无缺点的。

由于他一直往前走,于格南老爹下了决心,对他说:"好吧！勒乐布先生,我去看看这护墙木雕,跟你说实话,我好久没去那里,想不起是什么样子了。"

眼看这木工已经渐渐上钩,总管的态度也就冷淡起来,回答说:"那你就来吧,看看反正不用花钱。"

木匠说:"看看又不能算是定了。好吧,我去,勒乐布先生。"

对方说:"随你的便,师傅。不过你要知道,我可一天也不能耽误。为了听从家主的命令,我今天晚上就得把事情说定。如果你不能决定,我就得到瓦朗塞去。"

于格南很激动地说:"见鬼,你可真急。那好吧,我今天一定去。"

"你最好立刻就去,趁我还有时间陪你去。"总管不动声色地说。

木匠说:"那好吧,就这么办。不过我得把我儿子带去,因为他相当内行,看一眼就能估计价钱,再说,我们总是在一起干活的。"

"你的儿子可是个好工人?"勒乐布先生问。

木匠回答:"就算他还赶不上他的老子,难道他不是在我眼皮子底下,由我指挥着干活的吗?"

其实勒乐布很清楚于格南儿子是个值得雇用的宝贵人才。他等着两位木工穿上外衣,带上规尺、长度计和铅笔。于是他们三人一起上路,很少说话,每人都在提防着对方。

7

第 二 章

木工师傅的儿子比埃·于格南,是方圆二十里内最漂亮的小伙子。他的五官像塑像那样高贵端正;身材高大健壮;脚、手、脑袋都很小,这在一个平民身上是很不多见的,这和优秀种族所具有的巨大的肌肉力量也是相适合的;最后,还有他那双蓝色的大眼睛,浓黑的睫毛的阴影,还有两颊淡淡的绯红,给予他的容貌一种温和沉思的表情,这一切,确实值得由米开朗琪罗①来雕塑。

比埃·于格南并没有意识到自己的俊美,这使人感到奇怪,而事实确实如此。村子里的男男女女也都和他自己一样没有觉得他长得俊秀。这并不意味着,在某个阶级里,人生下来就缺乏审美的感觉,但是这种感觉需要有通过研究艺术和对事物进行比较的习惯,才能够得到发展。不愁吃穿的人们自由的生活和他们所受的教育,使他们经常看到艺术杰作,使他们经常和他们周围被社会中流行的批评精神所欣赏的人物有接触,他们的判断力是这样形成的。现代艺术,不管是贫乏还是兴盛,总保留着对永恒美的反映,哪怕轻轻碰它一下,他

---

① 米开朗琪罗(1475—1564),意大利文艺复兴时期的著名画家、雕塑家兼建筑家。

们就能不费力地看到理想世界,可是穷人,被压抑的天才,总在这理想世界的门槛上碰到障碍,往往碰得粉碎,不能进去。

因此在农村的集会上,随便来一个气色健康、宽肩膀、目光锐利的种田人,就会比高贵安静的于格南更吃香,比他更能使姑娘们欢笑和跳舞。可是资产阶级的妇女们,她们的眼睛却跟着于格南转,说:"我的天,这漂亮的小伙子是谁呀?"曾经有两个画家经过维勒普娄村庄到瓦朗塞去,对这个木匠小伙子的俊美感到十分惊讶,要求他允许他们给他画一幅像;不过他相当不客气地拒绝了,认为他们这种请求是恶意的玩笑。

于格南老爹本人也是个有见识、仪表堂堂的老头儿,他并没有想到他儿子高度的智慧和理想的俊美。在儿子的身上,他看到一个身体健康、勤劳、规矩的小伙子,一句话,是个好助手;虽然他自己从前是改良派,可他并不喜欢年轻人的自由主张,他觉得比埃对新事物的爱好未免太过分了。在共和国时代,他曾听村子里的演说家们讲过罗马和斯巴达。那个年代,他还采用了卡西乌斯①这个别号,后来波旁王朝复辟,他谨慎地放弃了这一称呼。那时他相信古老的黄金时代,相信自由、平等,可是自从国民公会垮台以来,他坚决地认为世界从此和真理背道而驰了。他说:"随着九三年,正义死亡了,以后不管你想什么办法,想使它复活,只能把它埋葬得越来越深。"

他具有各个时代老年人的通病,不相信更美好的将来。他的老年是不断的呻吟,有时是大发脾气,连他天生的善良和良心的宁静也很难把他从中解救出来。

---

① 卡西乌斯,古代罗马人常用的名字,曾经有若干位罗马将军与执政官都用"Cassius"这个名字。

他是用最纯正的民主感情来教养儿子的,但是他把这个信仰当作一种神秘的事物交给儿子,他想这种信仰再不能产生什么,可是应当给自己保留它,就像人们受了一种不公正的伤害时,保留自尊心一样。这种叫人摆布的角色不能长时间满足比埃活跃的智慧。不久,关于他所处的时代和他的国家,除了在家里和村子里所听说的以外,他还想知道得更多一些。在十七岁的时候,他被一种旅行的热潮所侵袭,这种热潮每年都使得成群的青年工人离开家庭,投身于冒险的生涯,投身于被称为"周游法国"的流动学徒生活。在想认识并且理解社会生活的这种模糊的意愿中,夹杂着要在自己职业中学到才能的雄心壮志。他很明白,有一些理论比他父亲和当地的老人们所耐心遵循、一向墨守的成规要更可靠更见效。有一个行会会友,是个石匠,路过村子,当着比埃的面,在一面墙上画了些草图,这大大地简化了他工作中缓慢和单调的实践,这使比埃认识到科学的优越性。

从那时起,他就决心研究线条,就是线条图画,可以应用在建筑、建筑木工和细木工上。于是他请求父亲允许他并资助他周游法国。但是他遇到很大的阻力,因为父亲向来轻视理论。

差不多经过一年的坚持,他才战胜了老匠人的固执。于格南老爹对行会组织中神秘的传授方式有极坏的看法。他认为聚集在各种不同名称的"门派"中的工人秘密团体只是些强盗或是走江湖的组织,他们借口要比别人多学一些,就在各城市里闲荡,在小酒店里大喊大叫,为了"优先权"这类愚蠢的问题就血染大路,以此来消磨青春年华。

在这些非难中,有一些是真实的,但是当时行会组织在农村享有声誉,这样贬低它,就表面来看,于格南老爹是有一些个人怨愤的。据村子里几个老人说,从前有一个晚上,有人看见他回家时满身血迹,头部受伤,衣服被撕破。这次事件以后,他病了一场,但是他从没向任何人解释过这件神秘的事。由于骄傲,他拒绝承认在对方人数众多的情况下,他让步了。我们都很怀疑他曾落入一个陷阱,这陷阱本来是一个门派的几个会友给他们的仇人设下的,而他由于疏忽,做了牺牲品。事实上是,打那时起,他对行会组织怀有强烈的反感,公开表示固执的敌意。

无论如何,年轻的比埃事业心要比他父亲关于出外远游的种种危险和痛苦的预言强烈得多。他的决心终于胜利了。一天早上,卡西乌斯·于格南师傅不得不让他上路。如果老人完全按照心愿办事,他会给儿子一笔可观的钱,使他在外困难少些,更舒适些;不过他又自鸣得意地想,贫困比任何劝告都能使儿子更快地重返家乡,他只给了他三十法郎,并且不许他来信要钱。在内心深处,老头儿却打算只要儿子一来信请求,就满足他,不过他又想,把话说得严厉些,可以吓唬儿子一下。这办法并没有成功。

比埃走了,过了整整四年才回来。在他漫长的巡礼中,他没有向父亲要过一文钱,在信里,他只问父亲身体可好,祝他生意兴隆,从来没有提起过自己的工作,也不提他流浪生活中的经历。于格南老爹感到不安,感到生气。他很想向他表达慈爱之情,借以解除青年人的傲气。但是他每次拿起笔来,总是气话占了上风,不由自主地用一种严厉训斥的口气给他写,可是信一寄出,他立刻责备自己不该用这种口气写信。

比埃既没因此表示怨愤,也没灰心丧气。他写回信时,总是语气恭敬,充满热情。但是他坚定不移。替老木匠念信的神甫,高兴地让他注意,他儿子的书法越来越工整、流利了。斟酌用词,文笔有一定的分寸、高尚、高贵,甚至优雅,这使他远远超过了村中所有的老工人和那些被他称为老伙计的人们。

一个天朗气清的阳春佳日,比埃终于回来了。那是勒乐布先生来访和谈工作的三个星期前。于格南老爹显得有些老态龙钟,干不完的活计使他感到厌烦,尤其烦恼的是在作坊里经常要跟那些粗俗不听话的徒工斗争,但他过于骄傲,决不口出怨言,常常装出他心中并没感到的那种诙谐。这天,他看见并不相识的一个健壮的青年人进了他的家门。比埃长高了一头,神态庄严、从容、面色白净纯洁,并没被太阳晒黑,淡淡的黑胡须使他面色在反衬之下更显得白净。他穿着工人服装,但是清洁得无可指摘,宽大的肩膀上背着一只野猪皮口袋,装得满满的,说明有不少衣物。他一到门口,微笑着行礼,看见他父亲的迟疑与惊讶,感到很有趣,他问木匠师傅于格南先生的住处。听到这男子的声音,于格南老爹震惊了一下,这声音使他模糊地回想起他的小比埃,不过声音像整个人一样也变了。当比埃像是要准备走开的片刻间,他困惑得不知所措,心想:"这个结实的小伙子真像我那忘恩负义的小子。"想着,长叹了一声;比埃立刻投入他的怀抱,两人久久拥抱着,谁也不敢说一句话,生怕让对方看到自己充满泪花的眼睛。

浪子比埃回到家里平静的习惯中已有三个星期,老木匠感到在一种温和的喜悦中掺杂着一阵阵忧虑不安。他看得很清楚,比埃品行端正,说话近情理,干活勤快。不过,出发前他雄心勃勃想学的才能到底学到手没有?于格南老爹热烈地希望是如此;可是,由于对于人,尤其对于艺术家一种很自然的矛盾心理,他害怕儿子比他更博学。起先,他准备着看儿子显示所学到的科学知识,对徒弟们发号施令,把车间搞得天翻地覆,用学究式的口气叫他把那些可靠的旧工具换掉,代之以新制的,他那双老手不会使用的工具。事情经过却完全不是如此。比埃一字不提他学到的知识,当他父亲摆出要询问他的神气时,他避开一切问题,只说他过去尽可能地好好学习,今后尽可能地好好实践。他回家当天便开始干活,好像一个普通的伙计一样,听从父亲的命令。他故意对徒工们干的活不加批评,把车间的最高领导权留给应当领导的人。于格南老爹本来准备一场绝望的斗争,现在却感到很自在,并且心里很得意,他只是低声嘟哝了好几次:"世界并没有像人们所说那样变化得厉害,老习惯还是最好的,甚至,在庆幸改革一切以后,还得承认这点。"比埃假装没听见,埋头干活,父亲不得不宣称儿子活儿干得无可指摘地准确,异乎寻常地迅速。

他一再对儿子说:"我喜欢你学会了迅速地干活,而且并不因此就不注意质量。"

比埃回答说:"只要您满意,一切都好办。"

当老木匠这种不安完全消失,另一种不安又产生了。他需要公开的胜利,他表示他儿子周游法国,虽没有害处,但也没有他本来吹嘘可从中得到的那些好处;他一点没有发现奇妙的东西,总之一句话,他到远处寻求的一切,在家里本来也可以学到手。比埃对他的暗示不作回答,他觉得伤了面子。一种恼恨不知不觉侵占了他的心,越来越严重,使他变得不安、多疑。

他有时低声对他的伙伴锁匠拉克莱特说:"我儿子一定

向我隐瞒着什么秘密。我打赌他知道的一定比他露出来的多。好像他给我干活仅仅为了还债,他留着他的才能,为了将来在给他自己干活时,一下子把我压下去。"

伙伴拉克莱特说:"好嘛!你求之不得呀!到那时你可以享福了,你只有这个儿子,你不需要帮他立业。他自己可以混得不错,你可以吃你的收益,享现成福。你难道钱不够多而不能退休吗?你难道要跟你的独生子抢村里的主顾吗?"

木匠说:"老天保佑,我可不是这样不知足。我爱我的儿子就像爱我自己一样。可是,你明白,还要照顾自尊心呀!你以为人到六十岁就能忍受这样的事:眼瞧着自己的名誉被一个年轻人盖过去,那青年甚至不跟你学习,自认为有天才,你不配教他。一个儿子跟大家说:'你们瞧,我比我父亲活干得棒,所以说我父亲一无所知!'你以为这样的儿子能算是品行端正的吗?"

这样想来想去,老木匠不断地折磨自己。他设法在儿子的工作中寻找缺点,如果他发现对方在木工零件上加了一点点美化的痕迹,就狠狠地批评。比埃从不流露出一点怨恨。他用刨子一推,敏捷地刨掉了那些好像不知不觉从他手中出来的装潢;他决定忍受一切,宁肯受辱一千次,也不肯跟他父亲闹不和。他很了解父亲,早就想到不要试着超过他。他终于学到了渴望已久的才能,这使他很满意,现在他等待着露一手的机会不求自到。他很清楚这机会不久就会来的。果然,机会来到了,就在那位总管领着木匠父子到厦垛去仔细查看需要做的工程时,机会来到了。

第 三 章

　　他们被带进一个古老的厅堂里，根据厦垛历代不同的主人的兴趣和贵族世家的沧桑变迁，这间大厅曾先后被当作小教堂、图书馆、演奏厅和马厩使用。这间大屋子位于组成维勒普娄厦垛宽阔庄严的建筑中最古老的一部分。它具有火焰哥特式的美丽风格，屋梁的圆拱说明屋子曾举行过宗教仪式。但是经过各个时期用途的改变，装潢也随之改变了，残存的修补的最后痕迹，就是十五世纪的护墙木雕，到十八世纪，那上面盖了些木板、画布，用以演出牧歌剧、歌剧《于隆》①和拉阿尔普②的《美拉妮》。装潢的一点残余，夹杂着一些褪了色的花纸条和磨损的爱神像，也被拿走了。这样，位于和大厅邻接的小塔里的一间房子，可以向清除了五光十色的装潢的大厅打开一扇一直被堵死的门。可是，这个贵族家庭的一个成员特别喜爱那塔楼。人们一发现这个小房间有一个新出口，这扇门可以派用场，就想使这扇门能够通到小教堂，但是只缺少一件东西，那就是楼梯。原则上，那扇门开向一个讲坛，厦垛主人和他一家在里面听弥撒，那小塔楼用作宣道的讲台。在

---

① 法国作家格雷特里（1741—1813）根据伏尔泰的小说《天真汉》改编的剧本。
② 拉阿尔普（1739—1803），法国作家。

摄政时代，那讲坛用来支撑戏台的台底布幕，那小塔楼有时作业余演员的休息室，有时是大名鼎鼎的女歌唱家的化妆室。为了跟后台相通，人们做了一个带轮子的楼梯，用木工的术语说，叫作带台阶的梯子。在图书馆或画室中，这种活动楼梯被用来达到高处的书架或是大幅画面的上部。这个粗糙的临时性的工具，可以按照布景的需要随意移动。维勒普娄家里人能欣赏被前辈们轻视和损坏的护墙板的美，决定利用自从革命以来就让老鼠和猫头鹰占据的这间宽阔的厅堂。

于是宣布了下列的决定：

过去中古时期的小教堂，路易十四时代曾经是图书馆，摄政时代是剧院，流亡时代是马厩，今后要作为画室使用，或者说得更好些，作为博物馆使用。所有的古老的花瓶，稀罕的木器，所有的家族成员的画像、古画，所有的善本书，所有的图片，总之，厦垛中一切散乱放着的珍奇物件都要集中在那里。除了这些东西之外，所有的桌子、模特儿、画架都放得下。

曾经先后做过教堂合唱队席位和剧院场地的那部分，要作为纪念性建筑，要保留原来的半圆形和合唱队席位装有木雕板壁的外形。现在要修理的是纯黑橡木的漂亮的雕刻。泥瓦工们刚刚刨出来的塔楼的旧门像从前一样，开向一个讲坛，但这个讲坛，将装上栏杆，给一个螺旋式楼梯作梯口平台用。好几张螺旋式楼梯的图样已试画好，现在要在其中选择一张最合适的。

这个小教堂、这个楼梯以及这个塔式小楼在本书的叙述中都将有很大的重要性，我们不得不先设法在读者的思想中留下一个形象。我们还应当说，这所建筑物的本身位于花园的一部分，花园里所有的小路上都长满了草木，一个小院子，或者说天井,曾经是墓地、花坛、野鸡饲养场,现在成了一个塞满破砖碎瓦的死胡同。

这里是厦垛中最寂静最幽僻的地方,一个哲学家的静居处,也可以说艺术家的工作室。要清除修理的就是这个角落。可是要保留原来的神秘和幽暗的气氛。也许是为了可以在那里毫不分心地工作,也许是为了可以躲在那里避开不受欢迎的访客。

勒乐布先生把两个木工领到这个幽静的地方,两人中,一个很镇静,另一个努力显出镇静的样子。

不过,首先,比埃没有想到他父亲,也没想到他自己。当他进入这古老的厅堂——细木工艺术真正的里程碑的时候,艺术家所能体会的对职业的热爱,是当时占据他心坎的唯一感情。他到门口停住脚步,突然产生一种深厚的敬意;因为没有一个灵魂能比一个认真严肃的劳动者的灵魂更易产生这种崇敬……接着,他慢慢向前走,走到圆屋顶下,用忽快忽慢的脚步走遍大厅,有时急步观察细节,有时止步欣赏整体。他的脸上流露出一种神圣的喜悦,他半张着嘴,一个字也说不出来,他的父亲惊讶地注视着他,不很理解他何以如此兴奋,心想是什么思想在激动着他,使他显得骄傲、自信,比平时高出一头。至于那位总管,一点也不能理解这种神往,由于两个木匠不作声,他决定找话来说。

他用温和的声音对他们说,这种声音是他的吝啬的劣根性将要发作的预兆:"你们瞧,朋友们,并没有人们所想的那么多活儿。我提醒你们,雕饰和小雕像是超乎你们能力的工作,我们将从巴黎雇来车工和木雕工的艺人来修补那些破碎了的雕饰,那些丢失了的要重新做。你们只要管粗活就行了:

17

你们只要把损坏了的墙板补上,把松散了的部分拧紧,在这里那里加几条线脚,在挑角上加几块板,等等……我想这些活计你们能胜任吧?……你,比埃师傅,你走南闯北,做这些嵌在小栏杆上的滚条没有困难吧,是不是?"总管说这种无礼的怀疑话时,带着一半像长辈一半是傲慢的微笑。

于格南老爹是个能干的工人,他愈观察愈知道这活计的困难,听到这种关于他儿子的才能的直接质询,他皱起了眉头。在这时候,他一方面感到作为艺术家的说不出的嫉妒,另一方面又感到作为父亲的骄傲。当比埃好像没有听见勒乐布的话,用一种自信的声调回答时,他的额头舒展了。"总管先生,我在旅行时,学了我所能学的东西;但是在这些椭圆形花纹、条纹,以及各木块之间的关系上,没有一点我父亲不能做,并且不能做好。"他又说,由于一种隐隐约约的谦虚,他放低了嗓音,"至于小雕像和细微的装潢,这个任务正好吸引我们父子俩;因为这是一个很美妙的工作,做好了是光荣的。不过这要我们花费很多时间,我们也许没有必需的工具,肯定我们在本地找不到助手。这样,我们就自己把活儿承担下来。现在,可不可以请你领我们看看你刚才谈到的地点和楼梯的草图?"

在小教堂的深处,上文提到过的那扇小门,神秘地深深嵌在墙里,外面盖着一块古老的壁毯,只有几块生了蛀虫的木板,作为楼梯口的平台,这是讲坛残留的最后痕迹。

勒乐布说:"就是这里。墙里没有安装楼梯的空间,所以需要做一个螺旋式的木楼梯。你看吧,如果你愿意,就量一量尺寸。这是一架梯子,可以拿过来。"

比埃把带台阶的梯子移过来,登上讲坛,这讲坛离地只有六尺高；他掀起门帘，欣赏门上雕刻的精美的手艺，以及十分精致的网纹雕饰缠绕着的门框和门楣。

他说："这个门也要修理，因为这椭圆形浮雕中心的族徽都已破损了。"

总管带着伪善的神气把眼睛转过去，回答说："对，是在大革命时期损坏的；真是非常野蛮，因为这是一件十分出色的工人干的活儿，这点不能怀疑。"

于格南老爹两颊顿时通红，他完全知道当时破坏这些艺术品最起劲的坏蛋是谁。

他说："时代变了，贵族族徽也变了。在那个时代，什么都被破坏了，当时就没有想到以后反而会给自己增加工作。"他微笑着，狡黠的神情掩盖了他的不安。

管家说："这对你们并不那么坏呀。"他这样说，带着一种冷冷的、刺耳的笑声。当他自鸣得意称之为快乐表现时，总有这种笑声。

老木工回答说："对于你也不坏呀，勒乐布先生。如果门没有砸坏，你今天也不会有开门的钥匙；如果原主没有出卖这所厦垛，维勒普娄的幼子也不能用信用券向长房廉价收买过来，现在也就不会这么富有。"

勒乐布用高傲的声调说："维勒普娄家一直很富有；我想，他们在买这块土地以前，不见得穷得沿街乞食。"

于格南老爹用一种嘲笑的声调说："得啦，不管步行也好，骑马也好，坐车也好，反正大家都寄托在通向上帝这条可怜的街道上。"

当他们东拉西扯地谈话时，比埃一直在仔细地观察那扇门，试着打开，好把两面都看看。勒乐布止住他，用教训人的口气说:"别进去,门是从里面锁着的;这是维勒普娄小姐的书房,当她不在这儿的时候,只有我有权进去。"

于格南老爹说:"要修这扇门总得把它拿下来,如果你不愿意在门上凿几个小洞。"

勒乐布先生回答:"那以后再说,现在你们要办的就是楼梯。这就是地点。至于图样,你如果愿意下来,我给你看。"

比埃从梯子上下来,总管先生在他面前展开好几幅印刷品,这是照弗兰德地方古老的室内装置画下来的各种图片。

勒乐布说:"小姐要我们按照这些楼梯的风格去做。在这些图样里,选择一张最适合于这儿用的。因此,我让人按照几何学的规律画了一张图样;我估计,找人给你们解释一下,你们会照办的。"

比埃向总管郑重其事地在他面前展开的那张蓝图看了一眼,立刻说:"这图样有毛病。"

管家回答说:"朋友,你说话可得留点神。这图样是我儿子画的……我亲生的儿子画的。"

比埃冷冷地回答说:"先生,你的儿子搞错了。"

管家气得满脸通红,高声说:"比埃师傅,我的儿子是桥路工程局的职员。"

比埃微笑着说:"我并没有说他不是;可是,如果你的儿子在这里,他一定会承认自己的错误,另画一张。"

"那无疑是在你的领导下喽,高明的先生?"

"总管先生,是在常识的领导下;让他来正确领导,我也会跟着干。"

于格南老爹高兴得笑了,灰白的胡须掩饰了他的笑。他很得意,勒乐布先生刚才对他说了些含沙射影的话,这下他儿子替他报复了。

他带着一副能干的神气说:"让我们瞧瞧这图样。"同时从拖长到膝盖的背心的口袋里掏出一副牛角边的眼镜,架在鼻子上,装着评论那幅图片的神气,虽然他一点也看不懂。机械图对他是天书,他一直装着瞧不起;但他本能的信心使他感到在此刻他儿子是正确的。他少不得肯定这个图样是错误的,而且一看就清楚;他那么镇定地坚持,比埃差一点以为他已经改变态度相信机械图了,可是他看见父亲把图倒拿着,赶紧从他手里把图拿过来,怕总管注意到,其实总管对此道并不比他父亲精通。

于格南老爹接着冷笑地说:"你的儿子在桥梁公路方面可能很能干,可是据我想,他在公路上不会建造很多楼梯。勒乐布先生,每个人有自己的本行,我这样说并不是敢得罪你。"

勒乐布对比埃说:"那么你拒绝做这个楼梯?"

比埃温和地回答说:"我负责修改它。并不难,总趋势仍旧一样,我加上一道雕空的橡木栏杆,用那些跟房子的圆顶和梁架协调的护壁,以及挂饰的风格。"

勒乐布尖酸地说:"那你也是雕刻家啰?你什么才能都有。"

比埃带着充满善意的微笑说:"啊,不,不是什么才能都有,甚至连我应该有的才能都不能都有。但是请你拿这个活计来试试我吧,如果你满意,你就可以原谅我说了跟你相反的话。我向你发誓,我这样做没有一点触犯你的意思。如果需要我造桥或搞一个修路的计划,那我将很高兴地听从易希道先生的指示,我知道我会从他那儿学到很多有用的东西。"

勒乐布怒气稍稍平息了一点,同意听听比埃陈述的关于楼梯图样的口气温和的批评。他解释得非常清楚,于格南老爹一下子就懂了,由于实践和自然的推理,他在他的手艺中达到相当高的知识水平;可是勒乐布先生既没有理论,又没有实践,直冒大汗珠子,却装出懂行的样子;为了解决分歧,决定由比埃另画一张图样,交给为贵族之家效劳而觉得荣幸的建筑师。在使用年轻木工以前,勒乐布很高兴做这个考验,他们决定工程的预算和工资的条件以后再谈,先听听建筑师的意见。

于格南父子回到家里,父亲保持深深的沉默。在等待天黑的时候,他们干起活儿来了,比埃并不比平日骄傲,开始把父亲递给他的木板刨起来;不过很容易看出父亲不像平时那样自信地给儿子分派活计,对他说话也比平时客气。他甚至向比埃请教他分配木料时使用的很简单的方法。

比埃回答他说:"您的方法也行。"

老头说:"不过归根到底,你的办法一定比我的强!"

比埃回答说:"我使用着容易些。"

于格南老爹说:"那么你是不赞成我的方法?"

年轻人回答说:"那倒不是,因为多费一点时间,多辛苦一点您可以达到同样的效果。"

老木工明白这个委婉的批评,咬紧嘴唇,接着,一种赞许的微笑消除了他刚才的尴尬面容。

晚餐后,比埃开始工作。他从工作包里掏出一大张纸,拿起铅笔、圆规以及计算纸画起线条来,又画了另外一些线条与之交叉起来,再画一些弧形、半弧形,又画了许多投射线、延伸线,到半夜,他的图样完成了。于格南老爹在壁炉旁边,假装打瞌睡,从儿子的背后一直在看他的动作。当他看见比埃合上皮包,一言不发,准备睡觉时;他就用憋着气的声音说:"比埃,你可担了大风险了。你准保比勒乐布先生的儿子知道得多吗?人家可是在学校里受过教育的,现在是政府的职员。今天早晨,当你解释他那张图样的错误的时候,当然你用的词句我不很熟悉,我却懂得你可能说得对。不过挑别人的毛病容易,要胜过别人却不容易。刚才你在一块破纸片上画的那些横横竖竖的线,你怎么能自己夸口不会有错误呢?只有将材料一块一块地比试着,随时修改,才能对自己所做的有把握。如果在干活时你犯了一个错,那只是损失一天工和一点木头;你改正,神不知鬼不觉,那就行了。现在如果你画错了一条线,审查你的图样的那些自命博学的人们就会叫起来,说你无知、拙笨,你还什么活都没有干,就把自己的名声全毁了。我体面地,有得益地干我这一行快四十五年了;我刚开始的时候,要是在纸上犯一个错,都可以使我失败。因此我总小心谨慎地不跟那些自认为比我高明的人竞争。我的小小的道路也走过来了,我记得这句小小的格言:'看他干活,才知道他是怎样的把式。'我的孩子,你呀,你要当心,当心你的自尊心。"

比埃回答说:"这儿和我的自尊心并没有什么关系。好父亲,这点您可以放心,我不愿跟任何人过不去,也不想炫耀自己;但是超乎我们大家之上,有一种千真万确的东西,任何虚荣心,任何嫉妒心都不能为了对自己有利而使之屈服;那就是计算和实验证明的真理。任何一个人,一旦清楚地看到了这个真理,永远不会再在错误的应用中迷失路途。我刚才已经对您说过,您的办法是正确的,因为您所做的工作都能成功;我再加上一句,我越观察您的活计,我越羡慕您该有多大的机智、聪明、勇气和记忆力,才可以不用几何学的方法。

"理论不能教给您任何东西,因为您有高度的智慧;但是如果您听说用这种办法帮助您的资质最差的徒工,在很短的时间内,不能说达到和您一样的巧妙,但可以达到四十五年辛勤的劳动使您达到的准确,那您就会懂得学理论的好处。精密科学并不是别的东西,它只是人们经验的成果,这经验经过推理、考察、论证,您没有理由害怕科学术语,因为它们的准确性比通俗习惯使用的一切模糊的定义都容易记住。有图样的帮助,您在二十岁时本可以知道也许您在四十岁上才知道的东西,您本可以把您巨大的智慧使用在新的课题上。"

于格南老爹回答说:"你说的这些话有通情达理的地方;但是,如果你向总管的儿子的挑战获胜的话,你以为他父亲不会恨死我们吗?不会把今天早晨他向我们建议的活计交给别人去干?"

"他不能使他的主人们不高兴。父亲,您别忘记维勒普娄先生是个活跃的、警觉的、节省的人;勒乐布先生很明白事情必须办得好,而且花钱不多;因此他虽然不喜欢过去曾经是爱国志士的人,却选中了您。他一定会把厦垛中的修理工作交给您,您不必怀疑,何况建筑师会对他说您比很多别的人都能干。"

于格南老爹被儿子的智慧说服,安然入睡。三天后,他被召到厦垛去和建筑师商议,建筑师亲自来查看现场,替厦垛主人对总开销做一个预算。

建筑师相当倾向于支持最强有力的人,也就是说支持勒乐布和他的儿子。他刚把两张图样看了一眼就叫起来:"没问题,勒乐布小老爹,您儿子的图样好极了,我可怜的朋友比埃,你那图样蹩脚得很。"这样说着,他轻蔑地把桥路工程局职员的那张图样扔到桌子上,他肯定那是木工的作品。

比埃用一贯的平静态度对他说:"请原谅,先生,您扔掉的那张图样不是我的。请您看看您赞成的那张图样,我把名字用小字写在楼梯最末一级上。"

建筑师大笑着叫起来:"真的,的确是这样。可怜的勒乐布老爹,我替您不平,您儿子搞错了。得啦,您别不痛快,这样的事谁都会有的。"他转身向于格南儿子,拍拍他的肩膀,又说:"至于你,小伙子,你很懂行,你是个好几何学家,如果你人也好,你会有前途的。瞧这张图画得多漂亮多聪明,"他又看了看比埃·于格南的图样,接着说,"这楼梯可能又方便又好看。勒乐布老爹,您就雇用这个木工吧,您就是从远处找人来也不如他。"

勒乐布带着深沉圆滑的平静回答说:"我也是这个意思。我会公平地对待有才能的人,承认他的价值。我的儿子,肯定几何学很强,但是他的脑袋还不成熟,容易发热。"

建筑师说:"得啦,得啦,他画图纸的时候,准是在想一个美丽的女人。这小伙子够标致的,会常常有这样的疏忽……"

勒乐布笑起来,笑得像刺耳响的玩具声,建筑师用像个大铃铛似的笑声回答他。轻浮的笑声结束后,他们开始对工程估价,那时木工师傅和他的儿子把派给他们做的活儿也加以估价。讲价钱时,勒乐布的态度顽固、可憎,比埃·于格南则寸步不让。他的要价是那样有节制,以致他父亲心里怪他不会办事,因为老人很知道勒乐布要厚着脸皮压低他们的要求。但是比埃决不动摇,建筑师不得不认为这个要求是合理的,低低地咬着总管的耳朵说:"快定下来吧,趁他父亲还没有出来抬价。"

条件就这样讲定了。建筑师负责在工程完毕后来验收。总之,在当时总是使工人为雇主的利益牺牲的制度下,这次交易对木匠算是不错的。

回到家里时,他对儿子说:"行,你什么都行,瞧,我这辈子这是第一次,按我开头的一句话就成了交。"

第 四 章

　　过了八天,于格南父子把村子里主顾们订的活计都做完以后,就到小教堂里开始他们的工作。一般说,在巴黎,工人们把要做的活计拿回家去做,只是在完成以后才把部件送到现场去装配修整。可是按厦垛的习惯,要修理的小教堂就变成了干活的大车间。

　　比埃总是在天亮之前就起床。太阳刚刚升起,他已经在年代悠久的护壁的橡木木板上,用圆规比画起来,当徒工们还睡眼惺忪地到来时,他把任务已经给他们分配好了。有一天晚上,他专心致志地在仔细研究护墙板,在一块由于年代久远而变黑的门板上,用粉笔画了许多图像,他只顾计算,没有注意时间已晚和周围的沉寂。父亲和工人们已经走了很久,厦垛的各扇门都已关上,守夜的狗已放到院子里。机警的总管惊异地看到高大的玻璃窗里面还有灯火在闪闪发光,就一只手拿着他那串钥匙,另一只手提着灯笼,走到门口小心翼翼地查看。

　　当他隔着门缝认出是青年木工的时候,叫着说:"是你呀,比埃师傅,干了一天还没有干够吗?"

　　比埃回答说他还有一个小时的活儿,勒乐布交给他一把开花园门的钥匙,嘱咐他走的时候注意熄灯,要把门都关好,

27

接着,他祝比埃努力之后,便去睡他甜蜜的大觉了。

比埃又工作了两个小时,当他把棘手的问题解决了才决定去睡觉。可是他听到厦垛的钟敲了两点。比埃怕在这个时刻出门会引起村里人的注意,引起人们在背后议论。他因爱好学习,已经得了性格古怪的名声,他一直在避免这种名声。而且,徒工们不久就要来到,如果他去睡觉,就不能准时醒来接待他们,给他们分配工作。木工们刨木板时总刨下一堆堆小刨花和刨花卷子,他决定在上面躺躺。对他那健壮的四肢,这张床是够暖和的。他把上衣作枕头,工作服作被子。但是,随着天一点点发亮,空气一点点变得更凉爽,清晨的潮气从窗户中渗透进来,因为大多数的窗框子都拿下来了,比埃一整天都在梯子上工作,搞得腰酸背痛,这种寒冷不舒服的感觉愈发强烈了。他在周围寻找,看有没有什么东西可以取暖,他的眼光落在遮盖那扇小门的旧门帘上,这门就是上一章已经提到的那扇门。门已被取下来修理,只有门帘在那里。比埃登上梯子,但是只在这时候他才想起那细心的总管把这门帘各边用钉子钉在墙上,使尘土和俗人的眼光不致进入维勒普娄小姐的书房里。

也只是在此刻他才回想起,那天他想把门的两面都看看时,总管禁止他打开此门的严肃口气。他不禁产生了强烈的好奇心;不是心胸狭隘的人所具有的那种庸俗自私的好奇心,而是一种强烈的想象力所感到的对冒险的需要,这种想象力总觉得有许多它应该能懂的东西,可是它不懂。他想,厦垛中小姐的书房想必充满以后要陈列在画室中的艺术品。那里大约有书籍、绘画,肯定有,有使我感到好奇和有趣的古老木器。我只要撬开两三个钉子;我不是间谍,也不是小偷;我胸中散发出来的气体,我对一切美好物品都崇敬的目光怎么会亵渎这圣洁的处所?

说干就干。他掀起门帘,走进书房。这是一间圆形小室,它占有厦垛的修长的塔形角楼之一的整个第三层。这漂亮的房间装饰得很讲究,只有一扇宽大的窗子,使室中得到光线,窗外是花园,小树林,一望无际的草地。一条漂亮的土耳其地毯,锦缎的窗帘,石膏像,一个版画板的架子,装潢富丽堂皇的古画,一个文艺复兴式的大箱子,同样风格的盘碗柜,书籍,一个耶稣受难的十字架,一张彩漆描金的古琴,一个头颅骨,一些中国瓷瓶,千百种细节表现出这种没有次序、没有造型美、没有目标的现代趣味,但是文雅、怪诞而且博学,好像在戏弄现在,崇敬过去;这就是使这青年工人看得十分震惊的魔宫。在那个时代,对新奇事物的爱好还没有进入俗人的生活中。旧货店还不是像面包店和酒商的招牌一样,在巴黎每条街上,甚至在郊区都必不可少。到塞纳河边①寻找我们祖先这些暗淡的残迹,在当时是高雅的举动。那时不像今天这样容易找到灵巧的、有学问的工人来修理这一切。从古老的厦垛中抢掠来的、被帝国时代的希腊罗马式的时髦风格所摈弃的、作为废品扔在世界各个角落的物品,还没有全部从阁楼和草屋中拿出来,如同几年之后,它们被新时尚的魔棍从各个角落里找出来那样。那时人们还不会仿造精巧的假古董,以致无法辨认真的年代。人们认为这些物品都是稀世之珍。四周堆着这些驳杂的物品,生活在过去的尘土之中,已成为一种风尚,但仅仅是存在于上层阶级或时髦的艺术家之中的一种流行的妙

---

① 指巴黎塞纳河岸上的那些旧书摊、旧货店。

不可言的风气。从这里出发,产生了描写木箱、古酒杯、食品柜的文字,描绘餐具柜和战利品的绘画,网状铁甲,短剑和盾牌的抒情式布景,以及许多别的艺术倾向,幼稚和有益的癖好,它们在各个时代,都有使富人、闲人和一切像我们这样的效颦之辈取乐和破产的特权。

比埃天真地爱上了这一切玩具似的东西,想象着维勒普娄小姐是唯一够艺术家风度的姑娘,她可以坐在一把查理九世时代的椅子上,以足够的勇敢在缎带花边之间放一具骷髅。因此他对这年轻的女子产生一种赞美的心情,他还依稀记得童年游戏时看见过她,替一位能赏识他价值的女士干修理小教堂这种高尚的工作,他感到加倍的幸福。接着,他快乐地观赏莫尔冈①刻的铜版画:坐在椅子上的圣母,把这张天使般的又坚毅的面孔想象成那位厦垛中的年轻女主人,这使他很激动,很神往。如果不是那些沿着花园小径吹着哨子走来的工人们的声音提醒他该干活了,他可以一整天忘我地待在那里。他赶紧走下小楼,仔细地又把门帘钉好,才回到工场里去。

自那以后,勒乐布先生一再要求,快把书房的门修好装上。他等得很不耐烦;说尘土可以由那里进去,这家人就要回来了,小姐不能立刻把自己关在她那小塔楼上会很不高兴的,因为她特别喜爱这个房间;总之,这是第一件要做的事。有时他甜言蜜语,有时就怒睁着他那双小眼睛训斥人。比埃总答应着,可是不实现诺言。他把那扇门藏在一堆木板和小梁柱的后面,藏得那样好,简直不可能找到它。一切进行得那么快而且那么好,所以勒乐布先生也不好意思大发脾气。

---

① 莫尔冈(1761—1833),意大利蚀刻家。

事实上，比埃不止一次深更半夜到那小楼上度过几个小时，出神地站在那些木器、图画和模型的前面。比什么都更吸引他的，是钉在墙上的小硬木书架上那些金光闪闪的精装书籍。比埃只要一伸手就能满足他的好奇心，可是他怕犯辜负别人对他信任的错误，不敢把一双又黑又硬的干活的手放在这些富丽的精装书上。有一个星期日，厦垛中空无一人，连勒乐布也出去了，比埃抵制不住诱惑。星期日他一向穿戴讲究整洁，因为他天性喜欢雅致。如果他衣服上有一个小污点，手上或头发上有一点尘土，就会使他烦恼，也许一个老老实实的工人不应当烦恼到如此程度。当他在书房的镜子前照了照，确信他的服装虽不如一个资产者阔气，却是无疵可摘时，就决定打开一本书……这是卢梭的《爱弥儿》。这本书比埃能背诵；他曾在里昂买到这本书，他周游法国时，曾和几个行会会友晚上一起阅读过。在书架的同一格上，比埃看到夏多布里昂的《殉道者》、拉辛的悲剧、《圣徒传》、塞维涅夫人的《书信集》、卢梭的《社会公约》①、柏拉图的《共和国》、《百科全书》几部史学著作，还有很多其他的书，相当出其不意地放在一起。他用了三个月的时间，也就是分散在十二个星期日的大约六十来个小时，狼吞虎咽地读了这些著作的大部分，不是逐字逐句地读，而是了解主要内容。后来他常常说那是他一生中最美好的时光，其中有一种说不清的传奇式的神秘吸引力，使某些书的诗意更有韵味，使另一些书的严肃性更堂皇。但是最吸引他的，是一切和法律历史有哲学联系的东西。他在里面贪

---

① 旧译《民约论》。

婪地寻找把社会组成不同等级的巨大秘密。他肯定自己过去读一些缩写本和接待访客时(虽然久了一些)所取得的意见中政治印象在互相冲突。如果有更多的书和可以支配的时间,在这个时期他可以取得多少广泛的知识和高超的见解啊;但是不应该忽视干活。在小楼的书房里熬了几夜以后,比埃发觉第二天脑袋沉重,手臂麻木。他认为必须在一个星期中禁止自己有这种精神的享受,尤其他有过分的自尊心,不肯在书房里留下一点他那带尘土的工人脚印。如果他的潮湿的手指沾污了那些漂亮书籍的光滑边缘,他将不知道有多么难过。他这种轻浮的恐惧包含着什么秘密的幻想?可能他自己也很难向你说明。含糊不清的、古怪的、不可抗拒的思想在他胸中酝酿。他在自己身上感到一种天生的高贵,比所有世上的法律所承认,从而取得的荣耀更为纯洁,更为美妙。在任何时候,他都勉强压抑着隐藏在体力劳动者的外表下的一种几乎是王子式的内心冲动。更能表现他天生的伟大的,在于他用一种力量,一种灵魂的均衡忍耐着内心冲动。但是在这些神秘的学习时刻,他高贵地坐在丝绒沙发的垫枕上,欣赏着美妙的风景,随着诗人们的描写向他透露神圣的艺术,由可以看见的表现创造出来的神圣艺术,他渐渐体会到他所欣赏风景的诗意。在这些时刻,比埃·于格南觉得自己是世上的国王;但是他在自己的沉思的额头上,在他那双干枯而粗糙的手上,又看到那奴役他的锁链的永恒伤痕时,热泪不禁夺眶而出。于是,他跪在地上,把手臂伸向天空,向上天为自己请求忍耐,为所有在地球上被抛弃在无知中和由苦难造成的麻木不仁中的愚昧的兄弟们请求正义。

当瓦特·司各特①的最初几部小说落在他手中时,起先是历史引起的强烈和深刻的激动心情,随之而来的是一种不可言传的魅力以及想象力引起的极大快乐。你们不久就会知道,这种纯洁的乐趣如何会成为对他危险的东西,他是怎样受到他最后阅读的书的影响的。

---

① 瓦特·司各特(1771—1832),英国著名小说家。

第 五 章

　　工作正进行得非常顺利的时候,一件倒霉的事故使它中断下来。于格南老爹最优秀的一个徒弟从梯子上掉下来,肩膀脱臼;正所谓祸不单行,于格南老爹大拇指里扎进一根木刺,不能干活了。头一两天,勒乐布殷勤地慰问他;可是当他看见徒弟回到父母家中去养伤,本村的医生看了老木工的手,宣布这伤势必须休息两星期,这位难对付的总管就表示要另找包工来做楼梯。这使于格南老爹吓得要命,他要独自负责这工程,与其说是为了个人利益,更不如说是出于自尊心。他要重新工作,但是,伤势恶化,不得不重新中断。医生威胁他,如果他固执地要干活,可能要截去他的指头、手,也许要截去一只胳膊。

　　于格南老爹说:"你索性马上把我的脑袋截去吧!"一边绝望地把凿子扔在地板上,自己关在房里,又愤怒又痛苦。

　　晚餐后休息的时候,比埃对父亲说:"父亲,我们必须打个主意。在几个星期内,您不能干活,不然就会损害健康,也许还有生命危险。纪约姆是您最好的工人,他的伤至少要两个月才能养好。现在剩下我和一些年轻人。他们无疑都很积极,可是没有经验,而且缺少必要的知识来担当如此重要的工作。不瞒您说,几天以来,我不得不一人顶三个人的活儿,我感到我的力气一天不如一天,饭吃不下,觉睡不着,我也会病倒的。只要我能支持,我一定照样干,决不抱怨困难,这您是知道的,不过总有一天,我会疲乏到支持不住。就算勒乐布先生会耐心等待,到那时他就有理由找别人顶替我们。"

于格南老爹长长叹了口气,回答说:"那怎么办呢,命运跟我们过不去!魔鬼跟在穷人后面的时候,穷人就得完蛋。"

"不对,父亲,命运不会和任何人过不去。说到魔鬼,它诚然可恶,但它也确实是胆怯的。如果您肯听我的话,您不会完蛋。我们需要两个优秀的工人,一切就都好办了。"

"你到哪儿去找他们呢?附近的木工师傅肯把他们的工人让给我们吗?如果是好工人,那是绝不会有多余的;如果是坏工人,谁都会嫌他们。难道我去向一个老板建议跟我合伙吗?如果这样,我倒愿意完全放弃。要是和别人分享荣誉,何必多此一举呢!"

年轻的木工知道他父亲的弱点,就说:"荣誉必须全部归您所有,不要您和任何人合伙。只是,我要去给您找两个工人,而且是最好的工人,我可以向您保证,您就交给我来办吧。"

于格南老爹叫道:"得,你又来了,你到哪儿去找呢?"

比埃回答:"我到布卢瓦去招工。"

说到这里,老头儿神气古怪地皱起了眉头,他的面孔显出那样严厉责备的表情,弄得比埃不知说什么好。

于格南老爹坚决地沉默了片刻,然后说:"好,原来你要的就是这个。你需要周游法国行会的会友们,还有寺院的孩子们?需要那些巫师,没品行的人,大路上的坏蛋?你要到什么门派里去挑选呢?你过去不屑于对我说你是属于什么鬼怪行会,我还不知道我是一只狼,还是一只狐狸,一头山羊,还是一条狗①的父亲。"

比埃鼓起勇气说:"您的儿子是人,父亲,您可以肯定永远没有人用轻蔑的词儿跟我说话;我早知道跟您提出去雇会友的时候,会惹您生气,但是我认为您会好好想想,不公正的成见不会阻拦您使用这种办法,这种唯一使您保留厦垛中的工程的办法。"

"说实话,这可真是怪事!现在我明白了,这些虚伪的温和隐藏着反对我的阴险计划。那些得渥郎会友②只能从窗口爬进我家里!因为,我肯定会给他们吃闭门羹的;上帝晓得他们会不会在我的床上掐死我,就像他们在树林的角落或者酒馆里互相掐死一样。"

于格南老爹说这些话时,提高了嗓音,顾不得受伤的手,使尽全力拍桌子。

"你这是跟谁过不去呀?"邻居锁匠师傅听见了叫嚷声,走进来说,"你要把房子都掀翻吗?你这么大岁数大吵大叫不害臊吗?怎么着,年轻人,是你顶撞你父亲了?这可不好!年轻人是撞针,应当听成年人这个大弹簧的支配。"

当比埃把事情向拉克莱特老爹讲清楚之后,后者笑了起来,转身向他的伙伴说:"啊!啊!在这点上,我可认得你,你这老疯子,老邻居,你总是仇恨那些会友吗?这些善良的会

---

① 各种职业的行会会友彼此称呼时所用的代号。——原注
② "得渥郎"行会门派奉"雅克师傅"为祖师。这个行会门派和另一门派,"卡渥"派在十九世纪初期的法国斗争最为激烈。卡渥门派的会友绝大多数是新教徒。因此在这两个门派的斗争中,有明显的新旧教分歧的影响。

友,他们怎么对不起你啦?是不是因为你不愿和他们一样地'击掌'①,他们就打了你?是不是因为你不会'吼叫',他们就不许你经营店铺了?你可是嗓子够响,拳头够硬的,必要的才能你都有。说实话,你这样反对风俗习惯,我觉得你够愚蠢的。至于我,很遗憾,不能倒退三十年,要不然我就去申请参加一个社团,因为听说本领最大的人大吃大喝,由最没出息的人付钱,接着,在一块墓地上,或者在黑夜十字路口,召唤魔鬼。魔鬼和一万个小鬼排队而来,想必看着很有意思。有时候我想到六十年前我就听说过魔鬼,可从来没有遇到过!嘿,比埃,你见过魔鬼,你是会友,你说说看,魔鬼是什么样子的?"

比埃笑着说:"邻居,你相信这样的怪事,这怎么可能呢?"

锁匠带着调皮的善意说:"我不完全相信,可是我有一点相信。我不能忘记听见古怪的叫声,可怕的吼声,我多么害怕,那时我很年轻,跟我父亲在瓦乐孟山上干铁匠活,人们管这叫夜间打猎或是巫神集会。我战战兢兢地睡在我床上的干草堆里,我父亲跟我说:'好吧,睡觉吧,孩子!是狼在树林里吼叫。'可是另有些人说:那是木工会友们在接受一个新会友入会,他们让他跟魔鬼签订一个协约;谁能熬到凌晨一点钟清醒不睡,就能看见魔鬼化作一个大直角架的火团,在天空飞过。真的,那时我真相信,尽管怕得要死,我急着想看见魔鬼;但是我总熬不住,不到时候就睡着了,因为疲乏比好奇心还厉

---

① "击掌"是同一门派和会友相见时必须表示的规定的手势和对话。可是卡渥门派的会友相见时不用"击掌"。

害。可是,你们瞧,自从人们对我说锁匠也有一个锁匠的行会,我开始想这一切并不那么邪气,可能也有点什么好处。"

越来越愤怒的于格南老爹喊道:"有什么好处?真的,你可真叫我生气!倒像在他那把年纪还必须研究行会会友们共济会的那一套办法①?"

拉克莱特像一个真正的锁匠那样爱开玩笑,而且固执地说:"对,在我这把年纪,我也想学学,这究竟是怎么回事。如果你想知道这有什么好处,我可以告诉你,这可以彼此理解,互相认识,互相支持,互相帮助,这并不是那么疯狂,也不那么坏。"

于格南老爹愤怒地说:"我呀,让我来告诉你,这对他们有什么用,他们会串通一气来反对你,他们互相交流骗你的钱,互相支持使你威信扫地,最后互相帮助叫你破产。"

邻居接着说:"那他们未免太机灵了;我倒看不出这些,我没有一年不雇用两三个会友的。每次厦垛把比较重大的活儿给我干,我从来没有不到城里找一个很聪明、很灵巧,尤其是很快乐的好小伙子,因为我喜欢快乐!这些快活的小伙子们总唱些好听的歌曲,让我们听了高兴,他们给我们勇气,当我们有节奏地在铁墩上敲打的时候。他们像狮子一样勇敢,比我们活儿干得好,会讲各种故事,讲述他们走过的地方,见过的国家。这使我变年轻了,使我生活得有劲。嘿!嘿!于格南老爹,你的头发白得比我的快,因为你总是摆出你那老师傅的骄傲态度,从来不愿意跟年轻人交往。"

---

① 工匠的行会常常和共济会结合在一起,因为两者以同一个传说,关于建筑所罗门王的庙宇的争执,作为它们的起源。

"年轻人应当跟年轻人一起干活,老年人要和他们一起消遣,会受到他们的讽刺和轻视。你跟会友们来往收获不小,对不对?你没能培养出替你干活、还要付给你钱的好徒弟;你管这些大坏蛋吃住,他们把你看成是废物,使你破产,你反而说你自己得到好处(多么古怪的好处)!"

"如果他们把我看成是废物,那是因为我明白我是个废物,如果他们使我破产,那是我自己愿意。如果挣多少吃多少,过一天是一天这样使我高兴呢?我没有孩子。难道我没有权利和我收留的这些孩子快乐地过日子吗?他们帮助我埋葬掉孤独的烦闷和对于以后过日子的忧虑。"

于格南老爹耸耸肩膀回答说:"我看你真够可怜的。"

当两个老伙伴争吵的时候,他们发现比埃没有因为得到邻居的支持而高兴,而是安静地去上床了。一方面由于这种谨慎的行动,另一方面由于邻居大胆的反驳,于格南老爹的满腔怒火一下子就熄灭了,最后由于必须做出决定,这一切都促使老头儿好好想一想,第二天他对儿子说:"好啦,你到城里去一趟吧,给我找些工人来,只要他们不是会友,你愿找谁就找谁。"

比埃是理解这种自相矛盾的许可的。他知道父亲常常在事实上让步,从不肯在语言上让步。他拿起手杖,到布卢瓦去了,决定去招几个他能找到的最好的会友工人,如果他回来时,父亲仍照旧对秘密社团那么反感,他就说这些工人是没有加入行会的学徒工。

第 六 章

比埃·于格南步行在一些野花丛生的穿山越野的小径上,这些道路是东西南北漫游法国各地的流动工人们十分熟悉的。就在这时,一辆沉重的长途旅行的轿形马车在由布卢瓦到瓦朗塞的大路上笔直地奔驰而来,掀起滚滚的尘土。这不是别人,正是维勒普娄一家以极快的速度直奔他们的厦垛。

不消说,那位急躁的总管,八天以来,异常激动不安,这天他骑着铁灰色的小马去迎接主人一家到来。主人起初通知他说秋天回来,以后通知说要更早一点,最近才宣布初夏就回来,这使他非常不高兴。他不懂,为什么伯爵,他的老东家会给他开这么一个玩笑(这是他的原话)。为了迎接主人,他什么也没有准备齐全。时间不够。如果按他的意思准备,六个月都不够,而现在只用了三个月。因此他忧心忡忡地骑马小跑着去迎接主人。他的手拿着缰绳在他那匹低着头的小马颈上轻轻摩擦,那小马和他一样垂头丧气。勒乐布想:"咳!小教堂还没修好。还有多一半的活计要做,家里到处是尘土,伯爵先生每天早晨势必咳嗽一阵,脾气自然不会好。工人们的声音会使小姐烦躁的。她能在她特别喜欢的小书房里工作吗?至少这个倒霉的门能修好还行!可是没修好,根本没有。找不到一个工人能换一扇门。拉克莱特老爹想必一清早就喝醉了,于格南儿子偏偏在今天这样的日子出门,天晓得到哪儿去了!啊!这些无忧无虑的工人们!他们怎能想得到像我这样一个总管的脑筋日夜被忧愁和焦急折磨着呢?"

他正沉溺在这些令人心碎的思想里,另一匹小马,比他那匹小马强壮,走得更快的蹄声把他从梦中惊醒。铁灰色小马竖起耳朵,高兴地嘶叫起来,它认出一匹小黑马的气息,这匹黑马是属于骑马者的父亲的。总管一看见他亲爱的儿子易希道,桥梁公路局的职员走近时,额头开朗了一些。

父亲说:"我正在担心你没有接到我的信。"

儿子回答:"我今天早晨接到的,您的信差在离这儿两里路,在新建的大路上找到我。我跟工程师正忙着,他是个地道的废物,没有我他寸步难行。我向他请两天假,他好不容易才同意;因为,说真的,我不晓得如果没有我出主意他会怎么办。我坚持,我不肯对主人家失礼,尤其我像所有的魔鬼一样,急于重见约瑟芬和绮绶;她们想必都变了样儿了!约瑟芬一定总是那么漂亮,我想!至于绮绶,她将很高兴见到我!"

总管一边使马加快小跑,一边说:"我的儿子,我要向你提两个意见:首先,你提起这两位夫人的时候,不应当第一个谈堂嫂;其次,当你谈到伯爵的孙女时,不应当只称呼绮绶,甚至不应当称呼绮绶小姐;最多你应当说维勒普娄小姐;你一般应当称呼小姐。"

桥梁公路局的职员说:"为什么这样呢?难道我不是一直这样称呼她吗?也没有什么人说这样不好呀!四年以前,我们不是还一起玩捉迷藏吗?我倒愿意看见她跟我装正经!您瞧着吧,她会干脆管我叫易希道的,那么……"

"那么,我的儿子,你应当把你的地位站对,不要忘记你的地位,想想小姐已经不是一个孩子,你有四年没见到她了,她一定把你完全忘了。你呀,尤其永远不要忘记她是谁,你是谁。"

易希道对父亲的教训感到厌烦,耸耸肩膀,吹起口哨来,他不想把谈话继续下去,于是他夹了一下马,马飞跑起来,尘土盖满总管的新衣,不久就把他甩在后面。

我们提起这段谈话,只不过给明眼的读者看看易希道先生性格中最突出的两方面:自满和粗野。无知,嫉妒,狭隘,吵闹,易怒,放纵,在所有这些得意的优点上,再加上一种令人难以忍受的虚荣和无耻的吹牛习惯。他的父亲替他这种不识体统难受,却又不知道怎样制止他。他自己本身就过分虚荣,不能不始终认为易希道是个有价值的人,天生要做一番事业,唯一的理由就因为他是自己的儿子。他把儿子的鲁莽,看作性格过于慷慨而发生的火气,他心中十分欣赏这位大力士粗壮的肌肉和笨重的体格,厚厚的鬈发,发红的双颊,雷鸣般的声音和响亮粗野的笑声。

易希道比他父亲早二十分钟来到距厦垛最近的驿站。在这里,贵族一家将最后一次换马。易希道要办的第一件事便是在旅馆里要一个房间,打开手提箱,整理服装。他穿上世界上最滑稽的猎服,虽然他是仿照一个纨绔子弟的衣服裁制的,他们曾一起在瓦朗塞树林里猎过狐狸,但是这种又短又肥的衣服,穿在他已经发胖的粗大身体上,显得滑稽可笑。他那玫瑰红的细布衬衣,装有小饰物的金链,傲慢的领带结子,白鹿皮手套由于红色肥胖的皮肤过分丰满被绷得很紧,在他身上,一切都令人讨厌,无礼,庸俗。

他却并不因此而对自己的这副模样感到不满,为了显得更精神旺盛,他开始抱吻旅馆里的女侍,到马厩去打马,发誓要打碎村子里所有的玻璃窗,吞下好几瓶啤酒,中间还喝了几杯朗姆酒,一边对当地听他讲话的游手好闲的人自吹自擂,在听众中,有的欣赏,有的蔑视。

最后,到傍晚,听到马车夫在高坡上打响鞭的声音;勒乐布跑到马厩里,给马上好鞍辔,以便最迅速地在天黑以前,把这有名的一家人送到贵族住地去。他自己给他的马上好辔头,准备护送他的主人们。他满头大汗,心脏激动得猛跳,当马车到达旅店门口时,勒乐布已经站在那儿恭候了。

老伯爵探身车门外,用还很有力的嗓门高叫:"快呀,马呢?啊,勒乐布先生你在这儿?向你问候。你给我增光。我身体不太好,你自己呢?这是我的孙女,我很高兴再见到你。请你大发慈悲,赶快把马给我们弄来。"

这就是伯爵简短而有礼貌的不耐烦的见面词,他没等对方问,就先回答。如果按照习惯,马套好了,马车夫立刻就来,车就开了,那么就谁也不会注意到易希道先生,他正站在父亲身边,厚颜无耻地向车子里张望。那时,一个黑头发、神态秀雅的苍白面孔探出一半到车门口,用冷淡惊讶的神气,接受桥梁公路局职员的亲热的敬礼。

伯爵打量着易希道说:"这小伙子是什么人?"

"这是我儿子。"口气谦卑、暗中得意的管家说。

"呵!呵!这是易希道。孩子,我都不认识你了。你长高了,长胖了。我不能恭维你。在你这个岁数,应当更苗条些。你终于学会认字了?"

易希道回答:"是的,伯爵先生。"他把伯爵关于他的身体和精神迅速的评价看作是带讽刺性的善意,伯爵这种习惯他是知道的;他又说,"我是职员了,我已经毕业很久了。"

伯爵说:"这样看,你赶在拉乌尔前面了,他还没有毕业。"

老伯爵边说边指指他的孙子。一个二十来岁的身体瘦弱、其貌不扬的年轻人,他要看清当地风景,爬上车前高座,坐在仆人身旁。易希道看了他的童年伙伴一眼,两人各自抬了一抬自己的便帽,打了招呼。易希道看到自己的帽子是斜纹布的,而年轻子爵的帽子是绒的,难过得要命,心中思忖第二天一定要去做一顶同样的,并且要加一个金流苏坠子。

伯爵不耐烦地问:"怎么着,车夫在哪儿呢?"

仆人喊道:"快叫车夫来呀!"

"车夫还不来,真叫人难以相信。"勒乐布叫骂着说,假意地忙着,表示热情。

在这时候,易希道走到车子的另一个门口,去看漂亮的侯爵夫人约瑟芬·德·弗莱耐,她是维勒普娄伯爵的侄孙媳。只有她对易希道还比较和气,这态度使他更加大胆起来。

"绮绶小姐不记得我吗?"他在和约瑟芬交谈了几句后,向维勒普娄小姐说。

苍白的绮绶用茫然的神气看了他一下,轻轻地点点头,眼睛回到她在查看的驿站手册上。

"从前咱们在花园里玩,还畅快地玩过捉人游戏呢。"易希道带着愚蠢的自信说。

老伯爵用冷冰冰的声调说:"你们再别玩这个了,我的孙女再不玩捉人游戏了。——来,车夫,加你五个法郎小费,快快跑。"

看着飞跑的马车,易希道惊呆了,心里想:"对于那样一个有头脑的人,这句话可真无聊。我当然知道他的孙女再不玩捉人游戏了。难道他们以为我还在玩这个吗?"

对于勒乐布来说,上马,跟着车子跑,只是一瞬间的事。如果他有时犹豫,在事前还不能决定,那么在大事上却总能胜任。他也坚决地飞跑起来,好久以来他没这样干过,他的小马也没这样跑过。

马厩的小厮用半傻半嘲讽的神气给易希道牵过他的小黑马来,说:"你爸爸这匹梭罗纽跑得可真快。"

"我这博斯隆跑得更快。"易希道一边回答,一边扔给他一文小钱,他自以为这是一个瞧不起人的姿态,其实真正被人瞧不起的是他自己。他做了个跨上马背的样子,但是博斯隆正在闹别扭,它先后退一步,再来势不善地尥蹶子,易希道粗暴地对付了它一下,博斯隆感到靴刺戳穿腰部,像射箭一般向前飞奔,耳朵向后面贴着,心里充满愤恨。

"小心点,别摔倒了,至少!"马厩小厮叫喊着,一边把刚到手的薄薄的小钱,在手心里掂掂。

被博斯隆带走的易希道,如雷电一般在轿车旁边闪过。驿站的马十分惊怕,直往路边躲,老伯爵从睡梦中惊醒,绮绶小姐离开书本抬起头来。

维勒普娄冷淡地说:"这个蠢货要摔碎牙床骨了。"

绮绶同样冷静地说:"他会让咱们翻车的。"

侯爵夫人用富有同情的善良的声调说:"这个年轻人变得不如从前了。"这声调使她的女伴微笑了。

易希道来到一个相当陡峭的山谷,放慢了马速,等待车子。他挺得意,让夫人们看看他骑在这匹健壮的马上,有力地颠动着,他很得意能在绮绶的车门前腾跃。

45

他想:"这个傲慢的女人刚才对我的态度够愚蠢的;她竟以为能把我当孩子看待,我要给她看看我是一个男子汉,刚才她看见我飞快经过,对于我的气概不凡,她不得不考虑考虑。"

大马车来到山坡下,一步一步向上走。伯爵俯身车门外,向管家提出几个问题。对易希道说来,这正是在两位女士面前卖弄本领的时候,凑巧,她们正看着他。博斯隆一直很不高兴,不知不觉地帮助了它主人的意愿,它滚动着大眼睛,可怕地昂首抬颈。可是一件想不到的事不可挽救地把骑士的骄傲变成愤怒和惶惑。博斯隆在马厩里被主人打了以后,不知该向谁出气,咬了老灰马,这匹可怜的很平和的老母马,现在是驾车的第三匹马。老灰马一感觉到博斯隆在它周围转来转去,顿起怀恨之心,把它踢了一脚,小马要报复,易希道为了解决纠纷,把他的坐骑乱打了几鞭子。博斯隆怒不可遏,粗暴地举起前蹄,以致骑士不得不抓住马鬃。车夫看到老灰马心不在焉,感到不耐烦了,就给了它一鞭子,不料这一鞭却打在博斯隆身上,这牲口失去耐性,先是蹦跳扬起前蹄,后来不断地尥蹶子,勇敢的易希道被掀下马来,滚到尘土中去了。

伯爵冷静安详地说:"我早就料到这一招了。"

勒乐布跑去扶起他儿子,好心的约瑟芬脸色发白。车子往前走着。

"他是不是摔死了呢?"伯爵问他的孙子,这青年正从赶车的座位上面转过身来,看到了易希道狼狈的面孔。

"他反而更结实了。"年轻人笑着回答。

男仆和车夫也笑起来,尤其他们看到博斯隆摆脱了重负之后,像小羊似的跳着,从他们旁边经过,飞跑着向前去了。

伯爵说:"停车,这个蠢货也许这么一闹,成了瘸子了。"

勒乐布看见车子停下来,赶忙喊道:"没有什么,没有什么,可不能耽误伯爵先生的时间。"

伯爵说:"不行,他大概累垮了,而且他现在只好步行了;因为按这个速度,那匹马要比主人先回马厩。好,让我的孙子到车里来,你的儿子坐到车夫的座位上去。"

易希道满面通红,浑身肮脏,但是勉强笑着,装出满不在乎的神气,直道歉不肯上车。伯爵坚持着,这种生硬加仁慈的态度是他性格的基调。

必须服从命令。拉乌尔·维勒普娄坐进马车里,把车夫身边的座位让给易希道,从那里,易希道从容不迫地看到他那匹马正在远处奔跑。他一边尽可能回答男仆狡猾的慰问,一边不安地偷偷往车里面看。他发现维勒普娄小姐用手帕捂着脸。难道由于他摔下马来,把她吓得精神失常了吗?看她激动的样子真可以这样说,她一直到那时依然那么生硬,那么平静。事实上是她看见易希道重新出现了,笑得控制不住,正如平时很严肃的人有时有这种现象一样,她的快乐是痉挛性的,抑制不住的。年轻的拉乌尔,虽然平时懒洋洋的,精神不大活跃,但也和他家里人一样,喜欢嘲笑人。他对易希道摔跤时的滑稽样子,发表了一系列有趣的评论,更使他姐姐笑个不止。拉乌尔缓慢、单调的语言使得他的意见更滑稽可笑。敏感的侯爵夫人,虽然刚才惊慌不已,现在却抑制不住,像她堂妹那样笑起来。伯爵看见三个孩子那样欢乐,用魔鬼般的冷淡态度,夸大他孙子的玩笑话;易希道什么也听不见,但是他看见绮缓仰靠车厢里边,在笑,止不住地笑。他被刺疼了,感到十分辛酸。从那时起,他发誓一定要惩罚她,在他喜欢记恨又卑鄙的灵魂中,对这位年轻的姑娘,燃烧起不可平息的仇恨。

第 七 章

　　在此同时,比埃·于格南抄小路径直向布卢瓦走去,有时在小山腰倾斜的树林边,有时在两边是高高麦穗的犁沟里。有时,他坐在小河边洗洗那双滚烫的脚,凉爽凉爽,或者在草地角落的大橡树荫下,一个人吃他的干粮。他是个优秀的步行者,不怕热,也不怕累;然而,在田园的这种富有诗意的孤寂中,他不得不缩短这些令人陶醉的休息时间。由于他最近读了些书,一个新的世界被他发现。他懂得了鸟儿啼唱的旋律,树枝的优美多姿,风景色彩的丰富以及线条的美丽。他能意识到一直到那时他含糊地感觉到的东西,他所具有的新的力量给他创造了以前所不曾有过的痛苦和快乐。他常常想:"如果我的地位不能改变,只是精神和以前不同,这对我有什么用呢?这样美好的自然,我在其中一无所有,它向我微笑,令我陶醉,好像我是镇压它的君主之一。在它受伤的面孔上扩张和标志我的领域,我并不羡慕这种光荣;但是如果我满足于安静的观赏,只求能陶醉于由自然发散出来的香味与和谐的感觉,这些甚至对我也都是不能允许的。我是个不知疲倦的劳动者,我必须从早到晚用我的汗水浇灌土地,使它生长草木并且开花,这一切是为了使别人的眼睛得到享受,而不是为我的眼睛。如果我每天浪费一个小时来感觉我的心和思想是怎样生活的,我到老年就会缺少面包,对将来的顾虑就会禁止我对现在的享受。如果我在树荫下多停一会儿,就会使荣誉受到连累。我的荣誉是以不停地消耗我的力气,完全牺牲我的精神生活作为条件,而联系在一种交易上的。好,该动身了,连想这些事都是错误。"

比埃一边这样幻想着,一边痛苦地从自由的欢乐中抽出身来;因为,对于一个手工匠来说,自由就是休息。他并不希冀别的东西,最勤劳的人常常是最高度地感到这种需要的人。由于他天性的出类拔萃,想必他时常不停地诅咒不得不完成的任务,他的智慧甚至没有时间观赏他自己的作品,使之更加成熟。

这个青年木工要到布卢瓦去,至多步行两天。他在赛乐城中过夜,住在一家车夫旅店里,第二天天一亮,他就上路了。那时曙光还朦胧灰白。他看见一个高高个子的人迎面走来,和他一样,那人也穿一件工作服,背着一个旅行袋;但是他看到那人拿着一根长手杖,就知道不是和他同一个社团的人,因为他拿的是一根短而轻的手杖。他证实了这个想法,他看见那个人在二十来步远的地方停下来,摆出"击掌"的威胁架势,用洪亮的嗓音叫道:"击掌,小集团,是什么志愿?"比埃没有回答这种质问,因为他所属的那个社团的规矩禁止"击掌",他继续径直向对方走去。毫无疑问,这次遭遇会使两个人都受到损害。这是手工业行会的可怕的习惯。

陌生人看见比埃不接受他的挑战,也就得出结论:他要对付一个敌人,但是他得按规则办事,就继续按照规定手续问讯。他挥舞着手杖叫:"会友吗?"由于没有回答,他继续问:"哪方面的?什么门派?"看到比埃一直保持沉默,他又向前走来,不到一分钟,他们就面对面了。

看见陌生人大力士般的体魄和气势凌人的样子,比埃明白,如果老天没有赋予他高大的身材,强壮的四肢,跟他的对手一样,他自己是得不到安全的。他们刚面对面时,陌生人用轻蔑的声调说:"那么你不是工人吗?"

比埃回答说:"请原谅我!"

那陌生人用更专横的声调又说:"看这种情况,你不是会友吧?那你为什么拿着手杖呢?"

比埃很冷静地回答:"我是会友,现在你既然知道,我请你不要忘记这点。"

"你这是什么意思?你有意侮辱我吗?"

"绝对没有,但是如果你向我挑衅,我坚决回答你。"

"如果你有胆量,为什么不肯击掌呢?"

"我当然有我的理由。"

"你知道吗?不应当这么回答。在会友之间,应当彼此声明自己的职业和所属的社团。你瞧,难道你不能告诉我你是什么人吗?难道一定要我强迫你说吗?"

"你不能强迫我,你只要一表明这个意思,我就不会使你满意。"

陌生人咬着牙咕哝说:"咱们瞧吧!"他痉挛地握紧手杖。但是刚要开始战斗,他停了下来,额头罩上一层阴云,好像回想起什么凄惨的事。

他说:"你听我说,用不着这样隐瞒,我看出你是个卡渥①。"

---

① 卡渥,古代法国手工匠行会中的一派。这派行会会友不属于任何"门派",称为"自由会友",而敌对的行会则给他们一个外号,叫作"卡渥"。此字本义指法国东南部上萨瓦省的一个地区及其居民,在某些地方也泛指山区居民。

比埃回答说："如果你管我叫'卡渥',我有权告诉你,我看你是个'得渥郎'①,这是我的看法,我不把你的形容词看作是侮辱,我也不认为把适合于你的形容词送给你是侮辱你。"

陌生人说："你是在谈政治,从你谨慎这方面来看,我看出你是所罗门真正的儿子。好,我呢,我认为我从属于上帝的'圣道门'是光荣,因此我是你的上级,你的前辈。你应当尊敬我,对我表示服从。在这个条件下,我们之间可以相安无事。"

比埃回答："即使你是雅克师傅本人,我也不服从你。"

陌生人叫道："你竟敢咒骂,既然这样,说明你不属于任何目前存在的团体。你没有门派,也许你是叛逆者,一个独立的人,'一只自由的狐狸',是在这个世界上一个最令人轻视的东西。"

比埃微笑着说："你说的这些,我什么都不是。"

陌生人跺着脚喊："如果这样,那你就是卡渥,卡渥,你听我说,不管你是谁,'小集团''老乡'或者'大人先生',你不想打架,我也不想打,我愿意相信这不是你懦怯,我也不懦怯。我知道在卡渥中间有相当勇敢的人,我也知道对于你们大家,没有例外地,谨慎并不是假装明智来掩盖缺乏勇气。至于我,等我把我的名字告诉你,你不会认为我是懦弱的人吧,我这就把我的名字告诉你,你也许在'周游法国'的时候不会没听见人们说起过我吧。我是若望·索瓦奇,号称'卡尔卡松地区

---

① 得渥郎,手工匠行会中的一派,其会友分属各种门派,和他们敌对的"自由行会"会友称这一派行会会友为"得渥郎",此字本义是:吞噬者。

卡渥的恐怖'。"

比埃·于格南说："你是石匠，'过路会友'。我曾听人谈到你，说你是一个勇敢勤劳的人；但是人们责备你好打架，贪杯。"

若望·索瓦奇又说："如果你对我的缺点那么了解，那你应当知道我在蒙彼利埃和一个竟敢揭我的老底的青年人之间发生的不幸事件。"

"我知道你把他打成残废了，如果不是双方的会友宽宏大量，对这事保守秘密，就算你不受良心的谴责，官方也一定会给你严厉的惩罚。"

这个得渥郎，面对比埃跟他说话那种放肆的态度，气得面色发白，又举起他的手杖来。比埃也抓紧自己的手杖，用冷静加深思熟虑的勇气，等待着对方狂怒的爆发。但是石匠忽然放下了手杖，面孔显出了高贵而痛苦的表情。

他说："先生，你知道我曾为了一时的疯狂而付出极大的代价，因为我是暴躁的、善怒的人，但是我并不是一个野蛮人，一个残暴的野兽，你们卡渥们一定把我说成是这样的人。我痛哭过我的错误，我尽一切力量补救。但是被我弄残废的那个青年还是一辈子不能劳动了，而我也不够富有来养活他的父亲、母亲和姐妹们，他是家中唯一的支柱。你瞧，由于我，全家都倒霉，我尽一切力量挣钱补助他们也不够使他们享受应有的舒适。因为我自己也有父母，我挣的一半钱要给他们。你瞧，这就是为什么我为两个家庭工作，而自己什么也留不下的原因。人们把我当成酒鬼，乱花钱，绝没想到我为了改正这毛病所做出的努力，以及我为克服自己这种坏习惯所取得的胜利。现在你既然知道我的历史，我要对你说什么你就不会感到惊讶了。我发过誓永远不向任何人寻衅，尽一切力量避免发生新的不幸。但是，我不能忍受被人看作是个怯弱者，我那门派的荣誉，雅克祖师的孩子们的光荣压倒我个人的顾虑。我不愿意惩罚你刚才自以为是地对我说话，但是我又受不了。不必对我说你是什么人，既然你好像有理由不告诉我，请你同意，至少请你承认，简单宣布一下，只有一个门派，这个门派是其中最古老的。"

比埃微笑着回答："如果只有一个，那显然就没有最古老的；如果你坚持要我承认你那派是最古老的，那就是强迫我承认它不是唯一的。"

这个得渥郎听到这种嘲笑，感到异常难受，他的满腔怒火又燃烧起来。

他咬着嘴唇说："从这里，我看出你那个社团令人不能忍受的虚伪。你可是完全了解我的提议，你也看出我知道有些虚假的门派存在，它们狂妄地采用我们的名称。但是你要知道我们决不允许这样的事，卡渥们必须不再自称'门派的会友'，不然，他们会后悔的。"

比埃回答："他们并不用这个名称，他们自称是'自由门派的会友'，正是使人不致跟你们这些得渥郎相混淆，众所周知，你们不赞成任何自由。"

"你们呢，你们赞成盗用别人的名字和称号的自由。这正是你们以后不应当做的事。我们会和你们战斗到死，或者直到你们都投降，简单地自称为'自由会友'。"

比埃回答说："说实话，这事不由我决定，如果由我决定，我们不会为这点小事争吵。自由这个词是那么美好，我感到用它作为旗帜的人，已经足以说明他们的光荣。如果你们那派坚持用谩骂和恐吓来提出这样的要求,事情就不能得到解决。至于说到我本人,你可以肯定,任何门派的任何会友,绝不能用这种方法强迫我宣称他的那派比任何别的派别都古老和优越。"

"哦?那么你不是会友吗?一个小时以来,我就看出你在讽刺我,你对任何派别都没有偏爱,这就证明你是一个独立派,或者说是一个叛逆者;也许由于恶劣的品行,你被一个门派开除了。如果是这样,我会认出你的,不管在什么地方我都会揭露你的。"

"你的话语充满敌意,我不在乎。你的一套理论充满仇恨,可是挑动不起我的仇恨;你威胁我,可是只能得到我一丝微笑;任何不认识我们的人,看见我们这样面对面,不会把你看作是两人之中最高贵最明智的。我不明白为什么你不在明智的行动和人道的感情里寻找光荣,却在咒骂的语言和粗暴的举动里寻找它。"

"我看你是个很会说话的人。好,行,我不憎恨有学问的人,我自己也没法摆脱自己的无知造成的压力;我也会背诵一些我们诗人所编的最优秀的歌曲,虽然我不接受你们诗人的精神,但是我佩服你们有些歌谣家的才能。我知道如果我们有'不要害怕从波尔多到旺多姆去吧''众心之钥匙',还有很多别的;你们也有'马赛人说得到一起''波尔多人谨慎''勃艮第人忠诚''南特人,准备好好干'等等,他们不是没有才能的。但是,我承认,我愁闷地认为,不可能同时是好作者又是好工人。为了学写诗押好韵需要很多时间,因此也浪费很多时间,也就因为你说话好听,我怕你是一个负债累累的人,毁了约,背叛了自己的门派,一句话,是一个放火的人①。"

比埃回答:"你这种恐惧倒不使我担心,我们将来会在别处再见面的,那时候我们之间的关系比你现在表示的愿望要亲善些。现在你愿意让我走吗?我不能停留更多的时间了。"

固执的石匠说:"你是个很谨慎的人,但是我也很谨慎,让你这样继续赶路,我不担心会连累我的名誉。"

"请你告诉我,和一个旅行中的会友和平地相遇,怎么能有损于你的荣誉呢?"

"卡渥们对我们那样狂妄无礼(尤其是不当着我们的面时),他们总是说在周游法国的时候,我们的人遇到他们时低声下气。当他们没本事当众表示勇气的时候,他们自夸干的英雄事迹,其实这些事迹并没有人看到过。"

"你们得渥郎有时候不也会吹牛吗?在你们的社团里,难道既没有招摇撞骗的人,也没有假充好汉的人?果真是这样的话,就算你有福气。"

"无疑,到处都有坏人和说坏话的人。你用不着怕我说什么话,既然你知道我的名字,而你却拒绝把你的名字告诉我。谁能向我担保你的忠诚呢?你肯定要去布卢瓦,谁能禁止你到布卢瓦去说'我在路上遇见了卡尔卡松地区卡渥的恐怖,我用语言侮辱了他,他没敢回答我'或者说'对于一个过路的、拒绝击掌的会友,由于他的坚持,我把他打倒在地上了'?你们那团体的人的意见我才不在乎,可是我不能不管

---

① 指负债累累,无力偿还,偷偷地离开所在城市或地区的行会会友。这类人的作为和形象通报全法国,所以他们所到之处,无人愿意接待他们。

我们自己人对我的尊重。如果这类事传到他们那里,他们会对我作何想法?人们不是已经想危害我吗?自从蒙彼利埃事件以来,人们不是说我过分后悔,减弱了自己的勇气吗?正是如此,我感到难过,但是为了保持我的荣誉,我势必不跟你们这些人妥协。好,结束吧,告诉我你是谁。"

比埃回答:"我的名字不能给你任何保证,它不像你的名字那样有名。但是如果我对此保持缄默引起你的怀疑,我同意说出来,同时向你宣告,这样做,我不认为是听从你的命令,而是听从我理性的教导。我的名字叫比埃·于格南。"

"等一等,由于你对于几何学的知识,人们不是给你起了个外号,叫'线条之友'吗?你不是在尼姆的第一个会友吗?"

"正是,难道我们已经见过面了吗?"

"没有,但是我到那个城市的时候,你刚离开,我听人们谈起你。据人们说,你是一个手艺高超的木工,是一个好人,但是你是个卡渥,朋友,真正的卡渥。"

比埃·于格南回答说:"你呢,现在我认识你了。你是个好心肠的人。你对蒙彼利埃事件感到痛悔,给'真诚汉·意波利特'①家里寄钱去帮助他们,都证明这一点。但是你过于骄傲,成见太深,如果你不挣脱这些可悲的枷锁,你还会干出别的值得遗憾的事来。"

索瓦奇说:"你提的这个名字唤起我无限的痛苦。如果我得到允许,我会抛弃'卡渥的恐怖'这个外号,用一个那时候我偶然想起的名字代替,叫作:'心碎的人'。我们门派不允许,它做得对,因为那样人们会讥笑我的。"

---

① 真诚汉·意波利特,上述"卡尔卡松地区卡渥的恐怖"殴斗致残的工人。

"这可能,但是我却因为你有这想法而尊敬你。"

"如果你不是所罗门派的,你对此就不会这么感动。如果我杀死一个'苏比兹老爷的狐狸',你就会漠不关心,而我自己却并不因此而不自责。"

"我也会由于你做了这事认为你有罪,我也同样因为你弥补错误所做的事而尊敬你。"

"这是怎么回事?你不满意你们卡渥吗?"

"没有的事。我跟你一样,是比所罗门或者雅克师傅更人道、更有名的父亲的儿子。"

"你说的是什么?难道有一个自吹比我们的创建者更有名的新社团吗?"

"对,有一个比卡渥和得渥郎的社团更伟大的社团,那就是人类社会。有一个比'寺院'的主人、耶路撒冷和梯尔所有的国王都更有名的主人,这就是上帝。有一个门派,比一切出主意的、神秘的门派更高贵、更真实的门派,这就是一切人之间都友爱的门派。"

那个得渥郎不知说什么好,用一半猜疑、一半感动的神气看着比埃这个卡渥。最后,走近他,做出向他伸出手来的姿态;但是他迟疑不决,立刻把手缩回。

他说:"你是一个稀奇的人,你刚才说的话不由自主地吸引了我。我看你好像对这些事思考得很多,而我却没有时间去管,其实这些事正如良心的呼声,在折磨着我。如果你不是卡渥,我似乎愿意更亲密地了解你,使你把你所知道的事讲给我听;但是我的荣誉禁止我和你交朋友。再见吧,张开眼睛,看看你们'自由门派'的丑恶,到我们这里来吧,只有我们才是最古老,最真实,上帝的最神圣的门派。如果你早点走上正路,我会很高兴地做你的介绍人和教父。你的名字可以叫哲学家比埃。"

两位会友就这样分手了,每个人都想,虽然程度不同,行会组织的这些区别和敌意把许多光明都遮住,把许多互相的同情都粉碎了。

第 八 章

将近傍晚,比埃·于格南来到卢瓦尔河边。看到这条美丽的河流,河水平静地在草地中间缓缓地流着,他顿觉白天使人窒息的热气一扫而光,他在细沙上走了一会儿,穿过在河边柳林中的一条小路。他已经远远望见布卢瓦黑色的钟塔,阴暗的厦垛的高墙。在那厦垛中,几位吉兹公爵先后被杀害,后来玛丽·德·美第奇①曾被儿子囚禁在这里,又从这里逃出去的。于是,他突然加快了脚步。不久,他就看出在暴风雨来到之前他不可能赶到城内了。天空布满浓云,河水中倒映出铅灰色的天。岸边的柳树和杨树在风中翻腾白浪,大滴的雨点开始落下。他向着茂密的树丛走去,寻找一个避风雨的地方。不久,透过灌木丛,他看见一所相当破旧的小房子,但是收拾得很整洁,看到一把冬青树枝,他认出这是俗语称之为"瓶塞"的一所小屋。

他走进去,刚迈过门槛,就受到一声欢呼迎接:"维勒普娄人②,'线条之友'!"这个偏僻住处的主人叫道,"欢迎你,我的孩子。"比埃听到有人叫他卡渥的名字,感到很奇怪,对

---

① 玛丽·德·美第奇(1573—1642),法国王后,法王路易十三之母。
② 卡渥的会友们把他们的地名,或简单地把村子的名字加在一个有意义的绰号上。——原注

小屋里的黑暗,眼睛还不习惯,回答道:"我听到朋友的声音,可是我不知道我在什么地方。"主人回答说:"在你忠诚的会友家里,在你自由的兄弟家里。"一边张开双臂走近他说,"在'贤明的渥多亚人'家里。"

比埃喊道:"在我的老前辈、在我尊敬的人家里!"一边向着老会友走去,他们紧紧地拥抱,但是比埃立刻后退一步,发出痛苦的叫声:"渥多亚人,贤明的渥多亚人,一条木头腿!"

那老实人说:"我的上帝,对,这是从屋顶上摔下来发生的事。我只好放弃木匠的职业,把一条腿留在医院里。可是我没有被抛弃。我们的好兄弟们为我募了款,用他们捐助的钱,我买下一家小酒商的铺底,租下这座小房子,我就好歹做起买卖来了。卢瓦尔河上的渔夫,乡间做干酪的人,他们在布卢瓦集市上卖完货回家的时候,不免到这里喝上一杯。这些人管我叫'木腿'。可是我们的老朋友,那些住在本地的好会友们,星期天常常到我这啤酒花树荫下吃鲜鱼,喝山坡上的葡萄酿的酒,他们管我这小酒铺叫'贤智的摇篮'。这对我简直是节庆。我一边有节制地给他们斟我那两个苏①一品脱②的蜜酒,一边给他们讲解明智、团结、劳动、学习绘图;他们和从前一样尊敬地听我讲话;我们一起唱我们那些老歌谣,歌唱所罗门的光荣,美好的自由门派和周游法国的善行,我们那些被囚禁的父兄的不幸,和家园道别,我们情妇们的风骚……啊!这些歌,我不跟他们一起唱了。爱神和木头腿是不能走在一起的,但是他们在歌唱爱情的时候,我还是微笑的。在我

---

① 苏,法国辅币名,相当于五个生丁。
② 品脱,法国旧时液体容量单位,合 0.93 升。

们快乐的酒会上,我只不让唱战歌和讽刺歌,因为明智不是跛足的,我永远用两条腿走路。你瞧我并不那么不幸。"

比埃回答说:"可怜的渥多亚人,我高兴地看到你还保持着勇气和好心肠。但是我不能设想这条腿再不能使你爬上梯子,登上屋架的柱子。像你这么好的一个工人,你的手艺那么高明,对这一行的青年们还那么有用。"

明智的渥多亚人回答说:"我对他们还是有用的,我给他们出主意,教他们。他们承担比较重要的工作时,不来请教我的时候是很少的。有些人向我提出,付给我上绘图课的报酬,但是我不接受他们的钱。在他们捐钱给我安排了这个买卖之后,如果我还不对他们表示感谢,却计较钱财,那该多丢脸!他们来这儿吃喝都掏钱,已经很够了,已经太过分了。因此,当我看见有人在我门前走过,因为口袋里没有钱不敢进来,我多么高兴,多么骄傲!有时的确发生这样的事;于是我揪住他们的领口,强迫他们坐在我的树荫下,不管他们愿不愿意,他们得吃,他们得喝。勇敢的青年们,他们身上寄托着多少前途啊!"

"一种勇敢的、坚韧不拔的、有才能的、辛劳的、贫困的、痛苦的前途。"比埃一边说,一边坐在一条板凳上,把包裹扔在桌上,长长叹了一口气。

木腿叫道:"你说什么?啊!啊!我看我的孩子'线条之友'不够明智。我不喜欢看愁眉苦脸的年轻人。你需要跟我在一起过一两个钟点,维勒普娄人,咱们先一起吃点东西吧。"

"我很愿意,有一点点东西就够我吃了。"比埃看到他忙着跑向食柜回答说。

木匠诙谐地说:"我年轻的师傅,此地可不由你指挥。你不能点菜,因为你不是在饭馆里,是在你的老前辈家里,他请你,接待你。"

木腿用惊人的轻捷在他家里、在园子里到处跑来跑去。他从贮鱼池捞出两条大鱼放在锅里,油炸声开始嘶嘶作响,在火上唱起来,那时雨点正有节奏地打在玻璃窗上,被狂风暴雨震撼着的卢瓦尔河在外面吼叫着。比埃本想不让主人这么忙,但是当他看到主人那么高兴地欢迎他,也就帮他料理烹调和摆好餐具。

他们刚要坐下进餐,有人敲门。

渥多亚人对他的客人说:"去开门吧,麻烦你,替我欢迎来客。"

可是当他看见"线条之友"和新来的人狂喜地互相紧紧拥抱时,他差点儿让手里端着的冒热气的菜盘脱手落地。这位浑身是泥,全身湿透的旅客,不是别人,正是最好的木工会友阿莫里,外号"南特的科林思人"[1],是"自由门派"最坚决的支持者之一,是比埃·于格南最亲密的朋友,此外也是"周游法国行会"中最漂亮的小伙子之一。

"今天是个碰头会面的日子呀!"渥多亚人叫着说,比埃已经对他讲了和"卡尔卡松地区卡渥的恐怖"相遇的故事,"这一定是我们的一个兄弟,你们的拥抱是真正的拥抱。"

善良的渥多亚人一听说这位客人是比埃的朋友,是他那个"道门"的孩子,就把火炉拨旺,请科林思人走近,甚至借给

---

[1] 南特,法国城市,阿莫里的故乡。科林思,古希腊名城,以其精美的雕塑与建筑闻名于世。年轻木工阿莫里是雕刻木制品的巧手,所以获得"科林思人"这个美称。

他一件外衣,怕他在等待晾干自己的衣服时着凉。

年轻人在炉边取暖,因为虽是夏天,暴风雨总是冷的,这时太阳在阴沉的天空中又出现了,云彩缓缓地向东边散开,倒映在卢瓦尔河上的彩虹在水天之间架起一座瑰丽的桥。不久,在这场慷慨的阵雨后,天空变得那样纯洁,空气那样温和,土地那样悦目,幸福的会友们在树荫底下摆好饭桌。几滴雨点从滋润的花萼落到旅客的面包上,但他们觉得面包同样美味。渥多亚老爹的金银花散发出一种甜香,他驯服的小乌鸫在邻近的小树上用悦耳的声音歌唱,太阳向天边落下去,卢瓦尔河一片火红,鱼儿划出千条银光闪闪的圆圈。这美丽的夜晚,又见到两个那么完美的朋友的快乐。一种当然不是珍贵的佳酿,但是味道纯正的酒,这种不掺假的纯酒在他们血液中流动激起的兴奋,渥多亚人明智的谈话,阿莫里可爱的倾吐衷情,这一切都使比埃·于格南的高贵思想,也可以说是维勒普娄人,"线条之友"的思想,按照他的会友们对他的称号,提高到了更高的境界。

随着周围的夜色渐渐加深,他又变得忧郁了。他的声音不再附和他两个朋友的声音一起庆贺"幸福的相遇""流浪生活的甜蜜""木匠的光荣",以及启发会友们唱出那么天真并且富有诗意的歌声的那些美好的文章。阿莫里在过去常常看到比埃陷入沉思,所以不以为怪,但是渥多亚人是旧时代的乐观派,不懂忧郁是什么,因此责备他不该这样忧郁。

他说:"年轻人,为什么你的额头和天空同时变得暗淡了?你以为太阳明天不再升起吗?友谊在你身上只能发挥一小时作用?是不是你过于聪明,过于有学问,不能跟你的伙伴们同享欢乐?你瞧,为什么你不由自主地叹息,目光躲避我们呢？你有什么难过的事吗？你曾告诉我们，你旅行回家以后，又见到你的老父亲身体健康，你们一起生活很融洽，也不缺少工作，那么你还想干什么呢？"

比埃回答说："我不知道，对于命运，我没有可抱怨的，可是我不像离开村子以前以及在周游法国头几年那么幸福了。自从我阅读了除专业知识以外的另一些书以后，我感到很激动，有时由于兴奋的欢乐，有时由于辛酸的痛苦。我能自己意识到这种表现，却没有沉溺在这种无用的激动中；但是我深深地感受到这种感情，永远不能自拔。我想到太多的事情，以致不能专心致志地享受一件事。休息时的诚实的享乐，以及和你这样可爱的人在一起的愉快，只能在片刻之间吸引着我的灵魂；这是一种错误，一种疾病，也许是一种恶习。但是在内心深处我总感到一种声音低低向我说：'前进吧！工作吧！不要停在这儿，不要满足于这一切；你要学习一切，创作一切，征服一切，来充实你的生活，你必须这样做。'但是我一开始工作，就感到一种可怕的消沉，一种致命的恐惧在压抑着我。那声音对我说：'你在那里干什么？你的辛苦有什么用？你努力是为什么？你自以为比别人更能干吗？你把力气和生命用到这种粗糙的劳动中时希望改变你的命运吗？你的前途是那么辉煌美好，你必须为它牺牲现在的享受？'在热情和厌恶交替中，我的生命好像混沌的梦幻一样飞逝了，我的记忆没有留下一点印象，而是感到疲倦。啊！朋友们，请替我解释一下这种折磨着我的病态；如果我有罪（我这样认为，因为我不是没有悔恨的），请开导我，把我领上正路。"

科林思人阿莫里带着同情的忧愁听了这段话，而渥多亚人却是带着惊愕来听的。年轻人很理解这种痛苦，但是没有同感。他不像"线条之友"天生有着一种思索的苦恼，却能理解这种病的原因，而那位残废者，由于天性是哲学家，因此安分守己而恬静，由于习惯而满足，他不能理解新一代人所具有的焦虑不安。

他回答说："一定是你有什么使自己良心不安的事，也许是对学习的爱好使你滋长了野心。我曾认识几个贪婪的年轻人，他们过分地想爬上更高的地位，连如果更朴实、更忍耐些本可得到的位子都达不到。可怜的维勒普娄人，我认为你过分地希望有财富和名誉。你希望你的名字凌驾于周游法国行会的一切名人之上，或者你梦想一笔财产，一所漂亮的住宅、地产，在行会中成为极有威望的师傅。这一切都可以办到，既然你有才能，肯干，父亲位置牢固，可以接受一笔小小的遗产，正如你自己这样承认的。这么大的优越条件应当使你满足，可是，有一种情况我常看到，可是我不能理解，那就是：人越富有，就越想更富有；他越成功，就越想取得更大的成功；他克服的困难越多，他制造的新困难也越多。这也许是上帝的善举，使那些没有什么可希望的人不存愿望。要谈禁欲主义，就得谈那些穷得一无所有的人。我听说这种道德教训的倡导者是一个奴隶。我忘记了他的名字，但一定是个真正的穷鬼，所以他才有这样的理性和耐性。好啦，这是肯定的，财富是一种严重的病症，科学是强烈的毒药，天才是可怕的高烧。可是，这些东西又是必需的，只要我们活着，我们大家都追求这些。"

当明智的渥多亚人宣布了这个判决词，比埃忧郁地、凝神地听着，阿莫里看见他的朋友在注视他，征求他的意见，也发言了。

他说："我不是冒犯你，可我觉得野心不是一种病，成功也不是一种罪行。为什么我们学习呢?那就是为了在科学上前进;当我们学到一些,就把它应用到建设财富上去。我们为什么要发财呢?就是为了最后能够得到休息。把这些愿望,这些需要都除掉,那我们还算什么呢?当我们只是这样的时候,那就是一些无知的人,懒汉;因为粗鲁产生恶习,在我们中间,所谓懒汉,就是指酒鬼,放荡鬼,粗暴的人,没良心的人。你瞧,渥多亚老爹,你现在可以休息了。残废使你丧失了劳动力,但是你兄弟们对你的尊敬偿还了本来属于你的东西,本来你自己可以得到的东西;这是正义。你瞧你生活安静、舒适,这是正当的,你可以把这看作是你自己的工作,因为劳动的人,行为端正的人有权得到报酬。请告诉我们今后你将怎么度过时间,在你不是为主顾们忙得不可开交的时候,你的精神寄托在哪方面?你一定看书,因为瞧那书架上有书。你一定画屋架平面图,因为这儿有很漂亮的模式,很好的线条墨水图。你致力于诗歌,因为你很仔细地收集了你那'门派'的古老歌曲;你都会背,瞧这些你亲手写的本子(说真的,写得很好)。在这里,你把歌唱者的记忆错误或无知导致老作家作品中割裂和歪曲的东西都恢复了原状。在你生命中间你并没有停下来,低头接受使你成为残废者、孤独者、无用的人、沮丧的人的命运吧!相反,你和未来订立了新合同;你培养你的智慧,练习你的书法,使拼写正确,充实你的记忆,研究科学,道德,甚至政治;因为我在你身上看到了这一切。最后,你听命于秘密的野心,它不允许你忍受与此敌对的判决,不满足于饮食的享乐以及做小买卖的一点小利润。尽管你有这么多的智慧,你是不是也成了野心家、梦想家、疯子呢?好,我的哲学家,请你回答吧!"

渥多亚人说:"维勒普娄人,你的朋友说话像书上的词儿一样,"他对这夸奖心里有点得意,虽然表面上左右为难,"我看他有道理;因为如果我不爱好书籍、古老的歌曲、新闻、年鉴以及跟在我这小酒馆里歇脚的旅客们的有益的谈话,那我就要在孤寂中闷死。但是我对这些为什么那样感兴趣呢?我承认有野心,可你们应当承认,我可不忧愁。'线条之友'所说的那种痛苦,我从没有感受过;我这一辈子只有一次很不幸,那就是当我看见我那条可怜的腿和我分离,单独被人拿走的时候,我当时想我的胳膊和脑袋对我再也没有什么用了。可是朋友们来了,向我证明这还有用,我牢记住这句话。但是,一种遗憾,一个愿望在使我不安,那就是我很想再看看我家乡的山,我的渥①乡,我的瑞士,虽然在故乡我差不多没有熟人了。但这是梦想。感激和友谊把我和卢瓦尔河岸连在一起,不能分离,这使我觉得有点儿惋惜。我注视着落日的云朵在那里堆积成白色的,金黄色的,银光闪闪的,火红的一大块一大块,就像勃朗峰一样。你们瞧,在我这花园里有我亲自挖的一条小河,我管它叫罗讷河。我种上野玫瑰和丁香的土丘,是汝拉山。这一切给我解闷,给我安慰。有时我眼角也有泪珠,但是我作几句诗,自己唱唱,归根到底我是幸福的。有两种野心:一种永远痛苦,对什么都不满足;另一种使精神愉快,知足常乐。维勒普娄老乡,你不能具有我这种野心吗?"

比埃·于格南说:"你们二位说的都是真话,可是谁都没触到痛处。和你们比起来,我并不是更好的外科大夫,我的心

---

① 渥,瑞士的一个州,属于法语区,首府是洛桑。渥州居民通称为"渥多亚"。

在流血,但是我不知道鲜血、希望和生活都从那儿渗出来。然而,我可以向上帝,向你们发誓,我并不希望得到任何超乎我的身份以上的事物,除非每周有几个小时使我尽情梦想和阅读。没有任何光荣和财富能诱惑我,这点我可以发誓,以我的荣誉发誓。你们以为我所抱怨的那些小小不满足就能使我不幸吗?我不相信这点。这种痛苦有它更深的根源。也许这种神秘随着时间将会明朗化。一直到那时候,我答应你们,我一定默默地自己忍受着痛苦,决不设法使别人丧失勇气。"

第 九 章

天色完全黑了的时候,比埃准备和阿莫里一起动身到布卢瓦去,他没有因为挂虑着自己的私事而妨碍晚餐时的哲学谈话,但是他急于和他的朋友单独在一起。渥多亚人再三留他们俩在他屋里过夜,但是他们推托时间紧迫,不能再留。科林思人答应说,他计划还要到布卢瓦来,如果他在那里逗留,他会常常到"智慧的摇篮"树下喝一瓶啤酒。比埃想到要尽快回村,说妥在回去时,一定在此停一停,顺路来和老木匠握握手。暴风雨在树林中积水多处,包括从那里蜿蜒通达的小道。残废人指给他们另一条更妥当的路,亲自领他们走了一程,在他们前面走得异常灵活和轻捷。当他把他们送上大路时,和他们道别并祝他们一切顺利。他对他们说:"好吧,我不久会和你们再见面的,因为你们两人肯定要留在布卢瓦。如果你们不到我这里来,我就去看你们。我不常进城,但是总有机会……现在正准备着一个机会……"

"线条之友"问:"什么机会?"

渥多亚人说:"好,好,你们不谈这事很对。我不和你们同行①,就算我什么也不知道。我很瞧得起不随便打听别人

---

① 渥多亚人是专门建造房子的木工;比埃和科林思人都是细木工,专做家具等活计。

隐私的人,关于我自己,我不愿意把谨慎和猜疑混淆,不过,我们总是同一个门派,很可以互相讲讲某些事情……没关系,事情还处于秘密阶段,在没有公开以前,你们最好别谈这事,再见吧!……伟大的所罗门永远保佑你们。月亮升上来了,向右拐,再向左拐,再一直往前走,就到大路上了。"

他和他们握了手,转身走上返归他那小屋的路。可是两个朋友在一段很长的时间还听到他渐渐消失的雄壮嘹亮的歌声,在歌唱他自己写作的一首天真的长歌中的最后两段:

从前在美好的法国周游中
我迈出了流浪的步伐。
我决不乘坐载客的马车,
我有两条腿,年龄二十。
那时我一表人才,
正是工作、爱情、幸福的年龄:
我只有希望,
腿脚好,眼明亮,心里快活。

朋友们,在美好的法国周游中
我走乏了沾满尘土的双脚;
在普罗旺斯的工地上
我累乏了筋肉发达的双臂;
在技艺的梦幻里
我耗尽了我幸福的年月;
在上帝的怀抱中,
我安息我虔诚的心。

比埃停住脚,为了多听一会儿,他说:"正直老诚的好人!阿莫里,阿莫里,一个好人的歌声难道不是一件美好的事吗?这种响彻田野的响亮有力的歌声把它的缺少艺术修养的诗句传播到各方,难道不正是良心的凯歌吗?你瞧,咱们现在走在大路上;那辆轻捷地滚动着的马车能运载这么纯洁的心吗?能传播这么甜蜜的歌声吗?不,从这所活动的房屋中,从里边有富人们一切舒适生活设备的活动的房子中,没有发出一声人的呼声。瞧这个商人,他骑着一匹又好又壮的马在旅行;他带着一个沉重的手提箱,他的手枪托把在月光下闪闪发亮。可是你瞧,他害怕我们,他怀疑我们……他拉住马的缰绳,走上大路的那边,避免在我们身边经过。他的马驮着金子,他的灵魂却载着忧虑;他埋头赶路,提心吊胆,一声不响;可怜的商人,你听见在那边,溪谷深处,卢瓦尔河畔那快乐的歌声吗?你想到没有,这响亮的歌声来自一位残废的老人,他没有家庭,没有钱财,没有武器,没有任何别的支持,除了一条木腿,和几个跟他一样贫穷的朋友。"

阿莫里说:"你说的话使我震动,不知道为什么,听着这歌声,感到眼里充满泪水。比埃,你能解释那么多的事,给我解释解释这件事吧!"

比埃叹息了一声,回答说:"上帝是伟大的,人也一样。"

他的同伴说:"你这是什么意思?"

"线条之友"一边继续前行,一边说:"要说的话太多了,我的科林思人,最好先谈别的事。你给我解释一下,渥多亚人刚才离开我们的时候,对我们说的最后几句话是什么意思。我不知道他想谈什么事,什么重要的秘密。"

阿莫里叫道:"怎么,你不知道在布卢瓦,在得渥郎和我们之间发生的事情吗？我以为你已经接到通知，你是响应兄弟们的号召而来的。"

"我到布卢瓦去为了办一件完全是个人的事，朋友，如果我的希望不落空，那件事一半已经解决了。"

比埃对科林思人解释他需要两个出色的工人帮他工作，告诉他说就想由他开始，先招募他。他向科林思人说他们将要一同干的活儿是很美的，提出优厚的报酬，热烈地请求对方不要拒绝。

阿莫里说："当然，按照我的心情来说，和你一块工作，是一种很大的满足，你提出的薪金超过我的要求；但是你看看我能不能在此刻自由行动。你知道咱们的自由门派要和得渥郎以布卢瓦城为赌注，来决定胜负。"

由于我们的读者可能不都像比埃·于格南那样明白这古怪的消息意味着什么，我们用几句话来解释一下。当两个敌对的社团在同一个城市建立他们的门派，很少能相安无事。稍一违犯互相默契的停战条件，就会引起巨大的裂痕。有时为了一点极小的原因，有时根本没有原因，他们就争着要独霸全城，双方争执不休，常常延长到几年之久，中间常有流血事件；当争吵、舌战以及交战在双方的固执、力量和自负都相等的情况下，得不到任何结果时，最后一个解决问题的办法，就是赌城，也就是败者退让，胜者有权占领地盘，开展工作。距今天已有一百一十年（这是一个历史事实），所罗门派的石匠，也称为"外国会友或狼"，曾和雅克师傅的石匠，也就是"过路会友或狼人"，赌里昂城市一百年。后者失败了，在一百年期间，严格遵守协定。没有一个"过路会友"在"外国会友"的土地上踏过一脚。但是最近一个时候，条约已经过期，被驱逐者认为有权回到又变成自由的城市经营行业。所罗门的孩子们却不这样想,他们觉得自己的地位很牢靠,认为占有此城一百年之久应当给他们永远不能废除的权利。双方谈判,没有取得一致意见;双方大打出手,当局加以干涉,把交战双方分开。两派的选手们打得这样出色,以致有的被逮捕入狱,有的甚至服苦役。可是法律,既不保护,又不承认这种把劳力分成共济会式的组织方式,无法解决争端。在行会组织的秘密法庭上,这个事件悬而未决,恐怕有很多"周游法国行会"的英雄们要牺牲他们的鲜血和自由。然而有几个会友,几个比较开明慷慨的人,最近在所有敌对的门派之间进行伟大的合并工作,我们应当希望他们这种哲学家的尝试可以战胜他们所反对的成见,使博爱的原则获得胜利。

还须简单说明一下,直到现在为止,是用什么考验方法来解决分歧的。人们不靠抓阄,而用竞赛。两方面分别制作一件手工活,相当于古时工艺竞赛所谓的"杰作"。大家都知道,在古时同行公会或合作团体的组织中,如果不把这件活计送交负责审查候选人的工会会员、宣誓者和行业捍卫人去评判,谁也不能被认为是合格的。霍夫曼曾把他的一个短篇小说《桶匠玛丁师傅》(他本可有理由地自称为他的杰作),专用来诗化学徒的青春生活这美妙的情景,其中包括匠师资格的考试,杰作的制作,新师傅的被接受,等等。今天,匠师资格的考试已经不再是一种争夺到手和竞争的权利了,而是一个自由的、任意选择的事实。只有在行会组织的挑战中才能公开[①]见到"杰作"。要赌一个城市时,就要组织竞赛。每个派

---

① 为了接受一个会员,在某些行业的团体中,严格要求这点。——原注

别在它最能干的成员中,选出一个或几个选手,他们热烈地工作,把指定为竞赛用的一件活计制作得十分出色,使对方落选,声名扫地。评判委员会的成员是从各个门派中任意选出来的,有时选自各"社团"之外的师傅之中,或选自己退出团体的老会友,以公正闻名的人,更经常地从艺术工作者中挑选。他们的判决是不能挽回的。不管这种判决激起什么样的不满,什么样的窃窃私语,竞赛失败的派别被迫按照比赛前规定的协议在相当长的时间离开当地。

当比埃和阿莫里将来到布卢瓦时,当地各门派正处于这样的有决定意义的危机中。占领布卢瓦只有几年的卡渥会友①,为了反对比它更早地立足在此的其他一些社团,展开了激烈的斗争。战争已经在好几处爆发了。德利叶或者苏比兹老爹的木匠们和得渥郎的木工们一样激烈地反对卡渥的木工们。面对那么多可怕的敌人,后者不得不想到用竞赛所需要的暂时休战状态来自卫,至少不至于受得渥郎木工们的暴力,对于木匠们,他们夸耀自己高傲勇敢的态度,能使对方不敢轻举妄动。阿莫里是卡渥中最好的木工之一,他那派的委员会召唤他来,他怀着恐惧和喜悦的激动心情,准备和几个能和他媲美的能工巧匠去和得渥郎组织中的优秀者竞赛。

他不是没有一点骄傲之感地把这件事告诉他的朋友,但是他立刻用热情诚恳的谦虚,加上一句:"亲爱的维勒普娄人,我很奇怪我被召唤,而你却没有被召唤,因为如果有一个工人在任何方面都比别人优越,那不是科林思人,而是线条

---

① 卡渥派于1826年占领布卢瓦城,但是各敌对社团之间的争斗始终没有停息。

之友。"

比埃回答说："我把你的夸奖只当作你对我的友谊的温和慷慨的幻想来接受。但是，即使我狂妄到居然相信我真有你所说的那种能耐，我也不会抱怨人们把我遗忘的。这种遗忘，我承认，是我自找的，要让我离开这种处境，我倒会全力抗拒。四年流浪之后，当我又回到家乡的时候，我特意使我的隐退不至于引起周游法国行会的注意，我没有隆重的告别，一天早晨我就走了，把我答应干的活全干完，并且在用效劳报答了人们对我的效劳之后。我不认为人们有什么可责备我的地方，如果人们说我有点儿怪，却没人能说我忘恩负义。我需要走出这种不安定的生活，我需要家乡的空气。任何可以多留我一天或更多天的事，对我都是拘束；自从我在父亲身边工作两个月以来，我没有和老朋友们重新来往。"

"甚至跟我也没有来往。"阿莫里用责备的声调说。

"我一直相信天意，天意让我们今天会合了，我非常需要和你一起生活，我没有任何其他的快乐，最大的快乐就是把你带走，如果我做得到的话。但是当人痛苦的时候，给亲爱的人写信，并不总能减轻痛苦。正相反，某些精神状况令人不敢表示出来，那是害怕自己丧失勇气，或者怕使你亲爱的人丧失勇气。况且，这种忧郁，连我自己都不明白，怎样能使你明白呢？对于我，你可能有渥多亚人刚才所表示的疑惑。一封信永远不能代替见面时的推心置腹。"

阿莫里说："这倒是真的；但是如果你的行为在这方面是自然的，我看你的忧郁是越来越奇怪了。在我眼中，你一直是严肃、淡漠和不喜欢热闹的，但是我一直认为你非常亲热、和善，注重友谊，我简直不懂你现在竟那么孤僻，对你的门派表现得那么淡漠。难道你受到了什么不公正的待遇吗？你知道，在这种情况下，你有权要求向你道歉。可以召集会议，提出申诉，社团的首领会做出公平的处理。"

比埃回答说："正相反，我只有赞扬我的会友们，差不多可以说我重视我比较熟识的一切人，特别热爱其中一些人。我相信我的门派是一切门派中组织得最好的，最光荣的。正因为如此，经过研究习俗与规则后，比起别的门派我更愿接受它，在别的门派中，我认为一些习俗不那么自由，文明不那么进步。也可能我错了，但是我按照良心正直行动，加入白蓝两色旗帜的组织中。我们的法律禁止'击掌'和'吼叫'，如果一般习惯还强迫我们常常和人用手杖打架，至少我们这一派的精神好像禁止狂热的挑衅，而别的一些社团的精神却要求这点，并以此为神圣。不过如果你一定要我告诉你我内心感到厌恶的原因，那我就和你推心置腹地谈谈。我可不愿给你的热情泼冷水，也不愿动摇你热烈的信仰，这种信仰是会友生活的动力和动机。不过，我应当向你承认，这种信仰在我身上消失到何种程度。咳！是的，社团精神的神圣火焰越来越抛弃我。当我渐渐看清楚各民族的真正历史，所罗门的寺院这种无稽之谈，使我觉得好像是幼稚的神话，粗鲁的寓言。我明白了一切劳动者共同命运的意义，在我们大家中间制造区别、等级、敌对阵营，这种野蛮习俗使我感到越来越残忍有害。怎么？那些为他们的利益而剥削我们的劳动力的自然的敌人，难道还不够我们对付吗？我们应该彼此吞噬吗？被富人的贪欲所压迫，被贵族的妄自尊大降低到所谓下贱的条件中，被教士们可耻的阴谋判处我们在受伤的双肩上永远负荷着救世主的十字架，而他们自己却披着用金线绣成救世主标记的丝绸①,我们受的屈辱还不够吗?我们还不够不幸吗?难道说,在忍受别人把我们推到最低阶层的不平等时,我们自己还要设法在我们之间强调这种荒谬的、罪恶的不平等吗?我们讽刺贵族老爷们的狂妄,讥笑他们的族徽和制服,憎恶和鄙视他们的家谱;但是,我们除了模仿他们还干什么别的事呢?我们在敌对的社团中争夺优先地位,我们愚蠢地吹嘘自己的根源古老;对于我们觉得带有庸俗和劣等气息的那些新成立的社团,我们却有唱不够的讽刺歌曲,骂不够的侮辱、恐吓和凌辱。在法国各个角落里,我们互相挑衅,互相残杀,为了争夺独占测角器和圆规的权利,好像一切靠自己汗水劳动的人没有权利佩戴自己职业的标志!一条彩色缎带的位置,放得高一点或者低一点,一个耳环的装饰,这些都成为严重的问题,可以煽动仇恨,使可怜的工人们流血。当我想到这些,我觉得可怜得好笑,尤其是使我羞愧得哭起来。"

这位年轻的革新家激动得不能继续他那热情的宣讲。他的心是满满的,但他没有足够的语言表达使他窒息的正义和愤怒。他住嘴了,胸口被压抑得喘不过气来,额头发烫。"阿莫里,阿莫里,"他用一种被窒息的声音叫道,一边抓住他伙伴一只手臂,"你想要知道我为什么痛苦;我已经告诉你了,我觉得你应当理解我。我不是疯子,也不是梦想家,也不是野心家,也不是叛徒,但是我热爱和我一样的人,我很不幸,因为他们彼此仇恨。"

~~~~~~~~~~

① 指教士在做弥撒时披的大红绸缎的法衣,上面绣有十字架。"救世主"指耶稣,"标记"指十字架。

公正的批评者(善良的读者,正如我们以前所称呼的一样),请你宽恕一个不能很好地将工人的语言传达给你的译员。比埃说的跟你不是一种语言,替他解说的译员不得不改变一些他原话的粗糙的美、别开生面的表达法以及丰富的诗意,以便把他的思想传达给你。也许你会责怪这位能力微薄的介绍者赋予故事中人物以他们不能有的情感和思想。对于这种责备,他只有一句话回答:你自己去调查吧。请你离开那些山岭吧,在那里,文学女神很久以来脱离了人类的广大群众。请你到下层去,那里一向只有戏剧和漫画在汲取滑稽可笑的诗意。请看一看这沉思的、深深受到启发的人民,而你还以为他们没有修养,粗鲁。现在,你会看见不止一个比埃·于格南。看吧,看吧,我请求你,对人民,你不要发表不公正的判决,罚人民在无知与凶残中苟延残喘。你要认识人民的错误与缺点,因为人民有错误与缺点,我并不对你粉饰;但是你也要认识人民的伟大与德行;和人民接触时,你会感到你自己比你很久以来更天真,更宽厚。

在人民中,最可赞美的是心地的单纯,这种神圣的单纯,自从我们滥用思想的形式以来,唉!就永远消失了。在人民那里,一切形式都是新颖的,真理,即使用老生常谈的方式表达出来,还常使他们流下兴奋和坚信的热泪。啊!灵魂的高贵的童年!这是可悲的错误、高贵的幻想、英雄的热忱的根源,那些利用你的弱点的人多么可耻!那些使你保持没有愚昧的纯洁进入壮年的人,应当受到爱慕和祝福!

由于这种存在于没受教育者的灵魂深处的天真,比埃·于格南的言语,在像他这样健康的人的思想中遇到很少阻碍,他的朋友科林思人并没有用激烈的争论表示反抗。他始终一声不响地听比埃讲,接着他握着比埃的手说:"比埃,比埃,对于这些,你知道的比我多,我没有什么可以回答你的。我跟你一样地感到忧愁,但是对于我们,这痛苦我不知道有什么药能治。"

第 十 章

要从历史上去发现比埃·于格南所抱怨的在工人们不同社团之间发生的这些纠纷的含敌意的原因，可能要做一些饶有奇趣的探讨。但是，那里是一片漆黑。工人们如果知道这原因，也不肯说；而我深知他们知道的并不比我们多。比如，在两个最古老的社团之间，在所罗门社团和雅克师傅社团，就是卡渥和得渥郎两派之间，也就是门派和自由门派之间，在耶路撒冷神庙工地上伊拉姆被杀害这个没完没了的引起流血的问题是什么意思呢？而且，大多数会友对这个问题都认为有实际意义而严肃对待。每个社团都把这可怕的控告推给敌对方面，大家都要洗刷自己；在派别的隆重仪式中，他们自己都戴上手套，证明手是干净的，无罪的；他们互相挑衅，残杀，掐死，为伊拉姆报仇，这人是神庙工程的领导者，被工人中占半数的嫉妒而残酷的人所掐死，尸体埋藏在断砖碎瓦堆中。无疑，这里面有某件历史大事，或者关系到人民生死的将来和过去的伟大原则，隐藏在并非没有诗意的虚构传说中。但是，正如原始民族一样，工人们把这神话看得十分认真，他们真正是处于童年阶段的种族，充满了童年对一切轻易相信的幻想，一切未被制服的本能，一切温顺天真的冲动。是的，亲爱的、机灵的女读者，人民就代表一个在摇篮中的巨人，他开始感到生命从他强有力的胸中洋溢出来,站起来到深渊边上试着不稳的脚步。谁会掉下去呢?是他还是我们?夫人,夫人,你赶紧打扮吧,赶紧使你的钻石发光吧。也许它们沉浸在伊拉姆的血泊中,也许有一天要把它们藏起来,扔到远离你的地方。

有几个深通文墨、学识渊博的工人(因为确实有这样的人,这并不是我能给你们证明的最没有把握的事实①),曾经像哲学家似的没法解释这种神秘。有些人把他们的教派的创建缘由归于"寺院"的废墟,按照他们的说法,有名的雅克师傅、所罗门的木工的领头人不是别人,正是伟大的师傅雅克·德·莫莱,是被一个名叫菲力普的贪婪凶残的国王杀害的殉教者。按照另外一些人的说法,应当追溯到更远,在民族仇恨中寻找根源,那就是住在法国南方的阿尔比乔亚人,那些被掠夺被迫害的民族,亦即加弗②河边的居民对于北部的刽子手以及多米尼克③的宗教裁判所的法官的反感中那种难以消除的憎恨。农民们,渥多亚人、新教徒、加尔文教徒等,他们大家多少都是永恒的福音书教义的热诚继承者,他们在不同的时期,用鲜血浇灌了法国的平原和大路,如果我们愿意,我们可以设想他们的巨大起义行动虽然被镇压了下去,但是那些辛酸的回忆、阴暗的怀恨却屹立在那里,一代接一代地一直留传到今天。其原因,在年长月久的深夜里被遗忘了,被遗失了,或者改变性质了;但是,热情却存在,你用不着去到科西嘉岛

---

① 我在1841年写的这话还不到两年,我所证明的这些事实已经变得很明显,而且为数甚多。十年后,人们一定会惊讶我不得不向诬蔑我孤陋寡闻或信口开河的读者阶级,证明人民思想的正直和有文化。——原注
② 加弗,这个字在比利牛斯山脉一带作为"激流"解释。——原注
③ 多米尼克(1170—1221),基督教的"圣徒",残酷压迫异教徒的凶手。

去找复仇的悲剧的诗意;它就在你面前,就在你家里。建筑你的房屋的石匠和架起房顶的木匠就是不可调和的仇人;为了一个字,一个姿势,一个眼色,他们的血就流在这块石头上,那是他们权利的神秘基础,作为他们贵族标志的徽章。

有两个社团,它们建立在辽远的古代①。我们已经提到过它们。从这两个社团中,或者从这两个社团之一,产生出第三个社团,即"团结"或"独立者",也就是"叛逆者"的社团。是一八三〇年在波尔多,由企图反对他们的会友的人创建的。在里昂、马赛、南特,很多同教派的造反者都和他们联合起来,建成"团结社"。第四个组织是"苏比兹老爹的组织",也叫"得渥郎"。这样就有四个主要的社团,或门派,每个社团由几个行业的团体组合而成,多少是新近成立的很多附属组织,都隶属于这四个社团,有的是被友好地接受的,有的则受到它们力争同意或强行参加进去的社团激烈抵抗。

如果要历数所有的社团,他们的要求、名义、规章、根源、习惯以及彼此的联系,那得写一本书。这个社团是和另一个社团联合的;例如:"苏比兹老爹的孩子们"以自己是门派的会友为荣,正如"雅克祖师的孩子们"一样,但是他们并不因此而更能和睦相处。某一个社团生来就是另一个社团的敌人。在同一个门派内部,也有各种职业团体互相支持,另一些则互相宽恕,另一些则互相恨之入骨。一般说来,新组织的社团总是被老社团由于骄傲而拒绝,只有付出血的代价,才能在社团中取得立足之权。

---

① 请看《行会之书》,作者是亚格里戈·伯底基耶,别号"有德行的阿维尼翁人"。——原注

每个门派都有自己的法典;在有些门派中,有两个等级,在另外一些中则有三四个等级。吸收入社的条件是优越的还是苛刻的,要看这社团的精神是专制的还是宽容的。最近,所有这些不同的和分裂的阵营都汇集在一个名称之下,即"周游法国行会会友"。

每个社团有它自己门派的城市,在那里,社友们可以居留,学习,工作,可以受到一个会友团体的互相帮助、支持和保护,一般总称这种团体为"社团",会友们按照他们的利益或需要可以定居或者重新调换。当他们人数太多无法生存时,早来的人中有些要给最后来的人让位。

某些城市可以被不同的门派占领,另外一些城市则是一个门派独有的产业,或者由于自古以来的习惯,或者由于交易,正如在里昂城曾做了百年的交易那样。

某些基地是一切门派和一切团体所共有的:从大处着眼,这些重要的基地是高贵的、慷慨的。"招工",也就是说,把工人吸收到工作中;"品行证明"就是保证他的荣誉,会友和师傅的关系;"送行"是将友好的告别作为一种典礼;对病人要给予照顾和救济,对死者要致敬,庆祝社团祖师的诞生节日,以及许多别的习惯,在各个社团差不多都一样,所不同的是外表形式、格式、名义、徽章、旗帜、歌谣等等。

外省的大部分工人都参加到行会活动里。一小部分不知其重要性,也不想戳穿其秘密。在法国中部落后的农村中,职业差不多总是世传的,儿子或侄子天生就是师傅的徒弟。在这种事先已规定好的、不大计较手艺精益求精的生活中,行会活动是无用的,周游法国的组织是罕见的。

有些职业的团体曾经有过门派,但已经消失了,也就是说,纲领对他们的组织和安全已经不再必要,也就被废弃了①。感情关系,政治联系,对这些团体也许比较开明,而对那些不怎么团结的社团也已经足够了。在巴黎,社团活动日趋消失和分散在不同工程和利益的广大范围中。没有一个社团能垄断劳动。此外,如果进步文明的怀疑精神批驳了社团活动的哥特式的习惯,也许还太早一些,因为可以代替局部性协会,包括所有劳动者的友爱的协会还没准备好,可是党派的仇恨一直没有消失。"自由行会"的木工居住在塞纳河的左岸;他们的对手"过路会友"占领了右岸。按照一个协议的规定,他们各自在居住的地区工作。可是他们彼此打架,其余的社团也总不能互相容忍。但一般可以说,有自己权力和热情的社团活动,在一个巨大的运动中好像消失了,溶化了,这巨大的运动把一切拖向一种独立的、不懈的前进步伐中去。

在外省,保持社团活动的重要性在于教育,好斗的热情,结社的精神以及规矩的组织习惯,受这种影响的青年群众,由于他们勇于活动的性格,并且喜爱进步,需要逃避孤立、无知与贫困,而大批投身于行会。这些都是劳动者大家庭中无人照顾的孩子,工业方面的流浪的艺术家,原始罗马大胆的冒险家②。有些人是被压迫剥削他们的家庭的粗俗的专制所驱使,另有一些人则因为没有家庭又缺乏自己立业的本钱。有的由于失去了职位,有的是情场失意,以及正当的骄傲感情,尤其是需要出去见世面,去呼吸,去生活,就这样每年都有一

---

① 某些社团的习惯有时一直可追溯到中世纪,以后已无法遵循。新的门徒在野蛮的条件前退却,而老的宗派主义者却徒然地要加以保存。——原注
② 指占领西西里亚首都的古罗马叛逆的雇佣军。

批优秀而热情的青年来到这里。周游法国,这是工匠生活中有诗意的阶段,冒险的朝圣,流浪骑士的作风。既没有房子又没有产业的人到大路上流浪,寻找一个祖国,在一个他活着和死后都不被抛弃的家庭保护下。即使有人希望在家乡取得一个体面保险的地位,至少也愿使用青春的精力去认识活跃生活的令人陶醉的乐趣。将来他还要回老家,接受他亲人们勤劳安定的生活。也许,在将来生活的整个时期,他再没有一年,一季度,一个星期的自由日子。那好,他应当结束诱惑他的模糊的不安,他必须去旅行。以后他再拿起父辈的锉刀和铁锤;但是他将能够回忆过去的印象,他总算见了世面。他将可以对朋友们和他的孩子们讲讲祖国是何等美好伟大;他总算周游了法国。

我认为这些题外的话对理解我的故事是必需的。现在,尊敬的读者们,善良的会友们,请允许我追随我的主人公,他们并不跟我一样,停止在卢瓦尔的大路上。

第十一章

当教堂的钟敲响十下时,他们来到布卢瓦。他们在"智慧之家"休息得很好,所以最后一站毫不感到疲乏,这最后一站他们是在星光下一边轻轻聊天走过的。他们向着"门派之母"走去。

所谓"母亲",此地是指旅店,在那里,一个社团的会友们可以住宿、吃饭、开会。这个饭店的女主人,人们叫她"母亲"①,男主人纵然是独身,也被称呼为"母亲"。常常有人搞语言游戏,管一个善良的男店主叫"母亲老爹"。

大约已有一年科林思人阿莫里没有到布卢瓦来了。比埃早就注意他们越走近城市时,他的朋友听他讲话越是心不在焉。但是当他们走过城郊的最先几所房子时,他对他朋友的不安感到震惊。

他对他朋友说:"你怎么了?有时候你走得那么快,我简直跟不上,有时候又那么慢,我不得不等着你。你每步都跌跌撞撞,样子那么激动不安,好像你又害怕又想赶快到达终点。"

科林思人回答说:"你别问我,亲爱的维勒普娄人,我是

---

① 直译为"母亲",意思也就是大妈。

很激动,这点我不否认;但是现在我不可能把原因告诉你。我对你从来没有保守过秘密,除了这一次,有一天我可能告诉你,但是我觉得时间还没有到。"

比埃不坚持问下去,片刻之后,他们来到"母亲"家里。旅舍位于卢瓦尔左岸的郊区,这条河把郊区和城市隔开。旅舍总是那么清洁整齐,如往常一样,两个朋友认出这家的女仆和那条狗。但是男主人没像平时那样来欢迎他们,兄弟般地拥抱他们。

"萨维尼安朋友呢?"年轻的阿莫里用不很坚定的声音问。女仆向他打了一个手势,好像要打断他的话,指给他看正在火炉边祷告的小女孩,她头上已经戴着小睡帽就要去睡觉。阿莫里以为女仆叫他不要打扰孩子的祷告。他俯身向小玛乃特,用嘴唇小心翼翼地轻吻从小帽子里露出的乌黑鬈发。比埃看到科林思人注视这孩子时充满辛酸的温情,开始猜出他的秘密。

女仆把比埃·于格南拉到远一点的地方,低声说:"维勒普娄先生,别在小姑娘面前提起我们死去的主人,一提这事她就会哭的,可怜的好孩子。我们埋葬了萨维尼安先生还不到两个星期。我们的女主人很伤心。"

她刚说完这句话,门开了,萨维尼安的遗孀,亦即人们称呼为"母亲"的那人,在门口出现了,她戴着孝,头上戴着寡妇的头巾。这是一位大约二十八岁的妇人,漂亮得像拉斐尔[①]画的圣母,同样的五官端正,同样安静高贵的温柔的表情。然而她的面孔上还留有最近深沉的悲痛,这使这张脸更动人了;

---

① 拉斐尔(1483—1520),意大利文艺复兴时期的著名画家。

因为在她的眼神中表现出一种圣洁力量的情感。

她怀里抱着第二个孩子,脱了一半衣服,已经睡着了,这是一个长着一头像琥珀似的金黄头发的胖男孩,和清晨一样气色清新。首先,她只看见比埃·于格南,因为灯光照射在他身上。

她带着热情而悲凉的微笑叫道:"我的孩子维勒普娄,欢迎你,你永远是我们最心爱的。唉!现在你只有一个母亲了,你那萨维尼安父亲已经在天上,和仁慈的上帝在一起了。"

听到这声音,科林思人猛然转过身来,听到这些话,从他胸口深处发出叫声。

他叫道:"萨维尼安故世了,那么,萨维尼安娜①成了寡妇了……"

他跌坐在一张椅子上。

听到这嗓音、这些话,萨维尼安娜强装的镇静变成了强烈的激动,她怕抱不住怀中的孩子,只好把他放在比埃·于格南的怀里。她向着科林思人走了一步,接着她不好意思,不知所措地站住了,站起来准备向她扑过去的科林思人,又跌坐在椅子上,把脸藏在小玛乃特的头发里,那小姑娘跪在他双腿中间,刚一听到她父亲的名字,就呜咽起来。

于是母亲恢复冷静,向科林思人走过来,对他说:"你瞧这孩子的痛苦,她失去了一个好父亲,你呢,科林思人,你失去了一个好朋友。"

---

① 在法国中部各省,众所周知,人民的习惯,不用"夫人",而是用丈夫的名字组成妻子的名字,如:莱蒙耐(Raymonet),妻子为莱蒙耐特(La Raymonette);西尔万(Sylvain),妻子为西尔万娜(La Sylvaine)等等。——原注

阿莫里说:"咱们一起哭他吧!"他不敢看她,也不握她伸过来的手。

萨维尼安娜放低嗓音,回答说:"不至于一起哭;但是我很尊敬你,相信你不会不想念他的。"

这时,后面的门开了。比埃看到三十来个聚集在饭桌前的会友。他们刚才在吃饭,那么安静,简直令人想不到旁边有一群年轻人在聚会。自从萨维尼安去世,由于尊敬死者和他家人的哀伤,大家吃饭时几乎不说话,喝酒很少,没人提高嗓门。但是,他们一见到比埃·于格南却禁不住又惊又喜地叫起来。有几个人来跟他拥抱,有些人站了起来,大家都抬抬帽子或便帽,向他致意。因为,那些不认识他的人,很快已有人向他们介绍说他是周游法国最好的会友之一,在尼姆他是"第一会友",是南特的"尊长"①。

刚一见面时的热情招呼之后,他们邀请两个刚到的人入席。那些认识阿莫里的人,也同样向他热情招呼。母亲,由于劳动的习惯赋予的力量,克服着激动,给他们上菜。

于格南注意到女仆对她说:"女主人,您别忙了;您安安静静去打发孩子睡觉,我来伺候这些年轻人。"

他也注意到萨维尼安娜回答说:"不,我来伺候他们,你去打发孩子们睡觉。"

接着,她吻了每个孩子一下,把晚饭端给科林思人,很殷勤,露出一种秘密的关切。她也伺候于格南,细心,亲切,大方,这使她赢得了"母亲中的明珠"这个美名,按照所有会友的说法,但是一种不可抗拒的偏爱使她不停地在科林思人椅

---

① "尊长"是一个地区的行会会友之中最受尊敬,最有威望的人。

子背后来来去去。她并不看他,俯身给他端菜时,并不轻轻地接触他,但是她猜得着他需要什么,看到他吃饭不香,她感到内心不安。

好品行里昂人斟满酒杯说:"亲爱的忠诚的会友们!我为线条之友维尔普娄人和科林思南特人干杯,我不把他们的名字分开;因为他们的心一生都紧紧相连。他们在所罗门教是兄弟,他们的友谊使我想起我们的诗人干好事者南特人对他亲爱的佩尔什人的友谊。"

他用雄壮的声音唱起木工诗人的两句诗:

"没有朋友的人们

在世上多么不幸。"

"说得好,可是唱得不好。"好心肠波尔多人说。

好品行里昂人叫道:"怎么唱得不好。你愿意我给你唱

'光荣属于柱头佩尔什人,

向他的学识致颂词'?"

好心肠又说:"不好,不好,越来越不好;唱得不是时候,总唱不好。"他看了母亲一眼,要歌唱者住嘴。

萨维尼安娜温和地说:"让他唱吧。不要为这点小事叫他不高兴。况且他正在歌唱友谊……"

"起了头,就停不下来了。"好心肠提醒说,"我们决定过,没有必要就不唱歌……"

好品行插话说:"要说到做到。这是正确的,谢谢你们,兄弟们,刚才我错了。可是总能为欢迎朋友们而干一杯吧,甚至两杯……"

天才孩子马赛人说:"至多喝三杯,止了渴就行。这是规

矩。这里不能吵闹。如果得渥郎们听见我们在一个居丧的母亲家吵闹,他们将会说什么呢?而且咱们之中,有谁愿意使咱们的母亲,萨维尼安娜,漂亮、仁慈、安静、善于管家的萨维尼安娜难过呢?"

好品行里昂人叫道:"我这第二杯就是为她干的。你不碰杯吗,老乡?"看见阿莫里用颤抖的手举起玻璃杯,又说,"是不是他发烧了,这位老乡①?"

无畏的莫望代人在他的邻座好品行的耳朵边轻轻说:"住口,别说这个。从前,这个同乡想跟母亲讲些心里话,不过她太正派了,不肯听他的。"

好品行又说:"这我信。不过这是个漂亮的会友,白皙得像个女人,一头金黄色好看的头发,下巴像个桃儿似的,而且又有劲又结实。听说他还有才能!"

"至少跟线条之友一样,也许更有才能。在他们两人之间,对才能和爱情,都不会引起争执的。"

天才孩子坐在他们旁边,听见了他们谈的话,说:"低声些。瞧,尊长来了,如果有人在他面前轻佻地议论母亲,那可能发生想不到的事!"

无畏回答说:"亲爱的同乡,没有人在轻佻地议论。"

尊长进来了。比埃·于格南认出是好支柱罗曼内人,站起来,两人到另一间屋子,按照习惯互相施礼;因为他们两人都是尊长,能够平起平坐。不过线条之友只是荣誉性的。他的职权只能施行六个月,两个会友不能同时在一个城市中执

---

① 双方的石匠都用小团体的名字互相称呼,所有别的职业的会友都互称老乡(同乡)。他们集会的时候,从来不以第二人称单数(Tu)相呼。——原注

行管理权。好支柱罗曼内人事实上在他居住的地区,他的权威能发挥到比埃身上,就像对一个普通会友一样。

当他们回到餐厅,布卢瓦的尊长看见阿莫里科林思人时,面色变白了,两人激动地拥抱。

尊长对年轻人说:"你来得好。我叫你来参加竞赛,我满意地看到你接受了。我以社团的名义向你致谢。同乡们,这个年轻人是我认识的最有才能的一个,你们自己以后会判断的。"他又特别向阿莫里说,竭力用不那么严重的口气,"科林思同乡,你知道我们失去了我们最好的父亲萨维尼安了吗?"

阿莫里用一种使尊长放心的率直的声调回答:"我刚才才知道,我很难过。"

好支柱向比埃·于格南说:"你,同乡,你的名字叫线条之友,你一定是个谦虚有学问的人。如果我们早知道能在哪里找到你,我们一定会请你参加竞赛;不过你既然来到这儿,这就证明你没有抛弃神圣的'自由道门',我们请求你,并约你参加到行列里来。我们没有多少像你这样有能力的艺术家。"

于格南回答说:"我衷心感谢你,但是我不是为竞赛来的。我有约定的活计要干,不能在此久留。我需要助手,我用我父亲的名义,他是师傅,到这儿来招请两位会友。"

"也许你能招请到,把他们派到你父亲那儿去代替你。当关系到'自由道门'的荣誉时,没有什么诺言不能取消,也没有什么人不愿意这样干。"

比埃回答说:"我这诺言的性质使我不能推诿,这关系到我父亲和我的信誉。"

尊长回答说:"在这种情况下,你可以自由。"

寂静了片刻。坐在餐桌边的有三类会友："被接收的"会友，已"结束的"会友，"入门的"会友。也有相当数目的"从属"①会友，因为在卡渥派内部，一个伟大的平等原则在统治着。所有的"门派"都混在一起用餐，争论，选举。可是，在这些年轻人之间，没有一个不渴望参加竞赛。由于要在手艺最好的人中间挑选，好多人就没有希望被召唤；没有一个人能理解会有一种充分的理由拒绝这样的荣誉。他们彼此注视，感到惊讶，甚至对比埃·于格南的回答觉得有点不快。可是尊长想避免一场无谓的争吵，他暗示在场的众人不要再对此表示不满。

他说："你们知道全体大会明天星期日举行。'介绍人'②已经通知你们。亲爱的同乡们，我请你们大家都出席。你也去，同乡维尔普娄，线条之友，你能够用你的见解来帮助我们；这也是一种为社团效劳的方式。至于你要求的工人们，我们将设法给你找。"

于格南放低声音说："我请你注意，我需要头等的工人，因为我要交给他们的工作很细致，要求有相当广泛的知识。"

介绍人带着一点不屑的神气笑着说："啊，啊，只有在竞赛以后你才能找得到；因为一切自认为有才能、有良心的人都

---

① 一个年轻工人参加行会，从提出申请到成为正式会友，必须经过几个阶段，"从属会友"是初期的阶段，已经提出入会的申请，尚未被批准，暂时和正式会友在一起工作。被批准后，成为"被接收的"会友，开始正式的学习和锻炼，经过一段时间，被认为合格之后，才成为"结束的"会友。"结束的"会友再经一个时期的考验，才能成为正式的行会会友，也就是"入门的"会友。
② "介绍人"的职务在于替需要招募工人的师傅介绍工人，并且以某些形式订立契约，他陪着"上路人"出城，吊销凭据。——原注

愿参加竞赛;你甚至得不到第一流的人选,我们要使他们参加我们光荣的战斗。"

饭后,会友们在分手前,三五成群,议论他们个人感兴趣的事。

好心肠波尔多人走近比埃·于格南和阿莫里。

他对前者说:"你不愿参加竞赛,真是奇怪。如果像好多人认为的那样,你是我们中最能干的,那你在战斗前夕开小差,应当受到斥责。"

于格南回答说:"如果我认为战斗有助于社团的利益和荣誉,我也许为它牺牲我的利益,甚至我自己的荣誉。"

好心肠说:"你竟对此怀疑!你认为得渥郎比我们更能干吗?你就应当更有理由把你的名字和才能放在天秤上。"

"得渥郎有能干的工人,我们也有比得上他们的人;对于竞赛的结果,我不做预先判断。即使我们的胜利可以保证,我还是反对竞赛。"

好心肠又说:"你这意见真古怪,我劝你不要这么随便地对那些不像我们这样宽容的同乡说这种话。你会受到斥责,人们也许会认为你有些不体面的理由。"

比埃·于格南说:"我不懂你的意思。"

纯朴的心说:"可是,任何不愿要祖国光荣的人,都是坏公民,任何会友……"

线条之友打断他的话说:"现在我明白你的意思了,但是,如果我证明,不管怎样,这次竞赛对社会将是有害的,这将是一个好会友的行动。"

直到这时,比埃·于格南率直地回答了这些意见,他的话曾被几个聚集在他周围的会友听见。尊长看见聚集的人越来越多,情绪激动起来,拨开人群,对比埃说:"亲爱的同乡,这里不是提出和社团不同意见的时候和地点。如果你对我们的事有些好的看法,明天在大会上,你有权利有自由陈述意见。我请你去,事先我能肯定,如果你的意见好,人们会听从的,如果不好,人们会原谅你的错误。"

做出这个明智的决定后,大家分手了。一部分会友住宿在母亲家。女仆把于格南和阿莫里领到为他们准备的一间小房里。母亲在晚餐结束前,就退出去了。

当两个朋友按照民间老习惯,睡在同一个床上的时候,于格南很疲乏,想快些入睡,但是他的朋友翻来覆去,使他不能入睡。年轻人说:"兄弟,我曾对你说,也许有一天我会把我的秘密告诉你。好!这天到了,比我预料的要早。我爱上萨维尼安娜了。"

比埃回答说:"今天晚上我已经看出来了。"

科林思人又说:"我一听说她已经自由了,就克制不住我的激动。狂喜的一瞬间使我暴露了自己。但是不久,良心的声音责备我这种有罪的感情,因为我是萨维尼安的朋友。这位可敬的人对我怀有一种特殊的感情。你知道他管我叫他最小的孩子,他的圣·若望·巴蒂斯特,他的拉斐尔;他不是无知的人,他有充满诗意的表达方式和意见。非常好的萨维尼安!我可以为他献出我的生命,只要能使他复活,我还可以献出我的生命,因为萨维尼安娜爱他,他使她幸福。这个人在世上比我更宝贵,更有用。"

线条之友说:"我完全懂得你心里想的事情。"

"这可能吗?"

"我们很容易看出我们所爱的人的心。好!现在,你希望什么呢?萨维尼安娜理解你的爱情,我相信她也爱你。但是,你确实是她将选择的丈夫吗?她不会觉得你太年轻,太贫穷,不能做她家的支柱和孩子们的父亲吗?"

"我正是这样想,而且感到沮丧。可是,我很勤劳,在周游法国的时候,我没有浪费时间,我的手艺很好,你知道我没有坏嗜好。我那么爱她,以致我不觉得她跟着我会不幸。你认为我配不上她吗?"

"正相反,如果她问我的意见,我会打消她可能有的担心。"

科林思人叫道:"啊!朋友,就这么干吧!跟她谈谈我,请你设法了解她对我的看法。"

比埃微笑着回答:"最好事先多知道一些你们的关系发展到什么地步,那么,你叫我扮演的角色对她和对我就都不很困难了。"

阿莫里推心置腹地回答:"我都告诉你。我在这里度过了将近一年。那时我刚刚十七岁(现在我已十九岁了)。那时我是个普通的'从属会友',短短的时间,我升到'接纳会友'的等级,这事使萨维尼安和他的妻子对我都有好的看法。我参加了省政府的修理工作。这些你都知道,是你在我来到的时候介绍我入会,六个月以后,你才离开我们。这几个日期我记得很清楚:因为在你动身到沙尔特去的那天,我发现我对萨维尼安娜的爱情。我还记得我们在大路上欢送你的盛况,我们带着手杖和缎带,分成两排送你,每步都停下来为你的健康干杯。介绍人肩上扛着你的手杖和包裹。我开始唱登程之歌,别的同乡们齐声唱和。这个仪式的隆重,给予我兴奋和勇气,这种仪式对于被欢送的人是光彩的,我看见你是这个仪式的主人公而感到骄傲。我紧紧地拥抱你,我和好品格一起回城里来,一直歌唱着,并没想到跟过去教育我、保护我的朋友分离时,会处于孤独状态。我想,那时,不断地祝酒使我神经亢奋,我对这种畅饮还不习惯,而且我怕永远不能习惯。当酒气消失以后,我又回到母亲家,已不和你在一起了,在壁炉的炉台前,别的兄弟们都在饭桌上继续饮酒作乐,我陷入了深深的忧愁。这种伤感,我抵制了很久,终于不能克制,泪如雨下。那时母亲正在我身旁,忙着准备会友们的晚饭。看见我在哭,她的心也软化了,她捧着我的头,像抚摩她的孩子们那样对我说:'可怜的小南特人,你的心肠最好。别人失去一个朋友时,他们只会唱歌,喝酒,一直到唱哑嗓子,站立不住。你呢,你有一颗妇女的心,将来你的妻子一定会被你深深地爱着。目前,鼓起勇气,可怜的孩子,你不会被遗弃的。所有的同乡都爱你,因为你是个好人,是个好工人。你的父亲萨维尼安说他愿意有一个儿子完全跟你一样。至于我,我是你的母亲,你明白吗?并不仅仅由于我是所有会友的母亲,而好像是你的亲生母亲。你有什么困难都告诉我,你有什么痛苦都对我说,我一定设法帮助你,安慰你。'

"这位善良的女子一边说,一边吻我的头,我感到她那美丽的黑眼睛中落下一滴泪珠,滴到我额头上。哪怕我和流浪的犹太人活得那样长久,也永远忘不了这件事。我觉得自己的心被她的柔情融化。我向你承认,那天其余的时间,我差不多不再想你了。我的眼睛总看着萨维尼安娜。我一步不离她。她允许我帮她操劳家务,萨维尼安这好人一边看我干活一边说:'这小伙子多么讨人喜欢呀,多好的孩子呀,多好的心肠呀!'萨维尼安丝毫没有想到从那天起,我成了他的情敌,他妻子的钟爱者。

"他从来不怀疑,我越爱她,他越信任我。那时他已经五十来岁,他决不会想到像我这样一个孩子除了用儿子的眼光之外,还能用别的眼光来看待萨维尼安娜。但是他忘记了萨维尼安娜可能做他的女儿,却不可能做我的母亲。这位亲爱的母亲看出了我的心事。我从来没敢对她谈过这事,我感到那将是有罪的,既然萨维尼安对我那么好。再者,我知道她是多么诚实,绝不会有一个会友,哪怕是最大胆的,即使喝多了酒,敢于对她不尊敬。但是我不需要讲话,我的眼睛不由我自主把我的爱慕之情告诉了她。我一下工就跑到母亲家去,总是第一个到。我对孩子们的热爱和照顾,就像我是抚育他们的妇人似的。那时,她正在给小男孩断奶,她病了,孩子的叫声使她无法休息。她不愿把孩子交给女仆,因为芳绒睡觉很死,虽然她一心要好好干,可能照顾不好孩子。她答应我夜间把孩子抱到我的床上。我不能闭眼,但是我很幸福,我摇晃他,抱着他在房间里走,一边给他唱为漂亮的孩子们生银蛋的母鸡的歌儿。这样继续了两个月。母亲病好了,小男孩已经习惯跟我安静地睡觉了。当她来要抱走他的时候,他不肯离开我。他天天在我怀抱中休息。我认为没有一种联系比一个女人和爱她的孩子又被她的孩子所爱的人之间的联系更富于柔情的了。萨维尼安娜和我就像姐弟一样。当她对我说话,注视我的时候,在她的声音和眼睛里露出天堂般的温柔,我什么顾虑也没有,虽然在我们身边有一个人,可能引起萨维尼安和我很大的不安。那就是罗曼内,好支柱罗曼内人,现在他是尊长。这个人有多好的心肠呀!是多好的会友呀!他爱萨维尼安娜就像我爱她一样,我相信他会一辈子爱她的。在那时期,萨维尼安处境相当困窘。他有信用,但是没有钱,他每年不得不归还一部分他当时凭信用借来的买客栈的钱。由于他赚不了什么钱(他做买卖太老实),他担心地看着他不得不把小客栈出让给别人的一天的到来。如果我有点积蓄,我能助他一臂之力将感到多幸福呀!但是我只有身上穿的衣服,我每天挣的钱,刚够偿还萨维尼安,因为起初他让我在他家白吃白住。好支柱罗曼内人的情况比较好。他有钱。他享有值几千法郎的遗产。他把遗产卖掉,把钱交到萨维尼安手中,不愿接受收执,也不要利钱,他说如果不能早还,可以在十年之内还他。他这样做是为了萨维尼安的友谊,这我相信,并不贬低一点他的好心,我们可以猜测,在他做这件好事感到的快乐中,萨维尼安娜起了很大作用。这诚实的年轻人因此在她面前感到腼腆了,跟我一样,他认为如果做出对不起丈夫的友谊的事,那是一种罪行。我们两人都爱她,她把我们看作她最好的朋友。

"但是罗曼内,由于他帮助了萨维尼安,表示谦虚,住在城里,比我跟她见面少。最后,不管什么原因,母亲对我有明显的偏爱。她尊敬好支柱就像尊敬天使一样,但是她爱我就像爱她的孩子一样;在地球上,没有四个人比萨维尼安、他的妻子、好支柱和我更和睦,更幸福了。

"但是我要离开他们的时间到了。市政府的工程已经结束,留在布卢瓦的会友们缺少活计干。年轻的会友们来到了,那些比他们早取得会友等级的人要给他们让位。我也在其中。人们决定送走我们,把我们送到普瓦提埃①去。

---

① 普瓦提埃,法国城市,在巴黎西南方340公里。

"就在那时我发现了我强烈的感情。我像疯了一般,我感到的痛苦使萨维尼安娜明白了很多我不愿对她讲的事。是她给了我听命于门派的力量,她对我讲,是为了保全她的体面和我的体面。在这次劝说中,我们彼此说了一些从那以后不能再说的话。最后,我走了,带着碎了的心。除了萨维尼安娜,我从没有爱过,甚至看过另外一个女子。今天我还感到和你离开布卢瓦的那天,萨维尼安娜悄悄地吻我额头的那天一样纯洁。"

比埃被这天真、贞洁、热情的叙述所感动,答应他的朋友在爱情中帮他的忙,并发誓在了解萨维尼安娜的打算以前,在揭开隐蔽着科林思人的前途的薄纱以前,决不离开布卢瓦。

第十二章

第二天,当然是一个星期日,所有布卢瓦自由门派的会友和从属会友们用这一天讨论竞赛事件。本来专用来开会的房间交给泥瓦匠作紧急修理,这天的大会就在萨维尼安娜的谷仓里举行。会友们都随便地坐在草垛上。尊长坐在一把椅子上,前面有一张桌子可以写字,在桌子周围,坐着秘书和一些老年会友。比埃本想事情结束后,一清早便动身。但是,介绍人的警告一点没错,他找不到一个不关心竞赛的好工人,除此之外他也认为有义务响应叫他去开会的号召。当人们提出竞赛的活计以后,要选举参加竞赛者的时候,他请求发言,以便说完之后退席。他的请求被接受了。虽然主要事件引起了骚动,可大家还是准备注意地听他讲。每人都很好奇,都想知道一个受众人尊敬的会友能提出什么理由来反对同得渥郎做斗争这样一件光荣神圣的事情。比埃发言了。他首先说明胜利总是碰运气的;最公正、人选最好的审查委员会也会发生错误:在艺术问题上,没有不可争辩的判断;公众也常常被趣味不纯的鉴赏倾向所迷惑,一个艺术家的胜利永远不会被他的对手所接受;所以说,社团想给予竞赛的荣誉和它自以为由此取得的光荣,只是幻想和失望。

他也谈到要为竞赛付出的费用。相当数量的竞赛者将不能干活。在这段时间必须维持他们的生活,然后用公共基金赔偿他们的损失。在制造杰作的五六个月期间,还要给负责对单独住在一起的竞赛者们的保卫者开支伙食费和工资。这些开销肯定是社团在许多年内不能还清的债款。比埃用数字证实他的论点。但是他的话被一阵窃窃私语打断。有些易怒的有自尊心的人,不接受对他们的学识和手艺发出这样的讽刺。正如在任何大会中经常发生的一样,不管是什么人,什么目的,这些头脑发热又虚荣的人支配着一切,想使人最终相信唯一的事就是赞扬他们,使他们获得胜利。比埃·于格南对他们说:"半打人员在一件费用过多的小玩意上,在一件永远使人想起我们的疯狂和虚荣的纪念物上,用上半年时间,这对社团有什么好处呢?"

人们回答说:"如果社团愿意担负这笔费用,这与你有什么关系呢?如果你不参加,你就向社团致谢①,你自由了,你已经结束了你的周游法国的生活。"

比埃很难使他们理解,如果他有钱,他很愿意负担一切费用而不让社团破产,社团也许要负债二十年。

他们回答说:"如果有必要,社团会设法刻苦节省,荣誉比钱更宝贵。让我们把得渥郎的骄傲打下去吧,向他们证明,只有我们才有本领,迫使他们把地盘让给我们,以后你就看着吧,没有人会抱怨的。"

听到这里,比埃·于格南对一个最热衷于竞赛的人说:

---

① 向社团致谢,即脱离社团,不参加它的支出、事业,也不要它的利润。感情上可以和它联系,但对它除了良心上,没有别的义务。——原注

"你是不会抱怨的,如果你胜利,你会取得战斗的全部荣誉,即使失败,社团也会赔偿你损失的,对于你的出力,也要给予奖励。但是这些年轻的从属会友们,以后他们要到你们的研究室去欣赏你们竞赛的杰作,就由于看到了这个战利品,他们缺乏的课程,他们可能得到的预支款,这些损失都能得到赔偿吗?至于我,我同意竞赛的原则,但要有一个条件,就是一些人得到光荣,不要使另一些人受穷,学生可以不出钱仍旧当学生,同时欢呼师傅们有学问。"

这些正确的理由开始在那些无私的人身上产生作用。比埃·于格南试着用不是更实用的理由,而是用更宽宏大量的理由,使他们放弃这野心勃勃的计划。他尽情发挥很久以来在他心中酝酿着的情感和意见,向他们指出这种竞争会使双方社团在道义上受到损失。

他对他们说:"难道我们不是非常不公正吗?当我们对那些和我们一样勤劳贫困的人说:这个城市容不下我们大家,不能使我们按照自己的骄傲和野心生活;咱们抽签吧,要不就试试咱们的力量;让最能干的人胜利,失败的人就光着脚在生活的艰难路上走吧,找一个贫瘠的地方,那里,我们的骄傲可以不管他们的事。你们能说地球够大的,到处都有工作吗?是的,对于互相帮助的人们来说,到处有空间,有资源。但是对那些愿意孤立,或者分散成互相仇恨嫉妒的小团体的人们,则没有这些,宇宙不够大,你们看不见富人的世界吗?他们有什么权利生来就幸福,你们有什么罪过在贫困中生活,在贫困中死亡,你们永远没有想到过吗?为什么他们在休息中享福,你们却在劳动中受罪?这是怎么回事?教士们会对你们说,这是上帝的意愿;但是你们是不是能肯定上帝确是愿意这样？不,难道不是吗？你们肯定相反的事,否则,你们将成为不信教的人,崇拜偶像的人,你们将相信一个比正义和人类的敌人即魔鬼更可恶的上帝。好！你们愿意不愿意听我来讲,财富是怎么积累起来的,贫穷是怎么延续下来的？那是由于一些人的机灵和另一些人的单纯。单纯的人们接受了自己的失败,不能分享一切财产和荣誉,因为那些机灵鬼对他们证明应当如此。有那么多单纯的人,你们的父兄和你们自己,注定要毫不抱怨,不知疲倦地为富人工作。你们觉得这很不公平。从早到晚,我听见人这么说,我自己也这么说。你们觉得对于你们不公正的事,你们认为使别人忍受是公正的吗？

"有时,尽管命里注定受穷,可是你们能摆脱贫穷,不过要付出什么代价？你们必须非常勤劳,坚韧不拔,也许还要非常自私,你们必须通过唯利是图、吝啬和比你们同行更辛勤的劳动才能往上爬;因为,在我们中间,什么人能积攒一点财产成家立业呢？只有那些享受遗产的人,或者是有高超天才的人。我知道我们应当尊敬智慧;但是一个人在贫困中发霉,在草堆上死去,就因为上帝没给他跟你一样多的才智和健康,你们认为这样公正吗？宽宏大量吗？我们社团的精神是什么？它的事业是什么？它的目的是什么？有必要用一些人的智慧和勇气来刺激和改正另一些人的无能和懒散,为此用我们的所得,也就是用我们的工作支持他们,帮助他们,一直到他们吸取了我们的教训,承认了他们自己必须尽力地劳动。

"创建自由门派的思想,请允许我对你们说,创建同行公会各不同的门派的思想是伟大的、真实的,符合所罗门的计划。① 那么,好,当你们致力于驱逐一个社团的时候,你们的所作所为和这种高尚计划的伟大思想完全相反。如果'神庙'的劳动者认为应当分作各种宗族,由很多头目领导,那是因为他们的任务是从各条道路周游世界,以便同时把光明和工业的善举带到很多地方。请你们相信,雅克的孩子们和苏比兹的孩子们跟我们一样,都是伟大的所罗门的孩子。"

一阵不以为然的窃窃私语差点打断了"线条之友"的话。他赶紧机智地又说(因为用一点譬喻对于那些思想不如他清醒的人是必须的):

"对,这是些迷失方向的孩子,叛逆的孩子,可以这样说。在他们长期的困苦的朝圣中,他们忘记了明智的法则,甚至忘记了他们父亲高贵的名字。雅克也许是一个骗子,他腐蚀了他们的判断力,自称为先知,篡夺对真正先师的崇拜,因此他们如此仇恨我们;因此他们向我们挑衅,狂热地虐待我们,设法和我们分裂,跟我们争夺工作,工作本是一切会友神圣的遗产。难道你们要模仿他们的样子吗?就因为他们是疯子,不人道,你们就要跟他们一样行动吗?你们接受挑战吗?啊!同乡们,啊,兄弟们,想一想所罗门给我们的一个伟大的教训:两个母亲争夺一个孩子;他命令人把孩子剁成两半,每个女人各拿一半。假母亲接受平分,真母亲却叫喊着让人把孩子整个给她的对手。这个寓言就是我们命运的象征。我们中间有

---

① 对于会友们,那时是对大部分会友们,直到以后很久,所罗门仍是一个理性的人物,一种偶像,集中一切完美,一切威力。他的名字差不多和永恒相等,比埃·于格南利用他以便使他宗教性的呼吁更有权威。——原注

些要分享土地和工作的人是没心肝的人,他们不想想用仇恨的利剑分割成的碎片,到他们手中也不过是一具尸体。"

比埃对他们还讲了很久。我不知道他胸中是否憧憬着这样一个时期,一个社会,在那里,个人自由的原则和众人的权利可以协调。我知道他聪明的头脑可能会发展到产生这种概念,今天,这个概念已经深入到优秀分子的心灵之中。但是应当注意,在那个时期,圣西门主义①(那是在波旁王朝统治下得到普及的第一个现代理论)还没有发展。一种社会和宗教的哲学的萌芽,正在秘密的学会中酝酿或者在经济学家的沉思中煎熬。也许,比埃·于格南从来没有听到过这些;但是正直的、相当有文化的精神,热情的灵魂,诗意的想象力使他成为一个神秘奇特的人物,有些像那些有灵感的牧羊人,他们生在古老的传统中,带有先知的天才。可以说,像萨维尼安娜所说的,他充满上帝的精神,因为在他兴奋的天真中,他触及最高的人道问题,而他自己并不知道他的梦幻把他带到怎样的云雾迷茫的山峰上。因此,他的演说,我们在这里只能枯燥粗略地介绍其中要点的演说,有一种预言性质,对于单纯的人,对于想象力纯洁的人,作用是很大的。他劝他们不要搞胜负难卜的比赛,而要争取得到体面的和平。得渥郎们争吵得疲乏了,开始温和一些。也许比我们想的更容易使他们承认所罗门的孩子们的权利。

为什么所罗门的孩子们能有理性,理解正义,得渥郎就不能呢?难道他们不是人吗?如果他们不肯听你们,难道你们

---

① 法国空想社会主义者圣西门死于1825年,他的思想要经过若干年之后,特别是经过1830年的革命之后,才得到传播。——原注

不应当设法把他们拉回到人道的感情上,而不是用自尊心的挑战,加强他们的仇恨?是不是还来得及取消竞赛的决定,如果证明这是避免新的战斗的唯一办法?在放弃和平与联盟的运气以前,什么事不能试试呢?我们曾做到这一点吗?正相反,人们只想到以辱骂还辱骂,以挑衅还挑衅。人们心甘情愿投入千万种危险中。如果大家更冷静,更自重些,原则上,这些危险是容易避免的。大清早,甚至在得里耶木匠们的作坊前面唱战歌,唱咒骂之歌,难道这不是向他们挑衅吗?比埃曾亲眼见到这个事实。他竭尽全力痛苦地责难此事。他对他们说:"你们自以为是'周游法国'的老爷、贵族而感到骄傲,你们自认为比其余的人高明,至少你们要有与此相适应的高贵姿态呀!"

当他停止说话时,全场肃静。他谈的事是那样新颖,那样奇怪,听众都以为梦到另一种生活,需要一点时间才能知道自己仍在地球的阴影中。

但是,克制着的激情又渐渐高涨起来。他们的统治还没接近结束,劳动大众对于法国大革命宣传的博爱平等的伟大原则,只记住这个口号而不是信念,只记住几个光荣深刻的词句,这些词句对于劳动大众和会友们的仪式一样神秘。不久,窃窃私语转化为几个人的默许,大多数人感到惊慌失措;那些不由自主地心情激动过的人们,立刻为流露出这种感情而感到羞愧。最后,最狂热的人中的一个发言了。

他说:"瞧,多漂亮的演说,比一个教士在神坛上宣教还棒。如果一个会友的全部价值在于读书,并且照着书本讲话,那么,光荣属于你,维勒普娄同乡,线条之友,你比我们大家都有学问,如果你是对妇女讲话,你可以使她们落泪。但是我们是男人,是所罗门的孩子们,如果自由门派的一个会友的光荣在于支持它的社团,全心全意忠诚于它,抗拒侮辱,用自己的胸膛保卫它,那么维勒普娄同乡,你是可耻的,因为你说得不对,你要受到谴责。怎么着,我们一直听完了要我们谨慎的卑怯的劝告,而我们没有被激怒吗?有人对我们说应当抛弃我们的体面,忘掉我们的兄弟被残杀的事,把面颊送过去让人打耳光,把我们的名字明白地从'周游法国'组织中划掉,而我们竟耐心地听你讲这一切。你看,维勒普娄同乡,我们没法更温和、更有节制了。你看得很清楚,我们心里早有对门派的尊敬,对会友之间的友爱,因为我们没有把你当作一个失去理智的人,强迫你闭嘴,或把你作为一个假充的兄弟,扔到门外去。你的名声那么好,在社团里你有那么重要的头衔,我们一直相信你的善意和正直的心。但是你的思想在书堆里迷失了方向,这对于那些听你讲话的人应当作为教训。谁要懂得太多,就等于懂得不够;学了很多无用的东西,就有忘却最需要、最神圣的东西的危险。"

另一些更激烈的演说者加剧了第一个人的怒火。不久,展开了一场反对比埃·于格南的猛烈的争论。他平静地回答,以一位殉道者的忍耐和一位禁欲主义者的坚强来忍受控诉、责备和恐吓。他说了一些较好的言辞,不断变换论点,用不同的表达方式来适应各种对话者的精神状态。但是他痛苦地看到那小部分和他意见相同的人越来越少,他准备着受公开的侮辱;因为会场陷于混乱,对这些顽固和狂热的人真理已丝毫不起作用。最后,尊长做了很多徒然的努力才使大家安静下来,他发言替比埃·于格南的意图辩护。

他说:"我很了解他,不会怀疑他,如果我的思想对他的荣誉有一丝的怀疑,我相信片刻之后,我要跪着请求他宽恕。因此,在这里只有那些想侮辱他的人要受到谴责。在一切论点上,他都凭自己良心讲话,而在许多论点上,我是同意他的。但是我认为他的意见在目前行不通,因此我建议不要讨论,但是我请求大家要尊重发表意见的自由,不要语言尖刻粗暴地进行辩驳。维勒普娄同乡,请不要介意在这里遇到的有些激烈的反驳。如果说你在某些地方搞错了,那么你却谈出了一些真理,这会铭刻在不止一位朋友的心上,特别是在我的心上。你可以肯定有些真理甚至会铭刻在最狂热的人们的思想里。也许,你刚才敢于宣扬的和平以及大家团结的意见,在更幸福的日子里,更能被人听从。我个人,我觉得你说得很好,你的心并没有被书本上的道理所腐蚀。你现在可以退席,如果我们按照我们目前的看法,讨论切身利益有伤你的信仰。但是在当前的危机有所改变以前,我们请你不要离开这个城市。如果要有新的战斗,如果社团要求你行动的时候,我们知道你会像所罗门军队中一名勇士那样行动。"

比埃鞠躬,表示尊敬和听命。他退席了,科林思人跟着他出来。这高尚的年轻人对他说:"兄弟,不要觉得受了屈辱,不要难过,我求你;尊长刚才说的话很真实,你的言语在很多同情你的人的心里起了反响。"

线条之友说:"我一点也没觉得受屈辱,你对我的同情足以补偿别人的急躁。但是,我向你承认,我很不安,为了一件完全是个人的事。尊长刚才命令我留在这里。我明白他委婉的意图;他看到有些人控诉我在战斗的时候缺少勇气,他给我在他们眼中恢复名誉的机会。但是我并不羡慕这种野蛮的荣誉,我将痛苦地接受它。还有一个同样严重的理由使我后悔又和社团发生联系。我已经允诺我父亲,在三天之内回去,我父亲答应别人明天开始工作。没有我,他不能工作,他病了,自从我走以后,也许病更重了。他脾气暴躁,但是极端地正直。就在这个时刻,他一定在大路上等我,我好像看到他被不安、急躁和身体发烧折磨着。可怜的父亲,他那么相信我的诺言,我这回不得不失言了。"

科林思人回答说:"比埃,我感觉到你处在两个'义务'之间:神圣的'自由义务'①和儿子的义务,后者和前者是同样神圣的。你必须把你的负担分开,我愿意担当一半。你就留在这里,服从社团的法律,我呢,我到你父亲家去。我可以编造个借口,说你回不去,我替你工作。我只要注意听你讲解一个小时。我知道你怎么讲解,你也知道我怎么听讲。现在跟我到花园里来,天黑以前我就上路。我在木腿家过夜,天亮以前,我就乘坐经过那里的载客马车。明天晚上,我就可以到你父亲家,后天早晨我就到你那老厦垛的教堂里。这样,一切都会安排好,你可以放心。"

比埃·于格南回答说:"亲爱的阿莫里,你的友谊和你好心愿意帮我的忙,我早就料到了;但是我不能接受你的忠诚。竞赛很可能要举行,我不应当,也不愿意让你失去露头角和取得声誉的机会。这并非因为你是我的学生,不过我确信在所有报名参加竞赛的人中,你是最有才能的。如果你得不到金圆规奖,至少你能大显身手,以致'周游法国'的会友们会谈论你。这样的机会难得遇到,它常常可以决定

---

① "门派",原文是 devoir,本义为"义务",所以在这句话里,"义务"和"门派"是双关语。

一个工人的命运。我可不愿意使你失去明天可能出现的这个机会。"

科林思人回答说："我呀，我愿意失去这个机会，而且在任何情况下，我会失掉它的。如果你认为自从今天早晨以来，我的意见和感情没有发展，那你就把我看得目光太短浅了。兄弟，我张开眼睛了，我再不是在布卢瓦大路上痴呆地听你讲话的那个盲目粗野的人了。刚才你在大会上说的那些话落在我的心上，就像优良的种子落在肥沃的犁沟中一样。我觉得一片云彩从我们两人中间消失了，一直到现在，我都是透过一层纱来爱你。是的，我的朋友，过去我只觉得你是一个有学问、诚实、善良的会友。而现在，我看你不仅仅是如此，不仅仅是一个工人，也许不仅仅是一个人。我怎么说呢，我想象你就是耶稣，这位木工的儿子，贫穷，微贱，在大地上流浪，对像我们一样没钱，差不多吃不饱，没有受过教育（人们是这样描写我们的）的苦难的工人们说话。我还记得人们说起他的英俊、年轻、温和，他就像你今天所做的那样，以寓言的形式解释智慧和慈悲的格言。我不愿挫伤你的谦虚，把你比作所谓的上帝；但是我心里想：如果耶稣回到我们中间，在这房子前面经过，他将做什么呢？他会看见萨维尼安娜在门口，神色和蔼，还有她那两个壮健的孩子，他会给他们祝福的。于是萨维尼安娜会请他进来，替他洗那沾满尘土而且灼热的双脚，她会把孩子放在救世主的长袍的褶纹中，自己去取最清澈的水给他止渴。在这时候，木匠之子会盘问孩子们，从他们口中，他可以知道在堆干草的仓房里，有些男人在谈话，在商量什么事。于是神人想知道他的兄弟们，他的儿子们，可怜的劳动者们的心，他走进仓房，跟我们一样，坐在一捆草上，他自己正是降生在牛棚的草堆上的。接着,他静听起来。我做着这个梦,看到耶稣集中思想、含着微笑的俊秀的面孔,他那美丽的眼睛盯着你,表情温和感动……当你刚说完话(因为比埃并不是我思想上简单的设想,而是出现在我眼前的幻象),当你刚说完话,我看见他走近你,俯身向你,手放在你身上对你说他常对收为徒弟的民间可怜的人们说的话:'跟我来,离开你的渔网,跟着我走,我愿使你成为钓人的渔翁。'我觉得耶稣的额上发出一片光亮,把你包在光圈里。于是我心想:比埃是一个使徒,我怎么早不知道呢?他做预言,我怎么早不懂得呢?我也一样,站起来,被一种燃烧着的热情所震撼。我要叫着说:啊,耶稣,把我和我的兄弟一起带走吧,我本不配给你解鞋带,但是我听从你,我将拾你桌上掉下来的面包屑……就在那时,会友们都骚动起来。他们反驳你,谴责你。我的幻觉消失了,只感到浑身在颤抖,我很难抑制自己,我想哭,就像从前萨维尼安娜那样,这位虔诚的妇女,她是那么热爱上帝而不爱教士,她用温和的声音给我读《圣经》,那是本二三百年以来,一直在她家里的旧《圣经》。因此我永远不是蔑视宗教的人,纵然人们嘲弄我,我决不会嘲弄耶稣,这位木匠的儿子。不管他是不是上帝,他是否已经死去,还是又复活了,这些我不能考虑,我也不关心这个。有人甚至说他从来没有存在过;我呢,我肯定他存在过。这一点,自从我懂得了你的思想以及你想让别人明白的事,我更肯定了。为什么你是第一个有这种思想的工人呢?我不理解我怎么不能早点有这种思想;我想如果不是有人或者像耶稣这样的神,把这些思想传播在世上,你也不会有这种思想。因此除了你,我不愿再听别人讲了,我不再想行动了,不想思想了,不想工作了,甚至连爱也不想了,除非你对我说:这是正确的,这是好的。我永远不再离开你了,除了今晚我离开你,以便到你父亲家去等你。你看我不再理解什么是竞赛,光荣,杰作……我们有许多别的事要做,那就是劳动而不损害别人,不侮辱他们,不和他们争夺属于他们也属于我们的东西。"

萨维尼安娜看见比埃和阿莫里离开大会,进入园子里热烈地谈着话,很不放心,就跟他们走到园子里去。渐渐地她走近了;倚在他们长椅的靠背上,听他们讲话。比埃看到了她,看见她听到科林思人激情的演说,比埃很高兴。他没有说出她在那里。科林思人沉默了,萨维尼安娜才叹了一口气对他说:"我真愿萨维尼安还能在这里听你讲话,但是我希望他在天上看见你,为你祝福。科林思人,我从来没看见过别人有你这样的心肠和精神……除了我那可怜的萨维尼安,但是他还是有很多东西要学习,正如人们所说,孩子们口中出真理。"

比埃看到萨维尼安娜理解科林思人,快乐地微笑了。当母亲向他伸过手去说:"我的儿子阿莫里,咱们之间不论生死都要互相尊重。"他看见他朋友脸上的红晕和激动。

年轻人胆子大起来,同时不知所措地叫道:"还有友谊呢?"

她天真地回答:"友谊讲的是男子之间的事,还有一种是男子和女子之间的事。你可以得到我的友谊,就像我们是两个男子,或者是两个女子一样。"

阿莫里没有回答。这位寡妇的丧服使他保持缄默。她离开了。比埃看着他的朋友眼光跟随远去的萨维尼安娜便问:"兄弟,现在你还愿意走吗?你不是被比光荣更宝贵更严肃的东西留住了吗？"

科林思人回答说："就算我第二天就能娶她，可是为了挽救你的荣誉，我还是要走。不过我们还没到这个地步。我不能留在此地；我不知道到哪儿去吸取力量才能永远不说出我心里的话；我想说的话，一个戴孝的妇女不应当听。我会对不起自己，对不起萨维尼安，我会失去萨维尼安娜的尊敬，这一切我将控制不住。让我走吧，你这是帮我一个忙，也许比帮你自己的忙更大。"

比埃觉得他的朋友说得有理。他说："那好，对我来说，我接受，可是我怀疑社团是否同意，在你过分的谦虚中，你忘记了如果举行竞赛，人们将比需要任何人都需要你，他们是不会让你这样走的。不管我们和门派的分歧如何解决，你在这儿被认为是必需的，既然你已经被召唤。"

科林思人叫道："比埃，比埃，你已经忘记昨天在大路上你对我说的话了？用协定把我们附属于无知粗鲁的人们的任性和偏见，对这种协定你难道不感到恶心吗？当他们处在不幸和危险中，我们应当帮助他们，因为这是我们的兄弟，但是当他们陶醉在骄傲和复仇中的时候，我们应当盲目服从他们吗？不，至于我，这种梦已经消失，刚才我看到他们反对你，我觉得他们非常有罪，在我心中宣过誓的感情联系不由自主地粉碎了。来，让我们回到大会上去。我要求他们放我动身，对他们说别把我算在参加竞赛的人里面，如果他们拒绝，我就谢绝社团，重新自由活动……"

"在上帝面前，你没有这个权利。他们虽然迷失方向，有罪，可还是我们的兄弟。他们的处境是困难的，有危险的。我们人数不多，我们的敌人人数众多，头脑狂热。如果他们坚持要用暴力把我们赶出布卢瓦,那肯定最好还是通过竞赛的考验,不要通过打架的考验。所以我们要忍耐。我还可以忍受。不管怎样,如果我的荣誉要受牵连,那么为了别人的利益,我宁愿牺牲自己的利益;如果我父亲谴责我,我的良心可以饶恕我。"

第十三章

会议结束了,卡渥们开始聚餐。竞赛已经投票,通过科林思人被选为参加竞赛者之一。应当承认,这个消息使他激动,快乐甚于遗憾。虽然他对比埃·于格南的忠诚,对萨维尼安娜所下的纯洁的决心都是诚恳的,但是想到他将在心爱的女子身边度过几个月,他年轻的心不由自主地蹦跳起来,并且由于命运的意志,使在别的情况下可能是错误的事得到宽恕。也应当说,这个科林思人确也是不止一次地感到过野心的诱惑。他确实很有才能,不能对光荣没有一点敏感;如果由于慷慨热情的推动,他可以回到虔诚的萨维尼安娜灌输给他的福音书式的意见上来,那么不久以后,艺术和名声的诱惑自然对这个艺术家和孩子的灵魂又起了作用,他天真、热情、好动,像早晨晴朗的天空中飘动的轻云。

他以高傲的忍受态度来接受被选为竞赛人的消息。但是,不由自主地,会友们有感染的快乐渐渐使他面色恢复红润,萨维尼安娜的形态使他的心充满激动和战斗的希望。他的声音并没和餐桌上快乐的谈话混合在一起,但是在他的庄严中,有一种严肃深沉的快乐表情,没有躲过比埃的眼睛。可爱的科林思人的眼光不时地,好像请求他那严正的朋友的饶恕;接着,他的眼光不可克制地落到萨维尼安娜身上,于是,一种炽热的情欲像云雾似的使他目光迷蒙起来。

比埃对他说:"我的孩子,你要当心。"同桌人们的谈话声掩盖了他们的声音,"不要忘记刚才你还要离开这儿,逃避危险。现在你却要面对危险,你不要胆大包天。"

科林思人回答说:"你没看见我拿酒杯的手在颤抖吗?算了,我该受责备,但更应当被怜悯。我觉得我只能受命运的摆布,我请求上帝把你的力量给我一点来支持我。"

社团里的几个青年散会以后,上街跑了一趟,这时回来了。他们讲曾看见在一个酒馆里,一大群得里耶派的木匠很热闹地在会餐。经过门前的时候,他们向餐厅看了一眼,看到他们同桌有些军人。得渥郎的战歌传到他们耳里:

>万恶的卡渥,
>讨厌透顶,
>对你没有怜悯!
>…………

那时一个年轻的卡渥怒不可遏,上前走到房子门口,用粉笔在门上写下了:"懦夫!懦夫!"

这种荒唐大胆的行为,竟没有引起餐厅中任何人注意,真是奇怪。就餐的人们显然是忙于享受吃喝的乐趣,那些伺候他们的人过于忙忙碌碌,没有注意到在他们眼皮底下发生的事。别的卡渥们没有等这个过于大胆的题词为人所瞥见;他们甚至没有时间去擦拭。看见"果断的马赛人"(这是他们那位年轻同事的名字)要像古时殉道者一般投身于狮子洞中,他们把他从必死无疑的情况下抢救出来,差不多是用武力才把他拉开。他们讲述他干的事,一面赞扬他的勇气,同时责备他的轻举妄动。尊长和他们一起责备他没有克制住愤怒的行动,可能给社团引来新的灾难。

他说:"但愿老天保佑,不需要用血来洗刷你刚才写的词儿。"

晚餐将结束的时候,大家谈起竞赛的活计。这是一个传道的讲坛模型,必须具备科学的一切优点,艺术的一切美。比埃服从已经通过的决定,毫不骄傲,毫不造作地发表意见。他和会友们之间的冲突已被忘记。被他得罪的那些野心勃勃的人,再没什么可以怕他反对,并不感到不好意思地听他讲;因为他以无可争辩的优越谈论着他的艺术。卡渥们已经在做好梦了,好像胜券在握,壮丽的讲坛好像一座巨大的纪念碑,矗立在他们被光荣的烟雾激起的想象中。在这时,猛烈的敲门声震动了酒馆的大门。

尊长站起来说:"谁能这么粗暴地敲门呢?不可能是咱们自己的弟兄。"

会友们回答说:"开门再说,我们倒要看看谁能不打招呼就进入我们家门。"

从楼上的窗口张望过了的女仆大声说:"别开门,不是朋友,他们带着武器。他们来意不善。"

一个会友从门上锁眼中看过以后说:"这是苏比兹老爹的木匠们;开门吧,是来谈判的一个代表团。"

小玛乃特害怕地说:"别,别;有些是留着小胡髭的大坏蛋;都是些强盗。"她跑去躲在母亲的怀里,母亲脸色发白,本能地紧靠在科林思人的椅子后面。

会友们都叫道:"好,还是把门打开吧,如果是敌人,让他们知道他们要对付的是什么人。"

尊长说:"等一会儿;快去拿咱们的棍子来对付他们;谁也不晓得会发生什么事。"

砸门的行动停止了;但是在外面响起了威胁的声音。他们在唱一支十六世纪的野蛮歌曲。

> 所有这些无耻的卡渥,
> 都要滚到地狱里去,
> 在里面被火焰燃烧,
> 就像烧魔王路西费①。

会友们乱哄哄地站起来。有几个人想去堵住门口,因为外面的人又在设法砸门;另一些人想把武器聚集起来。但是人们还没来得及镇静下来,一扇窗子被砸碎了,门被砸成纷飞的碎片,木匠们一面可怕地叫喊着冲进大厅。于是出现了难以形容的狂暴和混乱的场面。每个人随手拿起手边的东西作为武器。得渥郎们拿着包铁皮的可怕的棍子,有些驻军士兵在狂饮之后被吸收到得里耶的行列中,拿着军刀。卡渥们为了对付这些,用碎瓶子袭击这群进攻者的脸,用桌子把他们推倒在地,把烤肉的铁扦子当标枪用,有一个非常强壮的人把他的敌手按定在墙上。他们的自卫是合法的,顽强而且杀气腾腾的。比埃·于格南起先投身到交战双方之间,希望大家能听他讲话,制止残杀。但是,他被猛烈地推开,不久,他不得不想到保卫自己以及兄弟们的生命。萨维尼安娜把两个孩子抱在怀里,奔上到她房间去的楼梯,像豹子一样有力而迅速。她把他们送上阁楼,坚定地指给他们一个出口看,从那里,他们

---

① 路西费,魔鬼的名字。

可以逃向堆干草的仓库躲藏起来。接着,她又回来,满怀愤怒、勇气和绝望又下了楼梯,投身于混战之中,她本来还以为看到一个妇女可以平息侵略者的狂怒。但是他们什么也不看,乱打一气。她挨了一棍子,当然,本来并不是打她的,她流着鲜血倒在科林思人的怀里。直到那时,这青年人还是惊恐万分,软弱无力地战斗着。他是第一次参加这种可怕的悲剧,他感到那样恶心,与其说是在自卫,还不如说是在自己找死。一见萨维尼安娜受伤,他顿时怒火冲天,正如塔索诗中的年轻英雄里那尔多①,显示出他不仅具有妇女的美貌,也具有英雄的力量与英勇无畏。那个使母亲流了几滴宝贵的血的荒唐家伙,用他自己全部的鲜血来偿还了。他倒下了,脸被劈开,脑壳被砸碎,再也起不来了。

这件可怕的报复行动使所有得渥郎的注意力全转向了科林思人。一直到那时,大家还一直好像怜悯和藐视科林思人的年轻,想饶过他,但是当人们看见他双眼冒火,双臂沾满血迹,站在昏迷的母亲和躺在他脚边的尸体之间的时候,大家发出了一片呼喊,二十双手臂都举起来要打死他。比埃刚来得及站在他前面,用自己的身体来挡住他。他受了几处伤,他们两人肯定要被这么许多人压垮,打死。恰好这时,警卫队被吵嚷声引来,走进房里,好不容易把交战者分开。比埃虽然流了血,还保留着全部力量和头脑的冷静,他把萨维尼安娜抱回房里,把她安置在床上之后,强迫跟在他后面的科林思人藏在干草仓库里,以便躲过人们正在进行的逮捕。他把他藏在干草

---

① 意大利十六世纪著名诗人塔索(1544—1595)的史诗《被解放的耶路撒冷》中的人物。

垛里，把惊呆的孩子们送到母亲身边，又相当迅速地下楼，来到餐厅，让几个和他同一门派的会友逃走。在战斗中最拼命的人被逮捕送进监狱。另外一些人及时走散，留下他们的敌人去和警卫队打交道。起初，比埃本想自己投案，以便公开为自己和朋友们的无辜做证。但是，当他看见满屋子士兵、尸体、伤员，想到萨维尼安娜将处于可悲的危机中无人照管，他就躲在一边，一直等到卫队退出，抬走死者，并带走了双方被逮捕的人，把一部分送到医院，另一部分送进监狱。于是他命令女仆洗刷满是血迹的房子，又跑去替萨维尼安娜请医生；但他的奔跑是徒然的，因为有许多负伤的人要救治或转移，这足够使所有能找到的医生忙不过来。他慌张地回来，但是他看到萨维尼安娜已经起来了，正像《圣经》中坚强的妇人一样。她自己把伤口洗净包扎，幸而伤势不重，只在她那宽阔纯洁的额头上留下轻轻一道伤痕。她安慰了孩子们，打发他们睡下以后，帮助女仆恢复屋子的整洁，这是民间妇女全心竭力地和不懈地追求的严肃神圣的目的。她的心被残酷的痛苦折磨着；她不知道科林思人怎么样了，她那些朋友已经遭殃。

想到法律也许要对无辜者和犯罪者同样无情地惩罚，她满怀焦虑，面孔像死人一样苍白，她心情沉重，双手颤抖，在深夜里忙着收拾那些被捣毁糟蹋的家里散乱的破烂东西，不落一滴眼泪，没有一声叹息。

当她看见比埃·于格南回来，没有勇气盘问他；她向他微笑，带着一种快乐的崇高的表情，似乎可以用像他这样一个朋友的安全作为交换，来接受最大的不幸。他拉起她的手，同她一起跑到干草仓库，刚才他把科林思人关在那里，藏起来。在被迫撤退时，悲痛的青年人沉陷在各种焦虑中，起初他还企图不顾危险回到屋里去,以便知道会友们的命运,尤其是母亲的命运。但是激动和困倦使他无力打开比埃怕他干出不谨慎的事,特意顶住的门。他是如此疲乏,以致当他看见他的情人和朋友已经脱离危险时,差点儿晕过去。他们查看了他那几处相当严重的伤口,并且替他包扎,用褥子和毯子替他铺了一张临时的床,在这间临时搭起的房间里,在干草仓库的木架上,放了几层草垛。要尽快把他藏起来,因为在这件事故中,他是受牵连最严重的人之一,比埃和萨维尼安娜都无意指望法律能公正地辨别谁是惹事者,谁是被挑衅的。

当比埃为一切操心,累得精疲力竭时,只剩下萨维尼安娜来照顾他。比埃也受了伤,很衰弱,尤其在灵魂深处,他好像被粉碎了。事实上,这个永远倾向理想化,却不停地被卷入最粗暴的现实的组织,还有什么不能忍受的呢?当他自己一个人的时候,他感到绝望,回忆起他不得不用力打人,好像失眠和发烧时看见面前出现的幽灵。他渴望死去,在极度可怕的痛苦中,用力绞拧自己的双手,最后,睡眠来帮他忙了,从天刚亮一直到夜里,他始终处于麻木的昏睡状态。

萨维尼安娜只休息了两三个小时。其余的时间,她分别照顾吓病了的女儿、科林思人和线条之友。

尊长和及时逃出战斗现场的会友们回来看她,叫她放心。好几个伤员已经脱离险境。他们尽可能向她隐瞒另外几个人已经奄奄一息和已经死亡的消息。但是他们怕法律起诉带来的后果,已经送走了一个会友,这人和阿莫里一样,曾杀死一个敌人,他们劝比埃也和科林思人一起逃走。科林思人刚能走路,也就是第二天晚上,比埃就把他领到渥多亚人的草房里,让他等到能乘车的时候,动身到维勒普娄去。善良的木匠把他藏在阁楼上,尽量友好地照顾他。木匠认为,由于经常跟医生打交道,他自己已经成为医生。他开始负责给他治疗。比埃对科林思人的情况放心了,就回到布卢瓦去,只要他本人的活动和做证能帮助他们获释和证明无罪,他决心不抛弃那些被逮捕的弟兄们。

天刚蒙蒙亮,他满怀忧愁和深深的厌恶沿着卢瓦尔河绿茵茵的两岸往回走。支持这种激烈的党派战争的不可避免性,使他感到内疚;面对上帝是一种苦刑,面对自己是耻辱。这种战争是反对平民大众,反对那些劳动与贫穷的孩子们的。他虔敬地认为他们是自己的兄弟,而且不惜以生命为代价想使他们互相谅解,团结为一个家庭。然而,怎么办呢?他有什么可以责备自己没有尽力维持和平呢?为了证明得渥郎和他们是同样的人,他没有受到甘愿冒犯会友们的谴责吗?而现在这些得渥郎的狂怒又一次爆发,被迫害的卡渥们,为了自己的信仰,无疑将要在很久一个时期内,陷入为保持他们的独立所必需的狂热中,陷入受了这样的侮辱之后几乎是合法的仇恨之中。

比埃还不够先进(虽然他也许比这时期最强的思想家更先进),不能在原则和事实之间做出区别。这对我们还是崭新的观念,这种观念的习惯很难渗入我们不安而混乱的思想中,那就是:勇敢地接受事实,同时坚持不懈地信仰那些帮助我们在思想中为了比较美好的未来而生活的原则。很久以来,人们就教育我们习惯于用正在做的事来判断应该做的事,用既成事实来判断可能的事实。看到当前的情况那样地使我们失望,我们心情沮丧。这是因为我们对于人类生活的规律还不够理解。我们应当研究社会,就像观察在生理和道德上发展的人。因此,喊叫声,哭泣声,失去理性,无节制的本能,对约束和规则的仇恨,人的童年和少年时代一切的特征,难道不都是一些艰苦的危机吗?然而,对于在痛苦中成长的胚芽,正如一切在宇宙间孕育的东西一样,它的开花和成熟是不可避免和必需的。为什么我们不把这种思想应用到人类之中呢?为什么当前的情况使我们放弃我们的理想呢?既然我们看到思想在世界上的表现,那么为什么我们就不接受它的衰退,就像学者毫无畏惧地观察光明在某些不朽的星辰中的减弱?但是,我们很幼稚,我们很无知,我们常常以为孩子要死了,因为他成人了,以为星辰要熄灭了,因为它们的中心被云层遮盖了起来。

如果比埃·于格南能明白人民的过去和将来,就不会觉得现在是那么可怕,因为人民已经陷入"现在"之中。他就会想,一直在受压迫者的灵魂中活动着的友爱和平等的原则,在这时经受着一种必要的危机。行会组织,作为友爱原则试验的形式之一,那时要靠这些斗争、战斗、流血、疯狂的骄傲而生存。在一个时期,开明阶级还没想到最重要的真理,最必要的创举,是天意在人民中保存着这种神秘组织和共和热情的精神,不顾家族的虚荣、职业的嫉妒、派别的成见和肉体方面粗暴的英雄主义。

这位无产者哲学家徒然纠缠在善与恶的概念的含糊不清的问题中,在抽象的程序中做虚构的辨别,面对永恒的思想,只有在暂时的表现中被创造的事物程序里才是真实的。他被暂时的失败搞得垂头丧气;在他对真理和正义的需要中,他听任自己替兄弟们脸红是错误的。他几乎恨起他们来,打算抛弃他们,把自己的信仰、爱情和热情放在别处。但是,从此以后,把它们献给谁呢?他想:不幸的人,像你这样被贫困搞得如此憔悴,被劳动的奴役给戴上了镣铐的人,谁要你呢?这些开明的、有礼貌的阶级,一种神秘的诱惑力、危险的梦幻常常使你羡慕他们,可是你能懂得他们的语言吗?他们能习惯你语言的粗鲁吗?无疑,在学校受教育的青年,为反对贵族和教会而斗争的强大骄傲的工业家,据说他们到处密谋反对专制,有宽宏的意志,纯洁的原则,民主的感情,而我们这些不幸的盲目者,我们却把精力消耗在反对我们自己种族的罪恶斗争中,这些开明的活动家为我们工作,为我们搞密谋,为我们上断头台。是的,是为我们,为人民,为自由死去的那些波里①、贝东②们以及很多别人,他们流血牺牲,而人民并没有理解,并不因此而感动。啊!对,这都是些英雄,殉教者。而我们呢,忘恩负义,是愚蠢的人民,我们没有把这些牺牲者从刽子手的手里夺回来,没有把关他们监狱的门砸碎,没有推翻他们的断头台。那时我们在什么地方呢?今天我们不想着为他们复仇,我们在干什么?

这时,一个陌生的声音在比埃·于格南的耳边说:"请原谅我打扰你的沉思默想,很久以来我就在找你,我应当一下子把冷冰冰的沉默打破,因为时间是宝贵的,我希望不需要多少时间我们便能互相了解。"

比埃对这个奇怪的开场白感到惊讶,把这个向他这样说话的人从头到脚打量了一番。这人很年轻,穿得很整齐,面孔相当讨人喜欢。在他的神气里,掺和着淳厚和粗鲁,使人一接

---

① 波里(1795—1822),参加烧炭党,被控告密谋推翻复辟王朝,被处死刑。
② 贝东(1769—1822),将军,政治家,参加推翻复辟王朝的军事密谋,失败后被处死刑。

触便很喜欢。他有点军人的姿态,也许是装的,虽然穿着便服;他说话迅速、简短、坚决,小舌头带些颤音,说明他是巴黎人。

比埃仔细看过他之后回答:"先生,我想你认错人了,因为我没有认识你的荣幸。"

"那好!我可是认得你,"陌生人反驳说,"我非常了解你,以致现在我看得出你的思想,正如我看到在我们脚下流着的清澈的水底。你心事重重,那么专心致志,以致我一刻钟以来,步步跟着你,你都没有觉察到我。你现在陷进一种深深的愁闷,因为你不自觉地脸上带有表情。你愿不愿意我对你说你在想什么?"

"那我很高兴。"比埃·于格南微笑着说,他开始把这青年当疯子了。

"比埃·于格南,"陌生人又说,他说话那样自信使比埃吃了一惊,"你在想你徒然的努力,你想使那些人回心转意,可是他们心如铁石;你在想使你的毅力、热情、伟大的见解无能为力的那些阻碍。"

比埃非常震惊地看着他面前这个好像从地里钻出来的人,像一面镜子似的反映出他最隐秘的思想,比埃几乎以为是幽灵出现,他连回答一个字的力气都没有,他觉得自己神魂颠倒,对他听到的话差不多有些害怕了。

陌生人回答说:"可怜的比埃,你有理由感到消沉,你是对聋子讲话,在盲人面前挥动真理的火炬,你对此感到厌恶是不无道理的。对这些麻木的人你一点办法也没有;你改造不了这些残酷的风俗,你是一个高尚的人,可是你做不出奇迹来。对你那些会友,没什么可希望的。"

"你知道些什么？你那么自信地跟我讲你所估计的而并不理解的事？你认识那些工人吗，你就敢这样表示反对他们？你是我们的人吗？你跟我们穿一样的制服吗？"

陌生人说："我穿一件最美的制服，那就是人类服务员的制服。"

"你想必是一个很忙的服务员。"比埃摇摇头，稍带轻蔑地说，因为这位新相识者并不引起他什么同情，而引起他很大的猜疑。

那陌生人继续猜测，带着善意的微笑说："亲爱的于格南师傅，此时此刻，你在想我是不是一个警察，一个故意挑衅的特务。"

比埃被这个新的奇迹搞得无话可说，他咬咬嘴唇回答说："如果我有这个思想，你不是准备忍受后果吗？你用如此奇怪的方式接近我，可我并不认识你呀？"

陌生人说："在路上接近你这样一件简单的事，为什么你认为会隐藏着神秘的原因呢？有人一听到阴谋这个字就发抖，把自己的影子当成宪兵，那么你是这种人喽？"

比埃回答说："我没有什么可怕的，也不具有畏畏缩缩的性格。"

陌生人说："那你可以对我放心，因为你可以把我看作是一个要研究认识人类的旅行家。对人类怀有深切的爱，我把调查的热情扩展到社会上一切阶级；在其中，我寻找高贵的灵魂，开明的精神。当我在路上遇到他们的时候，我就感到需要向他们表示友爱。"

比埃微笑着说："你在执行慈善家的职业，但如果你就像刚才所说的那么进行，那么这种职业不像我设想的那样有用；

因为,如果你只找优秀的人物,这些人没有必要改造,结果是你在过路时和他们来往,你完全是为了你的乐趣而旅行。处在你的地位,我认为更好的是利用时间去寻找迷失方向的人,没受过教育的人,以便改造他们,教育他们。"

陌生人笑起来说:"我看你真是名不虚传,是一个明辨事理的人,通晓逻辑的人,跟你说话,应当小心。"

比埃温和地说:"啊!别以为我妄想跟你争论,不,不,先生,我提出问题是为了学习。"

"那好,朋友,你要知道,我对所有的人一视同仁。对某些人是尊敬,对另一些人是同情,对所有的人都忠诚、友爱。但是你不觉得吗?在我们生活的这个时代,为了反对专制以及专制带来的腐化,反对教士精神以及由它激起的狂热而斗争,最急迫的就是聚集有能力的人和他们同心协力,以准备自由主义的事业。"

比埃微笑着说:"我不设想你是为这个来找我。我一切都要学,没有一点可以教别人。"

"我要向你证明,我这些革新的看法,你能对它很有用。你熟悉平民的成分,因为你生活在他们中间,虽然由于你智慧的优越,你和他们有距离。在这个领域内,有关散布光明,宣传健康的政治理论的方法,你可以给我出一些好主意。"

"这正是我要向你提出的问题。你等着我来探讨这么广泛和困难的任务,这怎么可能呢?啊!你这是在讽刺我。你很明白,一个可怜的工人不能向这个无限广大的目标打开任何道路,最多,他只能跟在那些愿意引导他的开明人士后面提心吊胆地走。"

"我开始明白,虽然你极端谦虚,我们互相很能理解。那么我再说清楚些！如果你愿意参加到人民的物质和精神的伟大事业中,有些使人同情的人会助你一臂之力,不把你留在你似乎要固守的默默无闻的地位上,别人可以帮你向上发展,替你找到发挥你坚毅能力的好方法。我在布卢瓦待了不多几天,但是我相当好地利用了我的时间。我已经明白我们能希望你做什么事。在你周围,我取得一些联系,你不久就会知道,我已经见过你,观察过你。我知道,你除了无畏的勇气外,还有和解的精神。不幸,这种精神在你所参加的阴暗的斗争中一定要失败。不过你一旦进入一条更宽广、更丰富、更配得上你的道路,这种精神就可以对祖国做出巨大的贡献。我能对你说的暂时就是这一些。你不能对我有完全的信任,而我却在企图得到这种信任,不过不久我会得到的。况且,我们已经到城里了,不要跟你一起露面,这对我是非常重要的。我只嘱咐你一件事:就是你可以向这些人去打听我的情况,这儿是他们的名字,请你出席这名片上注明的约会。这名片可以当通行证用。你到那里去,要注意别人告诉你的注意事项。你可以带朋友去,但是你对他们要像对自己一样负责。再见。"

陌生人紧握了一下工人的手,快步而去。

第十四章

比埃没有闲工夫对这次古怪的相遇多加考虑。他有很多事要做,因为他虽然内心感到失望,还是不停地全力为他那些不幸的会友服务。他深感这种责任的神圣性,以致他不再考虑父亲的不安和焦急,他英勇地克服了自己的愁苦。他整天和尊长以及社团的主要人物,从监狱跑到医院,从当政人的住处跑到律师家中。他成功地使几个会友获得释放,他们被逮捕是没有足够理由的。他的活动,他的坦率,他自然的雄辩口才,给官吏们很深印象,使他们不敢压制他的热情。第二天,有一件最凄惨的义务要完成:就是向死在这次搏斗中的一个会友告别。布卢瓦所有的卡渥都参加了这次仪式,由尊长主持,仪式按照"自由门派"的仪式进行。棺木放入墓穴后,比埃跪下,向"最高本体"①发表了一篇简短精彩、按照圣书原文写的祈祷文;接着,他站起来,把一只脚伸向开着的墓穴的边缘,把手伸给一个会友,这会友采取同样的姿势,抓住他的手,把脸凑近他的脸,低声地交换了几句神秘的语言;然后,他们相互拥抱,别的会友们也都慢慢地完成了同样的仪式,每人向

---

① "最高本体",指上帝,法国资产阶级大革命时期(1794年),在罗伯斯庇尔的建议下,以庆祝"最高本体"代替宗教仪式。

墓穴加三铲土,然后两个两个地离开。

卡渥们离开墓地以后,另一队送葬的人来到,敌对的队伍在长眠的土地上,永安的避难所中,阴沉寂静地相遇。这是得渥郎的木工们,他们也来掩埋他们的死者。无疑,在他们的灵魂中,有辛酸的思想,难以克制的悔恨,因为他们的目光在躲避卡渥们的目光。宪兵们远远地监视着他们,因为两个阵营之间不需要维持秩序。情况太凄惨了,彼此都不会想到施行报复。在退出的时候,卡渥们听到得渥郎木工们古怪的吼叫声,这是一种野蛮的哭诉声,他们以此配合隆重的礼节,吼叫声调有一定的节奏,其中含有一种隐蔽的意义。

这愁苦的一天的晚上,比埃去看科林思人,看到他已经一半复原,非常高兴。全仗着木腿良好的护理和经验丰富的治疗,阿莫里有希望不久可以动身,比埃给他解释在维勒普娄厦垛中要干的活计。以后,他离开阿莫里,答应他一有适当的机会,就对萨维尼安娜认真地谈他的事。

当天晚上,他就见到她。独自和她以及他帮着照顾的已睡着的孩子们在一起,他自然地谈到了本题,因为她每晚总要关切地向他打听科林思人的情况。他用做什么事都具有的委婉态度,对她谈起他的朋友。萨维尼安娜仔细地听他讲完以后,回答说:"我亲爱的儿子维勒普娄,就像向一个比别人都高明的人一样,我能坦率地跟你谈话,向你说心里话。确实,我对科林思人有过一种强烈的友谊,是我不应当有而且也不愿意有的。我没有一点事要责备他,我也没有什么要在良心上责备我自己的有意识的行动。但是,自从萨维尼安死后,我对这种友谊比他在世的时候更为恐惧。我认为当他坟上的黄土还没干的时候,就想到另一个人,这是一大过错。我孩子们的眼泪也是对我的控诉,我不停地请求上帝原谅我的疯狂。但是既然在这里我们要把一切说清楚,而且你最近要动身,这就迫使我提前谈这些事,我本来想以后再谈。现在我把一切都告诉你。萨维尼安在世的时候,我有时也起过很罪过的念头;肯定地,只要他能活下去,我宁肯牺牲自己的生命,不过,由于他比我年长,两年来,医生们都对我说,他的病很严重,我也就不由自主地想到如果我失去亲爱的丈夫,我的责任是要再嫁,那时我一边哆嗦一边想:'我知道我将挑选谁。'萨维尼安感到病情加重时,也时常有类似的念头;当他卧床不起时,就更常常想到这件事,最后他向我提出来了。在他去世的前几天,他对我说:'妻子,我的情况很不好,我有点怕,怕你比我设想的更早成为寡妇。使我为你和咱们可怜的孩子们最不放心的,就是你还很年轻,不能长期作为会友友情追求的目标。我知道你是个正派的妇女,你一定以没有一个能替你保持尊严的人为苦,你也许要离开这小旅店。这将是咱们孩子们的破产,因为你身子不很强壮,而且一个妇女能挣的钱实在有限①,你要设法使孩子们受到教育。然而,你知道,我一心要使他们好好学习读书、写字、计算,不然,什么也干不了,现在我就看到你们母子三人将落入贫困之中。如果我能还清好支柱罗曼内的债,我就会安心一些,可是我甚至没能还清他债款的三分之一,就作为破产的人死去,尤其是欠一个朋友的债,使我非常难过。只有一个办法可以弥补这事,就是如果我死去,你和好支柱结婚。他对你有诚实的感情,他把你看作最好的妇人,他做得对;他爱我们的孩子就像他们是他的侄子侄

---

① 在那时,一般妇女的工资比男子少一半,甚至还不到一半。

女。他和你结婚后,会爱他们像自己的孩子一样。这是在地球上我最信任的人。我们的基金是他的财产,因为大部分是由他付钱的,这样他就是收回自己的钱,继续经营我们的铺子。他会使孩子们受教育,因为他自己有知识,他知道知识的价值。总之,他会使你幸福的,会像我爱你一样地爱你。因此我愿意你们两人答应我,如果我不得不离开你们,你们就结婚。'

"你可以相信,我尽一切可能使他丢开这个念头;但是他越感到快要死了,就越想决定我们的命运。在他领受临终圣体的那天,他把好支柱叫来,在他将断气的床上,把我们的手放在一起。罗曼内哭着都答应了,我呢,我哭得太厉害,什么都没答应。我的萨维尼安抛下我归天了,我无依无靠,十分悲痛,更伤心的是把我许配给一个人,这个人我很敬爱他,但是不愿意嫁给他。不过,我觉得我应当嫁给他,我不能不嫁人。我孩子们的命运和我丈夫最后的意志都命令我嫁给这个明智宽厚的人,他把他所有的财产都放在我们手里,而我如果要偿还他的财产就得使我的家庭破产。你瞧,比埃师傅,这就是我的处境,你应当告诉科林思人,叫他再也不要想我了。我也祈祷上帝再也别让我想他了。"

比埃回答说:"你刚才对我讲的话,是一个有德行的妇人讲的话,是一个好母亲讲的话。我赞成你在这个时刻克制住你对科林思人的感情,我要去劝他不要存太强烈的希望。但是,我的好母亲,请答应我,并且答应我的朋友,不要绝对认为一切都完了。我认识我们的萨维尼安,能肯定地说,如果他看透了你的内心深处,他会把你许给科林思人的。他会信任这个如此勇敢,如此善良,手艺如此高超的年轻人的未来,这年轻人会和好支柱一样,忠诚于他的亡友,忠于寡妇和孤儿们。我也理解好支柱,我知道他的感情十分高尚,不会接受你为他牺牲自己的感情和一生。在这方面,他会正确处理的。当然,他会很痛苦;但是,这是一个男子,是一个仁厚的男子。他仍旧会做你的朋友和阿莫里的朋友。至于债务,我的母亲,我请你不要多想这件事。你应当偿还给罗曼内借给你们的全部款项。在你居丧期满以后,如果科林思人虽然有才华和勇气还不能积蓄足够的钱,那由我来想办法,将来等你的儿子长大成人,明白了他的债务时,由他偿还我。这个问题你不必回答我了。我们头脑里有很多事要做,不应当说空话浪费时间。我只告诉科林思人他应当知道的事,我信任尊长的荣誉,在你戴孝的时期,他不会向你提出一个字来强迫你答应什么或者跟什么人断绝关系。勇敢的萨维尼安娜,你去哭你的好萨维尼安吧,但不必后悔,不必难过。可是也不要把你自己哭病;你是属于你的孩子们的,对于你将表现出来的勇敢,你以后会获得报偿。"

这样说过以后,比埃亲了亲萨维尼安娜,就像一个兄弟亲他的姐妹一样;接着,他走近孩子们的小床,也亲吻了他们。

萨维尼安娜跪在小床旁边,掀起床帘,说:"比埃师傅,你祝福他们吧,像你这样的一个天使的祝福,会给他们带来幸福的。"

第十五章

比埃和萨维尼安娜之间的谈话给了科林思人勇气,加速了他的痊愈。他决定第二天就动身到维勒普娄去,决心用至少一年的勇气和坚忍来换取他的幸福。比埃没有停止积极照顾那些亲爱的囚犯,同时不得不想到寻找第二个会友陪科林思人上路,帮着他工作。这位维勒普娄厦垛工程的第二把手,并不绝对必须是一位出色的艺术家;阿莫里的才能可以顶两个人用。只需要一个灵巧勤劳的工人来锯木头,把木头削平,锯成弯曲形就行了。尊长给他介绍了贝里地方的一个善良的孩子,他长得并不俊美,无疑由于故意说反话,人们管他叫"心之钥匙"①。据认识他的所有的会友们说,这是个好孩子,干活劲头大。找到的这个有用的贝里人被雇用了,比埃把要交给他干的活计告诉他。他就收拾行囊,这是毫不费事的,因为他没有多少破烂衣服,介绍人给他开了"结清"条子,也就是说在他离开师傅和母亲之家时,他不欠任何人的钱,别人也不欠他任何东西。他准备动身了。这一天,比埃还为他的会友们进行了一些奔走活动,获得了一些成果。这方面情况开始明朗,他由贝里人陪同,上路到"贤智之家"去,心情稍稍轻

---

① 意思说女人们见了他都要动心。

松一些,这是以前那些天他从未感到过的。

在路上,他告诉心之钥匙他父亲对行会的憎恶,设法使他明白对于格南师傅应采取的态度。诚然,心之钥匙是一个灵巧的工人,但他不善交际。除这种十足的天真之外,他还古怪地自认为很狡猾,会机灵地处理难办的事情。比埃本来不认识这个人,对他的诺言有些怀疑。但是贝里人反复说得那样肯定,比埃看着他心里想:"有时候可以看到,好像是由于偶然不小心似的,大量的正常情理和细心的思想装在这类大脑袋里,那大而无神的眼睛很像画在不透风的墙上的假窗子。"

当他们来到渥多亚人的门前时,天已漆黑。门紧闭着,必须通名才能进去。比埃一边拥抱主人,一边低声说:"这么加倍小心是怎么回事?警察是不是在跟踪科林思人?"贤人说:"多谢上帝,没有,但是他离开了阁楼,去赴旅行者的邀请,必须十分小心,因为这里是上帝的家,任何人都能进来。"比埃很惊讶,问:"什么旅行者?"渥多亚人回答说:"就是你认识的那个人,既然你是来赴约的;他在那里等你,还有你认识的另外一些人。"

这些话,比埃一点也不明白。他走进饭厅,有点惊讶地看见三天前,在卢瓦尔河边曾接近过他的那位神秘的陌生人坐在桌边,还有尊长、"自由门派"中四个锁匠老师傅之一,布卢瓦的一个年轻的律师,比埃·于格南第一次在这城市居住时曾和他来往过。这位律师向他走来,亲热地拉着他的手,让他坐在桌边。他说:"于格南师傅,我可得责备你,一个星期以来,你就在这个城里,却没有来看我,也没把替你那些卷到最近这起事件中的会友们辩护的任务交给我。显然你忘了两年前我们曾经是朋友。"

殷勤的接待和"朋友"这个词儿使比埃·于格南听起来有点吃惊。他记起曾为这年轻的律师干过活儿,也曾觉得他和蔼可亲,但是他记不起曾被律师这样平等相待过。他不随便响应这种亲近态度,这种态度好像可以使他不加检点。他不由自主地把眼光冷冷地转向陌生人,在他走近的时候,这人站起来,向他伸出一只手,他犹豫地不肯紧握。这人微笑着对他说:"我希望你不要再怀疑我了。关于我,想必你已经进行了足够的调查,你看我是在一个使你完全放心的社团里。请你跟我们一起坐吧,一起喝点东西,我以推销人的名义,希望让我们亲爱的主人比过去更有利可图。"

渥多亚人挤挤眼睛,用一种滑头的微笑回答这个诺言。贝里人平时就有个每次看见别人微笑自己就微笑这种讨人喜欢的习惯,现在他尽量模仿渥多亚人的微笑和挤眼睛。当陌生人用眼光打量这个不相识的面孔时,他正扮着这个善意的鬼脸,应当承认,这面孔不漂亮,虽然很温和,天真。自称是推销员的这人,看见这种默契的神气,认为贝里人对将要提出的建议是有准备的,就向他伸出手,像对比埃·于格南那样随便。贝里人全力紧握这只保护者的手,一点也不怀疑,用深信的声调叫道:"这就好了,这才是不摆架子的有钱人!"

陌生人说:"老好人,谢谢你愿来和我们一起晚餐。这种坦率的诚恳会给你带来光荣。"

贝里人精神焕发地回答说:"我感到很光荣。"

他毫不客气地坐在陌生人旁边,陌生人主动给他斟酒。

比埃看得很清楚这里边有误会,他毫不犹豫地利用这情况以便搞清内幕而自己又不牵连在内。他还想这个陌生人可能是个奸细,一个人们以为到处可见的挑拨者,总之,在那个时期确实有很多这样的人。那时是一八二三年夏季。很多密谋流产了，被残酷地镇压了，却并没有使那些秘密社团丧失勇气。也许在法国，推翻波旁王朝的活动不如前几年那样大胆，但是在西班牙边境，人们还是抱着一点希望在工作。费迪南七世是自由党手中的俘虏，人们还自夸在由昂古莱姆公爵统帅的法国军队中有一次叛变。但是有人走漏了烧炭党的秘密，当权派的特务们在到处跟踪追击。比埃怀疑尽力取得他好感的劝诱者，还是有足够的根据的。他惊恐地看到科林思人、尊长和锁匠师傅都和此人有关系。他决定要防范这些人堕入给他们准备的陷阱，他首先掩饰起自己的恐惧以便更好地观察这位不相识的人，这个和他偶然相遇的人。

起初，这人对自己的事一字不提，他等待比埃·于格南首先说明他的情况。

他说："那么，你到这儿是来处理业务的，对吗？"

"当然是。"比埃回答说，他想让对方说下去。

"你这位会友也这样吗？"那位自称是推销员的人说，他看着一直在微笑的贝里人。

比埃说："对，这个人什么事都在行。"

尊长和锁匠师傅转过身来，惊讶地看着心之钥匙。比埃几乎憋不住要笑出来。

旅行者叫道："好极了。那么孩子们，咱们一定能彼此了解，用不着多客气。你们肯定见过面吧？"他瞧着尊长，又看看比埃·于格南说。

比埃回答："那当然，我们从早到晚都见面。"

旅行者又说："我懂，那么，我用不着向你们多做开场白了。"

尊长说:"请让我说一句:我对维勒普娄同乡可绝没有提起过你。"

旅行者又说:"在这种情况之下,那就是我们的朋友律师。"

律师回答说:"也不是我;但是这有什么关系,既然比埃朋友现在在这里。"

旅行者说:"对,这就证明他相信我们;至于我们,我们也相信他。"

比埃把律师稍微拉向一边,低声问他:"你认识这位先生吗?"

律师回答说:"就像认识我自己一样。"

比埃向尊长提出同样的问题,得到的差不多是同样的回答。

最后,他又问锁匠师傅,后者回答他说:"我并不比你更认识他,但是人们对我保证他可靠,我也想搞搞政治。不过我想首先搞清楚是怎么回事。"

比埃仔细打量渥多亚人,不久他相信在他和推销员之间存在着一种如果不是神秘,至少也是互相同情的联系。对于后者,他开始改变态度,有兴趣地听他讲话,而刚才他是厌恶地听他讲。

他正准备把贝里人毫无用处的情况通知他,有人敲门了。两个猎人打扮的人走进来,肩上背着枪,猎袋挂在一边,带着狗和一些野味。他们把野味放在桌上,跟律师和推销员热情地握手。

"好啊!"一个猎人叫道,他的面孔对于比埃并不是陌生的,"今天我们打猎没有落空……我看我们也可以对你们同样地道贺。"他放低声音又对推销员说,一面看着比埃、科林思人、锁匠师傅和贝里人,他们由于不想惹人注意,聚集在桌子的另一端。

"渥多亚老爹,把这只大兔子给我们烤上,"另一个猎人说,比埃认出了那些年轻医生中的一个,这些医生在医院里曾治疗过在母亲家受伤的会友们,"我们的猎狗逼得它无路可走了,它的肉会像云雀那么嫩。我们真要饿死累死了,现在我们真高兴,用不着一直到布卢瓦城里才吃上晚餐。"

推销员叫道:"真是巧遇,这些美酒是我拿来做货样的,你们来帮我们品尝品尝。先生们,你们给渥多亚老爹出点主意,把他的小食堂再办起来,你们有时候会跟它打交道,那么打猎时,你们肯定不会发现它是一无所有的。"

两位猎人和朋友们偶然相遇,他们高兴得叫起来,可是注意观察他们的比埃却没有被这个所谓偶然相遇所欺骗。他看见他们在交换眼色,证明他自己和锁匠师傅是这些先生认真考查的对象。两人中年纪大的是旧军队[①]一位解职的上尉,定居在附近。比埃从前在布卢瓦曾有机会和他见过面,甚至还给他上过几课几何学,那时,上尉的退休金只能使他过着艰苦的生活,他感到恐惧,想从事实业,他在故乡办了一个小木工作坊。不过比埃觉得这位军人脑子比造炮的青铜还硬,教他懂得了这门科学最浅的概念后就不再教他了。

这位老实的上尉对他过去的教师接待很殷勤。他出身于平民,回到平民行列中去毫无困难。医生也竭力和工人表示友好,但是他办不到;很容易看出他在勉强演戏。律师显得更

---

① 拿破仑的军队。

从容机智,不过比埃记得很清楚,这位和气的青年人两年前付给他每天工资的账单时,可没有跟他握手的习惯。

大家一同入座。贝里人殷勤地去帮助渥多亚老爹烤兔子,比埃把他忘记了,尤其因为他很快就对谈话产生了兴趣。话题不久就转到了政治方面。

"有什么消息吗,勒弗先生?"上尉问推销员。

推销员回答说:"有西班牙的消息,而且是好消息。对好的党派一切顺利。集合在塞维勒的克尔代斯①决定叫费迪南动身到加的斯去。这老滑头装着不可就范,大家一致通过把他废黜,任命了临时摄政政府,由瓦尔代斯、吉斯加和维哥代组成。"

这个消息好像引起推销员朋友们的狂喜,但是工人们不太关心。人们特意给他们解释在西班牙自由主义胜利的重要性以及这个党的胜利可能在西班牙造成的影响;在这个题目下,对当前政治在各方面的表现都加以讨论。阿希尔·勒弗(这是推销员的名字)说明欧洲不可能忍受波旁政府,并且夸耀宣传精神的好处,它在很多主要问题上同时致力于破坏专制王权。人们活跃起来,当端上热腾腾的烤兔肉时,推销员摆出多种酒的样品,比埃认为这些酒太考究了,不像是给渥多亚的酒窖准备的。他不放心这些对爱国主义的刺激品,他高兴地看到锁匠师傅也在提防着。虽然他们不怀疑旅行者的善意,他们俩都不想站在并不代表他们真正感情的旗帜下。

贝里人在完成帮厨的职务后,准备完成食客的任务。他

---

① 克尔代斯,西班牙和葡萄牙的议会组织。

来坐在阿希尔·勒弗的右边,勒弗和律师极力使他高兴,做到这点是很容易的,因为世上没人比贝里人更乐于吃喝了。比埃想找个借口把他支使开,但这可不是容易的事;因为佳肴再加上左右邻座向他大量斟来的美酒,使他兴高采烈,不准备考虑催他去睡觉的意见。也不太容易使客人们明白,这位满意的食客并不是一个热情参加政治活动的人,因为他是比埃担保的,而比埃想起旅行者和他分手时曾对他说:"你愿带谁来就带谁来,只要你能像担保你自己那样担保他。"再者,贝里人完全同意慷慨的晚餐主人的意见。别人想探测他的见解,他呢,想取悦于人,用独特的狡猾,不让人看出别人向他提出的问题,他一点也不懂。他模棱两可地回答一切,模棱两可是这位贝里工匠的特点。只要他抓住一个字,就热情地重复几遍,同时为全世界的健康干杯。老军人谈到拿破仑,贝里人拼命地喊叫:"啊!对,小排长①,皇帝万岁!我呀,我是拥护皇帝的。"比埃突然对他说:"他已经死了。"——"啊,对!真的。那么,他的孩子万岁,拿破仑二世万岁!"过了一刻,律师谈到拉斐特②。贝里人叫道:"拉斐特万岁,如果他还没有死。"最后,共和国这个词从推销员口里漏出来,贝里人又喊共和国万岁,每叫喊一次,就大喝一杯。

推销员起初很欣赏他,现在开始觉得他有点太简单了,他用眼光向比埃·于格南询问;于格南不回答,只顾给贝里人一杯接一杯地斟酒,并且鼓励他多喝,不到五分钟,心之钥匙差点横在桌上睡着了。比埃用壮健的手臂把他抱起来,虽然分

---

① 指拿破仑。拿破仑是从当排长开始的。
② 拉斐特(1757—1834),法国将军,政治家,自由保皇党。积极参加美国独立战争。在法国参加过1789年和1830年的革命。

量不轻,他还是把他抱上阁楼,放在科林思人的床上。他回到餐桌,解除了一切顾虑,参加到谈话里。直到那时,还是一般谈话,一种讨论,各种意见都作为可疑的形式加以争辩。大家很兴奋,然而并不尖刻,客人们好像在他们没明说的主要一点上是同意的,似乎他们之间在这一点上建立起同情的联系。这种活泼愉快的调子吸引着比埃,越来越激起他的好奇心,不久,他就看不出他本人正是别人好奇心的目标。在这方面,人们并没有用尽心机和手段,那位似乎是这次集会的临时主席,即推销员,他是如此不含蓄,比埃很奇怪看到一个这么年轻鲁莽的人担当一个这么危险的使命。但是这年轻人说话爽快,使他喜欢,对尊长和渥多亚人也产生了诱惑力。比埃不知不觉失去了习惯上的矜持,也提出问题。他对陌生人说:"先生,你刚才认为在法国存在一个强有力的党要宣布成立共和国?"

陌生人微笑着回答:"我肯定这一点。我走遍法国很多地方,由于我做买卖,我跟各阶级的法国人都有来往。我可以向你保证,到处我都遇到对共和的感情;如果我不知道有什么想不到的灾难推翻波旁王朝,我相信极端自由主义者能战胜任何别的党派。"

老军人摇摇头;医生微微一笑。他们各人都有不同的想法。旅行者有礼貌地说:"这些先生们看来,我的意见好像错误了,那好!于格南先生,你对此作何想法?你认为平民大众,除了对共和的感情以外,还有别的感情吗?"

比埃回答说:"我在想怎么还能有其他的感情。"他又问尊长和别的工人:"在这里,你们和我代表平民,这是你们的意见吗?"

尊长把手放在心口上,他的沉默就是有力的回答。渥多亚人脱下他的布帽,举过头,叫道:"我不愿用任何法国人的血把它染红,但是为了看它在法国上空飘扬,我愿献上我的脑袋。"

锁匠师傅沉思了一刻,接着他用保留的神气说:"共和国并没有做到它许诺给我们的一切好处,我不能预见它现在能给我们什么好处。"他带着克制住的狂怒又说,"至于血,我愿意洒热血。我愿意看到我们敌人流尽最后一滴血。"推销员叫道:"好呀,啊!对,仇恨外国人①,向法国的敌人作战。你呢?于格南师傅,你有什么愿望?"

比埃回答说:"我愿所有的人都像兄弟般在一起生活;这就是我的愿望。能够这样,许多不幸都能忍受;不能这样,自由对我们毫无好处。"

推销员说:"刚才我对你们说过,这是一位慈善家,一位上世纪的哲学家……"

比埃迅速回答说:"不对,先生,不对,我不相信。这些哲学家里最自由主义的是让-雅克·卢梭,他说过没有奴隶就不可能有共和国。"

律师叫道:"他能说这样的话吗?不,他没有说过,这不可能。"

比埃回答说:"请再读一遍《社会公约》,你就会承认的。"

"这样,你不是让-雅克式的共和主义者了?"

"你也不是,先生,我估计。"

"因此,你也不是罗伯斯庇尔式的共和主义者?"

---

① 指支持波旁复辟王朝的欧洲封建反动势力。

"不是,先生。"

"那么你是拉斐特式的共和主义者?好!"

"我不知道拉斐特式是怎么回事。"

"那是明智的共和主义,他们是无政府主义的敌人,一句话,真正的自由主义者。一种没有判刑,没有断头台的革命。"

比埃回答说:"因此是一种距离我们很远的革命,可是人们正在密谋……"

这句话带来的是全场的沉寂。

推销员带有信心地问:"谁在密谋?据我知道,这里没有任何人在密谋。"

比埃回答:"请原谅我,先生,是我在密谋。"

"你,怎么?什么目的?赞成谁?反对谁?"

"我自己,在我思想深处,差不多总是胡思乱想,有时候一面还哭。我反对一切存在的坏事和密谋,而我的目的,或者说我的希望,在于改变一切。你们愿意参加我的党吗?"

推销员怀有一点造作的兴奋叫道:"我已经在你的党中。我看你好像是我们大家的老师,我喜欢这种政治家与改革家的灵魂;这种布律蒂斯的勇气,这种阴郁的狂热,这种可与圣-朱斯特[1]和丹东[2]相比的坚决气概。我为这些被埋没的英雄,为自由牺牲的卓越的殉道者干杯!"

推销员的祝酒只有一个人响应。老锁匠师傅伸出酒杯,凑近发言人的酒杯。但他立刻缩回,一边说:"我不愿拿一个

---

[1] 圣-朱斯特(1767—1794),法国大革命时公安委员会委员。
[2] 丹东(1759—1794),法国大革命时期领导者之一。

满杯和一个空杯碰。我一直当心上这个当。"

渥多亚人犹豫不决,问比埃·于格南:"你不为纪念这些人碰杯吗?"

比埃回答说:"不,对于这些人和事,我还不很理解,我感到自己太渺小,不能判断。"

客人们有点惊讶地看着比埃·于格南;医生想迫使他更多地表明自己的态度,对他说:"虽然你隐身在体面的审慎中,却好像有很固定的看法。为什么给我们摆迷魂阵呢?难道我们彼此还信不过吗?况且,难道我们不是在为聊天而聊天吗?目前在法国有两个政治原则被提出来而且引起了争辩:极权政府和立宪政府,这就是今天真正的法国人所关心的,用不着回想过去,对一些人说回想过去是很痛苦的,对另一些人,引证这些是危险的。事情已经改变了名称,为什么不采用符合法国喜欢的语言形式呢?我们祖辈称之为'不可分割的共和国',我们管它叫立宪公约。咱们就接受这个名称,站在这个旗帜下面,既然这是唯一的展开着的旗帜。"

比埃微笑着回答:"这种论事的方式使问题大大简化了。"

医生又说:"现在既然问题这样提出来,你愿不愿意告诉我们,你赞成还是反对宪法?"

比埃说:"我赞成在立宪公约开头写明的这个原则:所有的法国人在法律面前一律平等。但是由于我看不出这个原则在宪法规定的机构中得到贯彻,只要我看见神圣的法律文句写在你们的纪念碑上,却在你们良心上被抹去,那么,不管什么样的立宪政府,我都不能热烈赞成。我想,你们追忆的共和国并不这样理解;它设法实现正义,什么方式都行。上帝可以证明,我不是喜欢看见流血的,可是我承认,比那种许诺给我平等,实际上却并不给我们的那种含糊的制度,我更理解这种残忍的严峻,它对被推翻了的强国说:'跟我们讲和,不然,你们就得死。'"

推销员用虚伪的极其善意的声调叫道:"我刚才对你们说过,他是山岳党人,老牌的纯雅各宾。好!这很好,这就是坦率,是大胆。你们还要什么呢?是什么样的人,我们只能那样要求他们。"

医生回答说:"当然,但是,为了更坦率,更明朗,我们不能设法和比埃师傅互相了解吗?像他这样的人,很值得我们把事情真相告诉他。"

比埃说:"我要求的就是这点。让我们瞧瞧,门关严了吗?在你们中间,有没有人我不能当着他的面亮我的底?至于我,对你们说我所想的事,我既不害怕,也不为难。你们搞密谋,或者不搞,先生们,这对我没什么关系;但是你们在说明愿望、感情,我看不出我为什么不乐于同样干。我想,我不是到这儿来受人盘问的;因为你们在我身上没有什么可以学习的,而你们也许知道我所不知道的事。那么让我说话吧,很显然,这儿没人相信波旁王族的人会喜欢自由的制度。完全肯定,我们对这个政府既不信任也不同情;如果可能,我们明天就另选一个。什么样的政府呢?这里,我们这些头脑简单的人,我们没有意见,我们要先听听你们的高见。在你们的纲领上,我们看到许多名字,因为我们有时读报,看得很清楚,自由主义者在他们之间也不是完全一致的。我认为,举个例子,在座的诸位,大家意见就很不相同。律师先生赞成拉斐特,如果我没搞错;医生先生赞成另一个人,但他没说出名字来;上尉先生赞成罗马王①,渥多亚老爹也许不愿听你们讲这些;我也不愿意;谁晓得?最后,你们每人心目中都有一个人,知道你们每人想要什么,对我毫无用处;因此,我向你们请教的不是这些。"

医生有点冷冷地说:"那你问什么呢?"

"我不问你们让谁来代替国王;我问用什么代替宪法。"

律师笑着说:"啊,啊,宪法满足不了你。"

比埃带一点戏谑地说:"那可能。如果国家的一部分人和我情况相同,那你怎么回答他们使他们满意呢?"

推销员快活地说:"那好,这并不很费事。对那些认为宪法写得不好的人说:'再写一部更好些的。'"

"如果我们说,我们认为这部宪法完全要不得,我们想另外要一部新的呢?"锁匠师傅说,他一直带着一个老雅各宾的宿怨的严峻,听着这场争论。

阿希尔·勒弗回答说:"在这种情况下,人们会对你说:'赶快另写一部,奏《马赛曲》!'"

"你们大家都是这个意见吗?"老头儿声音像雷鸣一般地说。他站起身来,阴沉的眼光扫射着那些惊呆的听众:"在这种情况下,我是你们的人,我可以切开血管,用我的血来签议定书;不然的话,我要把刚才用来祝你们健康的玻璃杯摔碎。"

这样说着,他伸出右臂,袖子一直卷到肘上,上面刺着鬼怪的形象,同时用左手拿玻璃杯敲打震动着的桌子。他那忧愁而严肃的面孔,浓密的白眉毛,在一双好像燃烧着的眼睛上

---

① "罗马王"是拿破仑儿子的封号。

边颤动,他那又粗暴又庄严的神气给律师和医生一种不愉快的印象。起初,这位长裤党老人的攻击曾使他们轻蔑地微笑,但是当他们看到他的行动如此严肃,谴责如此激烈,微笑在他们嘴唇上凝住了。渥多亚人受他的榜样感染,也站起身来,科林思人,本来一直听着讲话,一个字也没说,全神贯注在忧愁深沉的注意中。他现在把手放在老锁匠的手上,紧紧握住它,好像痉挛一般,嘴唇苍白,心头由于愤怒而紧张。由于谦虚,或者说由于骄傲,他说不出话来,他感到一种强烈的反感在他心中滋长起来,一分钟一分钟地在他身上增长,他反对这些双手白皙的密谋者。他们每一句恭维的话,每一个讽刺的微笑,在他骄傲的灵魂中都留下一道灼热的伤痕。

比埃看着三个无产者站在这几个小脚革命者面前,几乎组成了在露特里的三个瑞士人的誓言小组。① 他看到他们强有力的态度和深沉的表情忽然使那几个如此狡猾、彬彬有礼的人狼狈不堪,他微笑了。面对着是他兄弟们的这些人,他同时感到一股温情的冲动;他虽然没有两位老人的政治热情,也没有那年轻人秘密的雄心壮志,却在心中发誓,要永远信任他们以及他们这个族类②,并和他们结成同盟,因为神圣的权利在他们这边。

但是,推销员不久便从惊讶中镇定下来。他习惯于藐视一切阻力,忍受各种反对意见,他轻轻地嘲笑这位老爱国者。

他快乐地叫道:"怎么,这位老勇士跟谁过不去呀?大家不会说他把我们看作政治说客吗?不会说他就像参加一个阴

---

① 指瑞士画家菲斯利(1741—1825)的一张名画,作于1780年,以三个瑞士人在露特里订立盟誓,后来发展为瑞士联邦国的历史事迹为题材。

② "族类"意即阶级。

谋似的参加我们的晚餐吗？我的师傅，如果有人从外面听你这么讲话，就会把绳子套在我们脖子上。真的，不会安静地谈政治问题可不好。每个人在小酒馆里不是爱唱什么歌就唱什么歌，爱庆贺什么圣者就庆贺什么圣者吗？如果你的圣者是圣古东或是圣罗伯斯庇尔，谁不许你庆贺呢？我看不出为什么你对我们这样生气，除非你把我们当成宪兵。谢天谢地，我们是在一个可靠的人家，我们彼此都认识；不然，你真叫我们害怕，就像妖怪叫小孩子害怕一样。好，我的师傅，干杯吧，不要把杯子砸裂。你愿意为什么人干杯，随便你，我不反对，因为我呀，我尊重一切意见，我向法国的一切光荣致敬。法国，朋友们，当人们热爱法国，就不懂法国真正的孩子们竟为几个人名互相争吵。但是今天晚上政治谈够了，既然这扰乱了我们集会的良好气氛。渥多亚老爹，谈谈咱们的生意吧。那么我给你送两桶这样的白酒来？……上尉，等会儿我们再谈你那一小桶勃艮第红酒；先生们，至于你们几位，如果你们愿意写订货单，我立刻就记在我的小本子上。"

医生和律师严肃地谈起他们的酒窖，避开了一切别的话题，好像晚餐的主要目的就是品味酒肴。接着，他们谈起打猎、猎枪、猎犬、小竹鸡。不久，一切企图或严肃计划的痕迹都被排除在集会之外。

尊长把比埃拉往一边，暗示贝里人对他说："你来这里时带的同伴证明你预先没有料到会遇到一些人。可是人们好像把你预计在内。怎么会有这样的误会呢？"

比埃回答说："起先我也像你这么想，后来我忽然想起是有人和我有过约会。其实我到这里来就是送科林思人和贝里人动身，我们是这样约定的。"

尊长说:"没有人交给你一张字条吗?"

比埃说:"有哇,但是那么多事情忙得我甚至没想到把它打开瞧瞧。这字条应当还在我身上。"

他在口袋里找,果然找到了陌生人给他的那张神秘的字条。他打开,凑近炉火送来的光,看到尊长和律师的名字,以及另外好几个在布卢瓦城里值得推崇的很有名望的人。

罗曼内说:"就是这些人向你保证这商人是个正直的人;但是既然你没有向他们打听,我们都在这里,如果你愿意,我们以后可以向你做他的保证人,正如对他我们曾是你的保证人。至于约会,你再看看字条,指定是今天晚上我们所在的这地方。"

比埃重新看过字条以后,回答说:"确实如此。但是,为什么用这种奇异的借口呢:关于酒的质量,请教某某先生?为了品尝这种酒,到某人的酒馆去,等等?真的,我疏忽了,没有看这张字条,这事实说明这类事情是很容易被遗忘的。"

尊长说:"凭这个字条,你会受到迫害,你最好把它烧掉。"

比埃把字条交给尊长,他赶紧把它扔到火里。比埃偷偷指着那几个在桌边的人说:"也许凑巧你跟这些人的关系比我跟他们更密切?"

好支柱回答说他和这位旅行者过去只有商业上的接触,但他那为难的神气,加上在晚餐的争论上他一直保持缄默,向比埃说明他跟这些人的关系比他能够承认的要密切。他用来说明他跟这位秘密团体的代理人联系的借口太不真实,使人不能不产生怀疑。比埃明白他不应当追问一个用誓言和别人有联系的人;他假装默认自己的失败,离开渥多亚人去帮助科林思人唤醒贝里人,因为已经听见远远的车轮滚动声,这辆马车要把他们载到维勒普娄去。费了很大事,他们才把这位会友扶起来;在友好的道别后,线条之友和科林思人分手了,后者和贝里人走上去维勒普娄的大路,前者和尊长以及老锁匠师傅走上去布卢瓦的大路。

老师傅在走出酒馆时说:"我认为他们对我们谈得太远了,本来他们不愿这样的,或者他们以为我们太简单了。没关系,有些事,一半是猜测的,就跟完全说出来一样神圣;维勒普娄同乡,你是不是这个意见?"

"对我的良心,这是一条规律。"比埃·于格南回答说。尊长保持深深的沉默。很久以来,他就和他们有联系,此时此刻他也许在思索他过去从未想过的事。他那两位会友由于体谅他,就对他谈别的事。

当他们向城里走去的时候,渥多亚人专心在思索,面带愁容,整理杯盘。阿希尔·勒弗,所谓的推销员,其实他是烧炭党的招兵委员会委员,拿破仑分子上尉,拉斐特分子律师,奥尔良分子医生聚集在壁炉前,小声谈话。

医生:得,可怜的阿希尔,又是你干的一件蠢事。啊!你想打长裤党人的主意,你瞧,你什么也没得到。

阿希尔·勒弗:这是你的过错。如果是我一个人,我可以叫他们跟着我转。我本想取得他们信任,给他们看看有身份的人,我本该想到这些人什么也不会。你们这些人,你们会对平民讲话吗?

律师(对医生说):他的平民怪漂亮的,好像我们不认识平民似的,而我们经常在和平民来往。

阿希尔·勒弗:你们看见他们是在他们精神或身体有病

的时候。一个律师,一个医生,你们只和精神和身体的创伤打交道。你们不认识健康的平民。难道这个木匠不是一个聪明、有知识的人吗?

医生:作为一个工人,他太吹毛求疵,太文人气了。这些人脑子里装满杂乱的读物,没消化好的理论,什么有价值的事也干不成。如果需要治理由这种人组成的国家,拿破仑自己回到地球上来也没用。

上尉:在他那个时期,就没有这种人。他把他们送去打仗,在战场上人们可没时间吹毛求疵。

律师:他那时候有这种人,因为什么时候都有这种人。他们在战争时期就像在和平时期一样吹毛求疵。只是那位不赞成做哲学争论的大人物请他们别说话。他管他们叫观念学家。

上尉:他也会这样称呼你们。真的,我觉得你们真奇怪,还有你们这些理论,这些宪章,这些立宪政府和极权政府的区别。这些对我们有什么用呢?应当赶走敌人和外国人,跟他们的波旁王族、保皇党以及他们那些教士开战。以后再看。你有什么必要和这些老实的工人争论呢?应当对他们说每人拿起一支枪和一些弹药,二十五颗子弹,法国民众能懂的唯一的语言就是这个。

阿希尔·勒弗:你看得很清楚,并不是这样的,他要知道他今天往哪里去。我呀,我懂行,我曾经招募过不止一个人,他们并不比我更怀疑在二十年内我们将为之工作的原则。但是有什么关系呢?鼓动,煽动,组合,武装,这样就能办到一切。

医生:甚至可以得到共和国。美好的结论值得做开场白。

阿希尔：那么，为什么不要共和国呢？

律师：肯定要共和国。当最纯洁、最正直、最平和的人代表它，还能要求什么呢？

医生：这些人都是傻瓜，如果他们把平民放出去以后，还能封住他们的嘴吗？

阿希尔：算了吧！胜利以后，平民温顺得像个小孩子。我可以对你说，你都会不认识他们了。就像你刚才看见的那些人一样，我有能力支配一万人。

医生：对，比如，像那个雅各宾老锁匠一样，好漂亮的样品，我承认我不喜欢吸血鬼。和这群狂热的庶民在一起，我们就无法控制局面；我们会一直走向无政府主义、野蛮、恐怖，走向九三年一切可怕的事件。

阿希尔：对，如果需要，就这么干；这总比耶稣会的蒙昧主义，专制暴政的平庸的安静好些。前进吧，行动吧，不管怎么样都行，但愿我们觉得在活着，觉得有件伟大的事可做。罗伯斯庇尔时代难道不是辉煌的时代吗？一天的光荣，赫赫有名的死，不朽的名字，只要一想到这些，就可以使人发热。

律师：他以业余爱好者的身份谈这些。如果你喜欢殉道，为什么你不让人把你和加龙一起枪毙呢？

阿希尔：算了吧，加龙，伯尔东，这些废物、疯子，这些人不满意自己的地位，如果宫廷早点满足他们的个人野心，他们都会老老实实的。

上尉：就是说这些英雄被你们诽谤够了，被卑鄙地抛弃了。一千个炸弹！如果人们那时相信我，他们就不会死在断头台上。你瞧这就是你们那烧炭主义为什么使我恶心的原因。现在，我因属于这个组织而脸红。（他拿起枪，准备出门。)

阿希尔：总是这样的：遭受挫折以后，大家彼此埋怨，一直到再取得胜利才能重新和解。不新鲜，不新鲜……

医生：(拿起枪来要走)跟你们说实话，我再也不信你们的胜利了。如果自由主义分子在西班牙失败，那就再见吧，伙计们！应当寻找比你那烧炭主义更好些的东西，在你们这组织里，没人站得住，没人彼此了解，谁跟谁都合不来……

律师：再见，阿希尔。不管怎么说，我们两人是在同一条正道上。我们这边，有一切有才能的人。马尼埃尔、富瓦、克拉特里、塔尔让松、塞巴斯笛雅尼、邦雅曼·贡斯当，还有骑白马的老头儿，对吗？拉斐特老爹？这是个人物。①

阿希尔：再见，你们大家。你们的胡言乱语，我才不放在心上呢。(向律师)晚安，未来的小米拉博。在死以前，我们还要看些地方，你就放心吧。

律师(向阿希尔)：晚安，我的巴拿甫②。

医生(向阿希尔)：晚安，杜歇纳老爹③。

阿希尔：你们看着办吧；看情况，哪个都行，只要能为法国效劳。

上尉(低声)：这群说废话的人，应当好好扫射他们一下。

---

① 这些都是当时自由主义派最著名的代表人物。
② 巴拿甫(1761—1793)，制宪议会的演说家。
③ 《杜歇纳老爹》是激进派革命党人埃贝(1757—1794)创办的日报。

第十六章

对卡渥们和得渥郎们之间发生的可怕殴斗的肇事人所做的调查,得出结论认为前者完全无罪,没有理由被控诉。比埃和罗曼内作为主要证人被传讯,由于他们的勇气、坦率和坚定,引起人们注意。比埃·于格南俊秀的面孔,高贵的举止,以及简单而文雅的言辞,引起城里的自由主义者对他的注意,这些人是和他们的记者一起来参加法庭审讯的。但是他没有受到新的拉拢,因为他一看到自己不需要再在此地逗留,便立刻动身了。

当儿子不在家的时候,于格南老爹在想什么,做什么呢?这老好人又丧气,又发火,但是他尤其惦念儿子。他想:"他平时做事么守时间,敏捷,这回一定遇到了什么不幸。"于是他绝望了;因为他从来没有像这次分离那样,发现他自己是多么热爱与重视他的儿子。

正如比埃所担心的那样,老人的热度又高了。他不能起床了,幸好那天,阿莫里和贝里人到达。在路上,科林思人又把比埃嘱咐他的事对他的伙伴说了一遍,就是关于社团的事,要照顾到于格南老爹的偏见;由于他有点不愿意和新师傅一见面就撒谎,他嘱咐贝里人第一个说话。他们跳下车来,打听到木匠的家,便走进了屋,他们一个带着傻呵呵的自在神气,另一个像是一个胸有城府的机灵人。

贝里人用棍子在开着的门上敲打,一边高叫:"呵啦!嘿!呵嘿!呵,这家人,敬礼,早安,这家人。这儿有个木匠师傅于格南老爹吗?"

这时,于格南老爹正在床上休息。他心情非常不好,不能忍受任何人待在他房间里。看到自己的寂静突然受到骚扰,他一下子跳下床来,拉开黄呢料的床幔,看到心之钥匙贝里人兴高采烈的面孔,他粗暴地回答:"走你的路吧,朋友,这里不是旅馆!"

"如果我们想把你的家当旅馆呢?"心之钥匙说,他肯定他的到来会给老木匠带来快乐,在自我介绍之前,觉得开个玩笑倒也顶有意思。

于格南老爹一边说,一边穿外衣:"在这种情况之下,我要叫你们看看,如果有人毫不客气地走进一个病人家里,那就可以更不客气地叫他出去。"

"对不起,老爹,请原谅我的伙伴。"阿莫里说,一边走到前面,恭敬地向他朋友的父亲招呼,"比埃,您的儿子,叫我们来的,来替您干活。"

师傅叫道:"我的儿子,他在哪儿呢,我的儿子?"

"在布卢瓦,有一件事要办,最多还有两三天耽搁,他会自己对您解释的;他雇了我们,请您看,这儿是他写的介绍信。"

于格南老爹读了儿子的信,开始感到安心些,病也轻了一些。他看着阿莫里说:"好极了,孩子,你非常懂礼貌,你的面孔我看着怪熟的,可是你这伙伴样子可真稀奇古怪。"他用严厉的眼光上下打量着贝里人说:"怎么样,朋友,你是不是在干活时比在家里更安静些？我的孩子，你的鸭舌帽戴着不合适。"

"我的帽子，"贝里人惊讶地说，一边脱下帽子，愣头愣脑地端详着它，"倒也是，这帽子确实不漂亮，我的师傅，可我只能有什么戴什么嘛。"

"可是在一个白发的师傅面前，应当脱帽。"科林思人说，他明白了于格南老爹的想法。

贝里人把帽子挟在腋下，回答说："啊，倒也是，我们没有在学校里受过教育；不过我们诚心地干活，我们就是会这个。"

于格南老爹变得温和一些，说："好，孩子们，我们等着瞧吧。你们来得正是时候，因为活儿很紧，我躺在床上，就像一匹老马在马厩里一样。你们先喝一杯我的酒，我领你们到厦垛去；因为，不管是活着还是死了，我总得保证活计能完成，使顾客满意。"

这位老实人把女用人叫来以后，试着站起来，那时两位会友正在喝酒。老人病得很重，连阿莫里都看出来了，他用一贯温和的态度求老人不要起来。他向老人保证，由于比埃的帮助，他对要干的活计很清楚，就像一开始就是他自己做的一样。为了证明这点，他向老人描述了房顶、嵌板、飞檐、栏杆、双重曲线、集合起来的帽状拱顶等等的形式，他记得那么清楚，说得那么流畅，并且很准确，老木匠盯着他看；想到科学的优越性使最复杂的工作变得一目了然，记得那么清楚，他搔搔耳朵，又戴上了小布帽子，回到床上，说："多谢上帝！"

阿莫里回答说："您就交给我们办吧。我们一心想使您满意的这个愿望今天能代替您亲临指导，也许明天您有气力来帮助我们。目前,您好好睡一觉,不要着急。"

"别,别,别着急,我的师傅,"心之钥匙叫道,一边匆忙喝下最后一杯酒,"对我们这样两个漂亮的会友不满意,您以后会看出这是您的不对。"

"会友。"于格南嘟囔着说,额头立刻阴沉了。

贝里人笑着反驳:"啊!我说这个故意叫您生气,因为我知道您不喜欢他们,这些会友。"

"啊!你们是行会中的人?"于格南老爹抱怨地说,一方面怀有旧恨,一方面有一种说不出的突然产生的同情。

"对,对,"贝里人继续说,他至少会拿他的丑陋的外貌开玩笑,"我们在漂亮小伙子的门派里,我是这个队伍的活招牌。"

科林思人玩弄字眼①,说:"在此地,我们只有一个义务,就是好好替您干活。"

"但愿上帝听到你们说的话。"于格南老爹说,同时精疲力竭地钻进了被子。

他睡得很舒适,第二天感觉身体好了一些,就去看他的伙伴们。他看见他们正在专心工作,带领徒工们干得也很好,干得和比埃·于格南本人一样好。老人放心了,他同直到那时跟他赌气的勒乐布重归于好,心里非常乐观地回到床上,不久他完全复原,可以接待三天后傍晚到达的儿子。

比埃·于格南的额上显露出晴朗的天宇一般的平静。他觉得问心无愧,这种内心的满足使他的态度不像平常那样严肃,同时也像电磁一样,感染了他父亲。父亲问他迟迟不回来

---

① 指 devoir "门派"和"义务"双重含义,见本书第111页注。

的原因,他回答说:"我的好父亲,请原谅我不对此作解释,因为说起来话就长了。以后您如果一定要我讲,我再给您讲我在布卢瓦做的事,现在请立刻让我到我的伙伴们那里去,请您就满足于我向您提出的保证。对,我可以用名誉保证,我除了做过义不容辞的事以外,没有做别的事,如果您看见我干那些事,您会为我祝福,赞成我的。"

老木匠说:"好啦,你愿怎样回答就怎样回答,有时候你简直使我认为你是父亲,我是儿子。这很古怪,然而确实如此。"

这天,他感觉自己好多了,可以和儿子、两位会友以及徒工们一起吃晚饭。他特别对阿莫里有好感,此人的温和以及毕恭毕敬地伺候他使他喜爱;虽然有某些事他不屑于问这年轻人,他自己想:"如果这是一个狂热的会友,至少应当承认从他的面孔上和谈吐里可一点也看不出来。"他也开始对贝里人的看法有了转变,承认在这粗鲁的外表下,有不寻常的优点。他的天真使老头发笑,老人颇愿有个人可以教训教训,开开玩笑。人们可以看出来,他有一般爱活动的人们好开玩笑的性格;他儿子和科林思人一贯矜持的态度,有点使他不知所措。

这天晚上,当贝里人的食欲得到初步满足以后,因为他在饿火中烧的时候,是非先满足食欲不可的,他满嘴食物,胳膊肘放在桌上,开始了谈话。

他对科林思人说:"伙计,你为什么不愿叫我告诉你关于比埃师傅刚才和这个傻瓜发生的事?他叫波吕道,得奥道(我不知道你们怎样称呼他),反正就是那个厦垛总管的儿子。"

阿莫里不满意这种轻率态度,耸耸肩膀,什么话都没说。但是于格南老爹不准备让贝里人的饶舌被打断。他说:"亲爱的阿莫里,我不劝你和这个人一同保守秘密。他又滑头又轻浮,像房架子上的大梁,会掉在你的脚趾上。"

比埃·于格南说:"好,既然他说开了,就让他说完吧。我看得很清楚,他说的是易希道·勒乐布。阿莫里,你怎么会以为我关心他说我什么坏话呢?要是怕他的判断,那除非我头脑太简单了。"

"好,在这种情况下,我对你讲;真的,我对你讲,比埃师傅。"贝里人叫道,一边冲阿莫里挤挤眼睛,仿佛在求他不要禁止他说话。

科林思人向他做了一个姿势,表示让他讲,他就这样开始叙述:"首先,这是位漂亮的太太,我的天,实在是漂亮,小小的个子,红红的脸蛋,她走过来,走过去;又走过来,又走过去,好像要看我们干活,可是就跟我吃这块面包一样真实,她也是为了看我们的同乡科林思人。"

"他在说什么,他的同乡,他的科林思人?"于格南老爹问。他们本已说妥,在他面前永远不互相称呼行会里用的名字。

比埃稍用力踩了一下贝里人的脚,他扮了个可怕的鬼脸,很快地接着说:"我说同乡,就好像说朋友、同伴一样……他跟我是同乡,他是南特人,在布列塔尼,我呢,我是诺昂-维克人,在贝里。"

于格南老爹笑弯了腰,说:"很好。"

贝里人接着说(人们一直在踩他的脚):"当我说科林思人的时候,就随便用这么一个名字,是我闹着玩给他起的……"

于格南老爹说:"那么,这位太太看阿莫里了?"

"什么太太?"比埃问,不知怎么回事,他注意地听起来了。

阿莫里笑着回答:"一位美丽的贵夫人,小小的个子,就像他刚才说的,不过我不认识她。"

于格南老爹反驳说:"如果她脸色红红的,那就不是维勒普娄小姐,因为这位姑娘苍白得像死人。那也许是她的女侍?"

贝里人回答说:"啊,那也很可能,因为人们都管她叫太太。"

比埃问:"她不是一个人来看你们的吧?"

心之钥匙回答说:"是一个人,不过哥里道和她在一起……"

于格南老爹打断他的话,故意使他发窘,用粗嗓子说:"是易希道。"

贝里人也像别人一样,有他的狡猾,继续说:"对,得奥道。对,这位莫利道先生这么跟她说:'侯爵夫人,有什么事要替您办吗?'"

于格南老爹说:"啊!那是侄女,弗莱耐的年轻太太……这位太太不骄傲,她谁都看……她看阿莫里了,真的吗?"

贝里人叫着说:"就像我现在看您一样。"

"啊!不会,不会一样,"老木匠回答,一边笑贝里人瞪着怪难看的大眼睛,"她跟你们说话了吗?"

"没有,她只这么说:'我在找小狗,木工先生们,你们在这儿没有看见吗?'接着她就看同乡……看阿莫里伙伴,当然

163

啦,她看着他好像要用眼睛把他吞下去似的。"

阿莫里说:"算了吧,蠢货,她看的是你,你可以承认,如果你长得漂亮,这并不是你的过错。"

贝里人说:"啊!说到这事,你简直开玩笑。从来没有女人看过我,有钱的,穷的,年轻的,年老的,都没有,除了母亲……我说的是萨维尼安娜,在她哭泣她的丈夫以前。"

阿莫里红着脸叫道:"她看你,你!"

贝里人对于他个人的事并不缺少自知之明,回答说:"对,她可怜我。她常对我说:'可怜的贝里人,你的鼻子长得真怪,嘴长得真怪。是你的父亲还是母亲有这种鼻子,这种嘴?'"

于格南老爹说:"那位太太的故事到底怎么样?"

贝里人紧接着说:"故事完了。就像进来一样,她走出去了。义勃里特先生……"

固执的于格南老爹打断他:"是易希道先生。"

贝里人说:"随您便。我认为他的名字并不比他的鼻子漂亮。他在我们旁边停下来,两臂交叉,就像拿着望远镜的拿破仑;您瞧他开始数落我们的活计干得不好,活计不出色这类的话!一下子,同乡……阿莫里伙伴什么都没回答,我呢,我也什么都没有说,立刻继续锯我的木板。这就激怒了那位先生。肯定,他本希望我们请教他为什么对我们的工作不满意。于是他拿起木头,说这是块坏料子,木头已经裂了,还说如果掉在地上,会像玻璃一样粉碎的。于是科林思人(对不起,师傅,我这么称呼他已经成了习惯),我说的是科林思人,他回答说:'我们的布尔乔亚,如果你愿意,就请试试吧。'于是他使尽全力把那块木头扔到地上,一点也没碎,不然,我会用锤子敲碎他的脑袋。"

比埃·于格南问:"就是这些吗?"

贝里人说:"比埃师傅,你觉得还不够吗?对不起。"

于格南老爹沉思起来,说:"我觉得太够了。你瞧,比埃,我曾通知过你,勒乐布儿子要害你,他要给你使坏。"

比埃回答说:"咱们走着瞧吧!"

确实,易希道听说比埃·于格南如何批评了他那张楼梯草图,又重新画了一张,就对比埃怀恨在心。头天晚上,他在厦垛,维勒普娄伯爵请他共进晚餐,因为这天是星期日,除了神甫,伯爵还请了市长、税官、勒乐布和他的儿子。伯爵的办法是在村子里总得有四五个人他可以支配,用晚餐的礼貌比用权力和适当的理由更能笼络人。易希道对这种特殊待遇感到得意。他到厦垛来,穿着那套鲜艳、滑稽的服装,每次总要摔碎些碟子水瓶,用行家的神气品尝美酒,总要从主人那里得到些有益的教训,但是他不会利用,他还肆无忌惮地注视漂亮的(年轻的)弗莱耐侯爵夫人。

这第一个星期日来得正好,可以满足易希道的复仇心理。当伯爵餐后和神甫玩纸牌,大家很自然地谈起小教堂的工程时,老伯爵问管家是不是已经动手了。勒乐布说:"是的,伯爵先生,四个工人在工作,甚至今天还在工作。"

神甫质问道:"星期日也工作?"

伯爵说:"神甫,你以后赦免他们的罪过吧[①]!"

易希道正不耐烦地等着插话的机会,他说:"我怕伯爵先

[①] 教会禁止人们在星期天干活,因为那天是上帝规定的休息日(见《圣经·旧约》)。

生不会满意他们的工作。他们用的木头不够干,对工作一点不内行。老于格南倒不笨,可是他受伤了;他的儿子完全是个一无所知的人,村子里的律师,一句话,是个蠢驴。"

伯爵一边安静地洗牌,一边说:"让驴子安静吧,我们没有想到这个。"

"请伯爵先生允许我告诉他,这个笨蛋对交给他的工作一窍不通。他至多能劈劈木柴。"

伯爵有自己的风趣,他也和于格南老爹一样,善于讽刺,他回答说:"这样说来,你也不安全。① 不过,谁挑选的这个工人?难道不是你父亲吗?"

勒乐布在套间的另一端,正在极力恭维弗莱耐夫人绣的好活计,没有听见他儿子对比埃·于格南的诽谤。

易希道小声回答:"我父亲对这个人估计错了。人们都向他夸奖这人。他还以为做了件便宜事,比从别处找一个有才能的人来工钱便宜些。但这是错误的,因为所有已经做完的以及所有还要让他干的,都得重新干。如果事情不像我说的这样,我宁愿不叫我这个名字。"

伯爵一直玩着牌,公开地嘲笑他,而且若无其事似的,他说:"不叫你这个名字,那可真可惜。如果我有幸叫易希道,我可不冒这个险。"

弗莱耐侯爵夫人被勒乐布恭维得非常厌烦,就用温和婉转的语调发表意见了。使用孩子般的讨人喜欢的语言,她说:"易希道先生,你太严厉了;至于我,偶尔穿过图书室,我觉得

---

① "木柴",法语 bûche 又可以作为"愚蠢的人"解。在这里,伯爵讽刺易希道,说他也是"木柴"(蠢人),所以也有被比埃"劈"的危险。

新做的护墙板跟那旧的一样漂亮,做得一样好。这木工活多漂亮呀!叔公,您让人维修,做得对。这一定是完美无缺的,完全时髦的式样。"

易希道振振有词地叫道:"时髦,这是三百年前做的东西!"

伯爵说:"这是你自己想出来的吗?"

易希道说:"不过,我觉得……"

神甫被易希道的饶舌弄得分了心,不高兴地打断他:"这是现在的样式,所有老的样式都时兴了……你就让我们玩牌吧,易希道先生。"

勒乐布先生狠狠瞪了他儿子一眼,这年轻人满足于开始打击了比埃·于格南一下,走近妇女们。绮绥小姐对他有一种难以克服的厌恶,站起身来,换了一个座位。弗莱耐夫人神经不那么敏感,没有拒绝和这位桥路部门的职员谈话。她问他关于图书室的事,关于比埃·于格南的事,对后者,他刚才说了很多坏话;最后,她问他在早晨穿过工场时,她看见的那些工人里,哪个是比埃·于格南。——她装作天真地问:"其中有一个,好像面孔长得很出众。"

易希道回答:"比埃·于格南当时不在那里,您想说的这个人是个行会会友。我不知道他叫什么,不过他有一个挺古怪的外号。"

"啊!对,你把他的外号告诉我,我会觉得很好玩。"

"他的伙伴管他叫科林思人。"

"啊!科林思人,多好听的名字!不过,为什么叫这个呢?这当什么讲呀?"

"这些人有各种外号。另外一个叫心之钥匙。"

"啊！真会开玩笑。他可是长得真可怕,我从来没见过这么丑的人。"

如果不是易希道,而是换了另一个人,就会看出作为一位侯爵夫人,弗莱耐对图书室的工人们未免看得太细心了,在这时刻,她不能证明拉卜吕耶这句格言有理:"把园丁看作男人的,只有修女。"①不过易希道知道侯爵夫人有点轻浮,而自认为讨人喜欢,就想到她跟他谈些无聊的话,假装对此感兴趣,就为的是把他留在身边,和他聊天解闷。

弗莱耐侯爵夫人出嫁前名叫约瑟芬·克力戈,是外省一个呢绒制作巨商的女儿,很年轻就跟维勒普娄先生的侄孙,弗莱耐侯爵结婚了。这位侯爵,作为贵族,是个很好的绅士,在私人生活方面,则是位很无聊的先生。他曾为帝国服务,可是由于他既无才又无德,从未超越过次要的职级,把财产都吃光了。在百日政变时期,他既不机灵又不勇敢,犹豫不决,也就是过迟地背叛了皇帝②的命运;他既没有由于变节而得到好处,也未能因表示忠诚而立功。于是他投奔维勒普娄伯爵。伯爵和他在一起颇觉讨厌,他又常常欠债,于是便想法摆脱他,使他跟富有的产权继承人约瑟芬结婚,把负担推给克力戈家。克力戈家人早就知道侯爵既不漂亮也不年轻,又不讨人喜欢,他的品行跟他的财产一样,混乱不堪,总之一句话,做他的妻子绝不会幸福,不会真正受人尊敬。可是能和"这家族"

---

① 拉卜吕耶(1645—1696),十七世纪法国社会生活批评家,散文家,《品格论》的作者。他这句话的意思是:在封建社会里,稍有身份的妇女是看不起贫穷的劳动男子的,只有修道院中女修道士例外,她们觉得园丁对她们有吸引力,因为她们平时见不到别的男子。

② 指拿破仑一世。

（正如勒乐布常说的那样）联姻，使他们喜出望外，克力戈小姑娘能取得侯爵夫人称号，也就聊以自慰了。

没有几年，她就失望了；侯爵很快就轻易地把妻子的陪嫁挥霍光了。克力戈一家人想给女儿保留将来的费用，提出协商的分居办法，给丈夫规定一笔六千法郎的年金，但有一个条件，就是他必须到巴黎或外国去花这笔钱，他们把女儿接回。正在办理这事时，克力戈母亲逝世，克力戈父亲重又经商，以弥补他财产中出现的缺口，约瑟芬和父亲以及两个姑姑搬到一所很大的资产阶级的房子中生活，靠近工厂，在卢瓦尔河边上，离维勒普娄十几里地。

在工业区生活的闹声和骚动中，没有什么吸引人的，也没有优雅的风尚，周围都是些平淡无味的人，被迫过着十分严肃的生活。（姑姑们把她当小姑娘似的严厉监视。）可怜的约瑟芬烦闷得要死。过去，她匆匆看到上等社会的一角，而且对讲究的生活与轻佻的活动产生了毫无节制的需要。在一两年的时间内，她在巴黎曾有过一辆马车，一套漂亮的房子，在歌剧院有一个包厢，周围总有一群轻薄子弟、时装商人、裁缝和化妆品商人。现在忽然被流放在一个烟尘滚滚、臭气熏鼻的工厂里，周围是些工人、作坊头目，他们的意图虽好，可是举止不雅，只会谈些羊毛、手艺、工资、染料、市场价格以及资料供应。她没有办法抑止内心的绝望，只好晚上读小说，白日睡半天大觉，至于她那些漂亮的连衣裙、羽毛、花边，这些是已经消逝的奢侈生活遗留下来的最后痕迹，都在纸盒中发黄了，徒然地等待着重见光明的机会。约瑟芬受的教育很可怜。她母亲见识短浅，对自己的钱财扬扬自得，她父亲除了聚积钱财，没有其他操心的事和工作；他们的女儿除了花钱没有别的愿望和能力。一旦她没有首饰要订购,或者没有玩乐的事要计划,她就什么也不会了。她最多二十岁,十分漂亮,不过她的美只是让人看着舒服,而不是心灵的美。她不知道怎样利用她的美貌、青春、服饰。她那和面孔一样活泼、快乐的想象力,以及她的天性,就在小说世界中飞跃发展。她在孤独中自己创造出一些奇妙的遭遇和爱情,不过最后不得不重新落入现实,她变得更加可怜了。她的无限忧郁,使得姑母们采取严厉的措施,把她看管得更严了。关在工业大锅里的约瑟芬的脑袋简直要爆炸了,正巧在这时发生了一件预料不到的事,改变了她的命运。

克力戈老爹一病不起,对女儿柔情的护理深受感动,同时对两个老姐姐表现出的卑鄙看法感到痛心,在和她们永别时,他暗暗设法整治她们。他保证了她们两人的生活,但是取消了她们的权威,他把维勒普娄伯爵叫到他临终的床前,把约瑟芬和他的财产置于伯爵监护之下。伯爵深深感到,把这女孩子和他那坏东西侄孙结合在一起,造成了这可怜的年轻富有的女子的不幸,他自己有很多内疚,要向她赎罪。他深知自己的义务,在帮助她把她父亲的眼睛合上以后,他声明自己是她的代理监护人,一直到她不久即到的成年。他执行遗嘱,召集家庭会议,按照死者遗愿,把两个老姑母从工厂中赶出去,把工厂的经营管理权交托给一个内行而廉洁的总管理员;之后他就把侯爵夫人带回自己家中,像父亲一般地热情对待她。第一个行动便是通知弗莱耐侯爵,必须遵守分居的规定,并说如果需要的话,自己会起来保护他的妻子而反对他。

这个值得赞扬的行动,却使弗莱耐侯爵所属的宗族支派愤怒地反对维勒普娄先生。这一支家族是极端的保皇派,破了产,而且嫉妒,诬蔑老伯爵掠取别人的财产,吝啬,是资产阶级民主派。

约瑟芬从那些迫害者和暴君手中解救出来以后,开始畅快地呼吸了。起初,她叔公温和亲热的亲切相待,绮绶的友谊,他们举止习惯的善意的安详使她感到像从地狱来到天堂。可是,对她这个容易激动的头脑,则需要更多一点活动,或者乱花钱,或者男女交际,而老伯爵家平和规律的生活中是没有这些的。对浪漫的约瑟芬来说,绮绶也是一个有点过于严肃的伙伴。她已经习惯于在精神上与周围的人分开,在思想深处自己制造出一个空想的世界,她假装和这一家人和睦相处,却又过起她那多情而富于幻想的生活,而且对谁也不说。

第十七章

比埃·于格南心中恢复了勇气。那小教堂好像比他第一次进去时更加美丽。他父亲的痊愈,温和的伙伴们,以及亲爱的科林思人宝贵的合作,更增加了他的幸福之感。他拿起凿子,用清新响亮的声音歌唱木工之歌:

我们的艺术耗尽了它的财富,
在上帝的寺院中,
把它的印章放在祭坛时①,
它取得了贵族之权。

接着,在开始凿第一刀时,他拥抱了父亲,紧握科林思人的手,然后开始热情地工作。贝里人摇摇头。他粗鲁的神气忧愁而善良,说:"对我呢,什么表示也没有。"

比埃紧握着他那长满老茧的手说:"对你也一样,既有心,也有手。"

贝里人高兴了,在他要使用的木头上用凿子按照他家乡古老的基督教习惯,刻了一个十字架,他也唱起"贤者安茹人"的一首歌曲,作者是周游法国老成持重的诗人之一。

---

① 测角器,劳动的徽章,也具有三位一体的象征性三角形。——原注

于格南老爹一条胳膊套在绷带里,微笑着看他们干活。这时,维勒普娄伯爵进来了,后面跟着他的孙女、侯爵夫人和勒乐布先生。伯爵被风湿病折磨着,一只手拄着一根拐杖走路,另一边倚在绮绶的手臂上,她总是陪伴祖父在庄园到处散步。勒乐布先生竟大胆地向约瑟芬伸出手臂,约瑟芬不好意思拒绝,只得勉强让他挎着手臂。伯爵在图书室进口处停下来,好奇地听贝里人唱歌。

把忧愁赶得远远的,
  它吞噬了那么多人,
  对于我们过去什么也不是,
    将来更没有什么。

伯爵对孙女说:"韵脚不丰富,但意思深远。"

他们走近来,却没有被人看见。锯子和刨子的声音盖过了他们的脚步声和说话声。

侯爵夫人问管家:"这些人里边哪个是比埃·于格南?"

勒乐布说:"就是这些人中身材最高、最健壮的那个。"

侯爵夫人的眼睛从科林思人看到线条之友,不知道两个之中哪个最美,是这个气概非凡,健美有力,像古代猎人的人呢,还是那个风度翩翩,若有所思,面色苍白,长长头发,使人想起年轻的拉斐尔的人呢?

老伯爵平时对于美很敏感而且有鉴赏力,也对把于格南老爹算在内的三个高贵的头型感到印象深刻,老爹宽宽的前额,银色的头发,侧面五官线条清晰,眼里发出火一般的光芒。

他伸着手杖,好像指给孙女看一幅图画似的对她说:"有人说,法国平民长得不漂亮,可是你瞧这确是优秀种族的样品。"

"真对。"绮绶回答说,她注视着老人和两个年轻人,神态是那么平静,就像他们真是一幅画。

没有在工作的于格南老爹,举止大方、彬彬有礼地过来迎接高贵的参观者。伯爵的神气确实值得令人十分尊敬,任何见到他的人在他面前不得不放弃一切民主的偏见。伯爵向他行礼,脱帽,把帽子拿得很低,就像对一位公爵和贵族行礼一样。他没有学摄政时期那群狂妄的浪荡子,和平民随随便便,毫不客气,那时平民也和他们随随便便,毫不客气;他接受并且一直保留着路易时代有名望的贵族的值得赞美的传统,这些人用一种极好的礼貌,在心中暗暗确定平民的卑贱身份。老伯爵在这种久已具有的礼貌中加进了新的感情,他还有关于革命的回忆,使他一半讽刺一半真诚地接受了平等的原则。他自己这样说,当他每次接近一个平民时,他自己总暗暗地在说这句格言:至尊的平民,你愿意别人向你敬礼。

首先他问候老木匠的伤势,客气地对他说,他本人感到很不安,因为这次意外是为他工作时发生的。

于格南老爹回答说:"那是因为我干得太快了些。在我这个岁数,不应当那么鲁莽;可是勒乐布先生催我催得那么紧,为了使伯爵先生满意,我在木头上拼命地敲打,当我的凿子伤了我的皮肤时,我看出它质量确实极好,因为我的皮肤又老又厚,简直跟老橡树一般坚硬。"

伯爵转身向管家说:"勒乐布先生,你使我成为很不通情理的人。据我所知,我可是从来没有使任何人伤残过。"

比埃·于格南一动不动,光着头,胸口感到压抑,带着难以形容的激动,注视着维勒普娄小姐。只要一听见有人叫她的名字,他就回想起他在书房中度过的那些不眠之夜,以及他对这位神庙中不相识的女神的那种崇拜。在她面前,他感到慌乱,好像一种神秘的纽带,在这第一次会面中就准备把他们联结起来,或是断裂。开始,他很奇怪,她并不像他想象那样漂亮。确实,与其说她美丽,倒不如说她大方。她五官端正,额头洁净,线条清晰,头部秀雅,有一张美丽的椭圆形面孔,可是在她身上没有一点伟大惊人的东西。她的确缺少光彩。但是,如果仔细端详她,可以看出是她不屑于显示自己,因为小而黑的眼睛本可以神采奕奕,嘴角本可以带着微笑,整个瘦小的身躯本可以显示出隐藏在她身上的风韵。但是她好像打定主意不卖弄风情。她的穿戴也总是与此相协调;她的连衣裙总是深色的,没有任何装饰,她的头发在前额用光滑的发带分开束起。这种故意做作的严谨刻板的神气,在了解她的人看来,觉得她具有一种感人很深的魅力;但这不可能第一眼就看出来,而且在任何时候都相当困难。

比埃·于格南注视着她,但是忽然遇到了她的视线。这视线由于很冷淡平静,显得几乎很大胆。比埃脸红了,转过头去,感到冰一般的重量落在他的想象上;并不是他觉得这位塔楼上的女主人令人讨厌或者令人反感,但一个如此年轻的姑娘这种罕见的严肃毁灭了他一切概念,打乱了他一切梦想。他不晓得应当把她看作一个生病的孩子,或是看作一种永远在麻木与萎靡状况中的构造。他心想永远不会更多地理解她,也许不会再和她见面了,不会有任何机会跟她第二次交换眼色;他感到沮丧,好像失去了某种想象的威力的保护,他虽然不认识这种想象的威力,却自以为一定会有的。

这时伯爵走近正在进行的工程。他仔细地观看了各部分。

他说:"做得非常好,我只有赞扬你们;不过,先生们,你们敢保证木头的质量吗?"

比埃回答:"它肯定不如老护墙板的质量。可是再过两百年,它还是好的,而到那时候老木头也许已经不存在了。不过我可以保证的,就是我的木头不会损坏整体。如果有一块木板收缩了,或者一块嵌板破了,其实这是不会发生的,就由我免费修理,而且在别人发现以前。"

伯爵说:"如果你对全部材料的质量估计错了呢?如果整个工程要返工呢?"

"那返工的费用由我自己出,我担保使用更好的木头。"比埃回答。

伯爵转身向他孙女,好像要她做证似的,说:"既然这样,我认为应当信任他们,让这些人凭良心和才能来工作。先生们,你们一定干得很好,我事先没想到你们能如此忠实地复制出原来的样子。"

比埃回答说:"我们有一点小小的功劳,这只不过是一件由专心的、驯顺的技工干的活儿;但是画图样的人却是一个艺术家;这个人有眼力,有创造性和雅致纯朴的比例的感受力,这种感受力在今天已经消失了。"

伯爵的眼睛闪闪发亮,用拐杖轻轻敲地,这在他是惊奇和内心满足的标志。于格南老爹深知这点,这次他也注意到了这点。

伯爵说:"能像你这样理解和表达也就是一个艺术家了。"

比埃回答说:"我们都有这个头衔,但我们都不配,不过,"他指着阿莫里又说,"这位是艺术家。他做的木工活和现在人们所做的一样,因为他要谋生,可是他能设计出跟这里的东西同样美的珍品。在厦垛中,如果有一块要装潢的木料,就可以参考他空闲时作为消遣画的图,我们可以从这些图画里看到一些连内行人也挑不出毛病来的式样。"

阿莫里没料到会把他这么介绍一番,他脸红得连眼白都红了。伯爵看着他说:"他是你的兄弟吗?"

比埃回答说:"不是,伯爵先生,不过也跟兄弟一样。"

"那么好,我们将好好发挥他的才能,对你的才能也一样,先生。我很高兴结识你们,我愿为你们效劳。"

伯爵有礼貌地向他行礼,甚至带有某种敬意,接着就离开了,一边低声向他的孙女赞扬比埃·于格南的回答谦虚得体。

他们走出图书室时遇到的第一个面孔就是易希道的面孔,他窥伺时机,正在等着他的揭发可能产生的效果。他不知道老伯爵,由于有今天的骨相学家们①所谓的"建造性"的本能和兴趣,比他更善于判断工场里的活计,要把伯爵引入歧途并不容易。易希道本来指望老伯爵像平时一样会突然发火,这他是知道的,并指望于格南老爹有些暴躁的傲慢。他希望前者发表点表示不信任的看法,后者回答时没有礼貌,毫无节制。这天早晨,伯爵曾叫建筑师给他讲述过楼梯设计的事件,现在很清楚易希道的为人,并且非常鄙视他。

伯爵提高嗓门,神气严厉,直盯着他的面孔说:"我对刚看见的他们的工作非常满意,这都是些很优秀的工人,我很感谢你父亲雇用了他们。昨天晚上,谁说他们干活不好的?是

---

① 根据头颅的形态,来研究一个人的性格和主要能力的一种学问。

我的建筑师吗？不是你吗，易希道？"

勒乐布说："我不相信建筑师说过这种话，因为他对于格南一家的工作非常满意。"

"那么就是他。"伯爵狡黠地指着易希道说。

"我儿子并没有看见过他们做的活，而且他也不懂行。他研究的学问是属于更高级的，成语说'难事都能做，容易的事不在话下'，这句话不见得总对。可是谁能说我的工人们坏话，使伯爵先生不快呢？那一定是神甫；打台球时我赢了他，所以对我怀恨。"

伯爵回答说："那一定是神甫，这是个阴险的人，我们下次看见他的时候，就告诉他别管闲事。"

易希道并不懂得这个教训。他以为伯爵的记忆力不好，想利用这点以后再卷土重来。有这么一种人，无论如何不肯认错，他就是这种人。因此，他相信自己那张楼梯草图是好的，比埃画的那张是错误的，他天真地觉得奇怪，建筑师的判断太不公正，只等着敌手动工，便可以侮辱这建筑师。他谨慎的老子白白地劝告他，叫他不要吹嘘失败的事，人们本可忘掉它或是故意不提。易希道假装同意父亲的劝告，可是他仍旧要设法报复。

晚上，于格南一家正在进晚餐，厦垛的一个仆人来请比埃去见伯爵。这个通知传达得那样有礼貌，使当时在场同进晚餐的拉克莱特老爹十分惊讶。他低声对他的老伙伴说："我还从来没见过他们的仆人这样有礼貌。"

于格南老爹也说："我向你肯定地说，我儿子有点儿稀奇古怪，他使大家都重视他。"

比埃上楼回到房中。他下楼来时，穿戴梳洗得好像过星期日一样。他父亲想跟他开开玩笑,却又不敢。

比埃刚出门到厦垛去,贝里人说:"对不起,我们的少老板,他也勇敢起来了。他要再这么下去,同乡科林思人,你可要小心,小侯爵夫人可就不注意你了。"

于格南老爹用严厉的声调说:"这方面的玩笑开得够了。多说话总不是好事,这类话可能给我儿子带来麻烦。阿莫里,如果你不坚持要听下去,别让他这么继续说了。"

科林思人回答说:"师傅,无聊的话对您和对我一样使人不高兴,这样吧,贝里人,我们再也别谈这些了,对不对,朋友?"

心之钥匙说:"谈够了,我的意思不过使人笑笑而已,既然大家不笑……"

"我们知道你很风趣,孩子。你可以谈别的事引我们发笑。"

贝里人说:"这没关系,我想起厦垛里这些人来了;他们不算骄傲,这些贵族夫人真和气。"

当比埃看见维勒普娄先生的办公室的门为他打开时,突然感到非常不自然。他从来没有和在社会生活中地位这样高的人谈过话。跟他打过交道的资产者从来没有使他受过窘;他总感到自己和他们是平等的,甚至在举止谈吐上也是如此。但是他认为在老伯爵身上,除了身份高之外,肯定有另一种优越性。他深知老伯爵会十分有礼貌的,但这是按照他不得不服从的等级规定办事,即使他觉得这种规定不符合他的意见。这种等级规定十分奇怪,一个平民仿效上流社会的姿态被认为是狂妄无礼。比如:一个工人行礼时,弯腰不能太低;因为他这样做等于要求对方也这样向他还礼,可是他并没有这种权利。比埃读过相当多的小说和话剧,知道世界上他没有见过的各种行礼方式。但是他使用什么方式呢?是以平等的态度?那会像个傻子。作为低人一等的下级吗?那是自己侮辱自己。如果他没有在灯光微弱的伯爵的书房中看到维勒普娄小姐在祖父口授下记录什么,他也许不会产生这种颇为幼稚的顾虑。这些思想同时出现在他头脑中,使他心头紧张,他也不知道是怎么回事,我也不能对你们说这是为什么。

当他走进去时,绮绶站起身来,不知道是要跟他招呼还是给他让座。比埃摘下帽子,没敢看她。

伯爵向他指着一把椅子说:"先生,你请坐。"

比埃有点慌张,端了一把椅子,上面堆着书和纸。绮绶过来帮他忙,在桌子旁边放了另一把椅子,然后,她走开一点。他不知道她坐在哪里,他很害怕遇到她的视线。

伯爵说:"我把你找来,还要请你原谅,可是我太老了,风湿病又很严重,不能出门。今天早晨我看见修理护墙板的工作进行得非常迅速,我想请问你能不能胜任增加些雕刻装饰的工作。"

比埃说:"这不是我的本行,可是我看见我的伙伴曾制作过非常精巧的装饰品,有他的帮助,我想我可以做得和原有的装饰完全一样。"

伯爵说:"那么,你愿意担任这项工作了?我本来的意思是请雕花木匠来做,但是按照今天早晨你对我讲的,并且我看见了你们的工作,我想起了要把雕刻这活儿也交给你。因此我想单独跟你谈谈,因为,万一你认为这个工作超过了你伙伴的能力,也不致伤害他的自尊心。"

"我相信他会使您满意的,伯爵先生。但是我应当先告诉您,这工作要用很多时间,我们没有一个徒工可以帮我们的忙。"

"那好,你们需要用多少时间就用多少时间。你能不能答应我,不让任何别处的工作打断这儿的活儿?"

"可以,伯爵先生。但是我有一个顾虑。我能不能请问您,您是否曾想把这件工作交给某一个雕刻家?"

"没有,我本来想请我巴黎的建筑师给我派几个他认为合适的人来。不过,我能不能也问问你,为什么你提出这个问题呢?"

"因为这违反我们团体的精神,我想,一般地说,也违反常情,因为我们接受的不是我们正常业务范围内的工作,而和我们竞争的对手却是专门搞这个工作的。这是践踏了别人的权利,剥夺了那些工人的利益,这利益自然更应当归他们所得,而不是归于我们。"

伯爵说:"这种顾虑很有道理,由你提出来,并不使我惊讶。但是你可以放心,我并没有向任何人提过这件事,而且在这方面,我完全可以自己决定。请外省的工人到这儿来会大大增加我的开支。如果你需要找一个理由,那就用这个吧。对于我来说,我还有另一个理由,那就是我很高兴交给你一件使你喜欢又使你能深深地感到它美的工作。"

比埃回答说:"不过在正式开始之前,我得先给您看看样品,请您看看我们的能力,如果您认为我们做得不好,您可以改变主意。"

"几天之内,你可以把样品给我拿来吗?"

"我想可以,伯爵先生。"

维勒普娄小姐说:"我呢,我能向你提出一个请求吗,比埃先生？"

听到向他讲话的这个声音，比埃在椅子上震动了一下。他过去一直认为，如果有这样的事，那一定只有在古怪的、传奇式的情况影响下才会发生。这种很自然的事不能满足令人极度兴奋的想象力。他俯身行礼，一个字也没有能说出来。

绮绶说："就是把我书房的门装上，勒乐布已经对你提过几次，好像是门找不到了。你能把门找出来，把它装在原处，不管门是什么样子，这将使我非常高兴。"

伯爵说："对，是这样。她喜欢她的书房，可是现在不能在那里待着。"

比埃回答："明天一定装好。"

他沮丧地退了出来，对又来侵袭他的忧愁感到恐惧。

他在走回家的路上想："我是个疯子。这扇门明天就要装上了，应当这样，在她和我之间，这扇门应当永远关上。"

第十八章

比埃回到家,就好像在旅行中一样,按老战友的方式和阿莫里同睡一张床。当他把伯爵向他提出的建议告诉他朋友时,年轻的艺术家被希望和欢乐的感情所统治。他一直感到自己双手精细灵巧,思想上高超的鉴赏力使他倾向于雕刻,但是他既然开始了细木工的职业,又加入了本省的行会,他怕如果走上一条新路,会使他在本行中落后。而且也没有人鼓励他。比埃是唯一可能劝他到巴黎去学他天性所喜爱的艺术的人。可是,在那个时期,科林思人正为爱着萨维尼安娜而逗留在布卢瓦。因此,他放弃了他的美梦,把抱负寄托在建筑物和护壁板的装饰上。所有的会友都承认,他擅长搞装饰于壁橱里的小圆顶中最难做的那部分,没有别人能像他一样雕刻希腊式柱头上的细巧的叶饰。正是由于这个特长,人们才送了他现在这个美妙的雅号。

他叫道:"啊,朋友,命运是多么好,它用这件事来纾解我的忧愁。我本来不敢跟你讲我对美妙的木雕的景仰,也不敢把我第一次看见它时所产生的印象告诉你。首先,我很欣赏你在布卢瓦跟我谈到的这些巧妙的布局和明智的计划。我曾注意到,在极小面积的细节中使人感到宽阔的性格。是的,我懂得了你从前对我解释的事,就是伟大并不在于幅员的大小,而在于比例适当,人们可以把一件巨大的建筑搞得很庸俗,而给予一件几个指头大的模型高大和有力的外表。但是,我跟你说实话,在看这些如此丰富多彩又如此简洁的花纹图案时(因为这也是同一个问题:手法简练,效果很大),我看见了在墙板上镂刻着的这些画像装饰品,好像是从一扇窗户中露出的一些圣徒的美丽小脸蛋,带着各种表情和各式各样的帽子;有的严肃如老哲学家,有的喜悦调皮如爱嘲笑人的修道士;这里是一个骄傲的士兵,戴着低到眼皮的头盔;那儿是一个戴着花朵和珍珠的漂亮的圣女;再那边有一个鬈发飘逸的美丽的仙童;另外还有一个老巫婆,半掩着面纱,伸着她那瘦骨嶙峋的脖子;在这一切的周围,有在花丛中戏耍的群鸟,一群地狱里的鬼怪在追逐几个穿过一丛常春藤叶狂跑着的灵魂,以及这些大狮子脑袋,仿佛在各个角落里吼叫,以及这些浮雕,这些小雕像,这些丰富多彩的雕刻,各种人物的动作好像在生活,奔跑,逃遁,跳舞,歌唱,或者在不动的树木上沉思……啊!看到由于艺术而使手艺显得高贵的那个时代的奇妙作品,我感到好像到了另一个世界,大滴的泪珠几乎夺眶而出。我当时想,那个工人可以用他自己的生命任意使这些墙板栩栩如生,可以使他梦中喜爱的人群从粗糙的橡树躯干上显示出来,他是幸福的,非常幸福! 由于夜幕开始降临,我好像看到在我周围有一群群小幽灵在活动,它们在墙板上爬,悬身在檐角上,和艺术家古老的创作搏斗。天使们吹奏喇叭;主要罪恶①,亦即离奇古怪的怪物,在有荆棘的叶状雕板中乱翻腾,那些漂亮的基督教修女在安静的百合花丛中嬉游,而放纵的

---

① 七种主要罪恶:吝啬,愤怒,嫉妒,贪吃,放荡,傲慢,懒惰。

修道士，酒足饭饱，在揪严肃的神学家的胡子。我自己也陶醉了，疯狂了。我愈设法控制自己，在我炽热的太阳穴周围我看见的幻象就变得愈大、愈活跃。这些小矮人，这些小疯子，好像从我头脑中、手中、口袋中钻出来。我正想追它们，捉住它们，把它们整理好，刻在木头上，它们都毕恭毕敬地，一言不发地待在空位子里，待在时间替它们挖掘的，丢弃在它们祖先旁边的小窟窿里，正在这时，贝里人的声音把我从幻觉中惊醒。他拉着我走，把我的锯和刨子放在我肩上，这些粗糙的工具是为了做更粗糙的活儿用的。我耐心地忍受了。按照我的责任去工作，而没有按照我的天赋去工作。今天，你瞧，比埃，这梦想好像是我幸福命运的预兆。我终于也可以说'我也是艺术家'，我要雕刻了，我要创造人物，我要把我的生命和想象力灌注在内，这要使我受罪，但也会使我快乐和强大。"

科林思人的梦呓使他的朋友颇为惊讶。比埃还不知道这个在各地旅行中贪婪地读了许多书，做了许多黄金的梦的年轻人头脑里的狂热。他抱吻了他，赞扬的感情中带着柔情，叫他平静下来，休息一下。可是科林思人睡不着，天不亮就起来了。他一点不想吃早点，当他的朋友来到工场时，他正专心地在雕刻着一个人像。

他说："我从最难的部分开始，因为其余的工作我一点不担心。不过这个人头会成功吗？我知道它不会完全像它的模特儿。可是只要它真实、精神、优美，就值得存在。在这个护墙板上，我最欣赏的是没有两个装饰品、两个面孔是完全相同的。这是在和谐和规律中的无穷的任意变化。啊！朋友，我也能找到美吗？但愿我能把我灵魂中的东西表达出来，把我感觉的东西制作出来。"

"可你在哪儿学的素描艺术呢?"比埃问他,他看见在科林思人凿子下出现的人头感到很奇怪。

年轻人回答说:"在哪儿也没学过,也可以说到处都学过。我一直被不可抗拒的天性推向雕刻和浮雕。我每经过一个建筑物,总要停下来,仔细地看看一切图案和雕刻。可是在大城市的博物馆里,我自己长期静观,品味着我没敢对任何人说的艺术享受。我们大家都去看这些美术品,好像去看新鲜稀奇的戏剧。我们都可以从中得到些历史、神话以及寓意的知识。但是我们大部分人是去满足一种没有目的的好奇心;我自己呢,我可以说是要满足一种激情。我甚至照着样板作了些画。在阿尔勒①,我试着模拟古代美神,我描了几个罐子和石棺的轮廓,梦想把它们用木头雕刻出来作为图案,放在装潢的一部分中。不过那时我能知道我做得怎么样吗?现在我知道我做的是什么吗?粗糙的漫画,也许是。我曾经用几何学的方法计算了比例大小,但是神韵、细巧、动作,总之一句话:美……谁能对我说我的手听从我的思想呢?当人们认为在纸上又看到曾在石头上、大理石上发现和观察过的东西,谁能向我证明我的眼睛没有欺骗我呢?……我在一片混乱中挣扎,也许是在空虚中。我曾看见孩子们在墙上画些怪诞的、荒谬的面孔,他们却认为这都符合自然规律;他们错了,可是他们对自己的作品很满意。但是我也曾见过另外一些孩子,好像服从一种神秘的本能似的,很自然地描绘了一些生动的面孔,逼真的姿态,很准确匀称的身体。他们不知道是不是比别人画得更好。我呢,我属于哪一种呢?我不知道。你不能告

---

① 阿尔勒,法国城市,有著名古代教堂、剧院等。

诉我吗,啊,我的比埃?"

科林思人一边这样说着,一边热情地工作。他的眼睛发着光芒,湿润,额头满是汗水。在他灵魂深处,有一种使人美滋滋而又可怕的焦虑。比埃分享着这种感情。当头像雕刻完成之后,阿莫里看见于格南老爹和徒工们都来了,便擦了擦额头上的汗,把他的作品以及用过的工具都藏在一个角落里。他害怕无知的判断,被人讽刺而丧失勇气。他甚至不愿偷偷地仔细看他干的活计,怕发现自己的无能而过速地失去充满快乐的希望。当工人们中午出去吃饭时,他没有跟他们走,求比埃给他拿一块面包来。可是当比埃把面包带给他的时候,他连碰都不想碰一下。

他叫道:"比埃,我相信我成功了。但是我怕把我做的活给你看。如果你认为不好,求你先别对我说。让我自己得意到今天晚上。"

夜晚来到,他把那小雕像用手帕包起来,交给比埃,一边:"你拿去吧,等着只有你一个人的时候再看。如果你认为,就把它砸碎,再也不必对我提起它了。"

比埃说:"我才不砸呢。我不能判断这样一件东西的价但是我知道有一个人想必内行,在一个小时内,我一定告当继续干下去还是停止。你到家里去等我,好好吃饭,这一天什么也没有吃。"

没想到穿他的新衣服。他甚至没想起昨夜他在伯爵和他孙女面前感到的尴尬。他只想到他朋友的焦虑不安,于是他请求和维勒普娄先生谈话。像昨夜一样,他被引进书房。绮绶没在那里。比埃毫不恐惧地走进去。

他说:"您瞧,这是我朋友试着做的。我觉得很好,但是我不够内行,不能肯定。"

伯爵叫道:"怎么?一个头像?我并没有要求这个呀,或者,更确切些说,我没有指望这个。"他又说,一边惊讶地看着头像。

"难道这不属于伯爵先生想交给我们做的装饰吗?"

"说实话,我甚至没想到告诉你我要送几个头像到巴黎去,以便让几个搞艺术的人照样做。我从没有想到你的朋友敢于担负这么重要的工作。他的大胆使我有一点惊讶,这点我承认……但更使我惊讶得多的是他的成功,因为我觉得这工作很出色;不过,我也不比你更能判断,我要把这件活计给我孙女看看,她的绘图很好,而且很内行。"

伯爵按铃。

他问男仆:"我的孙女在客厅里吗?"

男仆回答:"小姐在她小塔的书房里。"

伯爵又说:"请她到这儿来找我。"

比埃·于格南想:"在小塔里!刚才我正在工场时,原来她就在那里,我一点没有想到。可是门还没有装好……"

绮绶进来的时候,他的心跳动得很厉害。

"孩子,你瞧瞧这个,"伯爵一边说,一边把雕刻的头像给她看,"你觉得怎么样?"

维勒普娄小姐说:"这是一件极美的东西,是不是他们把装饰古老墙板的人像取下来刮干净了?"

比埃带着很快乐的自信说:"不是老的,这是我伙伴的作品。"

她看着他说:"也许是你的作品。"

他回答说:"我没有那么灵巧,我不会冒险去做这个尝试。我能做些叶子,花边,最多做几个动物;而人物只能出自我朋友的凿子,请谈谈您的意见,先生。"

比埃在慌乱中,和绮绶说话时没有称呼小姐,当他看到由于他的差错她在微笑,更加慌乱了;可是她差不多立刻又恢复了严肃,说:"祖父,您知道这件作品令人惊奇,十分出色吗?这里面有一种天真的感情,比艺术更宝贵;一个职业艺术家永远不能理解像这位工人作品的风格。职业艺术家也许要修改它,美化它。技术不精通在这里是个主要的优点,他也许会把这看作是缺点。他也许要折磨这块木头,矫饰它,而不能从中产生出这种在笨拙之中显出的纯朴、真实、充满神韵的形式来。这件作品和它的样板一样,出自一个十五世纪的工人之手;同样的个性,同样地天真,同样地不知道艺术的规条戒律,同样地心地坦率。我可以肯定,这作品别具一格,不必再到别处去找修理全部墙饰的雕刻家了。应当奖赏这位木工,这是值得的,因为这个工作证明他很有才智。祖父,偶然发生的事总是对您有利,瞧这又是一个新的证据。"

比埃听着绮绶的话,这话好像音乐一般在他耳边回响。她给予他朋友的赞扬以及她用的表达方式使他感觉到好像在做梦。他不再只把她看作是一个有眼光有才智的女子,在他见到她本人以前,她那勤奋学习的幽静书室使他充满热情。在她跟祖父说话时,他敢于注视她,在此时此刻,他觉得她和他从前想象的一样美。正是因为她兴奋地谈着的事反映了线条之友和科林思人的朋友[1]的心和思想。只要他把她作为艺术家来看的话,他感到他和她是平等的。

---

[1] 线条之友和科林思人的朋友指的是一个人,即比埃。

他想:"那么在她的眼里,我们还算有点价值,如果她有轻视我们的粗鲁举动、粗糙的衣服等傲慢的思想,至少她不得不了解,为了使我们手中的工作有高尚的意义,必须有些天才。"

他对于颂扬科林思人比对颂扬他自己更感到骄傲、幸福。他觉得自己的胆怯一下子消失了。

他说:"我真愿科林思人本人在这里,听听别人怎样谈论他的作品。我愿意记住刚才听到的话以便转告他;但是我恐怕理解得不够,不能都对他复述。"

老伯爵笑着说:"说实话,我自己也难说我都听懂了。语言每天都在被可爱的微妙词句所丰富。孙女,你愿意给我们解释一下你刚才所说的话吗?"

绮绶回答说:"祖父,不是有些东西由于不是十全十美反而更好吗?一个孩子天真的微笑不是比一个君王勉强造作的和蔼可爱千百倍吗?在一切艺术中,最难保留的是天然的韵致,这也是在过去的艺术中我们最喜爱的。当然,它们并不是都好。在我们小教堂的木雕里,有一种对原则和规律的完全无视。然而,不可能看着它们而不感到快乐和感兴趣。这是因为那个时代的工人们,尤其是那位做这活计的无名工人,有美和真的感情。这里面确实有的人头太大了,双臂和两腿都有缺陷,但是这些人头都有一种真实感觉的表情,双臂有优美的姿势,腿在走路。这一切都充满力量和行动。装饰是简单而浑厚的。一句话,人们看到最幸运的自然本能的产物,和这种造成孩子的妩媚和艺术家的力量的神圣信心。"

老伯爵看看他的孙女,不由自主地又看看比埃,被一种不可抗拒的需要所驱使,就是想和别人分享他刚才听孙女那么好的谈话的乐趣。年轻工人已经那么俊美的面孔由于幸福和同情的微笑显得更美了。维勒普娄小姐看出来了吗?伯爵看见她刚才所讲的完全被理解了,当比埃说下面这句话时,就不能再怀疑这一点了。

"我可以把这话逐字逐句地转告科林思人。"

伯爵说:"科林思人这个雅号,他的确当之无愧。我对这青年人很感兴趣。他是在哪里长大的?"

比埃回答说:"在大路上,跟我们大家一样。我们从一个城市到另一个城市,有时停下来为了干活和学习。我们有自己的作坊和学校,我们彼此学习。至于在这件作品中看出的特殊才能,并没有人在科林思人身上培养过。这是有那么一天早晨,自然而然形成的。"

伯爵问道:"他的父亲是不是一个生活在贫困中的艺术家?"

比埃说:"他父亲跟他一样,也是一个木工会友。"

"这位善良的科林思人很穷吧?"

"不,不完全是这样;他年轻,身体好,勤劳,充满希望。"

"可是他一无所有。"

"他有他的双臂和工具。"

绮绶看着雕刻的头像说:"还有他的天才;因为我可以保证,他确实有天才。"

伯爵说:"那好,应当培养他,把他送到巴黎一所图画研究室,以后把他安置在一个好的雕刻家那里,谁晓得?他可能有一天会搞雕塑,成为大艺术家。孙女,我们要想着这件事,对不对?"

绮绶回答:"衷心愿意。"

伯爵对比埃·于格南说:"叫他继续努力。我以后去看他工作;这能给我消遣,同时也可能给他鼓励。"

比埃把这次谈话一句句都告诉了他的朋友,阿莫里整夜都在梦想雕塑人像。至于比埃,他梦见维勒普娄小姐。他从各个角度看见她,有时冷淡而高傲,有时和蔼而随便;他不知道小教堂的门的形象怎么会总跟这个幻觉混在一起。有一次,他好像看见那位年轻的贵族小姐站在书房门口,在叫他,没有楼梯,只凭他意志的力量,他上去走到门口,她给他看一本大书,上面画着一些图像和神秘的字体。但是,受到那年轻女子的微笑的鼓励,他正试着辨认时,门突然在他面前关上了,在门板上,他看见绮绶的面孔,但这只是一个木雕的面孔,他想:"我竟把这雕刻当成一个活人,难道不是疯了吗?"

他从这痛苦的睡眠中醒来时,很不满意,他的思想前些时候还那么宁静,现在竟被不自愿的纷乱所侵袭,他决心把门装上,和这种梦想一刀两断。他要做的第一件事就是把藏起来的那扇门从角落中拿出来。门上的铁件都完好,由于人们要求他不管门什么样子都必须装上,他将活动楼梯放到墙边,开始工作。

他正在面向工场使劲敲打时,维勒普娄小姐走进书房,去找祖父跟她要的一份材料。比埃转身的时候,看见她站在一张桌子旁边,翻阅着文件,没有注意他。当然她不可能没有看见他,因为他用锤子敲得很响。

他的敲打声停止了片刻。要测量一下门框下边短缺的一块板的尺寸。这时,比埃面对书房。他在楼梯口上,自己觉得有点勇气了。他好奇地打量着维勒普娄小姐,相信她不会觉察的。她的背向着他,但是他看到她那纤细而秀美的身材,漂亮漆黑的头发,她对于自己的黑发一点也不骄傲,梳成紧紧的发髻,虽然在那时代妇女时行的是一种鼓起的、样子高傲吓人的发式。在朴素中有一种动人的东西,比埃观察细腻,很容易看出来;他注意很久,维勒普娄小姐,由于一阵沉寂,从专心致志中惊醒,正如人们常常在闹声中睡着,而声音一停止就醒来了。

"你在看这个柜子吗?"她对他说,神气十分自然,并没想到她自己正是对方注意的目标。

比埃有点慌乱,脸红了,吞吞吐吐,本想说是,却说了不。

绮绶说:"那好,你走近点看。"她没有听他的回答,开始整理文件。

比埃带着一种绝望的勇气在小书房里走了几步,他想:"我以后再也看不见这地方了,在这里我曾度过那么宝贵的时光,我应当最后看一次,跟这个地方告别。"

坐在桌前的绮绶没有抬头,对他说:"这柜子很美,对吗?"

比埃异常激动,不知道他该说什么,说:"这个拉斐尔的圣母,啊,对,她真美。"

绮绶觉得很奇怪,这幅版画比那柜子更吸引比埃,她抬起头来看看他,看到他的激动,但不懂他为什么这样激动。她认为这是由于他的腼腆,她早已注意到他平时很腼腆,受祖父的影响,她也学会了和蔼慈祥的习惯,她想使他宽心,就说:"你喜欢版画吗?"

比埃说:"我很爱这幅,如果我的朋友看见它,一定非常幸福。"

绮绶说:"我借给你拿去给他看,好吗?你拿去吧!"

"我不敢……"比埃嘟哝着说,被这种出乎意料的不拘形式、亲切的好意惊呆了。

绮绶站起来说:"可以,可以,把它拿下来。"她自己把版画拿下来交给他。"你能照着这个框子做一个吧?"她又说,一边给他看圣母画的木雕框子。

他回答说:"这属于细木工的活,不过我想可以做一个同样的。"

"这样说来,我要请你多做几个。我这里有几张非常美的旧图片。"一边说着,她打开纸夹,里面有图片,她让比埃走近去看图片。

他看着一个马克·安东尼①像说:"我最喜欢这个。"

"你说得对,这是最好的一幅。"绮绶回答说,她看见木匠的见识和高明的眼力感到天真的快乐。

他又说:"我的天,真美呀!我并不内行,不过我感觉出这很伟大。能常常看到这种美的作品的人真是幸福!"

"这种美的作品到处都很难得。"绮绶说,想转移这种赞叹声透露出来的说不出的辛酸。

比埃一直看着那图片。肯定他是在欣赏,然而他却想到另外的事。他在和一个开始使他神魂颠倒的人处在表面上的亲密中,时间每过一秒,在他身上就像一个世纪的幸福,他战战兢兢地品味着这种幸福。在这时刻,时间已不具有真实的价值,或者更确切地说,这片刻时间摆脱了现实生活,就像在

---

① 马克·安东尼(前83—前30),古罗马大将。

梦中发生的事一样。

绮绶的艺术家的灵魂很受感动,说:"既然你那么喜欢它,你就拿走吧,我送给你。"

比埃更愿意她对自己说:"我请你接受。"他带着一种骄傲,拒绝接受,意思是强迫她这样说。

绮绶又说:"你要是接受,将使我非常高兴。我会自己再找一个。你别怕拿走了这个我就没有了。"

比埃说:"好!我给你做一个框子作为交换。"

"交换。"维勒普娄小姐说,她觉得这个词有点太随便。

"为什么不能呢?"比埃在这种很敏感的事情中,本能地找到高尚性格的得体和坚定,"我不是非接受一件礼物不可。"

绮绶带着高兴的率直感情回答说:"你说得对。我接受框子,而且非常高兴。"她看到木匠的额头上闪耀着温和的高傲,又说,"如果我祖父在这里,他看到这幅画在你手里,一定很高兴。"

这种天真而危险的谈话也许还会延长下去,幸亏被小个儿弗莱耐侯爵夫人进来打断了。她一看,便发出一声很古怪的表示惊讶的叫声。

"你怎么了,亲爱的?"绮绶对她说,她的冷静使她顿时不知所措。

侯爵夫人回答:"我还以为你是自己一个人呢!"

"怎么啦!难道我不是自己一个人吗?"绮绶放低嗓音说,以便这位工人听不见这可怕的字眼。但是他听到了,心灵有时比耳朵听得更清楚。这可怕的回答像死亡一样落在这个被爱情和幸福燃烧着的灵魂上。他把图片扔在纸夹里,又把纸夹扔在椅子上,那种感到恶心的动作逃不过维勒普娄小姐的眼光;他又拿起锤子,极其迅速地把门装上,接着,他走了,没有打招呼,也没有转过身去看两位女士。他离开工场,心中充满对他崇拜的偶像的憎恨,充满对自己的蔑视,因为他自己一直沉醉在疯狂的想象中。

第十九章

当两个年轻妇女面对面的时候,她们之间进行了一场相当奇怪的谈话。

侯爵夫人看见比埃·于格南走远了,说:"你刚才说的那句话,对这青年人可太冷酷了。"

绮绶说:"他没有听见,而且他也不会懂得这话的意思。"

绮绶感到她在对自己撒谎。她确实注意到木匠的愤怒,虽然上流社会的风俗可能使她有某些成见,但她是极其善良与正直的,她感到深深的后悔,感到焦虑。但是她很骄傲,不能承认这点。

约瑟芬说:"你爱怎么说就怎么说,这小伙子心上受了伤害,这很容易看出来。"

绮绶设法使自己原谅自己,说:"如果他认为我想侮辱他,他就错了。除了我祖父和弟弟,如果你看见我和任何一个男子在一起,我都会这样回答你。"

侯爵夫人说:"得啦,堂妹,你不会这样干的,那么做会使任何人都认为是一种挑战,除了对可怜的穷鬼木匠之外,因为你知道,对这样一个人,你没有什么可怕的,你刚才很大胆,很残酷,但那是廉价的举动。"

"说实在的,如果我错了,那也得怪你,约瑟芬,"维勒普娄小姐有点发脾气地说,"是由于你不得当地大叫一声,引起我这愚蠢的回答。"

"嘿！上帝,我干了什么使人那么反感的事了？事实上是,我很惊奇看见你和一个木工小伙子谈得那么起劲。处在我的地位,谁不惊奇呢？我不由自主地叫了一声,当我看见这小伙子脸一直红到耳根,我后悔不该那样突然地进来。但是我怎能预料到……"

绮绶很气恼,她想不起过去曾有过这种气恼的感情,打断约瑟芬的话说:"亲爱的,请允许我对你说,你的解释,你的想法,你的言辞越来越可笑了,这一切都很不入耳。请客客气气地说点别的事吧！如果我请祖父来判断这问题,他也许比我更清楚你心中在想什么,不过我不知道他愿不愿对我说。"

约瑟芬说:"你对我的教训很伤人,这是你第一次对我这样讲话,亲爱的绮绶。我显然说了些不合适的话,才那样严重地得罪你。这是我受教育不够的过错。可是你,堂妹,你那么聪明,你对我这样不宽厚,令我感到奇怪。如果我触犯了你,请你宽恕我。"

绮绶用力地抱吻约瑟芬,用一种压抑的声音说:"是我求你原谅我,无论怎么说,都是我错了。一个错引来另一个错；我刚才说了一句很不好的话,因此感到难受,所以我也使你难受了,我可以肯定地说,此刻我比你更难受。"

侯爵夫人吻着堂妹的手说:"别再提这件事了；绮绶,你的一句话永远可以使我忘掉一切。"

绮绶勉强笑了笑,她心头却很沉重。她想如果木匠听到了她自责不该说的那句残酷的话,她也许永远不能把这句话从他的记忆中抹掉；也许是不满意的骄傲,也许是对正义的热爱,她感到良心深处受到谴责;她不习惯于自己对自己过不去。

侯爵夫人设法给她解闷,说:"我把昨天画的画给你看看,好吗?你给我改正改正。"

绮绶回答说:"好。"当那幅画展现在她眼前时,她说:"在小教堂失去它那废墟和荒凉的特色以前,把它画下来,这是个好主意。说实话,一旦改变了这杂乱的情况,我会觉得遗憾,灰尘和陈旧给予它的暗淡色彩,我看惯了。我怀念透过旧墙的缝隙和没有玻璃的窗口,随风而来的凄凉哀诉,猫头鹰的叫声,小耗子们神秘的轻步声,就像小鬼在月下舞蹈。以后这个画室将对我非常方便,但是一切导致安适与有用的东西,经过工人们的手,会丧失它浪漫的诗意。"

绮绶仔细观看堂嫂的图画,认为相当美丽,改动了几处透视法的错误,劝她用水彩上色,帮她在讲台的梯口支起画架。她可能希望有时来到堂嫂身边时,有机会对比埃·于格南表示一下亲切的态度,使他忘记她在内心称为无礼的举动。肯定她渴望这样做,从这天起,她每看见他走过,总感到一点羞愧。在这种痛苦中,有一种过分的天真,一种宗教式的顾虑,连最严格的良心理论家①都挑不出问题来,但有些社交场上的妇女也许会加以讽刺,也许会产生反感。

不管怎样,她没找到她寻找的机会。比埃一望见她,就走出工场,或者站得远远的,专心致志地干活,简直不可能和他交换一个字,招呼一下,甚至互相看一眼都不行。绮绶理解比埃对她怀恨在心,在约瑟芬作画时,她不敢到楼梯口来。真是

---

① 讲授宗教道德的神学家,他们在致力于解决信徒们的良心问题。

怪事！在贵族老爷的孙女维勒普娄小姐和木工会友比埃之间有一种很微妙的秘密,这种秘密隐藏在心灵深处,而没形成一种思想,双方都知道对方也有这种情绪,虽然两个人都不肯了解这种令人痛苦的同情。

在侯爵夫人的头脑中,的确还有许多别的事,可敬的女读者,我不知道怎么办才能使你们有所预感。她在作画,可是总也画不完。绮绶专心阅读,分析写作对妇女和青年说来是相当严肃的作品,每天有一部分时间待在她的小书房里。在她和她堂嫂之间,门敞开着。但是门上的挂毯使工人们看不见她。她不再到楼梯口去了,只是当约瑟芬把自己的画给她看的时候她才看。可是,约瑟芬给她看的次数越来越少,最后终于不给她看了。绮绶感到奇怪,一天晚上,她对堂嫂说:"怎么着,堂嫂,你的绘画进行得怎么样了？想必是件杰作,因为你画这幅画已经有一个星期了。"

侯爵夫人连忙说:"难看极了,可怕,画糟了,乱涂一阵。你别跟我要这张画了,我真难为情；我要把它撕掉,重新开始。"

绮绶说:"我佩服你的勇气,但是如果这不是要求你做出太大的牺牲,我求你,别再画了。工人们的敲打声,他们扬起的灰尘使我很不舒服。我有在这儿工作的习惯,我想我不可能在别处工作。如果你继续让我开着门,我就得放弃工作。"

侯爵夫人怯生生地说:"那好,那我关起门来画,怎么样？"

绮绶沉默了一刻说:"我不知道怎么说明我要说的话,但是我觉得这对你是不相宜的；你觉得怎么样？"

"相宜！这个字眼出自你的口使我惊讶。"

"啊！我知道我对你说过,虽然和一个工人面对面待着,可还是只有自己一个人,这个想法是错误的,这句话是无礼的,你知道我正在责备自己。不,你在六个工人之间,不能算是你自己一个人。"

"中间？上帝保佑,我不至于到工场中间去。那绝不是作画的着眼点。"

"我知道讲台距离平地有六尺多高,你以为你是在另一个房间里,而不是在他们工作的房间里,但是……我也不知道……我请你自己想想,约瑟芬。你应当比我更知道什么是相宜的,什么是不相宜的。"

"你说怎么办我就怎么干。"侯爵夫人回答,噘起小嘴,倒不难看。

绮绶说:"这好像使你不高兴,可怜的孩子?"

"我承认,绘画给我解闷。有点很美的东西可以做做,我最后会成功的。"

"约瑟芬,我从来没见过你对图画那么热情。"

"你呢,我从来没见过你那么英国气派,绮绶。"

"那好,如果你这样坚持,就继续画吧。我还可以忍受把我的头都震裂了的锤子声,使我牙痛的倒霉的锯声以及把我所有的书和木器都毁坏了的可恶的尘土。"

"不,不,我不愿这样。可是我们被门分开或者被挂毯分开,你觉得有什么不同吗?"

"我吗？我不知道;我觉得,用挂毯,你没有独自一个人的样子,有门呢,那就不同了。"

"他们和讲台离得这样远,你以为这些人会注意我吗？再说明白点,你以为他们会把我当一个人物看待吗？"

绮绶笑着说,同时脸也红了:"约瑟芬,你是个伪善者。一个星期以前,当你看见比埃·于格南跟我谈话的时候,你为什么叫起来呢?"

"我也不知道,我,真的,我不知道为什么,绮绶,这是我做的一件蠢事。"

"也许我也做了一件蠢事,认为这种面对面没有关系;后来我想过这事。一个男人总是一个男人,不管怎么说。比如说,我不会在书房里单独跟易希道·勒乐布谈话。"

"因为他愚蠢、自满、没教养。"

"一个工匠,比如比埃·于格南,既不是没教养,也不自满,也不愚蠢,所以他比易希道先生更算得上是一个男人?"

"啊!那当然。"

"然而如果一个工场里有几个易希道聚集在那里,你不会去画画吧?"

"肯定不会!不过,如果我被迫跟他们中最完善的人在荒岛上生活,我会觉得自己很孤独……"

"你会给最丑的动物画像,也不会给他画像,我明白……但是,我看到的这个人物是谁呀?"

绮绶一边跟堂嫂谈话,一边打开画夹,她找到了在工场里画的那幅素描。她看了几眼,约瑟芬正在想别的事,没有想到去阻拦她。绮绶刚注意到有一张很漂亮的小面孔,优雅地安放在一个哥特式的木柱顶上。

约瑟芬轻轻叫了一声,扑向图画,想从她堂妹手里抢过来,她堂妹躲开,围着房间跑。这样持续了一会儿;约瑟芬很恼火,脸气得通红,把图画抢到了半张,另一半还留在绮绶手里,那正是有人物的半张。

绮绶笑着说:"半张也好,真的,这人像很讨人喜欢。你为什么这样发脾气呢?你瞧你满眼泪水,真孩子气。你是想把画撕掉吗?已经撕了。你不后悔吗?我来负责把它粘好;看不出来的。事实上,多可惜呀,他很俊秀。"

"绮绶,你干的事可不好。我不愿意你看见他。"

"现在你不是我的学生吗?你对我还有自尊心。从什么时候起学生向老师隐藏他们的功课呢?约瑟芬,你告诉我,这个人物是谁?"

"你看得很清楚,这是一个幻想的面孔,一个中世纪的小侍从。"

"算了吧,你把时代搞错了。如果小教堂还存在,这小侍从应当有很合适的位置;但是现在教堂已成废墟,小侍从已经背时了。这可怜的年轻人还穿戴得那么整齐,三百年来穿着同样的服装,这不太可能。"

"你瞧,你在讽刺我,我正想避免这点。"

"如果你生气,我再也不敢对你说什么了……不过……"

"那好,既然你越说越有劲,随便你说吧。"

"约瑟芬,这小侍从太像科林思人了。"

"科林思人穿着开缝的紧身上衣,戴着小侍从的直筒帽子?你疯了!"

"紧身上衣是一般上衣的近亲,至于这顶直筒帽,跟科林思人那顶帽子是堂姐妹,一点不难看,他戴着很合适。他那长长的头发和剪的式样跟这头发绝对一样;他那可爱的面孔跟这小侍从的一样。对,这是科林思人的祖先,别再说了。"

侯爵夫人哭着说:"绮绶,我没有想到你这么可恶。"

约瑟芬说这话的声调和眼泪,使绮绶惊讶得震动了一下。

图画从她手中掉下来,她还以为在做梦,她努力安慰堂嫂,却不明白如何冒犯了她;因为她除了开个很天真的玩笑,并没有别的意思,而在她们两人之间,开玩笑并不是新鲜事。她不敢多想这些泪水使她预感到的发现,排除了她认为对堂嫂是荒谬的、带侮辱性的想法。堂嫂看到绮绶的天真,擦干眼泪,她们的争吵结束了,就像每一场争吵一样,以互相抚爱和大笑而结束。

好,您可以猜出来,明察的女读者,可怜的约瑟芬读了许多小说(这对您应当是一个有益的警告),感到一种不可抗拒的需要,就是在她的生活里,安排一部小说,而她自己便是小说里的女主人公。男主角已经找到了。他就在那里,年轻、漂亮,好像半神半人,聪明、纯洁,甚于一个在任何最合常规的小说里有立足之权的人物。只是,他是木匠行会会友,这是违反既定习惯的,这点我承认。但是,在他头上,除了有漂亮的秀发,还戴着一顶艺术家的桂冠。这像奇迹似的开放的天才之花,每天晚上在客厅里都要被老伯爵夸耀,他发现了这个人物觉得很好玩,也是小小的虚荣,这种引人注目的地位使木匠在厦垛中成了很时髦的人物。如果在今天,这将是一个陈旧不堪的角色,人们曾经见过那么多的神童,以致厌倦了;而且人们终于承认平民阶层是才智和灵感的伟大发源地。可是在我讲的复辟王朝那些日子里,看到这点却是件新鲜事,不加否认也是大胆的事,给天才创造发展的条件则是贵族的慷慨。你们还记得,在那时,在风俗和见解方面,距离一八四〇年已经那么遥远,"正派的人"不愿意平民读书识字,理由是不言而喻的。维勒普娄老伯爵在他那些末流小贵族邻居的眼里,是一个狂热的自由主义者,而在当地有教养的青年人眼中,这种自由主义却具有一种独特性和出众的欣赏力。很简单,富有传奇色彩的约瑟芬多少也醉心于这种时髦的浪潮,而不理解其深远的意义。她把她的男英雄人物看成是未来的吉奥多①或者本维努多②;更有甚者,他既不叫"玫瑰",也不叫"郁金香",既不叫"享乐",也不叫"爱情火炬",这些外号中最起码的一个也会使人听起来不舒服,也会使他"失去诗意",正如人们现在所说的。但是他有一个雅号,使人听着舒服,人们也乐于这样叫他,他叫科林思人。

为什么科林思人令人注意,而比埃·于格南反不令人注意呢?在客厅里,于格南并不比科林思人风头小,就是说,在晚上的谈话中,每次提到科林思人,并且夸奖他时,总让比埃分享一半。伯爵欣赏他健美的外表,不凡的神气,天生值得注意的高贵举止,正直的语言,聪明,有见识,尤其是他对年轻雕刻家的热情而富有诗意的友谊。但这是因为雕刻家生就圣火一般的感情,在他的朋友木工身上得到反映。当人们谈到这些事情时,侯爵夫人的额头开朗起来,她在和叔公玩纸牌时常出错牌,绣花时把丝线球滚落到地上;接着,她向堂妹怯生生地偷看一眼。她觉得早晚可以抓住堂妹和比埃·于格南之间相似的故事,她头脑中的这个幻想给予她勇气。可是安详的绮绶跟她谈到比埃时,那么平静,那么坦率,在这方面使人不能有一点幻想。

但是如果说约瑟芬理解人们可以注意比埃,那么她更喜欢年轻的阿莫里。跟后者更容易亲近,因为大家有点把他看

---

① 吉奥多(1267—1337),意大利画家,雕刻家和建筑家。
② 本维努多(1500—1571),意大利雕刻家。

作一个孩子。人们管他叫小雕刻家;彼此谈论替他设想的未来,每天人们都去看他干活;伯爵对他用你我称呼①,管他叫他的孩子,他把那些来拜访他的人带到工场,抱抱他的头,把他介绍给他们。人们注意到他的额头宽而高。当地一位医生,是拉瓦代②和加勒的弟子,想给他的脑袋摹制一个石膏像。总之,他比比埃更出风头,人们和比埃不能那样嬉笑。说起来令人可悲,社交上大多数妇女,为了爱一个男子,先要等待着沙龙对他的议论;按照她们的意见,最受赏识的,是最完美的人。约瑟芬对虚荣的诱惑过于敏感,以致不能不忍受这种怪癖。她一心迷恋这个漂亮的孩子,再也不能隐瞒下去。事情竟发展到这步田地:在家里,人们公开拿这事开玩笑,她也很随和地接受人们开的这种玩笑。甚至必要的时候,她还故意挑起这种取笑,这样做倒也巧妙,使人不至于把这件事看得太认真。因此她堂妹有时跟她一起以此开玩笑,一点想不到这会使她伤心,因为绮绶认为这是闹着玩;所以她看到堂嫂为此哭泣时,感到非常惊奇。但是这些眼泪不说明任何问题,因为约瑟芬用艺术家的自尊心,或借口偏头痛,或随便找个别的借口就可以解释为什么流泪。

厦垛中这些恭维直到这时也没有冲昏科林思人的头脑。老伯爵过分的喜爱,肯定出自内心的善意和慷慨,不过他很不谨慎,很可能使一个青年的判断力迷失方向,从宁静的默默无闻中一下子投入到飞黄腾达和野心勃勃的道路上。幸而有比埃·于格南,好像老天一样照看着他,用明智的批评使他神志

---

① 用第二人称单数相称,表示亲热,不客气。
② 拉瓦代(1741—1801),诗人,神学家,相面学的首创者。

不至于失常。于格南老爹呢,虽然真诚地佩服年轻雕刻家的技巧和鉴赏力,也像父亲般地劝导他,叫他不要过于相信别人的夸奖。对于这位会友将来新的工作的方向,目前他还没有什么可抱怨的;因为这青年忠于他的诺言,只在星期日或平时晚上熬夜一两个小时,试着搞雕刻,至于平时他则整天用来搞护墙板,他是为这个工作来的。只有在完全满足了老板之后才搞雕刻。不过,老木工虽说并不责备这种大胆的尝试(他看到儿子与之合作,甚至感到高兴;因为在这方面,不存在同行的嫉妒和才能的竞争),可也不完全赞成沙龙和工场之间往来密切,关系友好。

他说:"肯定说,我对老伯爵没什么可抱怨的;这是个正直的人,当他看到有价值的人,他平时的节省可以变成慷慨大方。他态度诚实。他的孙女表面上安详、冷淡,可也是和气善良的。那青年(他说的是绮绶的弟弟拉乌尔)有点见识短、懒惰,正如我们的贝里人所说,他'没啥用',不过,这不是个坏孩子。他的狗吃我们的鸡时,他就打他的狗,毫不留情。我们看看管家对我们的样子,就知道他主人嘱咐过他对穷人'要有礼貌,要人道'。可是,尽管这样,我可不能像爱我们这类人一样去爱那些人。我看拉克莱特老爹并不满意,因为他那种有点不检点的样子,他那种多赚点钱的很自然的欲望,厦垛中人们对他没有好感。伯爵先生是在白费气力,他不能使我相信他爱平民,虽然人们把他看作是有名的自由主义者,有些傻家伙还把他说成是雅各宾。对我们之中最有才智的人,他会脱帽致意,但是只要我们在他面前有一点忘乎所以,就会看到他如何骑上'高头大马',把平民踩在脚下。为了使一个穷鬼为他的健康干杯,他很愿从口袋里掏出一块金币,可是如果我们试为共和国干杯,那就会看到他如何训斥我们。我确实看见,厦垛中那位小姐乐善好施,好像一位行善的修女,来往于病人家中,对一个穷人讲话就像对富人讲话一样,穿的衣服还不及她的侍女穿得漂亮;我们不能说她想压倒村里的人,她也从不拒绝帮人的忙;不过你去向她建议嫁给一个粗俗的佃农的儿子,即使他受过和她一样的教育,和她一样富有,她会告诉你不能降低身份。我并不责备她:资产者并不比贵族强。可是,孩子们,你们要记住贵族总是贵族,贱民总是贱民。有人好像在设法让你们把这事忘掉,可是如果你们真相信了,你们就会看到他们将怎样提醒你们!啊!啊!我用不着活到这么老,才知道一个农民在他那贵族老爷手中的分量。"

有一件事,特别使于格南老爹不高兴:那就是侯爵夫人,当工人们在她前面干活的时候,她总是不辞辛苦地坐在讲台上作画。他似乎怕他儿子太注意此事;"这位漂亮的夫人到这儿来干什么呢?"当她走了以后,他低声自问,"难道一位侯爵夫人的位子就是这样高高坐在上面,好像一只母鸡蹲在一根棍子上,让你们这些小伙子看她的脚尖吗?我承认她的脚很小,胖玛尔东若是不穿木鞋,整年把脚夹在小尖皮鞋里,她的脚也会小的。我可看不出小脚有什么特别美,难道会走得更好,跳得更高吗?再说,她要讨谁喜欢呢?她要嫁给谁呢?难道她不是结了婚的吗?就算她没有结婚,难道她会要一个工匠吗?总之,高高地坐在鸡笼架上,她干什么呢?是为监视我们吗?是给我们画像吗?不是有的是打扮好的先生们,穿着工作服,或者穿着衬衣,可以给她做模特儿吗?听说在巴黎,有些人要付给他们钱,因为有大胡子,可以画像。不过这是懒人的职业,不是我们的职业。"

贝里人说:"我的天,干这种职业,我可赚不了多少钱,因为我不漂亮,我不会有多少活可干,除非要在画里画个猴子。您知道吗,师傅,那位小男爵夫人,或是小伯爵夫人,人们这样称呼她,她在我们这群规矩的小伙子中间真是运气,我们从来不说野话,只唱些正派的歌曲;因为,有些工人自己这样被人打量,实在受不了,会故意在她面前说些粗话,把她打发走。"

阿莫里说:"我希望我们永远不做这种事,我们应当尊重妇女,不管她是乞丐还是侯爵夫人,而且,我们很自重,不能说这些粗话。我们在那儿是为干活。我们在干活;这位夫人也在干活,我可不知道她干的是漂亮活还是有用的活儿;应当相信这点,不然,她离开自己的朋友跑到我们这儿来有什么乐趣呢?"

阿莫里对侯爵夫人并没什么别的印象;他也曾注意到她很漂亮,因为老听人这么说,可是他不愿相信她是为他才来的,而贝里人和其他徒工却这么想。再说,他那时脑子里只有雕刻,心里只有萨维尼安娜。

第二十章

老伯爵在维勒普娄村庄并不很有名。只是在大革命以后他才拥有这块土地，每隔一段很长的时间才来一趟，每次至多停留三个月。这是他宅第中最小的一所，在他的地产之中，这是位于法国平静的内地最偏僻的一所。在那时期，索洛涅并不像现在这样种植着新长起来的大森林，也没有四通八达的大路可供交通。在这块很多事有待经营的地方，那时是一片沙漠，穷苦的乡间居民勉强能维持生活，可是资本家们却可以大显身手。老伯爵借口务农，两年以来，在这里停留了很长一段时间，这次，他安顿下来，做了长期逗留的必要准备工作。他叫人进行的修缮工作，每天持续到来的箱子、书和仆人的数目，预示着伯爵要正式在这儿住下了；可想而知，这就使人产生很多议论，因为在外省什么事都不能自然而然地发生，对一切都要给予一个神秘的解释。

有人说老贵族到这里来写回忆录，原因似乎在他让孙女记录他的长篇口授，以及两人常待在书室中。另有一些人则倾向于认为他十分宠爱的这位姑娘在巴黎可能有过一段情场失意的伤心史，所以到孤独和安静的环境中来休养和治疗。这位年轻姑娘经常苍白的面色，庄严的神气，隐居的习惯，以及常常熬夜，在当地居民的眼中，都是够奇怪的，因此必须写一部小说来解释。

后一种说法有时传到比埃·于格南耳中,他觉得并非完全缺乏根据。确实,维勒普娄小姐和她年龄相同的年轻女子们是那样地不同,她堂嫂的容光焕发与活泼同她成为对比,而且人们如此夸张她习惯的乖张,以致比埃不知道应当如何设想了。但是这和他有什么关系呢?他常常自己提出这个问题,可是每次他听到人们讲这段假设的爱情时,他总感到自己的心异样地紧缩,他设法摆脱这种关切,他认为这种关切是病态的,有害的,但是摆脱不掉。

不久以后,维勒普娄伯爵在村子里奇迹般地大得人心;他找很多人干活,付钱之大方是过去从未有过的。由于他总给神甫的酒窖和教堂送厚礼,他支配了神甫,迫使他变得宽容,听任大家星期日去跳舞;在服兵役方面,他顶住了省长,影响了负责审查因病暂缓入伍者的医生们;星期日,他把自己花园的大门向村里所有居民开放,甚至出钱请来村里的提琴师,让大家在私人猎场的圆形空地上一棵名叫罗斯尼①的老橡树树荫下跳舞,这棵树就像所有以这个有名出处作为光荣称号的百年老树一样。

这天,于格南老爹的工人们精心地梳洗打扮,比起农村姑娘来,他们更愿跟厦朵中娇艳的女仆们跳舞。贝里人使出全身招数,他的双脚跳跃互敲颇受欢迎。科林思人也参加了这种娱乐,不过他不在乎谁做舞伴,而只是为了满足一点孩子气的卖俏心理,他穿着绣有绿花的灰布工作衣,是那么漂亮,过

---

① 在法国国王亨利四世(1553—1610)的大臣苏里,即罗斯尼侯爵(1559—1641)的命令下,法国全国村镇普遍植树造林。后来这批树木成长了,人们就叫它们"罗斯尼"。

去在旅行中买的白亚恩式小帽是那么合适,所有的眼光都投向他,年轻姑娘们都想望着跟他跳舞的光荣。

老伯爵和他一家人在太阳落山,空气凉爽的时候,来看村里人跳舞,并且以他这位贵族老爷的亲临,使那些老实人对他更加亲近。他爱看舞会,并且会和每个人都说一句使人舒服的话,大家都为此感到骄傲。在橡树下,草坪上有一条长凳,谁也不去坐在他或是他孙女的旁边,不过他常把本地的老人拉到身边,跟他们谈话;甚至于格南老爹,他徒然装出共和党人大模大样的神气,虽然他从不承认,但也跟别人一样听从摆布。

起初,年轻的拉乌尔·维勒普娄跟最美丽的姑娘们跳舞,有时还抱吻她们,这使她们的未婚夫气得瞪眼,但也不过如此而已。有一天,拉克莱特老爹在离草坪长椅不远的地方,握紧拳头,用带点儿嘲笑的恶狠狠的口吻在他能叫出名字的所有神明之前发誓,在他年轻的时候,他可不让人抱吻他的情人,哪怕是法国的太子也不行。拉克莱特曾经有一份由厦垛的建筑师校正过的备忘录,他公开反对这家贵族。

伯爵不愿损害自己在民间的声誉,不反驳老锁匠的话,但也不是置之不理,贵族少爷从此不再出现在橡树下的舞会上了。

易希道用多么滑稽的自命不凡的态度,多么无礼的扬扬得意的神气跳舞,真是天晓得!村子里的姑娘们被他迷住了,可是女仆们,她们见过场面,还有市长助理的女儿是个"公主",都觉得他太放肆。弗莱耐夫人最初曾跟她堂弟拉乌尔跳过舞,她并不是不肯把她的小手放在和她对面绕圈的农民手里。但是这只手戴着手套,这就使大多数舞伴感到受了侮辱,不肯请她跳舞,虽然她渴望被人请,因为她跳舞跳得好极了;她那小巧的双脚还只刚刚擦着草地,对于知道大家都在赞美自己美丽的少妇,村里竟没有一个男子跟她跳舞。

当拉乌尔接到上面命令①,从田园舞会上消失以后,侯爵夫人忍耐不住,接受了易希道的邀请。但在易希道以后,没有别人再请她跳,当她叔公问她为什么不跳舞的时候,她很天真地对他诉苦。

伯爵说:"原来做一位漂亮的夫人是这么回事。我们瞧瞧,我能不能给你找到一个舞伴。"他对距离他两步远的科林思人说:"你到这儿来,我的孩子。我看得很清楚,你很想请我侄孙媳跳舞,但是你又不敢;我,我对你宣告,她将很高兴跳舞。好,把你的手给她,准备好跳四组舞,由我来喊动作。"

科林思人在厦垛中一直很受宠爱,对这个荣誉不至于感到惊讶或不安,他想:"这是我第一次请一位侯爵夫人跳舞。这没什么,我请她跳舞就跟另外一个人请她一样,我看不出为什么我就那么受宠若惊。"

这是他对贝里人睁大眼睛的内心回答,后者站在他对面,被这场奇遇惊呆了。

科林思人虽然内心很勇敢,可还没有正面注视过这位舞伴,现在一边轻盈地跟她在草地上跳舞,发现这位舞场的王后是那么慌乱,以致把动作都搞糊涂了。起初,他莫名其妙,只想帮助她走回原处,不致被贝里人激烈的旋转碰着,他大胆把自己的手放在侯爵夫人肘下免得她摔倒,他这样做,除了自然的尊敬之外,没有别的情感。这条赤裸裸的胳膊肘露在一只

---

① 指他祖父的命令。

短袖和一只黑丝手套中间,它是那么圆润,那么可爱,那么柔软,科林思人起初并没有感觉出来,当他看见贝里人投入到抑制不住的旋转中,而侯爵夫人摇晃要倒,他抓紧她的手肘,使她恢复平衡。但是这一接触是带电的,约瑟芬脸红得像一颗草莓,科林思人突然感到羞怯和难以忍受的不自在。跳舞一结束,他赶快把她送回原处,带着恐惧的心情远远离开她。可是提琴刚开始奏下一个四组曲,他好像中了魔法一样,来到弗莱耐夫人身边,而她的手也立刻放在他的手中了。他用什么方式又邀请了她,他怎么敢这么做呢?他一直也不知道。一簇云彩在他周围飘动,他好像在梦中行动。

自从这天起,每个星期日科林思人都请侯爵夫人跳舞,不止一次,而是三次。他的榜样鼓舞了别人,约瑟芬每场四组曲必定参加。当科林思人不请她跳时,他也总站在她的对面,两人的手在接触,气息交混在一起,两人的目光互相寻找,接着就避开,又寻找。当人们喜欢跳舞时,这些奇妙的小事进行得那么自然,以致自己没有时间想到检点一些,旁观者也没有时间去发觉。

绮绶从来不跳舞,虽然她祖父常常劝她跳,侯爵夫人对自己在跳舞中取得的乐趣感到有点儿难为情,很想把绮绶也拖进田园舞的旋涡中。这位年轻的女贵族态度是不是不屑理睬众人呢?还是没精打采呢?比埃·于格南总是离她很远,躲在人群后面,或者躲在小树丛后面,慢慢地徘徊,眼睛常常盯着她,他想这个难以捉摸的额头中都装满了什么思想,那么多的萎靡情绪中会蕴藏着那么多的毅力。维勒普娄小姐神气总是那样疲倦无力,乐于不使用自己的官能,等待着重新进行有力的活动。比埃·于格南在研究她,就像研究用不懂的语言写的一本书,希望在里面找到一个字,使你能猜到意思。但这本书是密封的,没有一个音节透露出其中的秘密。

可是她并没有烦闷的神气。有时,她和村里的女人们谈话,和蔼可亲,彬彬有礼,使人难以捕住其中的奥妙。她好像在逃避她祖父每个动作都透露出来的那种做作的仁慈,同时她确是很认真,很从容地善意待人。她从不使跟她谈话的人感到胆怯,不管当她对祖父或堂嫂说话,还是对于格南老爹或村里的孩子们说话,在她的态度和神色中,看不到一点不同。虽然可怜的比埃心里总忘不了那次受到的屈辱,他有时心里想:她实在对平等有最明确最完全的感情或本能。但是对村里人来说,这看法过于高超了。他们并不憎恨"小姐",他们都这样称呼她;但是对她却没有对老伯爵能引起的那种欢快。他们说:"她没有显露出来,但是好像她在内心是骄傲的。"

一天,阿莫里发现一本书,那是侯爵夫人遗忘在花园里的,她现在不再到工场画画。阿莫里把书带给他的朋友比埃,他知道比埃是多么喜爱书籍。

的确,看到一本书,总使比埃充满愿望和快乐地战栗起来。很多日子以来,他没有看书,他认为这种他所喜好的消遣可以驱散那绵绵不断的愁思。

这是瓦特·司各特[①]的一本小说,我不知道是哪一本;但一定是这么一本书:主人公是一个纯朴的山里人,或是一个可怜的冒险家,爱上了一位夫人、王后或是公主,她也偷偷地爱

[①] 英国小说家司各特的作品,陆续发表时即陆续被译成法语在法国风靡一时,对法国小说家影响极大,尤其在1820至1830年间。

上他,经过一连串可爱又可怕的奇遇之后,他终于成为她的情夫或者是丈夫。这种既简单又刺激的情节,众所周知,是小说家之王①喜爱的题材。如果说他是贵族和帝王的诗人,他也是农民、兵士、被流放者和工匠的诗人。说真的,他始终偏爱贵族,太英国气味了,不能给他的小说以过于大胆的结局。他总是替他那些高贵的流浪者发现一个名门大族的家世,富有的遗产,或者使他们一步步登上功名利禄的阶梯,使他们拿着这些条件拜倒在美人的脚下,不致使后者由于纯粹的爱情而结婚时冒降低自己身份之险。肯定也应当感谢他为我们用各种诗意的彩色描写了平民,从中塑造了伟大严厉的面孔,他们的忠诚、勇敢、智慧和俊美可与主要人物的光辉比美,常常超过主要人物,使之逊色。无疑,他理解平民,热爱平民,不是出于原则,而是出于本能,艺术家没有被贵族的偏见蒙蔽了眼睛。

这些小说,虽然令人佩服地纯洁,但对于年轻人的头脑,也是危险的;和那些要使社会各阶层的人都贪婪地爱读,要富于传奇性的小说一样,对于旧的社会秩序有破坏性。在约瑟芬头脑中组织成的(如果可以这样说)混乱,应当归咎于瓦特·司各特先生。她梦想自己是十五或十六世纪的贵妇人,一个年轻的工匠将要追求她,这工匠是被某大家族抛弃的孩子,不久即将进入有才能和荣誉的职业道路,期待着最后恢复他出身的头衔,或由他自己的价值和名声所得的头衔。大多数伟大的艺术大师不都是出身平民吗?哪个有家世的侯爵夫人,不以做这些著名无产者崇拜的偶像和理想人物而自豪呢?

---

① 指司各特。

让·古戎①、布瑞②、加诺瓦③以及在各种艺术领域中,历史上成百个这样的名人,都是例子。

这两位朋友一夜的工夫便把这本书吞了下去,他们那么想读这部小说的其余部分,又不敢向厦垛里的人去借,便到邻近城市的书店里去租来看。这本书给予他们两人同样深刻的印象,虽然性质不同。比埃从中看到幻想的妇女理想化,而科林思人却从中看到自己命运可能的成就,他不是作为某一大笔遗产未被承认的继承人,而是作为天生对艺术荣誉的征服者。他天真地向比埃实说了他的野心和希望。

他的朋友回答说:"你在精神上有这些甜蜜的幻想是很幸福的。说到最后,这些幻想为什么不能实现呢?今天,艺术是唯一的职业,其中身份和特权并不是绝对必需的。兄弟,好好干吧!不要气馁。上帝给了你很多:天才和爱情。好像上帝在你的额头上标志着光辉的前程。我们在你的年龄时,大多数人在粗鲁的无知中苟且偷生,在麻木的忧愁中询问自己会有怎样的前途,而你却已经对自己的志愿很有把握;你现在已经被人赏识了,被能帮助你的人所注意了。不过这还不算什么,你也许是被这世界上最美、最高贵的妇人热爱着。"

当比埃谈到萨维尼安娜时,科林思人陷入一种悲愁之中,他的朋友竭力宽慰他,但是无效。比埃对他说:"你知道你们的分别是有期限的,为什么还这样极度地难过呢?而且在不见面的时候,你确知你是被她忠诚地、勇敢地热爱着,因此你

---

① 让·古戎(1510—约1566),法国雕刻家,建筑师。
② 布瑞(1620—1694),法国雕刻家,画家,建筑师,泥瓦匠师傅之子。
③ 加诺瓦(1757—1822),意大利雕刻家,石匠之子。

受到支持。我呀,我奇怪自己竟羡慕你的不幸。"

阿莫里习惯于如此回答这些责备之词:未来蒙着不可猜测的面纱,他所怀着的希望也许太美了,无法实现。他说:"你相信罗曼内会很轻易放弃我和他争夺的财宝吗?他要在母亲身边度过一年,在这期间,每天和她见面,每天向她做出忠诚和热情的表示,你以为她不会产生比她对你说知心话时所讲的,那种她在一时慌乱和热情中的想法更明智的想法吗?当她对你讲这些话的时候,我们大家都处在狂热之中。这都是猛烈的激情的后果,是在为了替她报仇,我杀死了人那一幕以后的事。杀人这不可挽回的记忆不停地折磨着我,在我的情思上投下阴暗的反光。今天,她也许已经后悔她对你说那些话,不用等到她居丧期满,她也许将后悔在和你谈的知心话里,间接对我所作的诺言,正如她过去后悔她丈夫使她和好支柱所作的诺言一样。"这种疑虑和科林思人的勇敢与信神的性格不相符合,使比埃感到奇怪,尤其这种情绪似乎每天都在增加,以致他把他朋友情绪低落看作是与他无意地杀了一个人有关。他试图从辛酸的记忆中,驱除这种忧愁,使科林思人自己认为没有过错。

年轻人回答他说:"不,我不后悔。每天早晨和晚上,我的灵魂仰望上帝,我知道它是和上帝在一起,因为我讨厌暴力,我不怀恨,不发怒,也不记仇,在现在这时期,会友们的争吵使我既厌恶又怜悯。过去我看见我爱的那个人倒在地上,我认为她受了致命重伤。在自卫的动作中,我打死了杀害她的人,这比兵士在战争中所做的更合法。但是在萨维尼安娜和我之间流的血留下了痛苦的痕迹,这是一种可怕的预兆,我不能想到它而不发抖。"

"分离使你觉得这个念头更加可怕。如果萨维尼安娜在此,你就会在看着她和听她讲话的幸福里,忘记那些萦回在你记忆里的可怕的形象。"

"这倒是真的;但那样我就更显得有罪了。比埃,不久以前,你曾跟我说你厌恶行会。你感到有必要同一切和这些无理性的人的罪恶争斗有关的事决裂。今天,我比你更有理由感到同样的厌恶。我不能忍受再陷入到这里面去的念头,尤其不能忍受让我爱的女人生活在其间。萨维尼安娜应当立刻辞去这个悲惨的职业。我想把她从这危险场所抢救出来,我以后不能再经过那里而不出一身冷汗,不浑身发抖。"

比埃回答说:"我希望时间将缓和这种印象,我非常理解其中的辛酸,但是你也许陷入太深了些。你想想你在这家里过的幸福日子,这个家是如此虔诚地好客,萨维尼安娜在场使这种好客的情况更神圣化。她比你更坚定、顽强,在暴风雨中,她仍保持着信心和仁厚的性格,总是为受难者服务,因为新的狂暴可能还会到她家中来,在石头上砸碎这些受难者。我敢说,她的角色是伟大的;我愈看见她置身于危险中,我愈觉得她值得尊敬和热爱。这个妇女在狂欢痛饮的场面上,保持纯洁;当狂怒的暴行在她身边轰鸣时,她保持平静。她好像在那里尽一种责任,比一位王后在宫廷中的责任更有尊严。在寻找一种更平静、更优美的生活时,她会放弃上天交给她的任务。"

激动的科林思人说:"啊,比埃,你的思想使最卑下的事物变得高贵,使最高尚的事物更加神圣。对,萨维尼安娜是一位圣者,但是我不能爱她而不想把她从地狱中挽救出来。"

比埃回答说:"有一天你会这样做的。当你用汗流满面的劳动换来更舒适的生活时,你可以请你的女伴加入这个生活。她为周游法国行会的孩子们工作得够多了,受的苦也够多了,那时地位的改变对她是一种报偿,而不是对责任的放弃。"

科林思人叫道:"得多少年才能实现这些呢?"他那令人心碎的表情,使比埃深深受到震动。

"啊!亲爱的孩子,我从来没见过你那么迫切地要生活。你正当年富力强的时期,怎么会缺少勇气呢?"

科林思人把面孔掩藏在双手中。两个朋友坐在厦垛的花园里一棵倒卧的树干上,就这样谈了一个钟头。那是一个星期日,到圆形广场参加田园舞会的乡村乐师们沿着外墙走过,在簇拥着他们的村里年轻人的笑声和歌声中演奏着歌曲。

科林思人忽然站起身来,说:"比埃,今天够忧愁了,我们到罗斯尼去跳舞,好吗?"

比埃回答说:"我从来不跳舞,并且以此庆幸,因为我觉得这是为驱散伤感的可怜办法。"

"你怎么有这个看法?"

"只要看看你邀请我去的神气。"

科林思人又坐下说:"确实,这是一种奇特的乐趣。就像喝酒,喝醉了你忘却了痛苦,可是第二天你会觉得更痛苦。"

比埃也站了起来,说:"算了吧!只要能生活,什么办法都行;忘记是好事,以后回忆也是好事。前者令人感到温和,后者对人有益。来吧,我领你去跳舞。"

科林思人没有站起来,说:"比埃,你更应当阻止我去跳舞。你不知道你在劝我做什么,你不知道你把我领到哪里去。"

比埃又挨着朋友坐下,说:"你有什么事瞒着我?"

阿莫里回答说:"你呢?那么你一点没有猜出来吗?难道你没有看见,在那边橡树下面,有一个女子,我肯定不爱她,因为我不了解她,可是我的眼睛老盯着她,因为她很美,美不是有一种不可抗拒的力量吗?难道艺术不是对于美的崇拜吗?我怎么能遇到两只美丽的眼睛的视线而避开我的眼睛呢?比埃,这不可能,可是,我并不爱她,我不能爱她,对不对?这一切实在滑稽可笑。"

"你要说什么呀?我不理解你,这位女人是谁呀?除了萨维尼安娜以外,你怎么会觉得另一个女子美丽?如果我爱一个人而且被她所爱,那么我会觉得在地球上只有一个女子,我简直不知道是否还存在别的女子。"

"比埃,对此你一点也不懂。你从来没有爱过人。你也许相信超人的强大力量,其实这种力量在爱情中并不存在。你听着,我把心里话告诉你;我要把在我身上发生的事告诉你,如果你看得比我自己清楚,我就听你的劝告。我对你说过,在那边有一个女子,我一看见她,心里就慌乱,看不见她的时候,我想她,心里更慌乱。你记得吗?在五六天以前,你在工场里对我说的话,关于我在一个圆框里雕出来的小小的人像。"

"那个雕像的头部、发型,以至容貌,都和一位夫人……"

"用不着说出她的名字。反正只有两位夫人:一个是漠不关心的形象,另一个是生命的形象。你曾经认为我要给后者雕像,我不肯承认。确实我不愿这样做,可是,不由自主地,她那优美形象的某些东西出现在我的雕刻刀下。你坚持这样说,并叫纪约姆做证。我们谈话也许声音高了些,我不知道从小塔的书房里能否听见在工场里说的话。我们走出工场,后来,在夜里,我回去拿我们忘在那儿的书。你在家里等我,想把书看完。你等了我很长的时间。我曾对你说,我由于头痛在花园里走了一会儿。我并没对你撒谎,我的脑袋发烧,从工场出来我走了很久。"

"发生了什么事?我简直没法想象。一位夫人?一位侯爵夫人?……你,一个工人!一个行会会友!……科林思人,孩子,你没做梦吗?"

"我没做梦,一点传奇性的事也没有发生。不过,你听我说。我走进没有灯光的工场;我找书用不着灯光,书放在什么地方,我知道得很清楚。我看工场最靠里的一头有灯光,一位夫人正在仔细端详我那雕像,正是那个和她相像的小小人头。看见我的时候,她叫了一声,蜡烛盘掉在了地上。于是我们两个人都在黑暗里了,我没有把她完全认出来,我一边问谁在那里,一边摸索着走近她,我不知道这是为什么。我伸过手去,忽然,我离她比我想的更近;虽然我把她抱在怀里,可她没回答。我的头昏晕了,黑暗使我胆子大起来,我假装搞错了,我一边叫朱丽小姐,一边把发抖的嘴唇凑上去;我轻轻地碰着她的头发,那香味令我陶醉……她推开我,可是轻轻地推,一边说:'不是朱丽,是我,阿莫里先生,你别搞错了。'她并不认真想摆脱,我也就不让她逃走。

"我说:'谁呀,是你?我没听出你的嗓音。'于是,她逃走了,因为我没敢再拉住她。她在黑暗中跑。我没有追她;她碰上一张木工桌,叫了一声,跌倒在地。我跳过去,把她扶起来,我还以为她受伤了。

"她对我说:'没有,什么事也没有,可是你把我吓了一大

跳,我差点吓死了。'

"'你怎么能怕我呢,太太?'

"'可是,先生,你怎么没认出我来呢?'

"'如果侯爵夫人说出自己的名字,我就不敢走近了。'

"'你本来打算在这儿找朱丽吗?她是不是要到这里来?'

"'不是,夫人;不过我还以为你的女用人在跟我开玩笑……我怎么也想不到……'

"'我在找一本书,我以为它放在讲台上,后来我看见在你的雕刻旁边。'

"'这本书是侯爵夫人的吗?如果我早知道……'

"'啊!如果你想读,就拿去读吧,你做得很对。你愿意我把书再给你留下吗?'

"'是比埃要读。'

"'你呢?你不读吗?'

"'正相反,我读很多书。'

"于是,她问我读过什么书,她这么跟我谈话,就像我们一起跳四组舞一样。从开着的窗子射进一点光线,我看她在我身边好像一个白色的影子,风吹着她的头发,像是披散了似的。我又变得那么胆怯,简直回答不上来。当她躲着我的时候,我觉得很大胆,但当她向我提问题时,我感到很冲动,我对自己的无知感到脸红,我很怕说话俗气,我是那么懦弱,自己都觉得羞愧。我觉得她应当看不起我,可是她却不走,她的嗓音变了,向我提问题,就像对一个受保护的孩子提问题似的,她显得那么激动,以致为了改变话题,我对她说:'我肯定你摔倒的时候一定摔痛了。'我知道我应当说'侯爵夫人一定摔痛了',我没有这样说。不,我怎么也不愿意这样说。她回答说:'我并没有摔痛,不过我害怕极了,现在心还在怦怦跳。我还以为是一个工人在追我。'

"比埃,这句话使我惊讶。她想说什么呢?难道我,我不是个工人吗?难道她以为这样说是把我另当别论,是在恭维我?要不然,就是不知不觉露出一种轻视的念头?再说,既然她先叫出我的名字,就说明她把我认出来了。她先站起来了。她站起来要走,可是衣服钩在那里的一把锯上。我只好帮她把锯拿开,这件如此柔软的丝绸衣裙使我连手指尖都发抖了。我像一个孩子,拿着一只蝴蝶,又怕弄坏了翅膀。她设法走向上楼用的梯子,好回到讲台上去,我不敢跟她走,也不敢离远。当她登上头几档时,又轻轻叫了一声,我听见地板咯咯作响。我以为她又跌倒了,便三脚两步立刻来到她身边。她笑着,说扭了脚,又说她不敢再上楼梯了,怕滚下来。我建议去找个火来。

"她叫着说:'不,不,不能让别人知道我在这儿。'她又冒险往上爬。如果我不帮她的忙,我就太粗鲁了,是不是?她在黑暗中爬这个梯子,真是危险,对一个妇女,在大白天上这梯子都是不方便的。于是我跟她一起上,她靠在我身上。你瞧,在最后一档,她又要跌倒了,我不得不把她抱在怀里。危险过去了,她向我致谢,声调那么温和,嗓音那么讨人喜欢,以致我很受感动。当她随手关上小塔的门时,我好像疯了似的,把双臂紧紧扑在门上,像要把门砸开……但是我立刻逃跑了,穿过花园,我深信自从这天以来,我还没有恢复全部理性。不过,有些时候我又想这事可能不是这样。她一定很会卖弄风情,才把一个她不敢爱的男子弄得晕头转向。这可太卑怯了,如果那位侯爵夫人有这想法,这可不是一个自重的女人……你回答我呀,比埃,你对此怎么想?"

比埃听了这一篇叙述,感到很困惑,回答说:"这是一个很微妙的问题。一个有这样地位的女子,严肃地爱一个平民,难道她不是很伟大,很勇敢吗?难道她不会经常成为被迫害的对象?在这种温情中,难道她不需要采取主动吗?因为,哪个平民敢先主动爱她呢?谁不像你一样会觉得猜疑和不放心呢?所以,如果这个女子对你钟情,我不会责备她。但是不知道为什么,我不很信任这种爱情的真实性。这位侯爵夫人,是一个资产者的女儿,本来可以在她同阶层的人中间选择,却任人把她嫁给一个很坏的家伙,因为他有贵族称号。这门婚事使她堕落了,她还以为自己离她出身的平民越来越远了。"

阿莫里说:"难道不能这样回答这问题,就是那时她还是个孩子?她不知道她在做的事,是她的父母给她出的坏主意?现在,她做了严肃的思考,后悔过去的错误,从命运中接受残酷的教训,回到更高贵的感情,难道这不可能吗?"

比埃回答说:"对,当然可能,对一个不幸的妇女,要原谅她的一切,证明她无罪的话,我都喜欢听,并且竭力相信;但是,知道她是真诚的还是卖弄风骚,这对我们有什么关系呢?你能有一分钟不去想怎样回答对方先对你表示的好感吗?啊!朋友,如果一种不相称的,不能实现的爱情控制了你,你可以肯定,你的前程会受到连累,你的灵魂会受到损伤。你要当心这些危险的梦想,想象能把人引入歧途。你不知道人会如何痛苦,仅仅是一次,在理智的镜子里闪过一些迷惑人的幽灵,它们是不能定居在我们贫困和艰苦的生活中的。"

他朋友言语中含着的辛酸调子使阿莫里感到震惊,他回答说:"你谈到这些幻想,好像你那坚定明智的精神能认识似的。你已经见到过你谴责的那种不相称的爱情的例子吗?"

比埃激动地回答:"对,我看见过一个,也许有一天我会讲给你听,但是此刻讲会使我过分难过。这完全是新的创伤,发生在一个诚实人的心里,这个人肯定不应当得到这样的待遇。但这对他是有益的,他感谢上帝。"

阿莫里猜到一半,知道比埃在说他自己,没敢多问。但是,寂静了片刻后,他不禁问比埃在他举的例子中,侯爵夫人有没有牵连。

比埃回答说:"没有,我的朋友,我相信侯爵夫人比你使我想起的那个人要好些。但是不管她是怎样的人,阿莫里,这位侯爵夫人,没有丈夫,没有夫妻关系,不谨慎,对自己没有约束力,在上帝面前,不要认为她会和高尚的萨维尼安娜一样美,一样纯洁,一样珍贵,萨维尼安娜忍耐、坚定、勇敢,有无瑕的名声和母爱。一身锦缎的衣服,小巧的脚,柔软的手,头发梳得好像希腊雕像的发型,我承认这对我们这些人有巨大的诱惑力,尤其我们是在仰望这种地位高一等的装饰华丽的美,就像看教堂里装潢华丽的圣母一样。美丽的言辞,至高的仁慈态度,比我们的精神更细致、更充实的精神,就拿这些来对我们炫耀,使我们怀疑这些妇女和我们的母亲姐妹们是不是属于一种人;因为后者在我们保护之下,而前者我们在她们面前却像孩子一样。但是,阿莫里,你可以肯定,我们的妇女比这些贵族夫人更有良心,更有真正的价值,那些贵族妇女一边夸奖我们,一边却看不起我们;一边向我们伸出手来,一边却把我们踩在脚下。她们生活在黄金和丝绸之中。一个男子要去拜访她们,必须跟她们一样梳妆打扮,搽抹香水,不然,就不算是一个男人。我们呢,穿的是粗布衣服,一双粗糙的手,一头散乱的头发,我们就是机器、动物,干重活的牲口,一个女人可能一时忘掉这些,可是过一会儿她会因和我们来往而脸红,也替她们自己脸红。"

比埃辛酸地说着,渐渐提高了嗓音。他忽然停住了,因为感到身后树叶在摇动。科林思人也被这神秘的轻微摩擦声震惊了。他很害怕侯爵夫人或者厦垛中什么使女听到他推心置腹的密谈。比埃却有另一种思想;但他摈弃了这想法,没有表达出来。他的朋友想跑到小树丛中追那好奇的母鹿,比埃把他拉住,并且讽刺他的疯狂。但是他们的怀疑加重了,因为他们走了几步后,看见一个苗条轻盈的身影好像幽灵似的,在一条小路的绿荫下溜过,消失在黄昏中。

他们来到橡树下,要看看厦垛中有什么人比他们先到那儿。侯爵夫人刚刚和她的侍女朱丽一起来到。朱丽,拉克莱特老爹讽刺地称她为"洗干净的火鸡饲养人",她相当讨人欢喜,长得还过得去。维勒普娄伯爵没在那里,他的孙女也不在。那么,很可能在比埃不指名咒骂她的时候,她正穿过小树林。他知道她在研究植物学,有时看见她进到矮林去收集青苔和爬虫草①。但也可能是侯爵夫人溜到那儿窃听他们讲话。他们暗暗感到困惑,这时科林思人,也许是要找个机会搞清这个秘密,也许是被一种不可抗拒的倾向所驱使,突然挣脱他朋友的手臂,去邀请约瑟芬跳舞。比埃看到这互相吸引力的强大,不禁有一种难受的感情。他躲在一边观察他们,不久就看出巨大的危险正在威胁着科林思人的理智和内心的平

---

① 一种属于苔藓类的隐花植物。

静。他觉得侯爵夫人也令人可怜。她似乎既陶醉又沮丧。当年轻的雕刻家在她身边时,她眼里只有他;但是他一离开,她就用恐惧和充满羞愧的眼神向周围张望。比埃想,她一定非常爱他,才差不多是一个人来到这里,跟这些老实的农民跳舞,这些人在她眼中肯定只是些粗野的人。在这点上比埃可搞错了。这些粗人也有眼睛;他们欣赏约瑟芬·克力戈容光焕发,动作轻盈。他们彼此都谈这事,科林思人听着这些天真的赞扬,约瑟芬看得很清楚,他听着这些话并非无动于衷。她也愿意使所有和她跳舞的男人高兴,为使她最喜欢的那个人更高兴。

第二十一章

比埃白费力气,没办法不让科林思人跳舞。这年轻人对他说:"你让我把这股疯狂劲头发泄完吧。我向你保证,我现在还能克制自己。再说,这是我最后一次冒险。你瞧,她自己一个人在这群村夫中间,其中有几个人还喝得醉醺醺的。朱丽这小家伙并不能保卫她,如果你认为她是为我才来到这群有些粗野的人中间冒险,难道我没有义务照顾她,保卫她吗?算了吧,比埃,一个女人总是一个女人,不管什么男子的支持,对她都是必需的。"

线条之友只好听凭科林思人自己去决定。他看到这种充满危险和陶醉的幸福场面,自己变得越来越忧愁,这情况痛苦地引起他隐藏在心中的苦闷。他自问有没有权力谴责这种弱点,而在内心深处,他几乎屈服于这种弱点,他也许不能不撒谎地说他已经彻底痊愈了。他走进花园深处,一种奇异的不安在折磨着他。

他漫无目的地行走了一会儿,走到一条小路的拐弯处,在他前面不远,有两个人在走着。他认出是维勒普娄小姐深色的连衣裙和那特有的嗓音。这声调秀美而清脆,但在一般情况下,缺少抑扬,不大颤动。这种发音器官和她整个外表是协调的。可那个挎着她的手臂的男子是谁呢?他穿一件当时称为"基洛卡"①的大衣,戴一顶叫"木里欧②式"的帽子。这人步履稳健,跟他的衣着一样,说明这不是维勒普娄伯爵,也不是年轻的拉乌尔,比埃刚才看见他走过,穿着短上衣,戴着鸭舌帽,挎着猎枪,去潜伏起来袭击野兔。可能是最近来到厦垛的亲戚。比埃继续在他们后面走,保持一定的距离。小路的幽暗使他看不清前面的人;但当他们穿过一片空地的时候,可以看见穿基洛卡大衣的那人起劲地做着手势。他激动地在说话,响亮的嗓音的某些调子不时传到比埃·于格南耳边,他觉得并不陌生。

比埃的好奇心被引了起来,同时又很焦急,他不能自制地加快脚步,想靠近一些,听他们在讲些什么。但是,他正穿过一块阴暗的地方,发现那两位散步者掉回头来,越来越走近他。他认为不应当回避他们,不久,他仔细回忆了一下,认出了那是爱国主义的征兵员,阿希尔·勒弗先生的步子,他的嗓音以及短促的、断断续续的语调。

当阿希尔挨着比埃走过去的时候,他用很激动的口音说:"不,肯定地,我不放弃希望,我坚信伯爵先生……"

他看见在平行侧道上行走的比埃时,停住不说了。

维勒普娄小姐微微低下头,向前倾斜身子,样子好像要在黑暗中看清是什么人。

她止步说:"好,这正是你想和他见面的那个人。我让你们两人谈吧。"

---

① "基洛卡"指西班牙将军安东·基洛卡,他于1823年率领西班牙军队抵抗法国复辟王朝的侵略军。因此,穿基洛卡式大衣的法国人显然是反对复辟王朝的"自由派"。
② 木里欧(1777—1837),西班牙伯爵、将军,在西班牙独立战争中立功。

她抽出手臂,向比埃无声地招呼了一下,打算走开。

那位想跟她走的推销员说:"虽然我遇到比埃师傅非常高兴,可我不能让你一个人回厦垛去。"

她回答说:"你忘了我是个乡下人,我习惯于没有男宾陪伴。现在我去找我祖父,他午睡想必醒来了,再见。"

她好像故意向和比埃相反的方向走去,她跑了几步,不过很快就抑制住过分的激动,这在她是不自然的,她走远了,迈着轻盈、均匀而有节奏的步子。

比埃,由于遇到这两人而感到心神不宁。耳朵在倾听她走路时沙子发出的嚓嚓声,没听见阿希尔·勒弗谈话的开场白。当他从这种心不在焉的情况中清醒过来时,知道那青年在对他说世界上最客气的话,他责备自己这么冷淡地回答人家。不过,看到此人又一次从天上掉下来,而且和绮绶一起出现在他眼前,他觉得这人比任何时候都不顺眼。

阿希尔对他说:"怎么着,老实人,难道你已经忘记我们在'智慧之摇篮'那次欢乐的会面了吗?这位渥多亚老爹,确是一位有价值的人,充满智慧、爱国心和勇气。请告诉我一些关于那位老雅各宾,那锁匠的消息,他曾使你的老学生,就是那位上尉,那么反感,还有你们那尊长的消息,我对他就像儿子对父亲那样尊重、敬仰。跟我谈谈我们那些朋友吧。关于科林思人,我一点也不需要问你,刚才在厦垛里人们对我谈到他,大家都那么赞扬他,如果看到他立刻飞黄腾达,我也不会奇怪。维勒普娄一家都为他神魂颠倒。人们已经把他的雕刻给我看过。我实在高兴,却不奇怪。我见到他的时候,早就看出他是个大艺术家,一个天才。"

比埃回答说:"你的过分夸奖也许会被人认为是讽刺,不过人们心里想，把你说成那样，似乎也没有必要。把你这些恭维话先收起来吧。干脆告诉我在这里对于你个人我能帮什么忙。我不信你打断了刚才的散步是为跟我谈些无聊的话；至于政治，你知道，我对此道是一窍不通的。"

"你可真是个开玩笑的能手，比埃师傅，如果我是个孩子，我会被你弄糊涂。可是我习惯于看透人的内心，我是一个忏悔师，我可以说我曾经让比你更多疑的人坦白自述。你以为你对政治一无所知吗？肯定，如果你拿我们最近在渥多亚家里晚餐时听到的那些古怪的胡言乱语的政治来判断，想必觉得我们大家很可怜。不过我希望你不要把我和别人完全混为一谈。"

"另外那些人是你的朋友，你的合作者，如果我是保皇党，我就说是你的同谋。你并不了解我，你怎么能这样轻易估计我呢？"

"正相反，我很了解你。如果我事先没有研究你的性格、情感，如果我事先没请人详细地告诉我在布卢瓦你和你那些卡渥兄弟们所持的态度，我不会设法和你交往的。我知道在你们的集会上，你曾经是大演说家，大哲学家，甚至是大政治家；我可以给你部分地复述为了使他们不参加竞赛你给他们做的演讲。好！比埃师傅，如果我像你所设想的那样，属于一个政治团体，那么对于你发生的事，也可以在我身上发生。当时你的见解孤立无援，只有你一个人通情达理，一番好意，你在那些值得重视的人当中处于孤立地位，当然他们配得上你的友谊，但是他们有很多错误、成见、矛盾的热情。这就是对于刚才你所谓我的同谋者这句话的答复。"

比埃沉默了一刻，说："听我说，先生，你说的话也许是真的。但是如果你愿意我跟你谈话,那你对我讲话就要毫无保留。你别以为我那么单纯,把你对我表示好感看作是你对我的纯粹的同情。赞扬从来不能冲昏我的头脑。我并不问你同伙的姓名,我想正像在我们的行会里一样,你想必对你的社团也答应过某些必须遵守的事。我愿相信你给我介绍的那些人都不搞任何阴谋。但是我希望你对我说出你个人干什么工作……因为,也许是你把我当傻子,蒙住眼任人牵着走(在这情况下,我应当告诉你,你错了),也许就是你知道我不能干告密者的卑鄙的职业。在这种情况下,你不应当让我猜谜语。我没有时间去寻找谜底。"

"好吧,老实人!你要怎么清楚我就怎么清楚地对你说。我不问你是否不至于有一时的遗忘,或是轻率,以致危害我的自由和生命;我事先就深信这一点,知道你也许是世上最严肃,最有分寸的人。再说,在仅仅是我个人生命冒险的地方,我不习惯由于谨慎而忽视我的责任。你想知道什么?"

"先生,你真正的意见,你的原则,你的政治信仰。我不要求你告诉我你为之服务的行动,我知道你不能透露;但是我要知道你的目的。不然,就像山一样,你不能动摇我一点。"

"信念可以把山搬走,可敬的同志。我肯定能动摇你,因为我的信念就是你的信念;我是共和党。"

"你对此如何理解?"

"奇怪的问题,你自己怎么理解就怎么理解。"

"但是我怎么理解呢?你知道吗?"

"我估计得出来,而且你就会对我说的。"

"不,我要等着你把你那共和国的计划告诉我;因为我认为你们肯定有一个计划。不然,你就不会行动了。而我呢,从早到晚忙于锯木板,刨木板,很可能我从来没想过改造社会。"

"好朋友,你向我提问题别有用心,你要留神。如果我们基本上意见一致,我们可以互相了解,彼此亮底。如果我们意见不一致,你可以保留阻碍我们计划的权利,而我对你的计划却没有任何影响。"

"这是真的,因为我并没有计划。怎么办呢?假如我把我的意见告诉你,而你愿意利用我,你可以回答我说这正是你的意见。"

"我将对你说你刚才说的话:或者你信任我,或者……"

"为什么我要信任你呢?我找你了吗?当你在卢瓦尔河边拦住我的时候,我是不是正在想着你?你在这条小路上拦住我的时候,我是在找共和国吗?此时此刻,我是不是坚持要探知你的秘密?你愿意要我吗?还是不要?说话呀!不然你就别说……"

"你的逻辑是无情的,我看我的对手很厉害。好,我就说,不然,争论会变得滑稽,为了结束争论,按照我们各自的企图,那就应当两个人同时说,可这不是互相了解的办法。那我先开始:我们说了共和国这个词,首先,我们在此止步。共和国是什么?是柏拉图的共和国吗?是耶稣的共和国吗?是古罗马或者古斯巴达的共和国吗?是十三个联邦的共和国[①]吗?是合众国的共和国吗?是法国大革命的共和国吗?在法国革命中,我们先后轮流试验了十五到二十种共和国,都被超过,被推翻了……"

---

① 指瑞士。

说到这里,阿希尔·勒弗停下来喘口气。这好心的青年人对于他要给予的定义有点不知所措,他希望用博学来迷惑对手。但是比埃听得很清楚,他所听到的,没有一件是他不知道的。

他反驳说:"肯定,你所采纳的不是任何这样一种形式,你很有辨别力,不会不知道如果没有最低层的希洛人①,不会有柏拉图的共和国,也不会有罗马或斯巴达的共和国;没有群山,也不可能有十三联邦共和国;没有黑奴,不可能有合众国;没有狱卒和刽子手,我们革命的一切共和国都不可能有。剩下还有耶稣的共和国,我很想听听你对此的意见。"

勒弗回答说:"如果人们很理解《圣经》,这也许是最受民众欢迎的,但是没有教士,也不可能有这个共和国。这么说,每个共和国对我们都有相当大的障碍,应当寻找一个新的形式。"

比埃坐在一个沟沿上,交叉着双臂说:"对,就是这么回事。"他心里却在想:"在这个问题上,我可以知道这人是有智慧的,还是愚蠢的。"

阿希尔·勒弗两者都不是。他是时代的产物,千万个英勇、敢闯、忠诚,但因无知而莽撞的年轻人中的一个,那时,法国在她正在孕育的腹部中就有很多这样的人。这群勇敢的青年都被一种唯一的伟大爱国主义思想所支配,这种思想就是驱逐波旁王朝,使制度走向更真诚的自由主义,他们冒险往前闯,顾不及建立立刻可行的理论,只看见他们此时到处用原则的名义装潢的事实(其实他们并不真正知道什么是原则),不过他们遵守进步的规律,带动所有的成员,横七竖八,每人都

---

① 希洛,古希腊斯巴底亚特人的奴隶。这一段话的基本思想就是卢梭在《社会公约》中所说的"没有奴隶,就没有共和国"。

有自己从学校带来的哲学以及政治热情的小家当:伏尔泰①,亚当·史密斯②,本当③,制宪会议,国民公会,宪法,布里索④,拉斐特,奥尔良公爵⑤等等⑥;这些青年被拉来本是为了凑数,想把对帝制不满的人拉到他们的秘密集团中,这是一群生性英勇、思想狭窄的人,有点像贝尔特朗在烤栗子的寓言⑦中扮演的角色。他们今天要报复,把用以镇压的枪炮转向煽动闹事的共和国。那时,在各种意见,各种倾向的密谋者之间,不可避免地互相搞些小诡计,做些虚伪又带点狡猾的交易。一切是善意地进行的,如果今天对这些情节开玩笑,不应忘记要考虑到法国精神的特点:机敏的讽刺和大胆的玩笑。⑧

︴︴︴︴︴︴︴︴︴︴︴︴︴︴

① 伏尔泰(1694—1778),法国十八世纪启蒙运动的思想家,作家。
② 亚当·史密斯(1723—1790),苏格兰哲学家,经济学家。
③ 本当(1748—1832),英国哲学家,法学家。
④ 布里索(1754—1793),法国新闻记者,政治家,吉隆丹党的领导人之一。
⑤ 奥尔良公爵(1674—1723),法国摄政王。
⑥ 原文为意大利语"tulti quanti",如此等等。
⑦ 拉封丹有一则寓言《猴子和猫》。猫和猴子一同用火烤栗子。猴子贝尔特朗很狡猾,它让猫用爪从柴火堆中将栗子拨出来,自己坐享其成。乔治·桑应当说:"有点像猫在烤栗子寓言中扮演的角色。"法国成语"火中取栗"(意即"为他人火中取栗")即由此而来。
⑧ 一切历史时期有两种面目:一面相当贫乏可笑,或者相当不幸,总是目光转向目前;另一面,伟大、有效、严肃,总是面对永恒。我们只要用若望·莱诺关于烧炭党的一段话,就可以更好地发挥有关此处提到的大事的思想。如果有人指责我们不够尊敬地谈论这些企图,它们经过悲剧的时代,有光荣的殉道者,那么我们就求助于这段优美的文章,作为我们同情和决定性的判断的表示:"咳!这些密谋使我们流了血,而且是最纯洁的血!这些慷慨的心,年轻轻的被判决流放到坟墓中去,这些高贵的头颅,作为祭品,痛苦地在刽子手沉重的手底下低垂下去……他们的牺牲对世界不是徒然的;后世在纪念死者时,会保留他们的名字。不,不幸的爱国者呀,你们的血没有白流,因为它激发人类之友的决心:愿意和你们一样伟大,为了同样的事业而死……"——原注(译文略有节略。)

坚强的精神,纯洁的良心和对于真理的热烈追求,驱使一个平民想要知道未来的消息,这一切逼得阿希尔·勒弗无路可走。他尽可能巧妙地脱身出来,虽然比埃·于格南的神志极为清醒,而且他也不缺少灵敏的头脑;阿希尔·勒弗没有太多损失,也没有耻辱地从挟持他的人手中脱身出来。他一边假装认真地自问(机会很好,阿希尔·勒弗认真地扮演着这个角色),不露声色地引着比埃对他讲出自己的厌恶、同情和愿望,透露工人自己提出的,而没有得到解答的许许多多问题,可是这些问题还是很重要的问题,无愧于一个有所企望的伟大的心,一个有所寻求的伟大的精神。这些从他灵魂中涌现的闪光照亮了年轻烧炭党人的灵魂。这个忠厚的孩子满身错误,自满,低级趣味,妄自尊大,却不失为一个可能遇到的最纯洁的良心。他的脑子充满激情,容易感动,和这个默默无闻的人一接触,便似火一般燃烧起来,这个人在一小时内向他提出的基本问题,比他有生以来遇到的问题还多。他理解这里有伟大的东西,他对这个他本来要征服的门徒的江湖式的友谊,变成了真正的情谊和无限的信任。

在比埃这方面,他看得很清楚,如果这不是一位能解答他问题的哲学家,至少这人的天性是善良宽厚的。他也看出对方的缺点,并且敢于告诉他。阿希尔不敢生气。他在一个工人的优越面前屈服了,不过心里却不能同意,他的自尊心不许他这样做;他一面对工人说把他看作老师,在心里也承认在某些问题上确是如此,一面却设法用自己力量的表现和公民道德的显示来炫耀自己。

他们的谈话延续到那么晚,琴手们已经散了,村里人都睡了,厦垛中的灯光也一个接一个地熄灭了,当他们想到分手时,大钟已经敲响早晨两点钟。他们说妥第二天再见面。阿希尔走上回厦垛的路,比埃把他送到为他准备好的一套房间的小塔门口。只有在这时,他才敢问对方是以什么名义和维勒普娄一家来往的,以及他在这一家中所处的地位。

阿希尔以他特有的亲切的声调回答:"我认识维勒普娄家已经很久了。我和这老家伙有来往。"

"你们的相识是建立在一个买酒的人和一个卖酒的人的关系上吗?那么,你真卖酒吗?"

"当然,不然,我拿什么做可以到处去的通行证,以及可以旅行而不让警察跟踪的保证?带着赫雷斯白葡萄酒和希腊玛瓦济的葡萄酒①,我可以进入各个厦垛,带着烧酒、朗姆酒,我可以走进各家咖啡馆,一直可以进入到村里的小酒店。我怎么和渥多亚认识的呢?"

"我不问你这个。你常到这个厦垛来有很久了吗?"

"有五六年了;这儿的酒窖是我给装备起来的。"

"在巴黎,你仍保持着和维勒普娄一家人的关系吗?"

"当然。是不是你觉得不自然?"

比埃带一点讽刺地说:"咳,我的上帝,很自然,不需要编造什么别的东西。"

"怎么?编造?你这是什么意思?你以为我和那老贵族有政治关系吗?那是很不可能的事,而且,你不会问我一件只关系到我个人的事?"

"我连想都没有想到这点。我看你跟厦垛里的小姐很熟悉……"

---

① 两种高档酒的名称。

"那好,那好!说下去吧,你是怎么设想的呢?这个绮绶,她很敏慧,是不是?她对我说她跟你谈过话,她把你的优点全提到了,我不知道她还遗漏了什么。按照她的习惯,她用了三个很简短明确的字。古怪的姑娘,你觉得她漂亮吗?"

对那个比埃平时一想到就激动得颤抖的人,这样评定她,分析她,比埃产生了极大反感,以致一时说不出话来。最后,由于阿希尔奇怪地坚持要问下去,他才回答说他没有仔细看过她。

阿希尔又说:"那好,你仔细看看她,以后我跟你说点事。"

"好!你立刻告诉我,好让我记起来仔细看她。"比埃回答说,他的好奇心被强烈地、痛苦地刺激起来,不过他一点也不外露。

阿希尔挽起他的手臂,离开厦垛,把他带到远一点的地方,神气调皮而神秘,使比埃·于格南受到万般折磨。当他们走到相当远时,阿希尔低声问:"关于她的事,你什么也没听说过吗?"

"什么也没有听说过。"比埃回答说。他怕对方不肯继续聊下去,为了鼓起对方的劲头,立刻又说:"对,有倒是有,我曾听说过本来她心里热爱着一个青年,可是别人不让她和他结婚。"

阿希尔叫道:"算了吧!真的吗?我从来没听说过这事;也可能……为什么不呢?可是对此我什么都不知道。"

"那你要告诉我什么呢?"

"一件很特殊的事。你知道人们认为她是谁的女儿吗?"

"我不知道。"

"一点不假,她是拿破仑皇帝的女儿。"

"这怎么可能呢?"

"这是很自然的。她的父亲,就是老伯爵的儿子,曾经娶了一位替约瑟芬皇后管理服装的年轻贵妇人。如果相信传闻,这个婚姻产生的第一个孩子出世比应当需要的时间略早一些,她面部侧影有些像科西嘉的雄鹰①。你看怎样?"

"一点也看不出。我从来没注意过这个。不过,她性格的高傲,使我相信在她身上有某个专制帝王的血液。"

"她傲慢吗?爱讽刺人吗?"

"我要问你呀。你很了解她,我却一点也不了解她。我在她面前所处的地位,使我不能……"

"在这里人们认为她傲慢吗?"

"相当傲慢。"

"你呢,你觉得她怎么样?"

"古怪。"

"对,古怪,是不是?一种异乎寻常的严肃,一种使人难以捉摸的通情达理:冷漠、高傲,一种真正的公主式的天性。"

"你对她很有研究……"

"我呀,我没有费这个心思。你瞧,亲爱的,我没有时间为一个妇女自寻烦恼。我过的生活迫使我永远不要太关心那些不设法吸引我的妇女们。拿破仑的女儿对于我还不值一袋烟,如果她不是让我高兴,而是想向我炫耀自己。这里倒是有一位小妇人,使我头脑发昏,如果我自己不加检点的话。就是那个俊俏的侯爵夫人。可是见鬼吧,一星期之后,我不得不把

---

① 指拿破仑。

她抛开。最好不要去惹她,是不是?你是有道德的……"

"你呢,你是妄自尊大。"比埃用坚定的声调说,他的率直使推销员哈哈大笑。

这种轻佻的谈话不合严肃而有激情的工人的胃口;他最后向他的新朋友道晚安,穿过花园,走上回村子的道路。

但是他不能出去了。花园所有的出口都已关闭。跳墙并不是非常困难,但是比埃感到精神上懒洋洋的,以致在花园里或是在他床上过夜,对他差不多没有区别。如果有暴风雨(天要下雨了),他有办法到工场里去躲避,他身上总带着钥匙。一种不常有的疲惫,使他更倾向于梦想,而不是瞌睡,他走进树林深处,继续漫步闲荡,有时双腿太累,就坐在草地上,有时由于精神不安,就又站起来走。

第二十二章

起初,他的梦想是朦胧而悲愁的。在和阿希尔·勒弗分手时,他留下最后的印象,就是发现关于维勒普娄小姐是有名的私生女的传说。比埃不自禁地回想他读过的一切小说,他找不到一本小说和他心中秘密地形成的小说一样奇异,他热爱着,差不多是嫉妒恺撒①的女儿。他想:她的命运多么奇异!如果她是,或者自己感觉到多少是从巨人身上产生的,而她现在处于两个人之间,一个是敢于企慕她的工匠,一个是敢于貌视她的旅行推销员。如果她能知道在她周围发生的事,她的骄傲将感到何等痛苦!

不过,在他打断阿希尔与维勒普娄小姐的谈话后,听到阿希尔口中的这几句话,又使他不放心。也许阿希尔比他的外表更为狡猾?他想,也许她违反家长的意愿,暗暗地爱着这个人?也许阿希尔假装不关心她,以便掩饰自己的幸福?比埃立刻找到千百条充分的理由,说服自己确是这么回事。但是他有什么权利来刺探可能是严肃可敬的秘密?他想:"如果她爱着一个无门第无财产的人,就像他自己宣称的那样,难道这种骄傲的样子,和大家都保持距离,除他以外对别人都冷

---

① 影射拿破仑。

淡,不是一件很微妙、很传奇性的事吗?总之,在她身上本来显得奇怪的事,不是变得有诗意、能感人吗?她在无意中,也许不知不觉地曾经伤害了我,难道我就不原谅她吗?"虽然比埃竭力关心他所猜想的阿希尔·勒弗的幸福,但他感觉自己在生病,同时感到绝望。就是在这失眠和苦恼的一夜,他终于承认自己在热烈地恋爱着,他充分意识到自己的疯狂。

然而,他从这个发现感到的惊恐不久便消失了。由于他处在这巨大的危机中,对危险的清晰的看法,使他恢复了力量,并且重新谨慎起来,他感到渐渐地恢复了意志和力量,去同他想象中的幻影做斗争。他决心摆脱这种无益的妄想,使思想转向更严肃的,阿希尔在整个晚上对他谈的题目上去。

他总算把精神集中于这些新的思虑;但是他这样做无非是换了一种痛苦而已。在烧炭党人的脑子里那些含混不清的东西,在他新弟子的脑子里只留下了一些支离破碎和混乱的东西。比埃聚精会神地思索,想法在阿希尔给他的那些混乱的理论中整理出点什么东西,阿希尔在他面前,就像玩纸牌似的打乱了这些理论,使他头脑发热;他的思想变得糊涂了。大自然在接近破晓时所感觉到的不舒适,传到他身上来了;他躺倒在青苔覆盖的地上,出不来气,疲惫不堪,全身好像受到沉重一击,感到勒内①和查尔特·哈罗尔特②的美妙而深沉的痛苦,时代的规律刚刚把他,一个简单的手工工人引入此门,好像社会培养他是为了忍受精神的痛苦,而不是专门忍受肉体的痛苦。

~~~~~~~~~~~~

① 勒内,夏多布里昂小说中的人物。
② 查尔特·哈罗尔特,英国诗人拜伦的诗歌中的人物。

天亮时,曙光照射在万物上,他感觉到心情如果不能说已经轻松些,至少有点激动。暴风雨过去了,干燥沉重的空气受到早晨清新空气的润湿,晨风似乎扫荡了夜间的忧虑。在强壮的平民环境中形成的人物很多是靠感觉生存的,这种强大力量如果与智慧的力量合在一起,便是人类的改善。相当长的时间没有亮光,大大增强了比埃的忧愁。当阳光洒在大自然中,他觉得自己复生了,他在艺术家狂热的兴奋中,赞美这个美丽的花园,这些枝叶茂盛、使人凉快的参天大树,在犹如初春一样的仲夏气候中,整齐翠绿的青草,这些没有石子,没有荆棘的小径,还有那现代花园中整洁、豪华,经过修饰的大自然景象。

但是他的赞美使他渐渐地回到了整夜折磨着他的问题。

他在前世纪的哲学家和诗人的作品里,读到过农夫的茅屋,繁花点缀的草原,有些妇女拾麦穗的田地要比"达官贵人的宫室"周围的花圃、笔直的小径、修剪整齐的小矮树、平整的草坪、装饰着塑像的水池要美得多,由于这个想法很合他的意,他也就相信了。但是,过去他不得不周游法国,到处步行,而且是不分季节。他曾承认在分裂为无穷的小块,不公正地受个人需要摧残的土地上,十八世纪那么吹嘘的大自然实际上是不存在的。如果有时在小山顶上,他神往地凝视着一大片土地,那是因为在远处瞭望,这种划分消失了,看不清了;整体又显得伟大而和谐;土地原始美丽的形式,人类不能摧毁的植物的丰富色彩,远远地统治着,掩盖着它们所受到的可悲的宰割。但是,在走近这些细节,深入到这些远景中时,我们的旅行者总感到幻想全部破灭了。远看好像是原始森林,近看只是一排排树,笨拙地排列在粗俗的围墙边缘。这些树本身失去了它们最美的枝干,也就失去了形态。那些美丽如画的茅屋很肮脏,周围是污浊的积水,缺乏躲避风吹日晒的自然屏障。没一件东西摆得正合适。富人的房子破坏了乡村的朴素景色;穷人的茅屋使贵族厦垛丧失了孤独和伟大的特性。最美的草地,因为没有权利或没有办法向附近的小河引水而缺少一泓流泉,常会给人缺少绿草和清凉之感。没有和谐,没有风格,尤其没有真正的肥沃。到处是任凭无知与贪婪糟蹋的土地,生产不出丰富的收获物,地力已衰竭;要不然就把土地放弃给无能为力的穷人,在长期的干旱中荒废。对于旅行者,没有一条小路不需要靠着记忆和身体的灵便去寻找或开辟,因为一切都是关闭的、禁止的,一切都长着荆棘,周围是沟堑和栅栏。一小角土地就是一座堡垒,一个人偶然踩入另一个人贪婪地、凶狠地占有着的领域中,法律就判他是犯罪。比埃·于格南在人类创造的这些荒地上行走时,心里在想:"瞧,这就是我们创造的大自然。上帝能承认这就是他的作品吗?这是不是它交付给我们的,叫我们美化它,把它伸展到全球的美丽的人间乐园?"

有时,他穿过山脉,沿着急流,在密林中漫步。只有在这里,大自然才保持着原状,不受人类进行耕作的侵袭,保持它的力量和美观。他想:人的手是可诅咒的,而在人的手不能支配的地方,土地才能恢复它的繁荣和伟大,这是什么缘故呢?那么,劳动是违反神圣规律的吗?或是规律要求我们在忧愁中工作,只创造丑恶和贫苦,以枯竭代替生产,以破坏代替建设?难道这里真是基督徒们所说的"眼泪之谷"吗?我们是不是陷入其中只是为了赎罪,赎我们在开始可悲的生命之前犯下的罪?

比埃·于格南常常迷失在这些阴暗的思考中,得不到解答。因为,如果说大面积的田产能较好地保存自然,如果说它能用更大的能力,用更多的科学来进行人类工作的事业,它并不因此对人类不可磨灭的权力不做可怕的侵袭。它为几个人的利益,支配大家的领域,它狂妄地吞噬弱者和不幸者的生命,他们枉然向上天呼吁报仇。

可是同时他想,土地愈是分割,就愈濒于灭亡;愈是保证每个成员的生存,人类就愈软弱无力和受苦。人们铲平了封建堡垒,在王公贵族的花园里种植麦子,每人抢到一块残骸碎片,就自以为得救了。但是从每块石子下面出来一群饿鬼,土地现在太小了。富户都破产了,消失了,却于事无补。人们越分割面包,就有越多的手伸过来接面包,耶稣的奇迹现在不灵验了。谁也没有吃饱;土地干涸了,人也随着干涸了。工业徒然施展奇妙的力量;它刺激人们的需要,而又不能满足这种需要;它大量增加享受,而人类家庭只有在其他方面实行前所未有的苦熬苦省,才能分得这些享受。人们到处创造劳动,但到处增加贫困,好像人们有权利怀念封建,它可以养活奴隶,不致使他们精疲力竭,它从徒然的希望的苦恼中把他们解救出来,至少使他们免于绝望和自杀。

当维勒普娄贵族花园在晨光中越来越显得美丽的时候,这些互相矛盾的思想,痛苦的疑虑,又回到了他的脑海中。不由自主地,他把花园安排得这样整齐的措施与智慧,同教育对人类性格和精神所起的作用加以比较。把树上无用的枝杈剪去,就赋予它们秀美、健康、庄严的躯干,这是比我们这里气候更适宜的地区才能够给它们的。这些草坪常常修剪和不停地浇水,它们就像接受了从山坡上冲下来的大量泥水一样,保持可赞美的鲜嫩。为了使各地区的花果都适应此地的气候,人们给予它们适量的空气、阴影或光线。这是一种人工的自然,但是经过艺术的研究,使之与自由的自然相似,而不失去安适、保护、秩序、可爱诸条件,自然应当有这一切,以便成为有文化的人类的休息地点。在那里,可以重新见到上帝工作的一切优美之处,在那里可以感到有人的手在工作,有感情地统治着,有鉴别地保持着。比埃自己承认,在我们的气候里,除这样理解的一个花园之外,没有什么再像真正神圣的自然,简单说,就是自然,就像高举"自然"这面旗帜的哲学家们的定义;同时,和这种自然距离更远的,也只有领域的分切和小地产的割裂。在相当宽阔、不停翻耕的林中空地上,人们播种了谷物,由于作物的丰富多彩,庄稼长得十倍地旺盛并且取得了丰产。由于主人的明智和有预见的保护措施,野味相当丰富,足供膳食的需要,不致有损于土地生产。所以这就是自然的理想化,而不是对自然的毁伤。这就是很好地理解,很好地分配,和有足够帮助的生产。这就是贵族生活的 l'utile dulci①,本应当是一切文明人的正常生活。

应当承认,这里是一个家庭的住所和产业,他们简单地、高尚地、完全符合上天法则地在那里生活。可是,没有一个穷人能够看到这些而不怀恨,不嫉妒,并且也不应该如此。如果法律不保护富人,没有一个穷人不认为和不觉得对这住所的侵犯,对这产业的抢掠,是合法的行动。那么怎样调和这两种原则呢?就是:幸福的人有保持他们幸福的权利,贫穷的人有

---

① 拉丁文,实用与舒适。见拉丁诗人贺拉斯的诗句,大意是实用与舒适相结合。

结束他们贫穷的权利。

两者好像都是上帝的孩子,是他在地上的代表,他委任的世上产业和文化的代理人。这富有的、白发苍苍的老人脑袋在休息,在他种植的树荫下抚养儿女,把他从他的园林中拉出去,剥夺得精光,让他在公路上乞讨,难道不是罪过吗?可是,这个乞丐也是老人,也有儿女,在富人门前伸手乞讨,任他冻饿,痛苦而死,难道不也是罪过吗?

人们会不会说这富人享受财富已经够久了,该轮到穷人在生活的宴席上代替他了?这种迟暮的享受在穷人身上会不会抹去他受的长期缺衣少食的痕迹?它能不能为他付清过去的债务,补偿他忍受的苦难,弥补不幸在他的智慧中所造成的混乱?

人们会不会说这穷人受够了痛苦,该轮到富人在生活的宴席上代替他了?富人享受了上帝的恩赐,这个事情能不能得出这样的结论,即应当粗暴地剥夺富人的财富,使他陷于贫困?这种享受的需要,上帝把它作为一种权利,无疑也作为一种义务,放在人们的心里,是不是构成一种应当惩罚的罪恶,其他的人有权要他赎罪?

再说,如果穷人有权要求幸福,被你们搞成穷人的那个原来的富人立刻有权要求他那份幸福。新富人的权利,正像原来的富人一样,建立在意志和武力上,那就应当用战争来窒息新穷人的怨言和反抗。这新战争唯一可能的结局将是被剥夺的富人的消灭。接受这野蛮的结局吧:土地上只清除了一小部分人,它还负荷着一大堆的个人需要,它不能按照直至今日不得不接受的条件来满足这些需要。以抢掠致富的那些人,还是少数,他们将听到在征服中什么东西都没得到的那些人在他们门口呻吟或咒骂,这些人的数量还总是最多的。一段时间内,你还可以用武力控制他们,但是他们像麦粒似的一天天增多,像海浪似的一天天变大,每一辈人都要改换主人,看不到无底的深渊闭上它的巨口,因而从里面不停地冒出痛苦的人类的呼声,一声表示绝望、诅咒、谩骂和威胁的长长呼叫。应不应当让自己在这命定的斜坡上滑下去,在那里惩罚接着惩罚,灾祸接着灾祸,牺牲接着牺牲?我们应不应该任凭事物保持原状,使不平均分配和特殊权利的不公平状态永远延长下去,把一个特权集团放在不可动摇的宝座上,判定各民族受苦难,上断头台或者入狱坐牢?

再回到我们祖先梦想的分配上来吧。土地被他们瓜分了,让我们来进一步瓜分,我们的子孙们将会无止境地瓜分土地,因为他们的人数还会增多,每一辈人还会要求再分配一次,使祖宗狭小的产业和后人的遗产更加缩小。随着时间的流逝,每人最终将拥有一粒沙子,除非是饥荒和野蛮行为所产生的一切毁灭的原因在每个世纪造成人口大量的伤亡。由于野蛮是瓜分和绝对个人主义不可避免的后果,人类的将来建立在瘟疫、战争、自然灾害之上。自然界凶暴的统治,野蛮生活的扩散和变得愚蠢的人,一切灾难都会使世界回到它的童年,使人类逐渐稀少。在十九世纪中并无残暴或疯狂之称的思想家中,不止一个人得到了这个荒谬的、反人道的结论,因为找不到一个更好的结论,不管是从社会主义出发,还是从个人主义出发。

面对这些假设,诚实的比埃由于不能静观其中的任何一个而不感到恐惧与憎恶,因而他深深地绝望了。他忘记了时间在流逝,而升到地平线上的太阳已经在计算它的工作任务了。他倒在地上,面孔向下,扭曲着双手,泪如泉涌。

他在那里待了很长一段时间,才抬起头来焦虑地看看天空,他发现面前出现了一个幽灵,他在狂乱中,以为是地神显灵。那是一个空气般虚飘飘的面孔,轻盈的双脚好像没有完全接触草坪,两臂抱着一束最美的鲜花。他突然站起来,绮绶,因为正是她在平静地进行清晨诗意的采集,她让花篮掉在地上,站在他面前,面色苍白,惊呆了,在她脚边四周都是铺满草坪的鲜花。比埃恢复了神志,认出了这个使他那么痛苦的人,就想逃走,但是绮绶把自己如清晨一样冰凉的手放在他的手上,用激动的声音对他说:"先生,你病得很厉害,要不然就是有什么事使你十分悲愁。请告诉我,你发生了什么不幸,不然你就去对我祖父说;他会设法帮助你的;他会给你有益的指教,他的友谊可能对你有益处。"

比埃精神还没有清醒,用辛酸的声调说:"小姐,你们的友谊,在你们和我之间,能有友谊吗?"

维勒普娄小姐伤感地说:"先生,我没有跟你说我,我没有权利把我的关心献给你,我知道你是不会接受的。"

比埃茫然地叫道:"我对谁说过我不幸了?难道我,我不幸吗?"羞愧和骄傲渐渐使迷惘消失。

"你还满面泪水呢,是你的抽泣声把我吸引到你身边来的。"

"小姐,你很善良,真的很善良!但是我们之间隔着一个世界。我从心底里尊敬的你的祖父,他也并不因此更理解我。如果我欠了债,他能替我偿还;如果我缺少面包或者工作,他会设法替我找到;如果我生了病或是受了伤,我知道你那高贵的手会不嫌弃地救护我。但是如果我失去了我的父亲,你的祖父却不能代替他……"

"啊！上帝！"绮绶叫道，她叫得那样激奋，比埃怎么也想不到她会这样的，"于格南老爹死了吗？可怜的，可怜的儿子，我真怜悯你。"

"没有，亲爱的小姐，"比埃简单而温和地回答，"托福上帝，我父亲身体很好，我只是想说：如果我失去一个朋友，一个兄弟，并不是你可敬的祖父能代替的。"

"那你就错了，比埃师傅。我祖父可能成为你的好朋友。你还不认识我们，你不知道我祖父是没有成见的，不论在哪里，他遇到有价值的人，感情和思想高尚的人，他就承认那是和他平等的人。我很愿意你听听他如何谈论你和你的朋友雕刻家，你听了就不会再有对我们这阶级的不信任和厌恶了，现在我猜出你有这种情感，你不能想象这使我多么难过。"

若在另一个场合，比埃可能有很多事要回答，但是这次激动人心的相遇，以及他正由于痛苦而心碎时，绮绶这种关心他的表示，是他没有力量拒绝的慰藉，是一种不知不觉地渗入他灵魂深处的药膏。他由于流泪而身体软弱，绮绶的仁慈几乎使他害怕，他倚在一棵树上，摇摇欲倒，疲乏不堪。她一直站在他面前，准备一看到他恢复平静便离去，但是当他说出一句辛酸的话时，却又不能离开他。她看着他低垂眼皮，喘不过气来，像一个极度疲乏的人的样子，他没有勇气再挑起沉重的负担，继续走路，她又说："我看得很清楚，你非常不幸。好像差不多把我对你的同情看作一种侮辱。这也许是我的过错，我怕我确实应当受到这样的待遇。"

比埃对这话感到惊讶，抬起眼睛，看她脸上一阵红一阵白，内心在激烈地斗争，她的骄傲在抵制着。可是在她后悔的

251

表情里,有那么高贵和勇敢的神色,比埃觉得自己的一切怨恨都消失了,可是他愿意说真诚的话。

他用经常给他带来自尊心的镇定态度说:"我了解你,小姐。确实,你无益地刺伤了一个已经痛苦的灵魂。我不需要你提醒我应当对你的尊敬,你对弗莱耐夫人的回答没有能说服我,认为我不是一个人。不,不,匠人和经过他的手制作的木头不是绝对一回事。那天,你并不是'独自一个人',因为你是和另一个人在一起,他懂得你和蔼的仁善,并对此拜倒在地。但是我对你发誓,这个使我难堪的回忆,和你刚才看见的我的忧伤和疯狂的激动毫无关系。"

绮绶说:"那么,现在你愿意原谅我的错误吗?这错误无论怎么说也是没有道理的。"

比埃被绮绶的卑谦态度所感化,一直注视着她。她在他面前低着头,两颗大泪珠在颊上滚动。在宽厚的情感冲动下,他站起身来,把双手举起,高过那少女低垂的头,高声说:"但愿上帝爱你,祝福你,如同我尊敬你,宽恕你一样。"他一面跪下,闭上双眼,同时又说:"可是同时发生的事太多了……"

的确,过于激动使他精疲力竭。绮绶未能预料到,在这热烈的灵魂中,道德的狂热和爱情的激奋沸腾在一起。她不禁喊叫了一声,当她看见对方脸苍白得和她花篮中的百合花一样,并且跪倒在地上,快乐和恐惧使他陶醉得出不来气,首先晕了过去,接着,他在狂乱的神经控制下,又一次泪如泉涌。

当他恢复正常时,看到在几步远的地方,维勒普娄小姐脸色比他还要苍白,她又害怕又沮丧。她准备跑去求救,却又站着不动,无疑是希望精神上的安慰,比物质方面的关心对这痛苦的人产生更直接的作用。比埃对自己刚才表现出的弱点感到羞愧,他一能够说话,就恳求她不要再照顾他了。他的脸上有一种深深的忧愁表情,眼光差不多是阴暗的。

她一再地说:"你很不幸,我不能为你做点有益的事吗?"

比埃说:"不,不,你不能。"

绮绶向他走近一步,迟疑片刻,他正在擦拭沾满汗水和泪痕的两颊。

她对他说:"于格南师傅,在你的灵魂和良心深处,你是不是在想不应当把你流泪的原因告诉我。如果你回答说你不能,那我就不再问你。"

"我用荣誉向你发誓,我觉得,我现在哭,并没有真正的原因。我真不知道为什么我感到被这样压垮了,我不可能向你解释原因。"

绮绶吃力地说:"可是刚才我出乎意料地发现你,和你现在又一次陷入的情况一样。刚才你怎么了?你不能对我讲的秘密是什么呀?"

"我可以对你讲,你将能看到那些并不是不值得你也来关心的思想。"

"那你不愿意把这些思想告诉我的祖父吗?"

"我可以高声讲,而且当着全世界的面讲;但是我不知道全世界有没有一个人能回答。"

"我相信这个人是存在的,就是我对你提的那个人。这是我认识的人中最公正、最明智、最好的人;你应当觉得我把他推荐给你是很自然的。你听我说,两个钟头以后,他会来坐在这株菩提树下,就在花坛的入口,每逢好天气,他都来这儿进早餐,读报,跟我谈话。你愿意也来谈话吗?如果我碍你们的事,我留你一个人和他在一起。"

比埃回答说:"谢谢,谢谢。你愿意为我干点有益的事,你很仁善,这我知道。我也知道你祖父有学问,有智慧,而且对人宽厚,但是我也许过于疯狂、病态,以致不能使他把一个残酷的忧虑从我精神上消除。不过,我有一个好的顾问;我常常请教他,我希望有一天他能回答我,这就是上帝。"

绮绶回答说:"但愿他帮助你,我将替你向他祈祷。"

绮绶腼腆地向他道别,然后离开了;但是在走开时,她几次停下来回身看,为了确实知道他没有又一次处于昏迷中。比埃看到了这种细心直率的关怀,为了使她放心,他站起身来,走向工场。但是他一看到绮绶从另一个门回到厦垛去,又转身回来,拾起几朵她散落在草坪上的鲜花。他把花藏在胸口前,像神圣的珍品似的,接着就去干活。但是他没有力气。除了没进食,他是既不想也没勇气去吃早餐以外,他的骨架像散了一样,如果没有难以抑制的爱情的陶醉支持他,他是不会到工场去的。

于格南老爹注意到他气色不好,工作无力,对他说:"你怎么了?你病了,应当去休息。"

可怜的比埃回答说:"父亲,今天我没有勇气干活,比一个妇女还不如,我干活好像一个奴隶。让我在刨花上睡一会儿,您叫醒我的时候,我也许就痊愈了。"

阿莫里、贝里人和徒工们用他们的上衣和工作服给他铺了一个床,答应他替他把时间抢回来,在锯和锤子声中他睡着了,这种声音他太熟悉了,不会影响他的睡眠。

第二十三章

在我们每人的记忆里,有些很简单的情况,总和精神生活的恐慌、道德状况的演变相联系,不管我们的生活如何从属于最冷酷的现实,我们每人都有获得启发和心醉神迷的时刻。在那里,他的灵魂受到冶炼,他的未来好像奇迹似的显露出来。我们每人的内心世界都充满神秘和深沉的预示。我们看不清楚内心世界,但总有一个时期,一个钟头,也许一会儿,或者在对上帝的信仰中,或者在对社会事物的沉思中,或者在爱情中,一道神圣的光亮好像闪电一般穿过我们理解力的暗影。在那些高尚沉思的天性中,这种危机是庄严的,在命运的每个伟大时刻都会回来,在过去的苦恼和将来的胜利之间安放一个决定性的界限。陷入抽象的研究里的玄学家及几何学家,都曾得到骤然的美妙的启示,宗教的狂热者如此,情人和诗人也如此。感情和理智都致力于发现真理的慈悲的忠诚的人,怎么能在工作中不受到上帝的精神帮助呢?上帝确实在一切灵魂之上翱翔,带着它神圣的火焰,穿过监狱牢房的拱形屋顶,工场和阁楼的房顶,也穿过王宫和寺院的圆顶。

比埃·于格南一生中,回忆起在工场刨花堆上睡觉的时刻,总感到无比的激动。其实在他周围,只发生了非常普通的事:刨子和凿子就像平时一样,在不听使唤发出呜呜咽咽声音的木头上,胜利地来回移动。工人们健壮有力的手臂都淌着汗水,令人快慰的歌声此起彼伏,用节奏规定的活动,在疲倦和聚精会神中引起诗意。但是当这些事正常进行的时候,在无产者使徒的头上,天空半开了,他的灵魂飞过理想世界的各个地区。他做了一个古怪的梦。他觉得不是睡在刨花堆上,而是睡在花丛中。这些花儿在成长,在微微开放,变得越来越甜香艳丽,盛开着直升天空。不久,便是参天大树,使空气芬芳扑鼻,排成一层层的绿色深渊,直达到壮丽辉煌的太空。睡眠者的精神被花托着,随着它们飞上天空,同这些没休息、无限制的植物一起上升,幸福美满,强大有力。最后,他达到一个高处,从那里,他发现一片新土地的全貌;这片土地,正如他来时经过的路一样,是一片碧绿的、水果和花卉的海洋。比埃,人类土地的旅行者,过去在琼山翠谷中所遇到的最有诗意的东西都聚集在那里,但是更丰富多彩,更伟大。流畅的、清澈的、像水晶一般的泉水,从所有的山顶往外喷涌,迅速地流动,纵横交错地在各斜坡上、深谷里欢笑着。一些优雅的建筑物,装饰着各种艺术杰作的美妙的纪念碑,从这个宇宙公园的各处矗立起来,一些好像比人类更美、更纯洁的人,都在忙忙碌碌,十分快乐,他们的劳动与合唱使得花园更加活跃起来。比埃周游这个陌生的世界,谁都不认识,走得和鸟飞一样迅速,他的精神注意到哪里,他就在哪里看到富裕、幸福与和平在新的形式下如花一般开放。于是,一个很久以来就在他身边飞翔而他没有认出的人对他说:"现在你终于来到你那么想望的天上了,你正在天使中间,因为时间已完结了。永恒接着永恒,当你走完这个永恒,你还会看见其他美妙的东西,另外一个天,另外的天使们。"于是,比埃睁开眼睛,认出他所在的地点和对他说话的人。正是维勒普娄花园,正是绮绶。但是这个花园接触到天地的边缘,绮绶是一个闪耀着智慧和美丽的天使。在仔细看身边走过的天使们时,他认出他的父亲和绮绶的祖父两人正挽臂而行;他又看出阿莫里和罗曼内,他们正在友好地交谈;他又看出萨维尼安娜和侯爵夫人,她们正在同一个花篮里采摘鲜花和麦穗;他最后看出他所爱的那些人,可是他认识的那些人都变了样子,理想化了。他想:是什么奇迹在他们身上发生,能使他们都具有美貌、力量和爱情?于是绮绶对他说:"你没有看见我们大家都是兄弟,都富有,都平等吗?大地变成天空,因为我们拔掉了沟渠的荆棘,围墙的界石,我们都变成了天使,因为我们取消了一切区别,消除了一切怨恨。爱吧,有信心吧,工作吧,在这个天使的世界里,你将成为天使。"[1]

"他怎么这样睁着眼睛睡觉?他好像在发烧中做噩梦。完全清醒吧,我的比埃,这会比你这么发抖和唉声叹气好些。"于格南老爹这么说,他摇撼着儿子把他叫醒。比埃机械地服从了命令,挺起身子,但是天空对他还没有关闭。他不再睡了,他看见在周围走过一些理想化了的身形,神圣的竖琴和谐的音调在他耳边回荡。他站起来,他的幻觉还没完全消失。他尤其非常惊讶,花香一直伴随他到现实中。"你没闻到玫瑰花和百合花的味道吗?"他对父亲说,老人正以不安的神色注视着他。

于格南老爹说:"我当然闻见了,你衬衣里面满是鲜花,你简直想把你的胸部做成圣体瞻礼的祭坛了。"

---

[1] 这就是乔治·桑的空想社会主义的天堂。

果然,比埃看见绮绶的鲜花从他的胸口散落在脚边。他一边把鲜花拾起来,一边说:"啊!正是这些花叫我做了这样一个美梦。"他一点也没有抱怨他的梦被打断,又充满力量和热情干起活来。

但是不久,人们以他的工作问题为借口,把他召唤到维勒普娄伯爵身边。他立刻去了,毫不怀疑老贵族想跟这位平民安静地谈话而不致受到牵连的热切愿望。为了解释伯爵这种心血来潮,最好让读者了解这位古怪老人的个人经历。

他是和"平等菲力普"①的命运和阴谋有密切关系的贵族之一的儿子,在整个大革命时期,他间接地追随了这个阴谋的各个阶段。当他父亲在断头台上为他和这位王子的阴谋受刑时,他早已隐藏起来,为了不受到父亲命运的牵连;以后他因罕见的幸运,安全脱身,在"热月九日"②事件中,他又慢慢地恢复地位。在帝国时期,他曾经做过省长,但是并不是最好的省长,就是说,虽然对政府激烈的命令不表示反对,他随和宽厚的性格还是使他干了些比职务允许的更温和人道的事。在南方被撤职,全靠塔莱朗③先生的庇护,他得到了一个更重要的省长职位作为补偿。塔莱朗欣赏他的机智,并且强调欧仁·维勒普娄(老伯爵的儿子,绮绶的父亲)是在西班牙战争中服役时死亡的。在这些职务中,以

---

① 平等菲力普(1747—1793),路易·菲力普的父亲。他参加了法国大革命,在国民公会上投票赞成路易十六被判死刑。
② 热月九日,即1794年7月27日。这天,罗伯斯庇尔在国民公会上被推翻,标志着"恐怖时期"的结束。
③ 塔莱朗(1754—1838),法国贵族,政治家,外交家。

及在他很感兴趣并且很有办法的走运的投机生意中,他的财产大大增加了。在波旁王朝回来时候,他又被撤职,一个党派对他有不好的看法,责备他在革命时期的行为,在帝国时代扮演的角色,于是他自己标榜是自由反对派。他没有得到贵族院议员资格,他瞧不起这个,或者是装作瞧不起,他设法被任命为众议院议员。

他家族以及邻居中的贵族都指摘他思想狭隘、阴险、野心勃勃,而自由党人却认为他有巨大的精神力量,一种完全是共和国式的精力,和政治上深远的眼光。实在应当说这位善良的老贵族为人风趣,在沙龙中是讨人喜欢的健谈者,应得到恰如其分的待遇:

既非过高的荣誉,也非过分的非难。①

他是态度纯正,不露锋芒的反对派。他非常风趣,轻松愉快,听他讽刺皇家政权、国王宠爱的姬妾和得势的高级教士是一种乐趣,当他讽刺得起劲时,他的容貌和全身,简直像是伏尔泰复活了。没有一个自由的选举者,受了他那样好的宴请,听了他的谈话,欢畅地大笑之后,而能够不投他一票。

最能表现他政治性格的行动,就是刚刚把他带回到他在维勒普娄的庄园里的这件事,我们看到他这时致力于文学和进行木工的修缮。他是第七十三个议员,在同年的三月四日,离开他的席位,穿着便服,离开议会,按照富科子爵的说法和

---

① 这是十七世纪法国著名悲剧家拉辛的剧作《布列达尼古斯》中的一句诗(诗剧的台词):"我有条件担当的既不是过高的荣誉,也不是过分的非难。"

命令,当时马奴埃尔被"抓住"①。他曾在四月五日给议会办公室递交的抗议书上签了字。这就相当清楚地说明他所公然追随的政治倾向是怎么回事;但是这并不说明他的理论究竟是什么,甚至也不说明,他借口宪法主义这含糊和可伸缩的形式为之辩护的神秘的党派是怎么一回事。参加我们刚才提到的那次光荣行动的议员之中,有在波旁王朝时代法国最卓越最受人赞扬的人物;为什么在我们这时代我们不能赞扬他们呢? 但是在他们抗议当时政府的狂暴、不合法的倾向的自发行动中,有一切政治反对派集合在自己的旗帜下的各种不同的集团。议会的左翼语言坦白,冠冕堂皇,可是在这种语言的底下,却隐藏着一些神秘的东西,有人说极左派与烧炭主义社团有些关系,总检查官白拉曾说过:"同意第一点:'毁灭现在的一切',朝廷的敌人们在其他各点上以及对于将来如何的看法,内部互相分歧。拿破仑二世,一个外国王子②,共和国,以及一个比一个荒谬,互相矛盾的'千万种其他意见',使我们的调度者在他们给我们准备的命运问题上发生分歧,不仅让忠心的人们明白,而且使一切通情达理的人明白,罕见的幸福将为了法国从这第一次分裂中产生,这次分裂是日后许多分裂的命中注定的前奏。"③读者也许以后会发现,是不是维勒普娄伯爵在他的思想的神秘处和行动的秘密中,也联系到

---

① 马奴埃尔(1775—1827),法国复辟王朝时期的律师、议员,自由派的著名演说家。1823年,在议会中辩论法国复辟王朝对于西班牙的武装干涉时,马奴埃尔在发言中激怒了保皇派,当场被驱逐出议会。当时自由派议员群起抗议,企图捍卫马奴埃尔。宪兵上校富科子爵下令抓住马奴埃尔,将他拘捕。
② 指奥朗日公爵。
③ 拉洛歇勒事件的公诉状。——原注

贝拉所说的拿破仑第二、外国王子、共和国或是被贝拉那么奇异地在"千百种其他荒谬的意见"这句迂回说法之下隐藏起来的"某个人物"①。目前我们只管他的性格和他的思想。

维勒普娄伯爵首先是个很风趣的人，在政治方面应当说是很机敏、很明察的，对社会的理论，认识倒不怎么深刻，却夸耀自己什么都知道，什么都懂得。他也许是当时贵族中表现最先进的；他热爱拉斐特，他尊敬达尔让松②，他私下里帮助了不止一个被流放的贵族；他甚至对巴伯夫③的体系表示热情，尽管他对此并没有信念也不信任。他同时是夏多布里昂先生和贝朗瑞④的赞美者。他的智慧能热情地领会一切美的、伟大的事物，而他那轻率的灵魂，正如一个君主的灵魂一样，却不肯定任何严肃的结论。他相信一切体系，在一刻钟的时间内，他会非常容易地吸收一种体系，可是过了一刻钟，他从这个体系又转到另一个体系，毫不做作，也不混乱；因为这种业余爱好者的天性，是他真正的、占支配地位的天性。他有一个艺术家，一个大老爷所具有的一切优缺点；既吝啬又宽厚，由于情况不同，有时热情，有时猜疑，他常常发脾气，却永远不严厉对待。没有人比他更能理解在独立的幸福以及实践的正常情理之下的生活，这种正常情理保护个人而不伤害社会。在这一切的根底上，有一种真正的仁慈，和蔼的殷勤，明显的慷慨。但是透过这些家庭的道德，也有一种无比的轻率，

---

① 指奥尔良的路易·菲力普。1830年法王查理十世退位，路易·菲力普登基，史称"七月王朝"。
② 达尔让松侯爵(1771—1842)，在拿破仑帝政时期任省长。
③ 巴伯夫(1760—1797)，法国革命家，《人民论坛报》的创办者，他有一种关于分配土地的共产主义式的理论，被称为巴伯夫主义。
④ 贝朗瑞(1780—1857)，法国著名的歌谣作者。

一种带讽刺性的自私，一种深深的无忧无虑，这种无忧无虑是由于对一切普通原则，一切社会主张很容易迷恋，而不必执行，也没有后果。

他袖手旁观地度过了各次政治大事件，嘴里哼着讽刺诗，有时含着眼泪。他同情一切大的行动，但是任何说教，他只能在听你讲，而且想弄明白的片刻之间，才引起他的注意。他观察当时的人和物就像看书消遣，他的好奇心得到满足之后，他就在看到最后一页时微笑着入睡了，他同意每人可以有自己的想法，只要社会秩序不致太受波动，各种理论不要是妄想，可以付诸实践就行了。

由于有这些习惯和倾向，虽然他对家庭很关怀，在某种意义上说，他有点听任他的孩子们自生自长，对孙子孙女更是完全让他们自己去闯。他很关心他们，给予他们各种办法学习，可是他没有持久性，没有全局观点，他向年轻人的头脑中灌输互相矛盾的意见，对这些意见他也没有辨别清楚，有人告诉他这种教育的危险性，他却深信自己是按照一种体系这样做的。这种有点像是《爱弥尔》[①]的翻版的体系，就是没有体系；这就是他自己辩解的借口以掩饰他没有能力做得更好些。事实上，他很难把统一的和确有把握的概念灌输给他的学生们，因为在他自己头脑中并不存在这些概念。有时他有所感觉，但他能宽慰自己，认为至少他没有对于孩子们日后的教育设置障碍。

这种方法在绮绶和她的弟弟拉乌尔两种相反的天性中产生了相反的效果。女孩子深思熟虑，通情达理，坚定，非常公

---

① 卢梭的名著，全称为《爱弥尔或论教育》，发表于1762年。

正,敏感,渴求扎实的学识,诗意的修养,学得很多,确实是在等待时间和境遇的结论。在与世人来往中,她很少抱有成见,稍稍接受一些真理气息,就能使她去掉成见。卢梭式的教育用到她身上,产生了奇迹,即使教育是坏的,也不能腐蚀这个正直的,非常明智的天性。

另一个,那男孩,表现出对学习的顽抗。由于不得不按习俗办事,只好给他请教师来教他,可是谁也不敢把事情做到使孩子哭泣的程度。老祖父的性格天生温和,不会向儿童的反抗和泪水做斗争。年轻的拉乌尔只学了娱乐的艺术。他会骑马,善于射击,游泳,跳舞,打台球。虽然他看起来体质孱弱,但在身体锻炼中,他是不知疲倦的,并从中满足了他很大的,仅次于他对贵族头衔的虚荣之感,那种虚荣感是出入于上层社会和纨绔子弟之群时获得的。在这点上,老伯爵对于自己自由教育计划的结果感到有点害怕。这年轻人对自由主义思想毫无兴趣。完全相反,他却选择了他的酒肉朋友们所标榜的"极端"类型。在上流社会里,人们欢迎他,并且夸他"思想正确"。他在祖父来往的人中间,烦闷得要命,他偷偷地责怪祖父跟坏人来往。他的全部野心在于到国王的御林军当军官。但是祖父反对,他们争论得相当激烈。当伯爵的个人利益公开受到牵连时,他并不缺乏怒气冲冲的意志。他担心如果让孙子去为执政的亲王们效劳,他会失去民心。在年轻人这方面,他却觉得这样很不好,他祖父为了取悦于这群败类竟发表这种言论,堵塞了他争取朝廷宠幸的门路。因此他焦急地等着他自己成年,可以自己扮演和祖父的意图相反的角色,伯爵挖空心思留住他,却不知道怎样才可能做到。其实,祖孙两人彼此热爱;因为老人心肠很软,慈悲,拉乌尔也不是没有优点。他是没有主义的牺牲品,没有主义在他的家庭中砍断道德和政治的联系,但是他本可能接受一种较好的方向,他本身具有某种良心的正直感,使他的行动不至于太过分。

绮绶对伯爵有更深、更纯正的温情。她的灵魂只能容纳伟大的感情,由于她没有足够的经验,不能辨别祖父的轻率,她盲目地信任他。她把他的一切言语,一切意见都当了真。为了在她还不很理解的矛盾之间找一条路,她处于一种热烈的自由主义和对世界一切规律自发的尊敬之间。不过有时她对后者提出不同意见,伯爵很善意地听她讲,不愿反驳她。于是他设法给自己解脱,说绮绶的新思想必然具有生硬性,他不愿过早地使这些宽厚的性能磨损。应当对这回答付出代价,于是善良的绮绶,自己孤单地做着很多梦,并不知道这些梦能否实现。

第二十四章

当比埃·于格南走近两位高贵的主人时,伯爵坐在一张庭院中用的安乐椅上,在他喜爱的菩提树荫下。他一边看报,一边进行一顿毕达哥拉斯式的早餐①,他的小孙女正在用一把金刀子替他裁开一本刚收到的政治小册;一条主人宠爱的狗正在他们的脚下睡觉。一个老仆人在他们周围转来转去,留心着他们还需要什么。绮绶眼睛经常盯着比埃来到的那条小路。他发现她有些腼腆,差不多在战栗。他呢,很兴奋,被一种从来没感到过的力量所振奋,自己觉得充满勇气和宁静。

伯爵把报纸放在桌子上,摘下眼镜,叫道:"这儿来,这儿来,亲爱的比埃师傅。我很乐于见到你,我感谢你接受了我的邀请。请在这儿坐。"他向比埃指着左边的椅子,绮绶坐在他右边。

比埃回答说:"我是来听取您的命令的。"他迟疑着,没有坐下。

伯爵说:"这里没有命令,我们不会向你这样的人发号施令,谢天谢地,我们决不要行会师傅的老一套,而且,你在你的

---

① 毕达哥拉斯(前570—前495),古希腊哲学家,数学家。法国俗语,不吃肉类,叫作"毕达哥拉斯"式的餐食。

艺术方面,不也是师傅吗?"

"我的艺术只是默默无闻的职业。"比埃回答,他不大想多谈。

伯爵说:"你什么都能干,如果你另有雄心……"

"没有任何雄心,伯爵先生。"比埃打断他的话,态度坚定平静。

"应当开门见山地说,勇敢的年轻人,来坐在我旁边,和一个友好地请求你的老人谈话,不要猜疑,不要骄傲。"

比埃被这些热情的语言,也许是被维勒普娄小姐那忧愁不安的态度征服了,他随身坐在她对面的座位上。他心想她就要站起来走开了,就像平时当他和她祖父谈话时她所做的那样,但是这次她留了下来,甚至没把椅子挪远这张窄窄的桌子,这桌子在她的面孔和木工会友的面孔之间,只有很短的距离,在他们膝盖之间的间隔也许更短。比埃留神不把座位完全靠近桌子,自觉平静,有自制力,但是他似乎觉得,他只要碰到绮绶的连衣裙,土地就会在他脚底陷下去,他又会跌入梦幻之境。

伯爵用慈父般威严的声音说:"比埃,你应当向我推心置腹地讲。我的孙女今天早晨在花园里遇到你,见你精疲力竭,神气绝望,不能控制。她走近了你,向你问了话;她做得很对。她以我的名义向你提出帮忙,许以友谊;她是按照自己的良心说话。你傲然地拒绝了这些帮忙,这使你在我眼中更可敬,我有责任帮助你,不管你愿不愿意。比埃,你要小心,不要采取不公正的态度。我早知道你那老共和党人的父亲对你说的一切话,他叫你提防我。我十分重视你的父亲,不愿触犯他的成见,但是在他和我之间,有这种不同,那就是他是属于过去的,而我年纪比他大,却是属于现在的。我敢自己吹嘘比他更懂得平等;如果说你不肯把心中的痛苦告诉我,我却自认为我比你更理解人类的博爱。"

听到这样的语言,年轻工人很难不信任,不佩服。他觉得心灵深处充满感激和同情。当伯爵对他说话时,绮绶把一个名窑出品的瓷杯一直递到工人手里,伯爵给他倒上咖啡,那么自然,那么和气,他懂得在这种情况下,最好的表现是人们给他什么就接受什么,不必迟疑,不多说话。但是当绮绶欠身把糖递给他时,他有点慌张。他只好鼓起勇气看了她一眼,他在她面孔上遇到的热情善感的表情,使他很愉快,夹杂着一点难过。他像个孩子似的脸红了,他开始用餐,却不太知道自己在干什么。他接受并且吞吃下她给他的一切,他什么都不敢拒绝,就怕在这时刻跟她交换言语。但是,他越吃(他很需要进食,因为他一直没吃东西),越觉得恢复了机智。咖啡味道极佳,他平常喝不到的这种高级咖啡自然地给他脑子输入了一种强大的热力。他感到舌头流利了,血液自由地流通,他的思想清晰了,不害怕出笑话了,他在做更严肃的考虑。

"您愿意我说话吗?"在否定了伯爵关于他悲伤的原因所做的各种假设以后,他对伯爵说,"那好,我就说吧。无疑这将是一种无益的议论,我相信这条又肥胖,又清洁,使很多人羡慕的漂亮的狗首先就会轻视我的议论,如果它能听懂我的话。"

"可我们不是狗呀!"老伯爵笑着反驳,"我希望我们能理解,我们要很小心不轻视人,怕的是我们也被别人轻视。好吧,年轻的骄傲的人,说说你的思想吧!"

于是比埃开始天真地讲他在花园中从黎明到日出发生的

各种思想。他这样讲述,毫不夸张,但是毫不困难,也没有虚假的羞愧。他不怕对伯爵讲在他许许多多的行动中,有不合法的东西,而同时又对他说在对于幸福的权利中,也有神圣的地方。他向伯爵提出在自己思想中七上八下的社会问题,他讲得那么清晰,那么雄辩,使伯爵看出他是个不平常的人,迫使自己不时地带着惊讶和钦佩的神气看看他的孙女,显然她也有同感。我不知道比埃是否看到这最后一点;我想他不愿看绮绶,害怕看到她脸上露出一点怀疑或怜悯的神气,这会使他没有力量说下去。我也想如果他仔细地看了她,如果看见她赞成的微笑,同情心使她眼睛湿润,他就会不知所措,或者至少会语无伦次。

当他说完一切,他的思索使他产生的恐惧和痛苦,以及他的思索引起的怀疑和无限的绝望,他承认在那苦恼的片刻,他感觉到生活的可憎可怕,和逃向一个更好的世界的要求。他承认曾有自杀的念头,只是对他老父应尽的责任的感情,才使他留在人世,这人世对他只是在充满痛苦的折磨和不公正的地方的一种沉痛的考验而已。

当他脸色苍白地用激动的声音讲这最后几句话时,绮绶突然站起来,在小路上来回走了几趟,假装找什么东西。但是当她又回到座位上的时候,面色显得疲乏,眼睛发亮,也许她哭过了。

维勒普娄伯爵异乎寻常地惊讶。他用尖锐的眼光看着年轻的无产者有灵感的面孔,心里思忖这位习惯于使用刨子的人,是从哪里发现了并且发展了如此广阔的意见和如此高明的思想的胚芽。

当他用最大的注意力听完以后,他说:"比埃师傅,你知道你可以成为一个大演说家,也许是一个大作家吗?你说话简直像一个使徒,推理像一个哲学家。"

虽然他觉得关于那么严肃的讨论,这种看法有些轻浮,比埃在绮绶面前受到这种恭维,还是不自觉地感到得意。

他红着脸回答说:"我不会说话,也不会写文章,我只是提出问题,伯爵先生,我只能是一个蹩脚的宣道者,除非您肯指点我的意见,替我提出信条。"

伯爵一边用鼻烟壶敲桌子,一边看着他孙女,叫道:"活见鬼!他多会说话。他上天入地,整个儿翻腾了一遍,对人生的奥秘比古代一切圣人挖掘得还要深,他要我知道上帝老爷的秘密。可是,你把我当成魔鬼还是教皇?你认为不需要未来两千年的智慧再加上过去一切智慧才能回答你的提问吗?当代最大的思想家,除了这个也没有别的话对你说:你操这份心不是见鬼吗?努力发财致富吧,同时习惯于看见你周围的穷人;要不然,亲爱的朋友,你就是疯子,你就应当去治你的病。对,我敢保证,可怜的比埃师傅,在人们所能介绍给你的十万个体系中,一个比一个美好,一个比一个不能实现,没有一个比得上我留着为我自己用的那个体系。"

比埃活跃地说:"那是什么体系呢,先生?因为我请问您的正是这个。"

"欣赏你所说的,忍受人间的一切。"

"就是这个吗?"比埃激昂地站起来说,"说真的,如果您没有更好的话回答我,那就用不着盘问我。啊!小姐,我刚才对您说过了。"他没有一点对爱情烦扰的反感,聚精会神地看着绮绶,他又说:"我刚才对你说过,你祖父没有一点可以帮助我的。"

绮绶吃力地回答:"忍受一切不是经验的总结和智慧的最后一句话吗?"

比埃回答说:"当人们有点自尊心时,为自己忍受是一种美德,而且不是很难的事。至于我,我声明我的贫穷和我的默默无闻,对我还不算沉重的压力,如果我生下来就像你一样富有,小姐,那我会在正义感中觉得更不幸,更不安。但是对别人的不幸逆来顺受,忍受压在无罪的人头上的枷锁,从容地看着世上的现状,而不设法发现另一种真理,另一种秩序,另一种道德。啊!这不可能……不可能。那可真使人永远睡不着觉,永远无法消遣,永远没有一刻幸福,真要失去勇气、理智或者生命。"

"怎么办,祖父?"绮绶叫道,一边向伯爵抬起充满希望与焦急的热情的湿润的眼睛。

她徒劳地等待一句由于成熟的判断而赞同年轻工人福音书式的激情的回答。伯爵微笑了。他抬眼向天,把孙女揽在怀里,另一只手伸向比埃。沉寂了一刻之后,他对他们说:"慷慨的年轻的心灵,在承认这些都是世上不可能有解决办法的极大矛盾和崇高的问题之前,你们还会做很多这类的梦。我不过早地希望你们失望和憎恶,这种感情是白发老人分内的事。你们多做些祝愿吧,多想些体系吧,愿意有多少就有多少,尽可能晚地放弃对这方面的信心。"他站起来,在惊呆了的年轻人面前抬抬黑绒小帽,说:"白发苍苍的我向你鞠躬,比埃师傅,我尊敬你,赏识你,爱你。请常常来和我谈话。你的德行可以使我年轻一些,也许在很多梦想以后,压在我们理想上的大山,会减轻一粒沙子的重量。"

这样说着,他挽起孙女的手臂走远了,同时带走了他的小册子、眼镜以及报纸,带着一种习惯于玩弄最伟大的见解和最神圣的感情的人那种泰然自若的神色。

开始,比埃感到十分沮丧,稍后,他产生了一种含有愤怒和怜悯的讽刺。他自己觉得很可笑,竟让这最高尚思想的秘密任这个在背叛中的白发老人的冰冷气息所玷污。他心里好不容易才不用最轻蔑的态度咒骂他。

他想:"怎么着,知道这些事情,没办法也不想否定其中的真理,自己保存着它们,像一件无用的宝物,既不理解它们的价值,也不知道它们的用处:作为一个大老爷,有钱有势,在社会斗争中活到老年,经过了共和国和几个王朝,可是没有确定的信仰,没有胜利的感情,没有有效的意志,甚至没有慷慨的希望。已经到了暮年,除了无益的遗憾,微不足道的同情,虚伪的失望以外,不能表达任何事情!……如果这是他们族类里最聪明最有学识的人中的一个,那么别的人又怎么样呢?在这些装饰着生活的最美好的证章——'权力和声誉'的活尸体身上,人们能希望得到些什么呢?"

在愤怒中,比埃的火气一直发到不公正的程度。他不能理解先入为主的教育效果,以及和吃奶同时养成的成见。站在和自己的观点完全不同的观点上,没有比这更难的了。如果比埃认识社会,不是应当是怎样的社会,而是实际上是这样的社会,那么,虽然他道德冲动势不可挡,可也会对这老人保留一些尊敬和很多热情,这老人比同类的大多数人还高明一些,由于他的最初印象比较纯真,由于他本能的善良,在所有的人中间,他还是很出色的。但是比埃是由于绮绶的许诺才来的。一时之间,他见到被人如此津津有味地听着,他盘算着可以得到合乎他愿望的解决办法。他看到自己既像一个使徒,又像一个疯子似的,被人赞扬又被人可怜,觉得非常痛苦。

只有一件事给了他力量,使他回去干活,耐着性子重新套上生活的桎梏,这件事就是想起绮绶在离开他时的表情。似乎他此刻感到的惊讶、沮丧、懊恼,像充满他的头脑一样,也充满那高贵的少女的头脑。在遇到她最后的视线时,他感到一种庄严的东西,好像是永恒的诺言或者是永别。他的灵魂回想起这神秘的震动,同时浸透了快乐和痛苦。此时此刻,他承认自己在热烈地爱着,他不知道他灵魂的战栗是由于失望还是由于幸福。

第二十五章

在比埃向工场走去时,伯爵的老仆人叫住他,请他修理一下他主人刚才进餐用的桌子。这是一个细木镶嵌的小桌子,有一块板子可以用膳,一块能拉出来的活板可以写字,下面还有一个抽屉。比埃满不在乎地回转来工作,仆人帮助他,他们把桌子翻过来,仔细观察裂缝。他们把抽屉弄空,仆人用一只篮筐把报纸、旧纸收拾起,比埃把桌子放在肩上,拿回工场去修理。

桌子修理完毕之后,他把抽屉抖动了一下,以便在重新装上以前收拾干净。这时他看见一张卡片,夹在一个缝里,露出一半,他把这卡片整个抽出来,就在要把它作为废物扔掉时,惊讶地发现它古怪的形式。这只是半张卡片,是按一定的方式斜着剪过几次的。比埃知道伯爵对于几何学造诣很深,他想这里是不是有什么科学问题;但是他没有找到一点这样的问题,就把卡片放在口袋里,他想也许是绮绶在沉思的时刻随便剪的。他想:"谁晓得当她沉溺在这种消遣的时候,有什么思想在秘密地激动着她呢?不管怎样,一切都不会是偶然的,这个剪裁的形式也许象征性地包含着她灵魂中的一切秘密。"

阿希尔·勒弗头天曾告诉他还要在维勒普娄再住几天,

关于厦垛的酒库,还有些旧账要跟会计结算。比埃和他曾约好晚上在花园里见面。当比埃到达约会地点时,天还没有黑,在等待的时候,他就注意地看那卡片。那时,一些混乱不清的思想出现在他头脑中。在去年的报纸上,他曾很有兴味地读过拉洛歇勒警官们的诉讼案。他曾读到总检察长贝拉和代理检察长马尔尚吉的狂热的也许是过分雄辩的发言。揭发出的很多有关烧炭党的秘密的细节使他十分惊讶。他看见阿希尔·勒弗向他走来,忽然想起把这张卡片给他看看,并且很放心地对他说:"你认识这个吗?"

旅行推销员叫道:"什么,这是什么?咱们是'表兄弟',你却一直瞒着我。好,你可太拿我开玩笑了。谁能料到这个呢?你在摸索我,你负责监视我,试探我?人们是不是在怀疑我?真的,我还以为是在做梦,说呀,回答我呀!"

"如果我们不是表兄弟,也正在变成表兄弟。"比埃回答说,他看见阿希尔天真的惊愕态度,好不容易才没有哈哈大笑。他又说:"是维勒普娄伯爵交给我这个记号,以便更快地跟你相互了解。"

阿希尔越来越诧异地说:"如果你不是在行的人,这是违反一切规矩的。"

比埃接着说:"显然,他有权利这样做。"

阿希尔叫道:"完全不对,尽管他从属于'至高售卖'[①],也不能允许他把我们的符号和秘密这样告诉别人。我看穿了,这老胆小鬼泄气不干了,要不然就是吓昏了头脑,不知道自己在干什么。在听了昨天他对我说的那些话以后,我早该

[①] 至高售卖,烧炭党的秘密集团。

料到会发生这样的事。特劳卡德娄①的消息使他完全失掉勇气；他以为一切全完了。在战争初期，他本已有很多忧虑；他来躲在这里的古老城堡里，只是为了不参加政治大事，现在他却愿意跟他那些夜猫子藏在有贵族标记的墙缝里。就是这些人，当他们有片刻的勇气，立刻就有双倍的懦弱。我的天，我不懂领导委员会的疯狂，竟想从那些老贵族身上得到些什么。好像他们会忘记'恐怖时期'②，好像他们除了妨碍我们的计划，挫败我们的运动之外，还能做点别的事似的。对不起，比埃师傅，我说这话不是对你不信任。我知道你跟我们中间最好的人一样正直，一样慎重。可是说到最后，不能允许我们之间任何人拿自己的诺言和我们的秘密开玩笑。"

比埃回答说："你放心，别着急，勒弗先生，没有人给我这张卡片。我是在一个抽屉底下找到的，如果说有人把社团的秘密透露给我，那就是你，你刚才告诉我的，比我想知道的多得多。"

"啊，这个，你在拿我开玩笑？"阿希尔说，眼睛发出怒光，声调好像比平时的架势要高一点。

比埃·于格南回答说："冷静一点，我的大师。你把这卡片拿走吧；它对我毫无用处，我发现这小玩意，我并不觉得对你们的秘密有什么损害。你拿这些东西去解闷吧，我没有权利加以讥讽，我自己由于同类的幼稚可笑，参加了一个社团，这社团比你们的更秘密，更宽广，更坚实，更有信仰。"

阿希尔非常生气，说："你好像在教训我，比埃师傅。不

---

① 特劳卡德娄，西班牙的加斯海湾的要塞，1823年被法国军队攻占。
② 恐怖时期，指十八世纪末法国革命的恐怖时期，即1793年5月31日至1794年7月27日。

管我对你多么尊敬,我不承认你有这个权利。如果你跟你大多数同伴一样无知粗野,我可以用怜悯的沉默来回答,比你的恶意的玩笑站得更高。但是既然由于教育和推理能力,我把你看成平等的人,我宣布,我对你不比对我的任何一个同伴更有耐心。"

比埃用最大的平静态度回答:"勒弗先生,感谢你夹在你对我的恐吓中的恭维性的词句。可是我看出这些话中透露出傲慢,这种人在打别人耳光之前,先给自己戴上手套。算了,我比你自豪,我向你伸出手来,向你表示歉意,因为我的言语伤害了你。"

阿希尔一边亲热地紧握着工人的手,一边说:"比埃,我觉得我很爱你,但是我求你,这种友谊永远不要由于我们两人之间一方的骄傲而破裂。"

比埃微笑着说:"我也同样请求你。"

阿希尔说:"我的角色比你的难演。你是平民,也就是贵族,是至尊,我们这些第三等级的造反者,为正义和真理的事业来恳求你们。你们把我们当作下级,你们高傲地,不信任地向我们提出各种问题;你们问我们是不是疯子,要不就是玩弄阴谋的;你们使我们忍受千万种侮辱,这点你得同意!当我们不把宣传精神一直进行到基督教式的谦卑,当我们的血在我们血脉中震颤,当我们自以为你们平等对待我们的时候,你们却对我们说我们不真诚,我们内心深处怀有仇恨、傲慢,一句话,我们是骗子,是卑鄙的人,我们降低身份,恳求你们,以便剥削你们。政府采纳了这种诽谤的办法,为的是使你们看不起我们,使平民脱离他们真实的、唯一的朋友,你们就这样投身于专制主义的陷阱。这是既不慷慨也不明智的。"

比埃说:"从你现在的观点看来,你说的都是绝好的真理。但是,为了证明我们有理,有许多事要回答,甚至关于你们,你们这些诚恳的人,我可以反驳你,你们没有从天上接到鼓动我们起来造反的使命,你们对我们的处境从来没有做过严肃的考虑,你们虽然怜悯它,却毫无办法改变它。我还可以告诉你们,在你们这职业里(请原谅我用这个词,因为这也是一种职业),你们养成的习惯和你们认为道德败坏的政府的习惯一样虚伪。你们轻率地对我们许愿,明知这是不能实现的;你们观察我们,深入理解我们,你们调查我们的弱点、错误以及恶癖,当你们和平民粗鲁的接触,忍受了一些时候,由于你们并不真正具有慈善和教导的精神,由于你们被纯粹是政治而毫无道德的观念所困扰,你们对我们厌烦了,离开我们,说:'我看见平民了,他们是残酷的、愚蠢的,他们若能自己治理自己,还得等待许多世纪。朋友们,要提防平民,不要操之过急。平民落在我们后面,准备淹没我们。如果我们把疯狗放出来,当心自己倒霉……'"

阿希尔喊道:"我们可不这样说!"

"你们是这样说的,你们还情不自禁地要写,要发表;你们的报纸登满了你们的律师和演说家的抗议,他们背弃我们,蔑视我们。你们以为我们不读你们的报纸吗?你们说:平民不是一种卑贱的下等人,在人群里吼叫,要求喝血和抢劫,手上拿着棍子乞讨,准备把不肯将钱包给他的人打死。平民,是群众中健康的一部分,他们诚实地谋生,尊重既得权益,努力使自己配得上这种权益,不使用暴力和不处于无政府状态,而且坚持不懈地劳动,学习才能,尊重国家的法律。就这样,你们给平民下定义,你们穿上他们星期日的制服,出现在法院面前,议会面前,所有有钱订阅你们报纸的人们面前。但是劳动者平时穿的粗布衣服,他们可怕的伤痕,可耻的疾病,他们身上的跳蚤、虱子,他们深深的愤怒,当穷困把他们逼得走投无路,当他们发现自己被遗忘、被践踏时,他们说了一些完全正确的威胁话。当他们后悔过去,恐惧明天迫使他们喝'痛苦的遗忘'①,就如你们的一个诗人所说的那样,他们可怕的狂呓,在贫困的事实中的一切狂怒,混乱,忘记自己,对于这一切,你们完全不管;你们不知道这些事;你们为了说明自己有理由可能感到脸红;你们说:'这些人也是我们的敌人;他们是社会的恐怖和耻辱。'然而,这些人也是平民。擦掉他们的污点,医治他们的病痛,你们就会知道这卑贱的人群跟你们一样,也是从上帝的五脏里出来的。你们妄想把他们区别开来,把他们分成等级,但是没有两种平民,只有一种。在你们家里工作的人微笑,安静,穿着整齐,和在你们门口吼叫的人,愤怒,阴沉,衣衫褴褛,是同样的人。唯一的区别,就是你们给一些人工作和面包,而对另一些人你们则一点办法也没有。比如,为什么你,勒弗先生,你不停地赞扬我,而不包括我的家庭?你以为这是给我面子吗?不,我不要这面子。最不幸的乞丐是我的同类。我不以他们为可耻,正像我们中间有许多人,你们用自己舒适的习惯,和你们的忘恩负义与虚荣激怒了他们。不,不,这种穷苦人不是低于我的等级;他们是我的兄弟,他们的堕落使我觉得自己生活舒适是可耻的。你要知道,勒弗先生:只要还有长满麻风和贫穷的人,我可以对你说,尽

---

① 赛南古(1770—1846)的小说《奥贝曼》中语。——原注

管你们有那些密谋者,资产者的宪法,你们经常变换旗号①,却一点好事也没做。"

阿希尔激动地说:"亲爱的于格南,你有很伟大的感情,但是你太急于指责我们了。你以为做人类精神的医生是那么容易吗?要毫不犹豫,不出差错地找到医治所有这些疾病的药物是那么容易吗?"

"是找药物呢,还是厌恶地掉头不看,掩鼻不闻,说在医务室里只有腐烂和恶臭呢?一个医科学生看到一条溃烂的腿而不能不恶心到晕过去,你对此作何感想?这是热诚的人吗?这只是爱好科学吗?这是真正有志向的标志吗?那好,请你要敢于到人类道德的麻风病院中去,像你所说的一样,要敢于用你的手去探索我们病症的深渊,不要浪费时间说这只是看起来恶心可怕,请你想一想如何医治这一切,因为我从来没看见过一个医生,不管他多么懒惰,多么目光短浅,会放弃一个病人,借口说病人太令人恶心,治不好。现在如果我从真诚的但轻浮的共和党人,说到既不真诚又不轻浮的共和党人,我在什么地方可以找到言语谴责他们呢?你瞧,我还认识几个这样的人,虽然除了在工场的一伙人以外,我和别的社会没有来往。你曾约我和他一起在渥多亚家里吃饭的那个医生,在革命时期,难道他不是在口袋里装着一个强有力的人物吗?也许是一位有王室血统的亲王,可以用来很快地代替被推翻的人。不用往远处说,你那位阴谋家议员,那位加入'至高售卖'的人,也就是你那位维勒普娄老伯爵,我肯定,你跟他的交往,政治多于买卖,你不是刚刚对我画了这些人的忠实的肖

---

① 影射1814年的"宪章"和复辟王朝的白色国徽。

像吗？"

"我也许走得太远了，在我发怒时，我曾经控诉他犯了一个他并没犯的过错。"

"你不要试着让我恢复对他的尊重。今天我还跟他谈了一个钟头。我看到他良心的深处。我向你保证，作为一个喜欢不费力气、不冒危险地追随好运道的人，他到处都留下脚印。"

于是比埃讲起他和伯爵的谈话，当然没提这次接近是由一个传奇式的环境引起的。他的叙述使善良的阿希尔思绪万千。他想着他自己可能怎样回答工匠向富有的老人提出的问题，但是他一点不能反驳工匠有权这样提出产权问题。

他说："肯定，这是一个很严肃的问题，人们需要有时间，有天才才能回答。"

比埃说："更要有良心；因为只有智慧，你什么都得不到。"

"可是，没有智慧，热诚的人有什么用呢？在科学和思考方面高于群众的人，不应当帮助群众对他们真正的利益认识得更清楚吗？"

"你不要使用这个字眼，阿希尔先生。我们真正的利益，上帝，我们知道这在你们将来的立法者的思想中是什么意思。"

"归根到底，比埃，你不会猜疑我吧？"

"不会，肯定不会，但是我不相信你，因为我什么都不懂，可你知道的也并不比我多。"

"那么我们求助于高超的人们吧，并且信任他们。"

"他们在哪儿？他们做了什么？他们教导了什么？怎

么,你曾听过他们的话,你在他们的命令下行动,你为他们的利益工作,而你什么都不知道,你没有什么替他们向我说的?他们有秘密,但不肯告诉他们的门徒,他们一点不肯让平民看见?那么,他们是印度的婆罗门教徒吗?"

"比埃师傅,你有一种残酷的、令人丧气的逻辑。如果谁也不知道自己所做的和所说的,那应当怎么办呢?应当叉着手,等着平民自己解放自己吗?你以为没有指导,没有向导,没有规律,他们办得到吗?"

"他们可以办得到,这一切他们都会有的。规律,他们会自己造出来的;向导,他们会从自己的队伍中找出来的;指导,他们会从降落到他们身上的上帝的精神中汲取的。总应当多少信赖天意。"

"那么,你们拒绝来自自由主义首领们的各种光明吗?因为一个人有名气、有才能,对中层阶级有影响,平民要提防他吗?"

"有那么一天,这样一个人来对我们讲话:人们夸奖我的价值,欣赏我的知识,在我的强力面前屈服,但是,孩子们,你们好好听着,我的科学,我的力量,或者是我的天才,不构成任何对你们有害的权利。我承认你们中间最单纯的人,和我以及我的家人一样,有权享受安逸,享受自由,并受教育;你们之间最软弱的人有权抑制我的力量,如果我滥用它的话;你们之间最默默无闻的人有权拒绝我的意见,如果它是不道德的话;最后我应当表现出道德高尚和慈善为怀,为了在我自己眼中,正如在你们眼中,成为伟大的学者,伟大的领袖或者是伟大的诗人……啊!但愿所谓的伟大人物来对我们说这些吧!我们将投身于他们的怀抱,正如投身于上帝的怀抱,因为上帝不仅仅用科学和力量创造,也用爱来创造。但是只要他们轻视我们理解能力的粗糙,把我们像牲口似的圈在一个小圈子里,甚至没有草吃,我们不得不彼此挤得动弹不得,出不来气,可是又出不来,因为到处有兵士,为了保证从我们手中拿到大地的丰盛果实,我们就会对他们说:'你们别说话,让我们自己尽力出去;你们的指导是背叛,你们的胜利是侮辱。你们别得意扬扬地在我们的镣铐上走,别在嘴上挂着虚假的怜悯我们的言语,在我们沮丧的行列中散步。我们什么都不愿替你们干,甚至不愿给你们行礼,因为当你们害怕我们或者需要我们的时候,向我们深深施礼,你们知道得很清楚,你们心里丝毫没有把你们的财产、势力和光荣放在我们手里的意思。'这就是我们将对你们有智慧的人们说的话。"

"你们放在那位向平民要求力量和声誉的人的嘴里的一切言语,我在心中都感到了。如果连我这样默默无闻的小角色都有这样的感情,为什么那些高尚的智者不能在更高的程度上具有这种感情呢?"

"因为直到现在,还没有发现过这样的事;因为我读了一切我能读的书,我连看都没看见我寻找的东西,因为我觉得你们这些现在的和过去的大智大贤给我们的结论是那么傲慢,残酷而且不人道。"

"那是因为你太富于理想了,你要求人们的是他们所办不到的事。你想要一些领袖和参谋,既有拿破仑的胆量,又有耶稣的谦卑。在一天之间,你对人类天性要求得过多了;而且,如果有这样一个人来到,他也不会被人理解。你呢,你会思考,但是平民可不思考。"

"平民思考得比你想的更好;证明是:你们煽动不了他

们。他们觉得时间还没来到。他们宁愿多忍受几天痛苦,省得抬起受伤的胸部一侧,换一个部位,使另一侧也受伤。他们等着屋顶再高些,可以站起身来,你知道这屋顶是用什么做成的吗?首先是资产者,再加上贵族。资产者们摆脱你们的贵族,如果你们被压得太沉重了,这是你们的事。如果有一天证明这可以减轻我们的痛苦,我们就帮助你们。如果你们和他们一样压迫我们,那你们当心,我们会摆脱你们的。"

"可是目前你们干什么呢?"

"干你们劝告我们的事。我们尽力劳动,为了不至于饿死。我们还会找到办法彼此帮助。在工人之间,我们可以保留我们的行会,虽然它有过分和极端的地方,因为它的原则比你们烧炭党的原则要美好。它要在我们之间恢复平等,而你们却要在地球上维持不平等。"

第二十六章

这一天侯爵夫人没有在厦垛中晚餐。她去拜访住在附近小城中的一个亲戚。她是早晨动身的,坐在一辆轻巧的敞篷马车里,一匹马拉着,只有一个仆人赶车。她故意地,也许是按照绮绶的劝告,用的是府中最俭朴的车辆,以便不至于伤害她那不富有的亲戚的自尊心。这种小心并不能阻止城里的小市民站在门前窗口,看她过去,一边尖酸地互相议论:"你们瞧这个侯爵夫人,坐着她的马车,带着她的马夫;其实这就是洗染商人克力戈老爹的女儿。"

约瑟芬被她表姐留住共进晚餐,只到傍晚时才回维勒普娄。她上车时,相当不安地注意到车夫沃尔夫说话嗓子很高,满面红光。当她看见车子迅速地在城里铺得不平的路上飞奔,擦过界石,带着醉鬼的大胆和少有的幸运,这种不安更加剧了。事实上,沃尔夫"遇见朋友了"①;这是醉鬼们常说的词儿,来解释他们常发生的倒霉事并证明自己有理。这些正直人有那么多朋友,连自己都数不清了;你无论跟他们到哪儿,他们都遇得到朋友。

走了两百步,沃尔夫和侯爵夫人的车由于奇迹已躲过了

---

① 意思是说,好友相逢,多喝了几杯酒。

许多可怕的灾祸,就怕到最后老天也要不耐烦了。侯爵夫人命令他,恳求他慢点走,但是毫无用处;他不理会,好像给那匹安静的马插上了翅膀。幸而也许是老天给了他这个主意:在鞭梢上要换一根细绳,为此车子在一所小房子门前停了下来。这小房子位于郊区出口,标有下列的说明:拉勃里克老爹,钉马蹄铁,留宿步行或骑马客商,出卖糠、稻草、燕麦等。

夜越来越黑,约瑟芬越来越害怕。她一看见车夫走下座位,忙着跟店中的人们谈论,他们给他送来一根细绳,同时送来一小杯烧酒,就决定下车,回到城里,请表姐派一个人给她赶车,或者住到那里等第二天再走。她对沃尔夫会同意听她的怨言不抱任何希望,因为他好像理所当然地自以为还饿着肚子。于是她叫一个人替她打开车门。她随便叫住一个在路中间的人,喊道:"先生,请你费神帮助我下车。"她的话还没有说完,车门开了,一个恭敬的、殷勤的骑士向她伸过手去。原来是科林思人。

"你在这儿!"侯爵夫人叫道,高兴得什么都不顾了。

阿莫里低声回答:"我在路上等着你。"

侯爵夫人乱了神,停住了,一只脚跨在车外,一只手被阿莫里的手握着。

她用哆嗦的声音又说:"我不知道你说这话是什么意思。你怎么,为什么在等我呢?"

"我是白天到这儿来的,为了买些木工用品。我和你的车夫沃尔夫同时在这小酒馆吃饭。我看他喝酒喝得那么痛快,放心不下,他这样怎么替你赶车呢,所以我就一直等在这儿,看他是不是东倒西歪,你是不是有翻车的危险。"

侯爵夫人说:"他醉得不成话,如果你能把我送回城里……"

科林思人说:"为什么不回厦垛?我从没赶过这样的马车,可是偶尔我还赶过旧的小篷车,不过我觉得反正都差不多。"

"坐上车夫的位子,不觉得反感吗?"

科林思人微笑着回答:"在另一种情况下,我可能很反感,但是现在却一点也不反感。"

约瑟芬明白了。她一半为自己心中产生的情绪而恐怖,一半不可抗拒地愿意接受阿莫里的提议,她这样做并不仅仅是由于害怕翻车。

她说:"那怎么办呢?车夫的座位只能坐一个人,沃尔夫不肯上车后面①。他充满自尊心,不相信自己喝醉了,一点不相信。他会大吵大闹的。这个人真叫我害怕死了。我宁愿步行回厦垛,也不愿让他给我赶车。"

科林思人回答说:"我宁愿拉着车走,也不愿让你步行二十里路。"

约瑟芬两颊发烧,说道:"那好,我们把他留在这儿。我们走吧!"

科林思人说:"我们走吧。你看他走进小酒馆了,等他想起从酒馆出来的时候,我们早走远了。"

他迅速地关上车门,跳到赶车人的座位上,拿起鞭子和缰绳,像箭一样出发了,没有给侯爵夫人考虑的时间。

他在哪儿学会这样的大胆?是呀,我怎么知道呢?读者,你们自己想通比我给你们解释更容易。有些人天性腼腆,比

---

① 马车后面有一块坐板是跟车的仆役的位子。

如比埃·于格南;有些人持重,比如绮绶;也有些人的天性是凭自发倾向行动,比如侯爵夫人;有些人容易冲动,比如科林思人。此外,还有青春,以及互相吸引的美貌,欲望可以把等级拉平,不顾习俗;还有,机会使人大胆,黑夜保护一切,等等因素。

科林思人赶车下坡,肯定比沃尔夫胆子还大,可是约瑟芬不害怕。那可怜的沃尔夫并不是三人之中最沉醉的一个。

当他们下了坡,又要上坡时,马可不能跑着上去了。而且,难道他们时间还不够充裕不应当叫这可怜的牲口喘喘气吗?但是侯爵夫人还不放心。这个醉鬼可能在车子后面跑,要他的座位,他的鞭子,对此,他就像一个国王对王位和节杖那样珍贵,他可能要跟抢他座位的人争夺。想到这幕情景,侯爵夫人怕得发抖,她的不安很自然,她在车里坐立不宁,不停地换地方,甚至坐到前面的长凳上,以便看看是不是有人在后面跑。科林思人也很自然地不时回转身来,把臂肘倚在马车前面的靠背上,以便使侯爵夫人放心,并且回答她接连不断提出的问题。总之,这次意外的相遇,突然的决定以及仓促的逃跑,足够令人奇怪,以致两人有时惊叫,有时又互相交换些解释。

约瑟芬一直没有摆脱这种小市民的天真,在上等社会里管这叫不得体,她不自觉地露出一种想法,一下就使谈话走得很远。

她叫道:"我的上帝,这仆人将在整个酒馆,整个郊区叫嚷,说我抛开他自己逃走了,在城里大家将怎样谈论我呢?当人们在看见我一个人和你来到的时候,厦垛里人们将作何想法?"

比埃·于格南如果在这种情况下,也许会做出有一点辛酸的回答,人们根本不会惊讶的。阿莫里不那么骄傲,同时也不那么谦虚,只想着打消侯爵夫人的忧虑不安。

他回答说:"我一直送你到厦垛门口,在那里,我就走开,不让别人看见我。你坐到车座上,拿起缰绳,你就告诉来开门的仆人们说沃尔夫在酒馆里忘乎所以,你有足够的理由不能信任他,你就自己赶车了。"

"没有人会相信的。谁都知道我胆子小。"

"害怕能给人勇气。在两种危险之间,总要选一个比较小的。你瞧,夫人,我好像桑丘①一样,给你讲成语,为的是叫你笑笑,可是你不笑,你一直在害怕。"

"你不懂这个,你,阿莫里先生,女人是那么不幸,她们是奴隶,在我生活的这个社会里,她们非常容易被牺牲掉。"

"不幸,奴隶,你们?我可一直以为你们都是王后。"

"谁使你这么以为呢?"

"你们都那么漂亮,穿戴得那么整齐,你们的精神总是那么焕发,那么幸福。"

"真的,你发现我总有这种神气吗?"

"我看你平时嘴角上总是带着微笑,气色总是那么纯净,你的举止总是那么优美……侯爵夫人,我跟你说这些话并不知道我的表达是不是得体,我总想使你笑笑,就像桑丘跟公爵夫人说话似的。"

"你别这么跟我说话,阿莫里,是你的神气在讥笑我。你不是桑丘,我也不是公爵夫人,也不是一个真正的侯爵夫人。

---

① 堂吉诃德的仆人。

我是一个工人的女儿,我并没有妄想成为别的。"

"可是……但是你不让我做桑丘,我不应当想到什么就说出来。"

"啊!我知道你本来想说什么;我嫁给了一个贵族,是不是?在我那个阶级以及他的阶级里,人们责备我够多了。我已经残酷地付出足够的代价,所以上帝可以原谅我了。"

阿莫里勉强地让自己快乐地谈话,他感到过分激动,无法继续用这种口吻讲话,但是又不够大胆用严肃的态度谈话。他们两人都沉浸在深深的寂静中,这样他们更能彼此了解。他们互相说些什么呢?他们还什么也没有说,可是他们知道彼此相爱。阿莫里感到他们之间只有一个字要互相倾吐,但是两人都没有勇气。

侯爵夫人又坐到车子底边的凳子上,说:"我的上帝,阿莫里先生,我觉得我们已经走过了左边的近路。我们本应当向左走。你认识路吗?"她又坐到对面的长凳上。

科林思人回答说:"我今天早晨头一次走这条路,可是我觉得这匹马自己会带我们走的,除非它也和我一样是头一回。"

"正是这样,这匹马是刚从巴黎来的,它不会帮我们忙的。"

"我认为还应当一直往前走。"

"不,不,应当离开大路,进到荒地里去。刚才我们走错路了,但是我们会从这儿找到路的。"

没有比在这荒地中辨别方向再困难的了,纵横交错的小车辙迹,都是一样的形式,不能给旅行者提供任何标志,除了几个高低不平的地方,只有熟门熟路的当地人才能辨认。虽然约瑟芬常常走过这些荒凉的小路,可她也不十分有把握,不是把某棵小树就是把某个指路标当成她曾经看见过的。再说,夜一片漆黑;轻轻的云彩笼罩着群星微弱的光,不知不觉地沉睡在水潭上的白雾散布在万物上,不久,什么都分不清了。

这样在迷雾中没有把握地行走,不是没有危险的。索洛涅,这片广阔的荒地一直穿过法国中部最肥沃最秀丽的土地,却是一片荒漠,上边杂乱地分布着一些干燥地带,在那里有繁茂的灌木在开花,也有潮湿的地带,芦苇丛中停滞着一摊摊无色的死水。一种带灰色的植物覆盖着积满淤泥的湖沼,这些比激流和悬崖更危险。我们的旅客在这迷宫中转悠了很久也没找到出路。马被那些看起来像有路可走的现象所迷惑,走进死路,被坑洼所阻拦,只好从原路走回来。不时地,一个轮子陷入无法预见,无法避免的掺水的沙土里;于是车子可怕地倾斜着,侯爵夫人惊恐万分,全力捏紧科林思人的手臂,发出叫喊声,不久,又是笑声,用以隐藏她的羞愧。如果阿莫里能预先料到,他也许会故意寻找这类事故;但这类事故变得如此频繁,危险是那么现实,绝不能再往远处走了。侯爵夫人要求这样,因为她开始真正害怕了,这位驾车人不敢保证不在某处沼地翻车。两个钟头以来,那匹马有时在带刺的树林中,有时在可以陷到双膝上的泥泞中走得精疲力竭,自己停下来,吃起草来了。

侯爵夫人笑着说她饿了,我相信,她是不知道应该说什么好。

阿莫里说:"我口袋里有一个黑面包,我若是能把它变成精白面包,献给你有多好呀!"

约瑟芬叫着说:"黑面包,啊!多美呀,这是我最爱的,那么久我没吃这个了。给我,这会叫我想起我还不是侯爵夫人时过的美好日子。"

阿莫里打开口袋,拿出黑面包。约瑟芬把它掰开,拿一半给他,说:"我希望你和我一块儿吃。"

阿莫里高兴地接过她刚碰过的面包,回答说:"侯爵夫人,我从来没有想到跟你一起吃晚餐。"

她带着一种娇媚的忧郁说:"你再别管我叫侯爵夫人了。我们现在在荒漠里,难道我不能有哪怕一个小时可以忘掉我的奴隶生活吗?啊,如果你能知道这片灌木土地使我回想起的事!我的童年,最早的游戏,我在十六岁就失去,就牺牲了的宝贵的自由,而且永远失去了,牺牲了。在那时,我是一个真正的农村姑娘;我赤着脚追赶蝴蝶,追赶鸟儿;我比我的伙伴们,那些看羊群的小姑娘更单纯;因为她们会纺线,会织毛线活,我却什么都不会;当我跟着看绵羊时,我连自己都忘了,总是要丢掉一只。你相信吗,我在十二岁还不认识字?"

阿莫里回答说:"我相信我在十五岁的时候还不认字。"

"可是你,在很短的时间,你学会了多少东西。我叔公说你比他孙子知道得多。肯定,你比我知道得多。从我们一起跳舞时谈话的点滴中,我看得很清楚,你读了很多书。"

"若说有知识,我读的书还太少;要说生活不幸,那么我读的书倒足够了。"

"不幸,你也有不幸?那为什么呢?"

"当你还是一个穿着木屐的看羊小姑娘时,你不是更幸福吗?"

"可是你并没有失去自由呀?"

"我的上帝,也许失去了,但是当我重新获得自由时,它对我有什么用呢?"

"怎么,世界是属于你的,未来在朝你欢笑,亲爱的科林思人,你有天才,你将成为艺术家,你也许会变得很富有,你肯定会出名。"

"当这一切梦想实现了时,我会更幸福吗?"

"啊!我看出来了,你跟你的朋友比埃一样,有社会思想。我叔公昨天晚上对我们说,比埃精神中充满哲学的梦想。我呢,我不知道这是什么,你瞧,阿莫里,我没有你那样多的知识。"

"有社会思想?我!哲学梦想,真没有,我再不想这些了。我的心比我的头脑更使我烦恼。"

出现了一刻寂静。这友爱的一餐缩短了他们之间的距离。在掰开黑面包时,侯爵夫人和他感情相通,用最渊博的学问配制的春药,不能对两个腼腆的青年人产生更神奇的效果。阿莫里感到侯爵夫人在哆嗦,因为她的肩头轻轻碰到他的肩头,便说:"你肯定冷了。"

她回答说:"我只是脚有点冷。"

"那肯定,你穿着缎子鞋。"

"你怎么知道的?"

"当我给你开车门时,你没有把脚放在车外要下来吗?"

"你现在做什么?"

"我脱下上衣给你包脚。我没有别的东西。"

"那你会伤风的。我决不干这事。这么大雾,不,不,我不愿意。"

"侯爵夫人,你别拒绝给我这个恩惠,这也许是我一生中向你请求的唯一恩惠。"

"啊！如果你还这么称呼我，我什么也不听你说了。"

"那我怎么称呼你呢？"

约瑟芬没有回答。科林思人脱掉上衣，为了给她包在脚上，他从座位上下来，来到车门边。

他对她说："如果你坐在最里面，至少有车棚挡着，头上不会受这雾气。"

约瑟芬说："你呢，你就这么待着，肩膀受凉，脚站在湿草里。"

"我要到座位上去。"

"那我就不能跟你谈话了。你离开我就太远了。"

"那好，我就坐在脚踏板上。"

"不，坐在我的车里。"

"那么如果马把我们带到养鱼塘去呢？"

"你把缰绳挂在座位上，需要的时候会拿到它。"

"说实在的，它正忙着呢。"阿莫里说，他看到那匹好马没有坏心思，它正在吃草呢。

约瑟芬笑着说："它在吃野草，就像我吃黑面包一样；肯定，它也一样，这片草地使它想起青春和自由。"

阿莫里和侯爵夫人面对面坐在车里。这是他可以做到的最后的尊重对方的行动。可是夜是那么清凉，而他又脱去衣服替她包了脚。她叫他坐在自己身边，至少可以稍微挡住寒雾。他从心底深处感到这是对一个已经战败的敌人最后一击。他勇敢地自卫了两个小时，肯定地，她无意撩拨他。她本想一个二十岁的年轻人的腼腆会一直使她安全到底，一种纯洁的兄弟般的爱情足以使他们互相欢乐。但是由于她生活在这样一个世界中,她的灵魂里有恐惧之感;在科林思人的灵魂中,想起萨维尼安娜来就觉得内疚。可是,纯洁的爱情需要良心上完美的平静,而他们俩都不平静。这时,两人同时都感觉一阵奇特的震颤。他们试图把这归罪于天气寒冷。他们勉强谈笑;他们再找不到一点可以谈的,科林思人感到一阵忧郁,变成了辛酸。随着寂静的延长,变得越来越使人困窘和可怕,于是约瑟芬心想该逃走了,要不就没有救了。

她恐惧地对他说:"你认为我们不能再往前走吗?"

科林思人带着说不出的怒气,说:"我们的路在哪儿呢?"

侯爵夫人看出他在痛苦着;她降服了。

她说:"说真的,那我们只会迷得更深。最好在这里耐心等到天亮。在这个季节,夜是那么短。"

她拨动她的打簧表,表响了十二下。为了逼他回答,她又说:"等两个小时天就亮了,对吗?"

阿莫里用绝望的声音回答:"天不久就会亮的,你放心吧!"

这种嗓音使约瑟芬战栗。阿莫里无言的气愤之后是新的沉寂。马在嘶鸣,表示烦闷与苦恼。池沼中,青蛙在呱呱地叫。

忽然,阿莫里看见约瑟芬在哭。他跪在她脚下,他们在完全彻底的陶醉中,又过了两个小时,他们忘记了一切,忘记了世界、他们旧的爱情、未来、恐惧和即将到来的白天,以及已经走上路的马。

侯爵夫人在晨曦中看见一个人向车门走来,恐惧地叫了一声。这种恐惧是很自然的;但是它把科林思人好像从梦中惊醒,当他以后想到这件事时,他想如果侯爵夫人被人发现抱在一个贵族男子的怀中,她的恐惧和羞愧就会比这少一半。

至于他,在他幸福的见证人面前,他也觉得怪尴尬的。来人是比埃·于格南。

比埃看见约瑟芬那令人可怕的苍白面色和不知所措的神气,他说:"侯爵夫人,你放心。我是一个人,你没有什么可怕的。可是要赶快回厦垛去。人们等你到深夜。你的堂妹非常惦记你,因为是她让你进城的。也许有人从另一方向在找你。"

科林思人说:"比埃,你听我说。你就这么说:我在城里过夜了,你没有看见我;你看见侯爵夫人一个人,迷了路,被马带走,在将近半夜的时刻……"

"那不可能,半个小时以前人们还在厦垛看见我。"

"那我们现在在什么地方呢?"

"离厦垛最多一公里。我怎么说呢?"

"就说沃尔夫昨天晚上喝醉了,这是实情;在十分钟的工夫,他几乎要翻车十次,出城的时候,他就下去进到一个小酒馆去了。"

比埃说:"好,那么就说马狂奔起来,在草地上跑了一夜。现在,阿莫里,你快走吧,去藏在杂树里,快到中午再回去。你就说在城里过了夜。"

科林思人赶快下车,钻到树丛里。侯爵夫人连说一句话的力气都没有了。半晕倒在车子里面,她处在很神经质的状态中,这使得比埃准备去讲的故事显得很真实。

他拉起马的缰绳,帮助它走出泥沼地;在它前面走,用脚试探着让它穿过的土地是否坚实。当他们到了厦垛门前,他们看见跑来的第一个人是绮绶,她还没睡,天一亮就从窗口仔细观察着各条大路。

比埃对她讲他看见了侯爵夫人一个人在车子里,被马拉着走,马跑了一夜以后,漫无目的地回来了;又说起初侯爵夫人还有力气告诉他这场意外是怎么发生的;在这点上,他讲的是和科林思人一起编造的假话。接着,他帮助维勒普娄小姐把她堂嫂抬到她的房中,那时仆人们仔细检查鞍辔,比埃事先将它们弄乱了,把几处搞断,以便使人相信那匹马曾狠狠地抗拒。在这场奇遇中,这匹可怜的马是唯一的被诽谤者。没人怀疑真情。沃尔夫什么都没有看见,连事情是怎么经过的都记不起来,自己不能辩解。如果不是侯爵夫人在一阵歇斯底里发作以后,积极替他求情,他就要被赶出厦垛了。维勒普娄伯爵用最美好的词句向比埃致谢。但是什么也比不上绮绶一个字更有价值;他一直在等待着,正打算忧愁地回工场的时候,绮绶走近他,向他伸出手,当着大家和他紧紧握手,带着友谊的坦率,她的表情中流露出很高兴的情感。这种幸福和科林思人的幸福不同,可是也许并不小于科林思人的幸福。

第二十七章

西班牙战争的公报每天传来,关于法国官方军队的消息越来越令人鼓舞,对烧炭党秘密军队的消息却越来越令人惊慌。

在特劳卡德娄的胜利之后,紧接着就是马拉加①的投降。列戈②还坚持着,等待着那位国王把他放在驴背上送到刑场上去受刑,这国王过去曾颤抖着向他献上点着火的雪茄烟。巴莱斯德罗斯③正和昂古莱姆公爵④谈判。自由主义在西班牙将被粉碎,在法国已经泄气。

几年来反对派使维勒普娄伯爵得到了消遣,此时他却觉得这玩意儿太严肃了,心中后悔没有把政治活动限制在议会斗争中。过去他一直很亲切接待阿希尔·勒弗的来访,现在却远非如此,常常粗暴地对待他,设法用讽刺使他对宣传感到乏味。这可不是容易的事。对比埃·于格南的不容分辩的阐说,阿希尔听过就忘,他头脑里只有一个想法:就是在维勒普

---

① 马拉加,西班牙的城市。
② 列戈(1784—1823),西班牙将军,政治家,爱国人士。
③ 巴莱斯德罗斯(1770—1832),西班牙将军。
④ 昂古莱姆公爵(1775—1844),法国王族,即后来的路易十九,曾于1823年指挥法军远征西班牙。

娄建立一个烧炭党分支。已经有五六个人参加,还需要有九或十个人,才能凑足需要的数字;虽然由电讯传来的消息产生了可悲的效果,他却并不绝望,认为不久可以找到足够的人数。他是属于这类天性的人:盲目地忠诚,勇敢地自以为是,由于过分相信自己,甚至对什么都不怀疑。他看到他周围的人由于恐惧而越来越少,就越自信能用更有抵抗力的新选手来补充。于是他尽力地左边吸收一个,右边吸收一个,他热情有余,而明智不足。这善良的青年人,没有清楚地察觉,他那狂热的意见和混乱的热情对他们的事业好处不大,还不如谨慎和机灵一些更为有用。

阿希尔估计,一个烧炭党最高组织的属员不敢阻碍他,就把大本营建立在维勒普娄厦垛中,他使用,甚至滥用卖酒和结账的借口,英勇地忍受厦垛主人强烈的反对,这位主人对他开始有点不耐烦了,在主人面前,他可不敢像在花园里,当着比埃·于格南的面,大骂"议会里的傻瓜们"那样高声叫嚷。

虽然他惹伯爵生气,可伯爵还不敢得罪这个无聊的人,因为后者在外省热心地为他争取民心;当他怕触犯了阿希尔时,就假装出一副慈父般轻率的样子,用巧妙的恭维把他拉回来。老的自由主义者恭维当时的青年,等待着有朝一日登上贵族院的席位,把年轻人送到监狱去,为他们的秘密社团赎罪,这种社团在路易·菲力普①时是不合法与可恶的,而在复辟时代②,则是神圣不可侵犯的。

晚上,当厦垛中的一般和特殊的客人们告退以后,阿希尔

---

① 路易·菲力普(1773—1850),1830—1848年为法国国王。
② 指1814至1830年法国波旁王室路易十八和查理十世的复辟王朝。

从他的政治性漫游回来后汇报他所做的全部工作。他给了伯爵一种尊荣,就是把伯爵看作是上级,伯爵也不得不接受这个角色。绮缓不被排除在这些谈话之外。除去她祖父对她绝对信任之外,对烧炭党提出的几次诉讼引起的轰动,曾使她熟悉了那个经常性阴谋的全部秘密。还在童年时代,她就投入了政治斗争的梦想中,正如所有年轻人一样,她头脑狂热,一直达到男子的英勇程度,同时却没有失去一位妇女的伟大天性所具有的传奇式理想的细微区别。我没法告诉你们,她是不是像人们认为的那样,是拿破仑的女儿,不过肯定在她的精神上,有一些英雄的东西,在她性格的独立性中,有一种极端的与众不同之处。

因为有这些条件,她必然倾向于阿希尔·勒弗的意见,危险越大,在她的希望中就越胆大。在老伯爵和年轻的烧炭党人之间,她就像一面反映真实的纯洁的镜子,在那里他们每人都可以看到由穿不透的水晶反射出来的自己良心上的污点与错误。她总是尊敬地听她的祖父讲话,但是当她看到他软弱下去的时候,她不认为他缺乏勇气,而在别的地方去找原因,她的天真使老人羞怯。当阿希尔由于傲慢而任性发作时,她还以为他在事业中取得了异常的成功,而他看到她那么信任自己,感到内愧,为这种没根据的信任而脸红。伯爵本不愿意在他们谈话时让她在场,但是阿希尔,知道她对祖父的巨大影响,故意等他们在一起时来谈话,那时维勒普娄先生不敢过于表示他的不满和厌恶。

好几次他们谈到比埃·于格南,阿希尔说这将是他能为烧炭党分支所争取到的最佳的对象,要战胜他的反对意见是件难事,不过他一旦参加进来以后,人们将发现他是一个英雄。绮绶说她对他有最高的评价,她将很愉快地看到他能和祖父有频繁的接触,在这种接触中,他将吸取政治学识,一个这样的聪明人如饥似渴地需要这种学识。绮绶想象她祖父本人怀有对社会思想的巨大启示,这种思想一直在折磨着工人哲学家。

有一个晚上,伯爵忍无可忍,对他们说:"你们的比埃是个疯子;头脑混乱,跟勒弗发热的脑袋是一路货。平民出身的人阅读卢梭和孟德斯鸠的书,这肯定是好事。我并不讥笑这个,我的孙女,你听着,我肯定这会产生好的结果。可是我们要给他们消化的时间,要不然就是活见鬼!他们刚刚咽下天赐的食物,就叫他们去寻找人间乐土。做到这点,摩西的人民需要四十年,你们要知道,在《圣经》的语言中,四十年也许是说四十个世纪。因此让他们安静吧,他们只要求这个。难道他们搞政治已经够成熟了吗?应当由我们替他们找对他们适合的东西,给他们准备最好的命运,不必跟他们商量,因为他们对自己的事业不能发表意见。他们将是审判官同时又是诉讼的一方。"

绮绶说:"难道我们不是处于同样的情况吗?"

"可是我们已经受过教育;我们已经有建立在某一种科学上的正义的见解,而他们还没有,也不会很快就有。要给他们时间上升到我们的高度,而我们不要发疯地降低到他们的程度。不应当为了讨好他们弄脏了我们的手,应当是为了和我们相像,他们得把自己的手洗干净。"

勒弗叫道:"那需要一次巨大的政治危机,使得他们有时间和本能变得文明起来。"

"亲爱的先生,在适当的时间和地点,我们将引起危机,可是用不着过于故意地帮助他们;因为在那种情况下,第二天他们就会给我们下命令,那将是野蛮世界。"

绮绶说:"祖父,可是我觉得在等待的时候,可以使他们学习,帮助他们文明起来。"

伯爵叫道:"那是十分肯定的,在一切不是公开涉及政治的问题上,应当向他们伸出援助之手,鼓励他们,给予他们工作和知识,提高他们人类尊严的感情。难道我跟他们做的不正是这些事吗?难道我不以平等态度对待他们吗?难道我勉强他们站着跟我说话吗?难道我不设法培养我在他们身上看到的一切智慧的萌芽吗?"

阿希尔说:"当然,伯爵先生,你的个别行为是慷慨的,确实是自由主义的;但是为什么你不愿意使他们在某种程度上熟悉政治运动呢?这对聪明勇敢的无产者来说,可能是一种教育的办法。你难道认为比埃·于格南不是和我一样懂得我们现在所做的事吗?"

伯爵笑着回答:"这说得也许并不过分,而且还不在于此;证明就是他拒绝你,让你恳求他。"

在这次谈话之后过了几天,绮绶正和阿希尔在花园里散步,恰好谈到比埃·于格南的时候,就看见他向工场的方向走去。

她说:"我很想去找他谈谈,看看我是否比你谈得更成功。如果能说服他,我将很自傲,今天晚上我就要把这个消息向我祖父报告。"

"我怕伯爵先生已不再关心任何人政治态度的转变了。"阿希尔回答说,今天他自己有点丧失勇气。

"你错了,先生,"绮绶回答说,她一直把祖父看作革命的家长,"对于他的思想情况,我比你知道得更清楚。他有时十分忧愁,但是一句好话,一种宽宏的感情,一点点勇气和爱国主义的表示,比如说:比埃·于格南加入我们这方面,足以使他恢复我们都熟悉的高贵的激情。你愿意把比埃叫来,让我跟他谈谈吗?你赞成我这样干吗?"

"为什么不赞成呢?"阿希尔回答,战胜工人高傲的拒绝,使他的自尊心发生了兴趣,"一个女人的口才可以产生奇迹。"

他跑去找比埃。但不是按照她所想的,把他带到维勒普娄小姐身边,自己作为第三者留在旁边,而是自己走开了,他害怕如果他在场,会给比埃的辩论增加力量,他想利用比埃独自跟年轻的贵族小姐面对面会产生的不安和困窘。

绮绶独自和比埃在一起,突然感到前所未有的腼腆,待了一刻,还不能把话引入正题。比埃是那样慌张,他没有察觉绮绶的失常,他把她头几句话的断断续续,含糊不清,归因于他自己耳朵嗡嗡作响。他们终于平静下来,彼此弄明白了。绮绶用爱国主义的冲动对他讲话,在那个时期,这是她最常用的词句,字眼光芒四射,超过了事实和丰富的见解。然而,精神的风度与神采,使词句也很出色,优美悦耳的音调,激动深沉的妇女的声音,那少女给予他宣传热忱行动的纯洁和深刻的感情,这一切给她的发言以极大的魅力,以致俯首帖耳、感情激动的比埃,觉得满脸泪水。应当提到比埃的纯朴以及爱神把他的颤抖而微妙的箭射入了这一切之中。面对这样一种袭击,他没有抵抗力;面对这样的坚信,他没有怀疑;他没有用平民的骄傲来拒绝如此动人的诱惑。他的理智受到激烈的冲击。由于他经验少,在这个年龄,感情支配整个人,他不可能不束手就缚。绮绥盲目地在各种理论中说明她祖父的双重意义,只看见他的意见和诺言中美的一方面,她尽力摧毁比埃的偏见,说服他相信她自己相信的事:老人谨慎地隐藏着他共和主义的热情,等待着有一天能把这主义付诸实现。

比埃一边听一边心里想:"我错了;我对这样一个姑娘的祖父和教师是不公正的。一个懦弱者和叛徒的灵魂不能培养出这个女英雄,像贞德①一样勇敢,和斯达尔夫人②一样雄辩。是的,我曾经闭目不看光明,我对他们的厌恶只是盲目的骄傲。平民在上层阶级中有朋友而他们不承认这些朋友,拒不理睬。我们是聋子,是粗暴的人,首先是我自己,我不承认这天上的声音,抗拒这超人的能力。"

这种想法来到比埃·于格南的嘴边,他没意识到他所说的话,他的灵魂是那样冲动,充满了快乐和爱情。

年轻的贵族少女对他说:"你曾经不相信我们,是吗?你不认识我的祖父,他是最真诚、最伟大的人!你不相信正在和你讲话的我吗,比埃师傅?你以为在我这种年龄,会欺骗人吗?你不觉得在我的心灵深处有一种对正义和平等不能遏制的渴望吗?你不知道培养了你的思想的一切读物也培育了我的思想吗?如果我读了卢梭和富兰克林③的著作而不能深深体会其真理,那我不就成了险恶的、粗野的人了?你以为我不求祖父给我讲大革命的各个伟大时期吗?在那时,掌握命运的人物继续坚持而且保卫人民至上的原则,用他们的生命、名

---

① 贞德(1412—1431),抗击英国侵略军的法国女英雄。
② 斯达尔夫人(1766—1817),法国著名女文学家。
③ 富兰克林(1706—1790),美国政治家,哲学家,物理学家。美国独立运动的创始人之一。

誉和自己的良心做代价,用最大的努力,从他们肺腑中掏出一切人道感情,以便挽救人类。是的,我祖父懂得这一切,钦佩这些人,从米拉博①到罗伯斯庇尔,从巴尔拿弗②到丹东。此外,你以为我不会从基督教中汲取任何教导吗?我们这些妇女,不管我们祖先的哲学如何,我们都是在天主教中生下来和长大的。对你讲!福音给予我们博爱平等的伟大的训示,这也许是男人们所不知道的。我呢,在耶稣身上,我崇拜他卑微的出身,他那些卑谦渺小的使徒,他的贫穷,对一切人类骄傲的超脱态度,他的以殉道告终的生活充满平民精神和神圣意义的诗篇。如果我远离教会,那是因为教士们在变成世俗权力的官员和专制主义的仆从的时候,背叛了他们主人③的思想,篡改了主人教义的精神。但是我自己,我深感要一字不差地执行教义。如果我要分担平民的痛苦,那么任何痛苦,任何穷困,任何工作都不能使我气馁。如果需要表明我的信心,任何牢房,任何酷刑,都不能吓倒我。你听,比埃,我向你发誓,我每次认真地想到我的财富,我的自由,就深感内疚,因为世上还有被人们遗忘的穷人和被人折磨着的犯人。我有时也有判断上的错误,向奢侈的习惯让步,我说过一些由于习惯和偏见在社交上的现成的公式化的话。但是如果要做些伟大的事,如果要付出生命以赎这些麻木无知时犯的罪过,请相信我,我将感谢上帝把我从这些可悲的束缚中解放出来,在那里,我的灵魂萎靡不振;自己都觉得可耻。我讲这些事并不是在你面前吹嘘我自己,而是要你知道我的祖父是怎样教养我

---

① 米拉博(1749—1791),法国大革命时期著名的演说家。
② 巴尔拿弗(1761—1793),法国制宪会议的著名演说家。
③ 指耶稣基督。

的,他是把什么样的感情倾注在我的心里。你相信这些感情是真诚的吧?"

比埃如醉如痴,兴奋异常;在绮绶血液中燃烧着的狂热,注入了他的血液。两人都以为只是被信仰所激奋,此时只有道德的纽带把他们结合在一起。其实是爱情采取了这个形式,爱情在他们身上点燃了革命激情的火焰。

比埃说:"你要我怎样我就怎样。你要我的生命吗?那太少了,你支配我的良心吧,我相信你就像相信上帝一样;我可以把眼睛蒙上,任你领着走,你只要对我说几个字,就可以激起我的信仰和希望……"

绮绶回答说:"信仰,希望,慈善,这就是请你参加的那个组织的格言。还有比这更美的吗?"

比埃什么都答应了;当阿希尔来找他们的时候,绮绶把比埃作为已参加最神圣事业的兄弟介绍给他。当比埃用正式的诺言证实他的服从时,那位推销商人感到非常惊讶和高兴。绮绶一走开,勒弗就搓着手叫道:"我开始相信波拿巴特小姐是位了不起的女人。上帝万岁,我对她的看法改变了,比埃师傅。我们每次向老祖父发动攻势时,她总是很出色,这是一个真正的山岳党人[①];她的一个小手指比她全家人还强。我若是处在你的地位,如果我不爱她,那就见鬼去吧!"

在这个问题上,阿希尔的平淡乏味使比埃·于格南很不舒服。他说:"请你不要讽刺我,不要轻佻地谈到这个人,她的精神和性格比我们两人都高!"

---

① 法国资产阶级大革命时期,国民公会(1792—1795)中的激进派,由于他们在国民公会的会议厅中坐最高的座位,故有山岳党之称。

"对,我说得不够好,"阿希尔说,对年轻的工匠如此激动感到惊讶,"可是你怎么会想到我在讽刺你呢,比埃朋友?我们的世纪难道不是终于进入理性和哲学的道路吗?你想象维勒普娄小姐这样一个坦率的共和派不应当把像你这样一个人绝对看成和她平等的吗?我向你保证,她非常赏识你,在她身上没有一点成见的阴影,尤其是现在你已经是我们自己人了,在生命的每时每刻,在政治的各种观点上,烧炭党都会使你们两人发生联系。"

"你只是个不择手段的利用者,"比埃叫道,他对阿希尔拿他灵魂深处的秘密开玩笑深感愤怒,"是的,你不择手段地利用一切,甚至利用最神圣的事情。为了争取我参加你们的事业,你厚着脸皮激起我最疯狂最荒谬的思想,但是你想我会那么傻,会上你们的当吗?"

阿希尔不会被他朋友的骄傲弄得气馁,他不顾他的抗议,强迫他听绮绶讲他的一切好话。

阿希尔并没有撒谎,只是他讲述得很粗鲁,用一种令人难以相信的大胆来说明事情。比埃听他讲着,感到痛苦,但还是听着。一种难以抗拒的快乐,一种不理智的希望,不由自主地给他的理智以最后的打击。他在狂吆中度过了这一夜和以后的日子。阿希尔郑重其事地每天一心想教给比埃一些理论,但他发现后者并不在听他说话。比埃不想哲学,也不想政治,而是被激情所支配着,他在阿希尔手下就像一个孩子似的。

第二十八章

阿希尔不知道怎样补足分支的人员,他看上了科林思人,但是后者对他有反感。比埃劝宣传家另外找一个门徒。

科林思人不懂得政治关系会使维勒普娄伯爵接近阿希尔·勒弗,他想象不到后者是在厦垛中做烧炭党的工作,一心认为这位年轻人是被侯爵夫人漂亮的眼睛吸引住了。可以肯定阿希尔在为革命事业操心,但并没有专心到对这位美人的光彩无动于衷。为了她,他打扮得跟易希道一样滑稽可笑,不过是另一种类型。他利用自己厚厚的头发,柏尔加米①式的黑胡须,打扮得像一个富有个性的人的样子;由于他长相还可以,在外省可算是一个漂亮的小伙子,而且口齿伶俐,能说会道,在餐桌上,他可以对约瑟芬那样头脑简单的人起作用。我们不能肯定他的努力绝对是白费的,如果他早一个星期来到厦垛。可是现在约瑟芬处于不敢抬头看任何人的精神状态。对自己的堕落感到懊丧,什么都怕,自从那天的雾中奇遇以来,她差不多总是躲在房中,阿莫里被各种焦虑折磨着,由感激过渡到怨恨,由希望过渡到嫉妒,不知道能不能再和她相

---

① 柏尔加米,英国国王乔治四世王后的情夫。此地用这样一个形象多少带有贬义。

见。他只是远远的,透过树丛望见她。晚餐后,全家在橘树荫下的凉台上喝咖啡,阿莫里可以从工场上看见凉台。在这时刻,他总有点活儿在窗口干,爬在梯子上,他俯视凉台,看着懒洋洋的侯爵夫人的一举一动,清楚地注意到她是阿希尔·勒弗献殷勤的对象。他本来很需要跟比埃谈谈心,向他请教,尤其他没有什么要向他隐瞒的,既然他已经知道自己爱情的秘密;可是比埃好像故意回避和他谈心事。比埃自己正受着一种梦想的折磨,他害怕不得不清醒过来,每天干活一结束,他就独个儿冥思苦想。在花园里,他在过去曾遇到过绮绶的地方漫步,不敢希望再遇见她,可是差不多总遇到她。有时她和阿希尔·勒弗在一起,径直向他走来,有时她独自一人,神气并不像是在寻找他,然而也不回避他。他们谈话的题材总是围绕着一般的问题转。在外表上,他们之间没有一点亲密的表示,但是心里的亲密在扩大,而且越来越有力量,有一种互相尊重和互相爱慕的感情,每天都增加新的营养和新的缘由。

在花园的这个地方,草木繁茂,没有被好奇的人们恶意的解释来干扰的危险。这是一个独立地区,用小栅栏圈起来,专用来种植绮绶心爱的鲜花。主人、亲戚、仆人都习惯于尊重这个专用的小花园,从来没有人进去,不管栅栏是开着还是关着。在这布满花篮图案的花坛的草坪中间,有一只大鸟笼和一个喷水池。在这块草坪周围,两排大树和小树形成一条环形小路。一道木栅栏把一切都关在里面。平常,比埃总是在离这小园地不远的地方遇到维勒普娄小姐,当她和阿希尔在一起时,就把他们两人带到里面去。当她是独自一人时,就在进口处和比埃散几圈步;当她认为谈话时间够长了,就用简朴和纯洁的风度向比埃道过晚安,然后走进她的花圃,这一切比埃都理解,而且表示尊敬,直至五体投地。于是他迅速地走开,在小路另一端的出口处等她。他藏在树丛里,听到她的裙边在草地上轻轻擦过的声音而感到幸福。比埃怎么也不愿在这时刻靠近她。他感到她对他的信任的价值,总是善意地接近她,他比某些出入社交场上而没有学到分寸和节制的青年更懂得什么是得体的,什么是不得体的。这样,关于这些散步和相遇,他的看法和习惯与脾气最细致的人的看法一样周到。例如:他注意到,维勒普娄小姐同样地从来不跟阿希尔一个人进花圃。有时比埃最后来到这心照不宣的约会地点(他很少最后到),他看到她和烧炭党人正顺着外面的小路来回走。当他们三人走了几圈后,她快乐地说:"我们去看看小鸟儿吧。"于是他们进到花圃;如果比埃迟疑不决,她总坚持请他进去。

平时比埃总不由自主地有一点嫉妒的猜疑,一天晚上,他蹲在他习惯的隐身处:那是一棵枝叶繁茂的大枫树,从一片树丛中长出来,向那条小路倾斜着。爬在这棵树上,可以隐蔽得非常好,可以什么都看见,都听见。他看见绮绶和阿希尔来了,他们在他下面走过来走过去;他听见他们在说话,就像平时一样,谈的是密谋、革命和宪法。有一阵子,阿希尔在枫树下停住了,他说:"好像今天晚上我们看不见我们的朋友比埃了。"

绮绶说:"奇怪,因为我们差不多每天晚上看见他,他渴望着你的教导。"

"不如说他渴望着你的教导,小姐。"

"啊,我能教导什么呢?我觉得跟这个民间的人谈话时,倒可以学到很多东西,我看他真是明智,将来要做大事情。你不觉得这样吗,勒弗先生?"

阿希尔早猜透绮绶的心事。为了促进这种神秘的感情,他装着什么也没有看出来。他并不仅仅为了烧炭党才担任这个角色,而是因为他对比埃有真正的友情,况且,这样的故事对年轻人总是有吸引力的。此外,也许是用某种方式报复老伯爵对他暗暗的蔑视,这对他是一种乐趣。在这最纯洁、最严肃,同时也是最不明智、最不可实现的小说中,他好像是一种感情的媒介。用自然的正义和哲学的理智,从广阔的观点来看这部小说,没有再比这更正常更高尚的了;若是从社会习俗的狭窄小窗来看,则是荒谬的,令人反感的。阿希尔出于资产阶级对贵族的深刻的宿怨两方面都看到了,他佩服前者,对后者感到好玩。

他不放过任何机会使这位贵族小姐和工匠发生接触。是他,在祖父每天午睡时,拉着那位年轻的姑娘,从这个政治论点谈到那个政治论点,一直到那专用的花圃小路上。全仗着他,比埃听到绮绶用充满同情的口吻谈到自己。他对勒弗添枝加叶地赞扬他的热情感到奇怪,他注意到,关于去看鸟的问题完全不提了。夜色完全降临,那两人已经没有希望看到比埃,就回厦垛去了。比埃消除了嫉妒,快乐得像喝醉了似的到父亲家去,和他觉得很有风趣的贝里人以及他认为有天才的拉克莱特老爹一起吃晚饭,因为这天晚上,他对什么都充满善意。于格南老爹对他说:"好极了,看你很高兴,兴致很好。比埃,你知道吗,你跟你家里人常常摆架子?你和贵族们来往太多了,孩子,这会损坏你的心和精神。"

在厦垛中,只有勒弗是外人。勒乐布先生正在压榨车间忙着看新收的葡萄在酒槽里发酵。拉乌尔整天在邻近的厦垛中过日子,在那里,他玩得更好,不需要竭力克制自己,才不至于打那个肮脏的哲学家,那十字街头的博爱者,小酒馆的立法者,一句话,那个学究勒弗先生的耳光。

在厦垛的生活中,有些不受惩罚的时间,看起来好像不是真实的。两位年轻的女子通过这种阶段,一切都像鼓励人忘掉世界,使想象力得到飞跃。一天晚上,约瑟芬臂肘倚在窗户边上哭起来了。她想再和科林思人见面,但是她又不敢,她不敢担保大家没有猜出她的秘密,她自问应当选择哪条道路:是受大家的鄙视呢,还是受那个她一起头失身于他,后来又将他抛弃的人的轻视? 忽然,她听到在她的床位四周的护墙板上,那扇小门后面,有隐隐约约的声音。这小门也许在宗教战争时期,保护过某个趁丈夫在战场上,和一个幸福的年轻侍从偷偷调情的贵族夫人。这扇门开向一条过道,在厚厚的墙壁中,在厦垛里转了几个弯,到达一个死胡同。这个神秘的出口从那时以来,因为无用了,早已被封闭。但是嵌在教堂墙板上的一块活板使热情的科林思人从一个发现到另一个发现,从一堆瓦砾到另一堆瓦砾,一直来到这个死胡同。由于努力计算和推测方向,他猜出有一扇秘密的门应当通到他停住的那个地方,这扇门在侯爵夫人的房间里,而且朱丽小姐,即侯爵夫人的女仆,有时在餐室的后间,谈到这扇门,把它说成是幽灵的窝。他拿了一盏灯、一根撬棒和一把锤子,深入到迷宫中去。三天以来,他一直忙着在墙上穿洞。由于砖砌的厚度,锤子的声音减轻了。这是一个艰难而且动人心弦的工作,就像准备越狱的囚徒的工作一样。当墙壁穿透了的时候,声音就传出来了;侯爵夫人至少和她的女仆一样迷信,吓得一直跑下楼去呼救;可是我不知道什么谨慎的天性使她没有屈服于恐惧,没有在客厅讲述这件事,因为每天在伯爵午睡以后,从十点到半夜,大家都在客厅里聚会。

在这时,阿莫里打开一个缺口,一直溜到秘密小门前。他发觉门从里面关着,但是摇撼了一下之后,肯定这声音不会惊动任何人,就用一把撬锁钩把门打开。此时,他对自己的胜利已肯定不疑,于是重又关门上锁,然后把钥匙带走。

回到工场以后,他赶忙修好护墙板,只有他发现了这块板的神秘用途。他亲手把板放好,免得别人碰到而发现他的秘密;但是他把板装成活动的,可以在任何时候,没有困难地,没有声音地把板子拿开;这个工作结束以后,等于在思想上战胜了侯爵夫人的恐惧,向阿希尔·勒弗挑了战,看他能不能取代自己,至少能不能欺骗自己。他去找比埃,此时,比埃正第一百次地接受他父亲的劝告,叫他提防贵族的慈善心肠。

自这时起,科林思人尝到了强烈的幸福,从此决定了他后半生的命运;他掌握了秘密过道,而且保证了他不受惩罚,他尝到了爱情的整个蛮力和情欲的细腻享乐。这是约瑟芬第一次被人爱,也是她唯一的一次真正爱一个人。肯定,他们的激情没有绮绶和比埃·于格南所感到的激情那种真正天使般的理想和贞洁。这两人用精神的热情和信仰的严肃来控制吸引力,甚至情欲的念头,而科林思人和侯爵夫人被欲念的力量和感官的狂热所制服,沉醉于他们彼此相同的青春和美貌之中。不过至少在某种意义上说,这是一种真诚纯洁的爱情,因为他们彼此信任,他们也信任自己;他们互相发誓永远忠诚不变,在激动的时刻,侯爵夫人曾梦想一种崇高的勇气,等患着早期虚弱症的弗莱耐死后,给她重缔姻缘的机会时,她将当着全世界的面,宣称阿莫里是她的情人和丈夫。阿莫里可不从这个角度看未来,弗莱耐侯爵打算活还是死,约瑟芬能不能和社会与教会和解,对他都不重要。他没想到她是富有的;他深深蔑视不是用自己的才能得来的财产。他在她的身上只看到女性、青春、美貌、热情;他就这样热爱她,恳求她永远爱他,向她发誓不久就要配得上她给予他的幸福,以及她对他命运的信任。在他的灵魂中,光荣和爱情这两种念头是联系在一起的;他感到充满大胆和感激的骄傲。

肯定,这种感情本身没有一点罪恶,没有一点荒诞。但是它不久就会有毫无道德和宗教理想的一切陶醉的命运。我们都有权要求幸福,有权希望创造天才的作品,而得到人们的赞赏。我们为我们的爱情对象而骄傲,指望着我们智力意志的胜利,这都是允许的。但这并不是人的生活的全部。如果对自己的爱没和对别人的爱紧紧联系起来,这种雄心壮志在待人忠诚的情况下本可以战胜一切,但当它处在自私的境地就会受到损害,变得乖戾,随时都有失败的危险。爱情可以把两个融合成一体的人的自私扩大,但是这并不足以使爱情合法化。爱情作为一种手段,一种救助庇护的方式,它是美而神圣的;作为目的和唯一的结果,却是渺小而且不幸的。

科林思人并不自私,并不像人们给这种毛病的褊狭和丑恶的定义那样自私。作为朋友,他是温和忠诚的,作为行会会友,他总表现得宽厚肯帮忙,作为情人他既不负义也不傲慢;对于萨维尼安娜,他心里一直很尊敬,很悔恨,但是他的灵魂中激烈的成分多于坚强,在他的气魄中贪多的成分要甚于豪壮。在他胸中怀有青春期的一切危险的好奇,一切不知餍足的欲望。对他来说,在他生命发展的途中,遇到约瑟芬是一种不幸,在这生命中的时刻,我们从环境中受到决定性的冲动而没有必需的力量对它做出估价,引导它或者抵制它。也许重德行的坚强的比埃·于格南对于这样一种考验也不是受过更好的锻炼的。如果他不是遇到像绮绶那种教徒式的灵魂,而是和他的朋友一样受到同样的诱惑,也许他也不会用更优美的方式去恋爱。不管怎样,科林思人在他的幸福中迅速地腐化了,可怜的约瑟芬,她温和天性的放任和天真,对科林思人是那个命定的苹果①,把他从青春的天堂里放逐到实际生活干燥的沙漠上。

阿希尔暂时离开了厦垛。他在普瓦图那方面找到了一个更容易组织的烧炭党分支,他响应一个同事的呼唤,这位同事和他一样积极,在维持濒于灭亡的烧炭党。不过他还要回来补充和巩固维勒普娄分支,他无论如何不肯放弃这个支部,而且为了取悦维勒普娄小姐,他想给这个支部起名:让-雅克-卢梭。

他的动身使比埃·于格南心中充满痛苦和恐惧。他想再没有机会和理由跟绮绶在花园里见面了。但是,忽然上天,也可以说是爱情的腼腆的同谋者,想出了适当的借口,使他们重新会面。

一次暴风雨把那个特殊花圃中的鸟笼吹翻了。绮绶好像异乎寻常地看重她那些鸟,请比埃·于格南给它们建造一个新住所。他立刻画了一个木头和黄铜丝制的漂亮的小庙宇,把水池和喷泉都设计在里面,还有为水鸟准备的大片的芦苇和青苔草坪。这宽畅的笼子里要装着相当高大的小树,很多爬藤像绿色的网子包在它的外面;最后有一把锌制的大伞,可

---

① 典出《圣经》,亚当吃了夏娃给他的苹果,触怒上帝,被逐出乐园。

以使外地来的鸟儿免受雨打日晒。

绮绶迫不及待地要看到这个鸟类学的建筑物盖起来,迫使于格南老爹同意他的儿子和贝里人为此专门工作几天。这个工作两周的时间应当够了,可是它却拖延了更长的时间。

起先,贝里人对这个工作一无所知。尽管他说比埃比平时难伺候,声称他已竭尽全力地制作了一些零件,还要他重新再做,做得还要仔细是太不公正了,可是比埃还是温和地一再告诉他,这个工作对于他来说是过于细致了,他只是仅仅叫他在工场里准备零件,到各处去跑腿,每天替他购买很多东西。一天三次派他到附近城里去买铁丝,第一次买的太细,第二次又太粗,第三次既不够细也不够粗。至少贝里人在他天真的不满意中,是这样讲给科林思人听的,科林思人听了觉得非常好玩。那是因为当心之钥匙整天帮助比埃的时候,维勒普娄小姐只来一两次观察活计。当比埃独自一人的时候,她来三四次,而且待的时间更久。起初她不是一个人来,而是由侯爵夫人或者她祖父陪她来;而且园丁差不多总是在花圃里。后来渐渐地她习惯于自己来了,甚至到太阳下山,园丁走了之后,她还留在那里。比埃看出她开始不自觉地从习俗的桎梏中解放出来,对这种习俗,直到那时,她是盲目地遵守的。他很感谢她;因为他懂得了她不把他看作一件东西而是看作一个人,这种纯洁的保留态度证明不是猜疑,而是对他地位的一种尊敬;这好像是在小塔上她所说的那句令人难忘的话以后,她对他做出的长期的细心的补偿。但是,当她忘记这种成见,再不怕独自和他在一起待在专用花圃里,他还会更感谢她,因为这是一种神圣的信任,一种差不多是兄弟般的灵魂的放心的表示。比埃远远不以这种恬静和纯洁的关系为苦,而是祝福它们，珍视它们，他并不梦想别的关系，也不羡慕使科林思人燃烧着的危险的幸福；他爱得太深，所以没有欲念。在他看来，绮绶就像一个仙人，即使只是轻轻地接触她衣裙的褶纹，他也怕亵渎了她。当他看见她从小径的一端走来时，他全身战栗，手几乎掌握不住木槌或凿子的重量。当他听到别人说到她的名字时，滚烫的红晕涌上他的面孔。有时晚上做梦，透过不自愿的狂热，带来她的幽灵，第二天就有一种痛苦羞愧使他不敢抬头，在她面前他低垂着眼皮。可是当她对他说话的时候，她震撼他整个心灵，使它上升到热情的最高境界，那里再也没有不安和恐惧，因为有一种合法而牢不可破的精神结合的感情。

没有人想到对这种来往加以指责，或者说没有人注意到这种来往。人们都知道伯爵是用和大家都平等的思想和习惯教养他的孙女的。况且，他给她的独立的姿态，这种有些人称之为"英国式"，另有些人称之为"爱弥尔式"的哲学教育，使她成为非常自然、非常平静的人物，这一切都使人不至于作出令人恼火的假设。仆人们和邻居们对此并不理解，只认为是由于体质虚弱才有这种严肃而孤独的性格，对于这种性格，他们尊敬或是本能地不关心。她面色苍白，一生下来，就有人说："这个孩子活不长。"可是她从来没生过病，不过她也没有童年的不可遏制的快乐。人们猜想不到她的激情会有高涨的时候，她忘了自己是个小姑娘，已经把自己当作妇人看待了。这就是那些看见她出生并成长的人的意见。至于那些并不认识她的人，只把她看作所谓皇帝的女儿，他们很愿意编造一些有关她的美丽的故事，比她和一个青年木工的关系更美的故事。

有一次,在村中的节日里,比埃听到有些在这方面不知轻重的奇怪的话,他不能自禁地出来干涉了。第二天,当他正在做大鸟笼时,绮绶来了,就和平时一样,来跟她那生活在专门花圃里驯养的小鹿玩,并且给那些养在临时笼子里的小鸟喂食。接着,她拿出书来,沿着花坛绕了几圈,又回到比埃身边,刚才她只向他道过早安,她决定开始谈话。比埃看出在她神态中有些不寻常的事情;因为平时她总是公开地接近他,问他父亲好,给他讲报上的新闻,同时他帮她放开小鹿,或者关上鸟笼。

她一边别有用心地微笑着,一边对他说:"比埃师傅,今天我有一个古怪的想法,就是想知道在村子里人们都说我些什么话。"

"我怎么能告诉你这些呢,小姐?"比埃回答说,他对这个问题感到又惊讶又发窘。

她又欢快地说:"啊,你能告诉我,因为你知道。甚至好像有时你好心地做我的捍卫者。朱丽对我堂嫂说,昨天,在树荫下有两个年轻人相当古怪地谈到我,是你使他们住口的。可是她叙述得那么巧妙,弗莱耐夫人差不多一点没有听清。你不能干脆告诉我,人们在说我些什么,以及你怎样替我辩护吗?"

比埃为难地回答:"我这样做了,也许要请你原谅我,因为有些人站在愚蠢的言论损害不到的高度,保卫他们差不多就是侮辱他们。"

维勒普娄小姐说:"那没关系,我知道你热心地替我辩护,我很感激你。但是我想知道人们在怎样责怪我。真的,请别拒绝使我的好奇心得到满足。"

比埃越来越不安,不知道怎么讲这件事才好。绮绥一味坚持,带着她所特有的镇静的快乐,为了听得更清楚,她刚刚从容不迫地在一把田园用的椅子上坐下,气度一半像姐妹,一半像王后。世界上只有她能在生活细节上保留着这种气度。比埃被迫退到了最后一道防线,感到应当向她报告自己的行动,因为在那种情况下,他公开地谈到了她,于是他鼓起了勇气;虽然他在哆嗦,忍受着极大的折磨,他还是努力装作快乐的样子,就这样讲起前一天发生的故事。"我正坐在树荫下面,和科林思人及几个朋友在一起,那时候来了几个年轻人,有公证人的司书,或者附近农民的儿子,他们坐在我们旁边喝啤酒。他们首先跟我们搭话,问了很多无聊的问题以后,又问我们厦垛里的年轻夫人们是不是在村子的节日跳舞,能不能邀请她们。那时你跟伯爵先生和弗莱耐侯爵夫人刚走过树荫。科林思人克制着自己,回答说你们两人都不跳舞。我不知道他这样说对不对,是不是他最好说他什么也不知道。至少如果我处在他的地位,就要这样回答。这些先生们中有一个说,弗莱耐夫人每星期日都和农民们在禁猎区里跳舞,他一口咬定甚至有人对他说过,她跳舞跳得好极了。科林思人讨厌这位先生的面孔。他的声调相当无礼,这是肯定的。每次他把胳膊肘放在桌上,总要弄乱我们的桌布,碰掉点东西。贝里人已经拾了三次他的刀子,他开始比科林思人更耐不住了,这位先生看来是个狡猾的商贩,由于他一直坚持这点,并且说阿莫里对他回答得很不像话,这时贝里人插话了,他认为,如果侯爵夫人跟村里人跳舞,这并不是要跟不相识的人跳舞的一个理由……但是,真的,小姐,我看不出这个故事有什么使你感兴趣的地方。"

绮绶说:"正相反,它使我很感兴趣,我恳求你说下去。"由于比埃的迟疑不决,她接着鼓励他,"这些漂亮的先生们于是说,如果我们不和陌生人跳舞,那是因为我们是假装正经的无礼的女人。……说吧,都说出来吧,你瞧这给我解闷,我一点也不生气。"

"对,他们是说了这些话,既然你一定要知道。"

"他们还说别的事吗?"

"我记不清了。"

"啊!你骗我,比埃师傅;他们特别说到我,说我不该假装公主,因为他们知道我的故事。"

"对。"比埃红着脸说。

"可是我愿意知道我的故事,我;使我感兴趣的就是这个,可是那个傻朱丽,却怎么也不愿告诉我的堂嫂。"

比埃好像在受煎熬,对这个故事他比绮绶更感兴趣,为了知道真情,他什么代价不肯付呢?可以按照维勒普娄小姐的回答,或者按照她的姿态进行推测,认识真情的机会终于来了。但是他觉得说这件事,会露出他心情的纷乱,他的秘密会暴露在他的嘴唇上或是眼睛里。最后,带着无可奈何的勇气,他决定讲。

他说:"好!既然你一定要我讲,我就讲给你听;他们认为你曾想跟一个年轻的学者结婚,这就是你兄弟的家庭教师,这位年轻人被可耻地赶走,你忧伤得差点死去……"

绮绶用可怕的镇静听着,她说:"他们说,没有这件意外灾难,我就会保持百合与玫瑰的颜色,就像在我堂嫂两颊上的光彩一样?"

"他们差不多说了这些。"

"对于最后这个罪状你是怎么回答的?"

"我本可以回答他们,在你五六岁的时候,我见过你,那时你和现在一样苍白,可是我没想到否认结果,因为我在忙于否认原因。"

"我在孩子的时候你见过我,你真记得吗,比埃师傅?"

"你第一次来的时候,像个男孩似的留着短发,可是跟现在的头发一样黑;那时你总穿一件白色连衣裙,系一条黑腰带,因为你正给你父亲穿孝;你瞧,我记性不错。"

"我呢,我也记得你给我送来了关在笼子里的两只野鸽,笼子是你亲手做的。我给了你一本图画书,一本博物学节本。"

"这本书我还留着呢。"

"啊!真的?但这都是离题的话,这并不会使我忘掉我想知道的事。你是怎么回答这些先生的?"

"我说,他们不知道自己在说什么,在他们的故事里,没什么新东西。"

"他们火了吗?"

"有一点。但是当他们看见我们一点不害怕的时候,就离开桌子,一边说是他们的过错,因为当人们坐在乡下佬的旁边,就得准备溅一身泥水。如果我不使劲拉住贝里人,我相信会打起来的。如果为了谈论到你而引起殴斗,我将痛苦万分。"

绮绶微笑了,带着感谢的神气,并且沉默了片刻。比埃在等待她的反应时的痛苦心情是难以用言语表达的。最后,她发言了,神情严肃地对他说:"比埃师傅,人们对我非难,你为什么愤怒呢? 我想和一个小小的家庭教师结婚这事情,使人认为那么可耻,那么有罪,以至于为了否认,甘冒撒谎的危险?"

比埃脸色苍白了,什么都没回答。他没听见向他提出的非常明确的问题;他只想到人家好像要向他承认的这个激情,一下子把他从天上摔到地下。

维勒普娄小姐又说,声调简短而又有点专横,有人会说,这声调使人想起皇上①来:"好,比埃师傅,应当回答我,你瞧,我很在乎我的名誉,我想在我所尊敬的人们的思想中,把它搞清楚。你为什么否认我也许爱过一个教拉丁文的教师呢?说呀!"

"我没有否认,我简单地说,有些人对某某人做各种假设,这种话出于这些人之口,根本就是放肆,是不得体。"

"比埃先生,这倒很有贵族气派;不过我没有你走得那么远:你知道,我赞成新闻自由,选举自由,信仰自由,一切公共的自由。替我要求特殊待遇不合逻辑吧。"

"肯定我用这种声调说话是错了;可是如果再发生这样的事,我也不会更理智,听到这些粗鲁的多嘴家伙提到你的名字,我受不了。"

"好,我宽恕你,不过有一个条件,就是你要告诉我刚才问你的事。你为什么责备……"

"我的上帝,我什么都不责备!"比埃叫道,这种玩笑使他的心都出血了,"如果你有计划和一个学者结婚,我觉得这和愿意嫁一个将军,一个公爵,或者一个银行家一样可以骄傲。"

① 指拿破仑一世。

"那么,在这种情况下,你不替我辩护了?相反,你谴责我吗?"

"我谴责你?永远不会!你精神伟大之处够多了,如果有一点小的不妥当,也可以原谅你。"

"很好!我喜欢你的回答,我喜欢你对关于我和那教师的故事的判断。我觉得这比我认识的任何人都站得高,看得远。比埃师傅,真奇怪,你从来没见过所谓的社交场,可是你比那些场面里的人物还理解得好。根据纯粹的逻辑和绝对的智慧,你揭露了当前大多数男人和女人犯的一种严重错误。"

"我能问你是哪种错误吗?好像我在不自觉地写散文。"①

"好,就是这个。现在小说很时髦,社交场上的妇女们都读小说,并且尽可能把它变成行动,而这一切却一点也没有传奇味道。在人们所谈的最狂热的爱情的上千种奇遇中,没有一种有真正的情感。人们可以看到诱拐、决斗、奉父母之命的强迫婚姻、群众认为是荒唐的婚姻,甚至可以看到自杀,在这一切之中,激情并不比我对兄弟的教师的热情更多。虚荣以各种形式出现;人们迷失方向、结婚或者自杀,为了使人谈论自己。请你相信我,真正的激情是人们藏在内心的激情;真正的小说是那些公众不知道的小说;真正的痛苦是人们默默承受着的,不愿别人怜悯和安慰的痛苦。"

"那么在教师的故事里,一点真的事情也没有吗?"比埃说,他带着一种天真的焦虑,使维勒普娄小姐微笑了。

她说:"如果这事的经过像人们讲的那样,我向你保证人

---

① 语出莫里哀的喜剧《仰慕贵族的市民》。

们不会再讲它了。因为如果我对这青年有意,那就会发生两件事中的一件:或者他配得上我,那么我祖父就不会阻挠我的选择;要不就是我错了,我祖父会使我看清事实。如果是后者,我想,我会有力量既不表现出虚伪的羞耻,也不表现出可笑的绝望,那样的话,人们不可能高兴地看到我的面色苍白。可是由于在这些人们编造的事实深处,总有一点真的东西,我应当对你谈谈这小说里的真事。我兄弟确实有一个教拉丁文和希腊文的教师,人们认为他的希腊文和拉丁文都不高明,但是既然我兄弟决心既不学拉丁文,也不学希腊文,所以教师那点知识也就很够了。那时我最多十四岁,有时,出于对这位可怜的教师的怜悯,他在我家浪费时间,我就替拉乌尔上课;一年以后,我懂得的东西比我的老师还多些,这说得并不过分。

"有一次,我注意到他虽然胃口很好,可是每次我将菜盘递给他,他总长长叹气。我问他是不是病了,他回答说他异常痛苦,我就问他健康情况,丝毫没有怀疑他刚刚对我表示了爱情。第二天我在入门课本里看到一张很古怪的便条,画着很多惊叹号。我把这条子拿给祖父,他笑了半天,嘱咐我不要让他看出我收到条子了。他跟这位教师做了相当长的谈话,第二天,这位教师便消失了。我不知道是什么社交场上的妇女,还是什么女仆,编造了一件家庭丑闻,还说什么教师被粗暴地、丢脸地辞退,我痛不欲生。事实上是我祖父让这年轻人到西班牙完成一件小小的政治任务,他和别人一样好地完成了。他回来以后,在家里受到很好的接待,就像要赶走他的事从来就没有发生过一样。以后,在我们之间,从没提起过过去的事,他也再不写条子了。甚至好像把这事完全忘了;因为我常常听见他不留情地讽刺那些自以为了不起,在女人们跟前胆大妄为的人。其实,那是个很老实的小伙子,我很看重他,虽然他的过失常常使我好笑,我相信这也是你对他的感情。"

"我认识他吗?"比埃惊呆地说。

绮绶用调皮的神气把手指在两颊上比画着,好像在勾画阿希尔·勒弗面颊上的大胡子的形状。她不用别的方式描绘他,把手指放在嘴唇上,带着一种充满奥妙和顽皮的微笑。这自然和快乐的一刻,使她在比埃眼中显出他从未见过的美丽,同时她对他表示这样微妙的信任,使他心中深深受到感动。

第二十九章

我们到达了这样一个决定性历史时刻,在复辟时代资产阶级的一切秘密组织都衰落了。如果读者注意我们给维勒普娄伯爵所描绘的形象,他就应当猜想到这位老政客属于烧炭党四个党派中的哪一个①。读者同时能明白一位那么精明,那么轻率,那么多疑,那么懦弱的人物,何以竟敢离开官方政治的庸俗小道,而投身到谋反组织里去。

肯定,伯爵对法国历史传统有足够的感情,不论是旧制度,不论是革命,不至于想到一个外国王子,既然应当说出这位王位候补者的名字,那就是奥朗日王子。维勒普娄先生把这个偶像留给其他的谋反者。今天还有很多政界人物、部长、贵族院议员、众议员等,他们那时在流放中定居在比利时,曾想象把法国和比利时合并起来,所以替一个比国王子请求立宪王位;他们想这样可以到时候取得北方的支持,推翻复辟王朝。历史也许有一天会使我们看到他们为了拥护候选人而乞援于俄罗斯皇帝时写的博学的备忘录。这位荷兰候选人没有取得伯爵的赞同,虽然有一位折中主义的教授②百般引诱他,

---

① 当时法国烧炭党内分为四派:1.波拿巴分子;2.共和分子;3.奥尔良分子;4.奥朗日分子。
② 指巴黎大学和高等师范学校的哲学教授维克多·古尚(1792—1867)。

这位教授在假期中曾到德国去觅食,他也以为在荷兰找到了法兰西未来的君主。

其实,比起奥朗日王子,伯爵更赞成拿破仑第二。在帝国时期,他当过省长,帝国复辟对他倒比较合式。不过他很机智,不会不懂没有皇帝,没有伟人的帝国,只是一场空想。

最后,他虽然喜欢乌托邦,在理论上赞成最有理性的意见,最富于哲理、最基本的原则,却太缺乏热情,不愿意和拉法耶特一起登上断头台,或者争取到一个共和国,他不能清楚地看到这共和国的命运。烧炭党的这个分支,是在他的照顾和抚慰之下,但是归根到底,他把它看作一个有用的工具,一个鼓动勇气的骗人的幌子,一种可以激起那些冒失鬼的热情,以及可以代他火中取栗的同盟者。阿希尔·勒弗真诚地相信维勒普娄伯爵是拉法耶特派,但是维勒普娄伯爵灵魂深处却知道自己是奥尔良派。

塔莱朗先生是他的朋友和保护人,正如塔莱朗先生一样,他寻找的不是人而是事实,就是说成为一件事实的一个人。亲爱的读者,"因为波旁"①这句名言,从那时期以来,你一直看见人们高举着,可是当时也许使你惊讶和显得新鲜。要知道,嗅觉灵敏的政治很久以来就在追寻这个痕迹。维勒普娄伯爵过去自然地走上这条路,由于他的家庭和活跃的革命党派之一的关系,这种关系上文已经谈过。通过半明半暗的言语,他理解塔莱朗先生这个人不应当自己活动,而应当装死。只是,他认为局势比以前更有利,问题就要得到解决,他就为自己的利益冒险去干,那些领导这次阴谋的真心的人,比他自

---

① 当时拥护法国王室的正统(长房),波旁复辟王朝的口号。

己更无私的人①也鼓励他这样做。正是因为他上了这个"该诅咒的苦役船"②,就像他低声自言自语时所说的那样。

烧炭党的一位历史学家说:"奥尔良党是使协会受到最大危害的党,尤其在最近时期。起初,路易·菲力普不可能对大规模起义准备寄托多少希望,可是不久这位亲王就看得很清楚,他的那些同宗弟兄们还有足够的办法,他们不是那么容易任人支配的,烧炭党对他们只能起使他们不安,转入反动阵营的效果。他让别人替他密谋,而他自己决定留在幕后,认为出头露面的时机还没有来到。巧妙的政治家不是那些造时势的人,而是设法使自己适应时势的人。最后,西班牙战争给了各协会最后的打击。在西班牙,革命被波旁派用从未有过的、强有力的和合乎政策的行动暂时镇压下去;在法国,革命也同时消沉下去。在它成功地组织起来的地方,手中拿着武器被击败了,它在只有秘密集会和密谋的地方,更没有胜利的希望。一个胜利产生的精神影响终于完成了内部分歧所开始,无论刑事诉讼与断头台都不能产生的效果。"

就在一八二三年的十一月三日,也就是在科林思人和侯爵夫人发生关系大约两个月以后,人们庆贺维勒普娄伯爵的生日。附近一些人物被请来参加晚宴。另外很多人来向卢瓦尔-歇尔省的自由主义的老人致敬。伯爵并不因为这种家庭中的庆贺感到十分得意。他的决定受到当时政治形势的影响,以致在他生日那天早晨,当他的孙子拉乌尔来吻他的时

---

① 我们尤其想指出马尼埃尔被认为是烧炭党中的奥尔良派的领导者。——原注
② 语出莫里哀喜剧《斯卡班的诡计》。

候,他们做了相当长的谈话。谈话后,祖父在几个问题上慈祥地责备了孙子,他向孙子示意,自己并不想阻止他的军事热情,如果战争在西班牙持续下去,允许他在法国军队里要求服役。拉乌尔对这隐约的许诺感到非常高兴,因此立刻上马,跑去告知邻近厦垛里的青年朋友们,他们正聚集在离维勒普娄几里远的猎狩约会处。他们十分高兴,欢呼起来。为老伯爵的健康干杯,宣称他们原谅他的过去,他们将去向他致谢,因为他满足了拉乌尔的愿望,虽然各家平时已不再来往。晚上,拉乌尔正准备回家参加祖父的寿筵,这群年轻的疯子忽然想起也要赴宴,有些人由于喝多了香槟酒而兴奋,有些人则狡猾地想通过这次行动,使老伯爵在他那些自由主义客人眼中受到损害。拉乌尔自以为这正是绝好机会,可以使祖父更快地被他们拉着走。这群极端保皇派的年轻人来到厦垛时,晚餐刚刚开始。

贵族家庭的孩子们出现在维勒普娄伯爵自由党派的筵席上,是一个奇特的戏剧性变化。大家带着古怪的样子互相轻蔑地打量着。有些愤怒的客人想空着肚子退席,另外一些人,由于和这群年轻贵族的父母有买卖关系,不敢对他们太冷淡,待在那里不知所措。伯爵用悠然自得的外交家态度控制了大局,在这种情况下,我们这群还没长胡须的极端分子的不加考虑的放肆无礼,不得不有所收敛。但是,形势更复杂了,上第一道菜时,阿希尔·勒弗带着一群非常激进的小共和党人来到,这是他在旅行中招募来的,他把这些人带到此地,和另外一些信徒取得联系,想用老伯爵过生日作为掩护,给大家举行一次烧炭党的洗礼。他用一贯的稳重神气,把这些人介绍给老伯爵,用烧炭党双关的词句使他明白这都是"表兄弟们",

并且没有后退的余地。伯爵和蔼可亲地打定主意,在饥饿使政治仇恨在肠胃深处平息的时候,他不露声色地想办法同时摆脱掉拉乌尔的勇士们和阿希尔的造反者。他找到了办法,心情也平静了下来;可是他的计划只能在晚餐后进行,如果等到那时候,餐桌上可能会发生相当激烈的争论,这会迫使他对这一方或那一方表示同意,于是他想出在上每道菜时,在饭厅窗下演奏军乐。他只对那狡猾的老仆人耳语了一下,五分钟后,一阵打猎的号角声就可怕地喧闹起来,厦垛里和村子里所有的狗都用呜咽的吠声响应,这就使最激昂的人都无法说话。首先,在座的人都被这残酷的合奏搞得狼狈不堪,正在口若悬河地发言的阿希尔对邻座宣称这太恶劣了,使人无法忍受。可是拉乌尔,自从他过去的老师对他摆架子,他就讨厌这人,虽然表面上客客气气的,现在看到从前的老师一句话也没法说,十分高兴,他鼓励号角吹奏者,让人给他们送酒去。号角合奏的效果削弱了,因为自由主义者的肺部终于习惯了这种声音。作为同乐队竞赛,可巧拉乌尔的马脱了缰,在马厩里跟主人年轻朋友们的马在踢打,大家都站起来,跑去把马分开,这就用了相当长的时间,费了不少劲。沃尔夫接到仆人通知后,巧妙地帮助执行了主人的意图。制止马打架的人们回来时,已经该吃餐后小点心了。这是最危险的时刻,但是大量的酒端上来了,外省人爱喝酒,他们忘记了怨恨,让阿希尔和他的罗马人占领着争论的舞台。幸而,伯爵有一个得力的助手,那就是约瑟芬·克力戈。科林思人的情妇那天打扮得很迷人,她是那么漂亮,把各方面的人都弄得晕头转向。伯爵使她成为突出的人物,请她唱几首本地歌曲,按照乡间的旧习俗,学着草原上牧羊女唱歌的样子。在乡间长大的约瑟芬有一副好嗓子,对模拟手势表演有特殊天赋,她演唱这些天真的抒情诗歌,样子很富有刺激性,非常讨人喜爱。大家都再三要求她唱,最后,她让步了。从这时起,人们只注意这位迷人的侯爵夫人;年轻的保皇党人的座位,被人故意安排在她周围,他们都抢着得到她的回答、她的眼光、她的微笑,甚至抢夺她用手碰过的水果和糖块。大家到客厅时,有一把提琴,拉乌尔会演奏四组舞曲。伯爵请求他的孙女弹钢琴,一霎间,舞会组织成了。为了凑足人数(因为妇女很少),就去找助理的女儿以及农庄的姑娘们,作为乡村妇女,她们有相当漂亮的衣饰。这时,阿希尔对老伯爵这样轻率做事,感到愤怒,带着他那群人退出去,派人去找比埃·于格南。

这天上午,比埃接到旅行推销员派专人送来的一封短信,信内说他已经回来,请比埃通知并集合他们将来的组织成员,并且指定当天晚上,甚至在节日的欢乐中,在厦垛的工场里会合。比埃采取了措施,可是相当丧气。他看到用严肃的誓言和一个他首先认为是无益和轻率的事业结合的时刻愈接近,就愈感到厌恶。他甚至被懊悔折磨着,这种情绪连维勒普娄小姐在他身上激起的天真的幻想也无法压抑下去。最后,开会的时间到了,比埃决定,如果宣誓的词句和计划的阐述对他的原则和感情有任何抵触,他就拒绝参加。

可是命中注定他会避免这次危险。阿希尔由他那些新信徒陪伴着,在黑夜里走向要作为他们的神庙的工场时,维勒普娄伯爵出现了,他假装不知道阿希尔的计划,告诉他有一个传票要拘捕他,宪兵们正在寻找他。为了避免被逮捕,他一刻也不能耽误。他的计划泄露了,省长给国王的检察官上书:他宣传的一切行动将受到严厉惩处。幸而,省政府的一位职员,过去伯爵曾经帮过他忙,好意通知伯爵,以便如果他有可能牵连在内,可以躲起来。夜里他肯定要遭到一次住宅搜查。最后,事业的利益要求大家疏散,阿希尔立刻离开此地。一匹好马和一位忠仆已经准备停当,马驮着他,人给他带路,他们穿过草原一直走出省界。这故事讲得如此巧妙,老伯爵的戏演得如此精彩,吓坏了的共和党人立刻分散了,好像一把被风吹散的干树叶。阿希尔喜欢的就是激动人心的感情,现在他可以因自己受迫害而激动了;这次黑夜逃跑,这些并不存在的危险,这个他本想告诉大家的秘密,都占领着他的心,给予他孩子般的快乐。他向工场跑去,以便把逃跑的事通知比埃,并向他告别。

比埃正等着他,并且不是一个人。绮绶本来了解此事秘密,她祖父允许她帮助建立"让-雅克-卢梭"(同时他却暗中使它夭折),这时她偷偷地从客厅中溜出来,帮着比埃进行准备工作。她替他把小塔上的书房门打开,这样他可以进去搬取桌椅以及蜡烛。当阿希尔来到工场的窗口,向他打暗号时,绮绶正给他说明开会的具体安排。阿希尔迅速地把自己悲剧性的处境告诉了他们,向他们发誓自己永远不会放弃这个分支,他一个人也能在全法国用另一种形式使烧炭党复活,并且说不管那些暴君和县长怎样,不久他还会回维勒普娄的。接着他拥抱比埃,那么热情地劝他忠于自由主义,以致比埃被他表现出来的坚韧不拔和毫不恐惧所感化。事实上阿希尔不知道害怕,自尊心和宽阔的胸怀永远使他向疯狂事业的前沿阵地走去。绮绶和他握了手,和比埃一起通过一条树丛中的小路,把他送到花园的栅栏门,领路人和马匹正在那里等他。接着,他们两人回来收拾工场,消灭"让-雅克-卢梭"小组流产后的残迹。

把木器扛回小塔的书房里时,比埃禁不住一阵感慨,被绮绶看了出来,同时她也有这种感情,她天真地说:"这间房子使你和我都回想起一件不愉快的事;我很想抹掉它。你记不记得有一幅图片,你本来已经接受,可是后来又不屑一顾了?这幅图片还在那里,只要它在那里,我就认为我们没有完全和解。"

比埃回答说:"快把它给我吧。很久以来,我就责备自己没敢把它要回来。"

绮绶说:"在这儿,拿去吧,同时这里有一件儿童的玩具,你今天晚上必须接受,本来是要由别人交给你的,现在由我交给你,作为友谊的纪念和政治结合的信物。"

"这是什么呀?"比埃问,一边仔细地看她递给他的一把雕镂得非常细致的漂亮的匕首,"这对我有什么用呢?我看这不是木匠的工具。"

她回答说:"这是内战的武装,是给予烧炭党新会员的信物。"

"我曾听说人们用这可怕的象征发誓;我本来还不相信。"

"保皇党在这上面讲了些很夸张的话;但是烧炭党证明匕首在他们手中只是一种无害的集合信号。它被引进我们的神秘仪式中是令人尊敬的,由于它来自意大利烧炭党,而意大利烧炭党比我们党经过更多的严肃战斗,有更多烈士,这是我们和牺牲者们之间的友好象征,我们每人每天在心中都要虔诚地纪念他们,就像天主教徒们在祈祷中纪念他们的圣者一样;既然我们只能暗暗地为他们哭泣,在眼前总看到这个标记,也许是好的,它使我们记起他们壮烈的捐躯和他们崇高的狂热。"

比埃把匕首在手里翻过来,有点忧愁地仔细端详着说:"你知道,在我们这些人中对这些事有一种迷信吗?据有些人说,送一件带刃的工具会'割断友谊',据另一些人说,则会给送礼者和收礼者都带来不幸。"

"虽然这意见很有诗意,我却不信这个。"

"我也不信,不过……在刀片上雕的透明数字是什么?"

"现在就是你的号码。从前是这匕首的主人,我的一位祖先的号码。他的名字是比埃·德·维勒普娄,你把受洗的名字和会友的名字连在一起,不是这么叫吗?"

比埃微笑着说:"不假。不同的是你的祖先把他们的名字给了村子,而村子把这名字让给了我。"

"你的祖先们是农奴,而我的祖先们是士兵,也就是说你出自被压迫者方面,而我却出自压迫者方面。我很羡慕你们的高贵,比埃师傅。"

比埃把匕首又放在桌子上说:"这匕首对我来说太漂亮了;人们会讥笑我,问我是从哪儿偷来的;而且说真的,我是平民,我还背负着迷信的桎梏。在这个锋利的武器前,我不能不产生阴暗的思想。无论如何,我不愿意要。给我点别的东西吧。"

"你挑吧!"绮绥说,一边把所有的壁橱都打开。

比埃说:"我很快就会选好。在你的一本博素埃①的书

---

① 博素埃(1627—1704),法国著名天主教作家。

里,有一个纸剪的小十字,'下帝国'①时希腊的装饰,趣味很高雅。"

"我的上帝,你是巫师吗?你怎么什么都知道呢?我自己都不知道。我已经有两年没打开博素埃的书了。"

比埃拿起书来,打开,给她看那小十字,他从前非常想要,但是出于尊敬,没有敢动它。

她说:"你怎么知道是我做的呢?"

"你这数字是用哥特式的字体镂空剪的,还有装饰画。"

"这是真的。那好,你拿去吧。可你用它做什么呢?"

"我把它珍藏起来,有时偷偷地拿出来看看。"

"就是这样吗?"

"这就很够了。"

"你把它和某种哲学思想联系起来了;和我本来要送给你的那复仇的象征相比,你更喜欢这慈悲的象征。"

"有可能,不过比起也许曾为仇恨做过工具的富丽的匕首,我更喜欢你剪的这张纸,这是在一种安静和宗教情绪的影响下剪的。"

"现在,请你告诉我,比埃师傅,我的书房和书,你怎么知道得那么清楚?甚至连最小的标志都知道。你总不至于是千里眼吧。一切都使我相信你在这儿阅读过我的书。"

比埃回答说:"我确实读过这儿的书。"于是他把实情都说了,也没忘记说他曾小心谨慎,不在书房中损坏一点东西,甚至连书的边缘都不弄脏。这些细心使绮绶微笑。关于这些书在他身上起的效果,她向他提了一些问题,她问他按什么顺

---

① 指公元 235—476 年间的罗马帝国。

334

序读这些书,从中得到什么印象。她听着他的回答,明白了在这以前她在他身上没有理解的事,对他判断力的正直感到十分惊讶,他没有别的光明指引,只有耿直的良心和充满慈悲的心的光明,他就用这种判断力驳斥世上学者们的谬论,戳穿他们的傲慢,在诗人和哲学家中,他只赞美真正伟大和永恒的美的东西,在历史领域中,他只相信和神圣的逻辑以及人类的尊严相符合的东西,最后,由于天生的伟大,他耸立于由人类判断所赋予的一切伟大之上。她佩服得五体投地,感情激动,肃然起敬,充满信念,同时充满羞愧,好像有时当人们发现自己在天真地保护一个人,而这个人超于一切保护之上。她坐在桌边,低垂着眼皮,心里满怀着一种感情,即基督教徒们称之为"痛悔"的感情,在和比埃谈话之后,她好半天没有开口。

比埃被这种表面冷淡搞得很窘,他说:"我使你疲乏了,也许使你厌烦了,你叫我说话,我也就忘乎所以了……你想必觉得在我的思想中,我比那位善良的勒弗先生更自高自大吧。"

绮绶回答说:"比埃,已经有一会儿,我在想我是不是配得上你的友谊。"

比埃单纯地叫道:"你在讽刺我吗?不会,这不是使你全神贯注的思想,这不可能。"

绮绶站起身来。她脸色比任何时候都苍白,眼睛发出一种神秘之火的光芒。照亮小塔的罩着绿灯罩的灯发出的微光落在她的面孔上,散布一种朦胧浮动的气色,使她好像一个幽灵。她好像在发烧中行动,说话,不过她的态度是平静的,声音是坚定的。比埃回想起过去在梦中见到的那位女预言者,感到一阵恐惧。

她用目光凝视着他，表示出不可动摇的意志，对他说："使我全神贯注的思想吗？如果我今天对你说，你不会相信的。不过，到了我对你说的那一天，你会相信的。在此期间，你替我向上帝祈祷吧，因为在我的生命中有些伟大的东西，而要完成它，我只是个可怜的女孩子。"

她迅速地、十分准确地整理她的书房，虽然她的思想将她带到了另一个世界。接着，她走出去，穿过工场，一个字也没有跟比埃说，比埃跟着她，替她拿着蜡烛台。当她来到开向花园的门口时，又重复了一遍："请你替我祈祷。"接过蜡烛台，吹灭，好像幽灵一样在他面前消失了。她到底想说什么呢？比埃不敢思索她语中的含意。他想："对，现在她好像在我梦中一样，用哑谜和我说话，同时指给我看在将来有些我不理解的事物。"他感到头晕目眩，两手抱着额头，好像害怕脑袋要爆炸似的。

他无法抗拒心中的烦躁不安，好像被磁石吸引一般，顺着维勒普娄小姐的足迹溜到阴影中，以便更多看看她，她好像一个苍白的幻影在他面前飘荡，或者至少呼吸呼吸她刚穿过的空气。他一直来到露天的草坪上，草坪一直延伸向厦垛的前面。他在最后的树丛后边站住，看见她回到客厅中去。天气极好，舞蹈非常活跃，窗子全打开了，比埃从他站立的地方看到华尔兹舞在进行，侯爵夫人在旋转，身边围着一群崇拜者，其中有大家族的青年，他们那风流的姿态稍稍带着一点放肆，那些年轻女子就喜欢这样。约瑟芬大出风头，她陶醉了；很久以来她没有机会显示她的美貌，没有这样被人爱慕。她好像是一只飞蛾围着光焰戏耍和打转。绮绶为了使那些轮流拉提琴的人休息，弹奏起钢琴来。比埃找了一个可以看见她的地方待着。她的眼睛在一种流体中游移,除了现实的形象以外,还有其他的形象好像在她眼前浮现。她神经质地用力弹奏钢琴。她的手在琴键上奔跑,但她好像没有意识到自己在弹琴。

拉乌尔和一个朋友走出来呼吸新鲜空气。比埃听见他说:"你看我姐姐,她不像个机器人吗?"

和他谈话的那人说:"她总是这么不爱笑吗?"

"总不大笑。这是个有智慧的姑娘,但是思想僵化。"

"你知道吗,她那双发直的眼睛叫我害怕。她好像是一个大理石的人像,在弹奏萨拉班德舞曲。"

拉乌尔用讽刺的声调说:"我呀,我觉得她好像是理性的女神,她用《马赛曲》的调子弹奏四组舞曲。"

年轻人走过去了。比埃差不多立刻看见一个人绕着草坪默默地在徘徊,那断断续续的步子流露出他内心的骚动。当这个人到他身边时,他认出是科林思人,就从他躲着的地方轻轻出来,抓住科林思人的手臂,对他说:"你在这儿干什么?"因为他很理解科林思人内心的痛苦,说,"你不知道吗,这不是你待的地方,如果你想看,可不应当让人家看见你?好吧,来,你很痛苦,在这里你根本改变不了你的命运。"

科林思人说:"好吧,让我畅饮我的苦酒吧。让愤怒和鄙视使我的心干枯吧!"

"你有什么权利轻视你过去爱慕的人呢?在你开始爱约瑟芬的时候,难道她不这样卖弄风情,不是这样轻浮和容易被人引诱吗?"

"那时候她不属于我!可是现在,她是属于我的,她应当属于我一个人,要不就跟我毫无关系。我的上帝!我是多么不耐烦地等着对她说呀……可是这个舞会老没个完。她要整

337

夜跟这些男人跳舞。多么可怕的自我放任呀！跳舞是世界上这些人中我知道的最无耻的事。你瞧呀，比埃，你瞧那边；她的手臂是赤裸裸的，肩膀也是赤裸裸的，她的胸脯也差不多是赤裸裸的。她的裙子那么短，她让人几乎可以看见她的腿，裙子那么透明，身上的形状都显出来了。一个平民的妇女这样当众暴露自己会脸红的，会害怕和妓女们没有分别的！现在你看她，喘着气从一个男人怀里又到一个男人怀里，他们紧抱着她，把她抱起来，呼吸她的气息，还摩擦着她那已经宽松的腰带，在她的眼神中饱饮肉欲的快感。不，我不能再看下去了。我们走吧，比埃，要不然，我们就进舞场，把那些吊灯都打碎，把所有的木器都打翻，把这些打扮得像女人一样的男人都赶跑，妇女们会看到他们怎么保卫她们，对付'贱民们的侮辱'的。"

比埃看到朋友的愤怒已经控制不住了，就拉着他远离厦垛，终于把他拉回了家。在那里，他们看到一封盖着布卢瓦邮戳的来信，科林思人一见这信吃了一惊。信是写给比埃的，比埃立刻把内容告诉科林思人。

尊长写道：

> 亲爱的同乡，我通知你，自由道门的社团离开这个驻地，布卢瓦不再是属于我们的道门的城市之一了。我们从别的社团所受到的虐待使我们感到如此厌恶，以致我们宁愿放弃我们的权利，免得进行无休止的战争。这个决定是在大家一致同意下通过的，我们就要各奔一方了。

在这里，尊长详细提到有关社团的事，并且讲述这个决定的各种原因。以后他又回到自己个人的事，告诉他从前的同事说,萨维尼安娜被迫放弃经营旅店,因为这旅店的顾客只是以她为母亲的那些卡渥们,所以她决定不再经营,并卖掉房子。

他说:

> 亲爱的同乡,我本以为在这件事上,她会征求我的意见,由于故友萨维尼安,也由于忠于他的寡妇的利益甚于忠于我自己的利益,我很庆幸能在这样一个机会里给她出出主意,做她的指路人。可是她完全不是这样行动。她把房产用我的名义卖掉,说明在法律面前,这不是她孩子们的产业,而是我的产业。因为是我提供的资金,而他们没有把钱还给我。当我责备她时,她回答我说这样做是她的责任,她不愿意再继续欺骗我,她的意思是不再结婚。维勒普娄,她对我说你知道她这样做的理由,她已经把她丈夫临终时对我说的一切都告诉你了。我什么都不问你,亲爱的同乡,我知道的,已经足够了。当人不幸不被爱时,就应当忍受痛苦,不要堕落到怨天尤人的程度。如果我现在给你写信,那是为了另一个原因,我看得很清楚,母亲有意离开布卢瓦,我想她要到你那个地方去安家。可我相信她没有钱,虽然她要我放心,说她有些积蓄。这是她的面子问题,那就是不肯向一个她不肯嫁给他的人借钱。但这是一种不妥当的骄傲,她没有权利向我表示这种傲慢。我什么也没有干,值得被人像一个债主似的这样蔑视和对待。我只能忍受这种侮辱,看来我是犯了什么错误,上帝要惩罚我,使我这么伤心。但是我不甘心看着她丈夫托付给我的这个妇女和孩子们陷入贫困之中。亲爱的同乡,我知道你不富有,不然,我不会这

样忧心忡忡。我也知道她所指望的那个人无疑除了工作和才能外,一无所有,而维持一个家庭,这是不够的。我恳求你打听母亲的处境,并且在她需要帮助时帮助她。你可以动用我所有的一切,只是不要让她知道,因为一想到我的关切,她会痛苦,这会使她感到受了屈辱,我自己也会因此而痛苦,而感到受了屈辱。再见吧,亲爱的同乡,想必你不至于认为我简短地跟你说这些事是不好的,你想必理解这对我并不是容易的。随着时间,我将会更理智,如果上帝愿意。

最后,让我拥抱你。

你的朋友和真诚的同乡,

罗曼内,好支柱,D∴ G∴ T∴ ①于布卢瓦。

信写得这样朴实,加上比埃很有道理设想的好支柱的深沉的痛苦,给比埃刺激那么深刻,以致他流下了眼泪。

他叫道:"阿莫里,阿莫里,面对这样了不起的精神力量,这种毫不夸耀的慷慨,我们这些人,看了很多书,说出那么多话,我们是多么渺小啊!'随着时间,我将会更理智,如果上帝愿意。'他自以为缺乏勇气时,却表现出最崇高的勇气。我们是没有多少诚意的人,我们不能这样英勇地忍受痛苦,我们会不停地抱怨,呻吟;我们会愤怒,仇恨,还有报复的念头。"

科林思人在比埃念信时,双手抱着头,现在抬起头来,叫着说:"比埃,别说了,我很理解你。你说这些话是指我,因为你和罗曼内一样有道德,在不幸中你将会和他一样镇静。可是,如果你赞扬对侮辱的原谅是为了使我重新依恋侯爵夫人,

---

① "尊长"的符号,法语 Dignitaire 的缩写。

那你绝办不到;这封信里的消息打乱了我一切计划,改变了我一切想法。萨维尼安娜思想中发生了什么？她的行动现在意味着什么？她要干什么？她指望什么？我想知道这一切。你想必已经收到她的信,你没有给我看。我要看这封信!"

比埃回答说:"我不会给你看的。不,不！弗莱耐侯爵夫人的情夫不能看萨维尼安娜崇高的怨言。你只要知道你一直没有写信给她,我也没有写信给她所产生的效果就够了;因为我也没有给她写信;我不能欺骗她,我不愿意把事情真相告诉她。我总觉得并不是一切都没希望了,我一天天往后拖,希望你将回到她身边去。"

"你不写信给她到底产生了什么效果？你说呀!"

"她猜出了真情,她想她已不再被人所爱,她也许从来没被人爱过,看到自己被遗弃,贫困无靠,她想至少良心要平静,再也不肯接受尊长的帮助。我只给你念一段她信中的话:'过去和萨维尼安在一起,因为心中有一个愿望,受苦够多的了。我不愿意和罗曼内在一起,为了一件遗憾的事而终身痛苦;这也是有罪的。我对过去不是没有悔恨的,我不愿意在将来也有悔恨。我宁愿要任何别的不幸而不要这种不幸。'"

科林思人站起来,用低沉的嗓音说:"可怜的神圣的女人！念完吧;她和好支柱绝交以后,打算干什么呢？"

"再干她那洗衣服的老本行,如果你不在这里,她来试着在这里安家。一方面,她想象在这地方会找到活计;另一方面,她想你不能留在我这里,既然你已经把她忘记,而没有人想到通知她。"

科林思人若有所思地回答:"她的主意是好的,此地没有洗衣妇女;她会有厦垛中的主顾……她将替侯爵夫人熨平她那些透明的头巾。"他用残忍的辛酸补充说,"比埃,给我一支笔和一张纸。快点!"

"你要干什么?"

"你问我吗?给萨维尼安娜写信,对她说我们等着她,我们两人中间有一人到半路去接她,另一个人在村子里替她找个住处,准备准备。难道这不是我的义务吗?"

"那当然,阿莫里;不过气恼对履行义务是一个坏的保证。我更愿意你明天再写这封信,冷静地思考思考。"

"我要立刻就写。"

"因为你感到明天你就没有力量写了。"

"我有力量;如果你愿意,我明天还写,后天还写;我的力量比你设想的要多。"

"阿莫里,如果你写信,萨维尼安娜一定会来的。她相信你,我呢,我不知道我有没有勇气怀疑你,使她醒悟过来。如果她来,看到你拜倒在侯爵夫人脚下,那该怎么看待你的行动呢?"

"像一个卑怯者或是疯子的行动。"

"当心,别变成疯子。先不要写。"

可是科林思人写了;他在夜里写,心中充满对侯爵夫人深刻的愤怒和憎恶。天一亮,他就跑去把信送到驿站。等疲乏已极的比埃醒来时,信已经发出去了。

第三十章

　　好几天,科林思人没有看见侯爵夫人;由于她没有感到有什么对不起他的地方,由于讨人喜欢是她的第二天性,所以她感到异常惊讶,不过她的忧愁起初并不很深。她的陶醉一直延续到一场打猎活动的时候,那是拉乌尔的朋友们向他建议,为约瑟芬安排的。开始绮绶设法劝阻她,不喜欢看到堂嫂和这些人来往,她认为祖父对这些人有反感,她本人感觉和他们在思想上及社会地位上没什么关联。可是老伯爵看到家庭在某一点上和当地贵族发生一点关系没表示不高兴,他允许他的侄孙媳妇接受邀请去消遣消遣。这次是本地一位体面而骄傲的伯爵夫人亲自来邀请的,她的弟弟是约瑟芬最热烈的崇拜者之一。在这位高贵夫人的思想里,这次外交式的拜访的目的在于她的兄弟,阿梅代子爵和富有的绮绶·德·维勒普娄的婚姻。绮绶有点奇怪,她那有名的共和党思想曾激起这位女邻居的愤怒,现在她竟回心转意了。绮绶相当冷淡地回应这次邀请。可是约瑟芬恳求她陪去,她没有公开地拒绝。约瑟芬不会骑马,要派车来接她。绮绶马术十分高明;她巧妙地指挥着马,镇静地使它跃过沟堑和栅栏,她经常保持着这样的镇静。这种骑马术的才能是能引起她弟弟以及邻近这些高贵的花花公子们一点重视的唯一才能。她很喜欢这种运动,在她庄重的外表下,她很难没有一点童年的兴趣和锻炼,她渐渐地屈服于这种爱好。她有一个时期不骑马了;这时她愿意独自一人在花园里锻炼。比埃在她路过的地方,不停地在窥视着她,她正好像箭划破长空一样而过。在他面前,她突然停下来,笑着问他看到她在进行如此贵族式的消遣,是不是产生反感。比埃微笑了,但是那么勉强,眼光中露出那么深沉的忧郁,绮绶预感到他心里正在想什么。她想知道到底他在想什么,便对他说:"你知道明天有一场很大的狩猎吗?"

比埃回答:"我听说了。"

"你知道他们要叫我去吗?"

"我不相信你会去的。"

在这样回答时,比埃显然让人看到了他的内心深处;因为维勒普娄小姐默默地仔细地观察他片刻之后,用一种难以言状的温和及深切的激动对他说:"比埃,我感谢你,你没有怀疑!"接着,她又狂奔起来,在花园里绕了两三圈,回到厦垛前面,她的弟弟和伯爵及约瑟芬正在那里等着她。离那三步远的地方,比埃在修理一张园林里的小条凳。绮绶轻捷地跳到草坪上,对拉乌尔说:"得,把你的马牵走吧,我一点也不喜欢它。"

伯爵说:"刚才好像不是这样;我还以为你要一直跑到大沙漠里去呢。"

绮绶对要回去的比埃说:"比埃师傅,既然你回家,劳驾请你顺便告诉朱丽,叫她不要准备我的骑马服装了。我明天不出门。"她转过身来又对约瑟芬说,可是声调那么清晰,使渐渐走远的比埃不会听不见。

她坚持自己的话,不管堂嫂怎么请求,她一点不动摇。伯

344

爵本想她的脾气不会那么不随和,不会妨碍他要和附近贵族们接近的计划。但是过去在她面前,他对这些人表现过那样的疏远,那样的沉着的蔑视,以致他不可能明显地收回前言。

比埃在幸福的海洋中游泳。他不能不承认他所引起的爱情;但是这种爱情是这样形成的,使他不能表示他的感激。一点都不允许他表达自己的思想,再说他也没有这种需要。没有任何激情比这更绝对,更忠诚,更兴奋;然而也从没有比这更克制,更默默无言,更胆怯的爱情。在他们之间好像订有心照不宣的契约。听到比埃每天偷偷地和绮绶交谈的三四句话的人,会想到这几句话是一种以牢不可破的纽带和正式的诺言作为保证的亲密关系的结果。谁也不愿意相信"爱情"这个字从来没在他们之间谈起过,官能的贞洁从来没被最轻的呼吸所玷污过。

约瑟芬坐在伯爵夫人的引人注目的马车里追随狩猎队。但是当伯爵夫人看到,从她的联姻和继承财产的美梦中,只剩下约瑟芬·克力戈成了她的负担,还有她的兄弟在马车门口跳跳蹦蹦,贪婪地注视着那个引诱人的外省女子,她感到自己在扮演一个奇特的角色,便向大家大发脾气。这位急躁生硬的伯爵夫人,不得不把侯爵夫人领到她的厦垛中去,优礼相待,把她介绍给另一些有名望的夫人,她请她们来本是为了热烈欢迎维勒普娄的女继承人并向她表示友好。她几乎毫不掩饰她的烦恼和蔑视,使可怜的约瑟芬羞愧惶恐得要死。可是男人们对她的奉承(因为青春美貌的女子在须眉男子方面,总能获得好感和保护)给予她一些信心;渐渐地,这位狡猾的女人,用她那和蔼可亲的态度,使贫富老少的男子都上了钩,于是她狠狠地报复了那群妇女们对她的轻视。本来为晚上准备了一个小舞会,打算请绮绶弹钢琴,使她成为某种方式的舞会女王。现在女主人想把提琴手打发走,以身体不适为借口,要缩短晚会。可是男子们的不同意见占了上风。年轻的兄弟反抗起来,他的伙伴们发誓不让那些漂亮的女人们走,把所有的车夫都灌醉了,把车轮卸下,只有老太太们的车马仆役受到尊重;她们的老丈夫被大大训斥一顿才被拉走,不然,他们还要在那里观赏约瑟芬美丽的双臂呢。

于是她和五六个小地主的年轻妇人留在客厅里,她们是为了自己解闷开心,并没想羞辱她。可是夜渐渐深了,男人们从舞会来到冷餐厅,吵吵闹闹,就像那些打了一整天猎的男子一样,那种随随便便的态度使约瑟芬开始害怕了。在她周围进行着一场斗争,一种在粗暴的欲念和很难守住限度的一点礼貌之间的斗争。约瑟芬只是在表面上疯疯癫癫的。她属于外省的卖弄风骚的女子,一方面喜欢诚实,基本上正经,却采取一种她们认为没有后果,没有危险的挑逗方式。起初她很幸福,很自傲能激起男人的欲望,当她抵御对方开始狎昵的态度时,她感到红晕飞上她的额头;于是想要退却了。本来答应送她回去的伯爵夫人,眼看舞会延长,约瑟芬玩得很高兴,就去睡觉了,也许是假装睡觉,至少,她把自己关在房中。拉乌尔畅怀痛饮,虽然回答他堂嫂,说听她指挥,却只顾唱歌,哈哈大笑,毫不理解她的处境。别的妇女们一个接一个地走了,没人提出来要送她回去。阿梅代子爵告诉他们,他姐姐天一亮就起来,用她的车把弗莱耐夫人送回去;可是伯爵夫人一直没起来。精疲力竭的仆人们都在候客室打呼噜;酩酊大醉的拉乌尔,随身倒在一张沙发上。约瑟芬自己和五六个多少喝醉了的青年在一起,他们彼此都想赶走对方,坚持和她跳华尔兹舞,不管她愿不愿意。约瑟芬在他们中间懊丧地坐着,疲惫不堪,对女主人的办法非常生气,害怕她那群崇拜者的样子,对他们无聊的唠叨感到恶心。早晨的凉气使她哆嗦;她要她的披肩:回答她的是关于她身材美丽的半带猥亵的庸俗无聊的话。客厅里满是尘土,一片凄凉,杂乱无章,在青白色的晨曦中,看起来非常可怕。这位可怜的妇女受到了残酷的惩罚,落在她身上的每一个字,每一个眼色都使她的胜利付出代价。那时,从她灵魂深处,向科林思人发出一个悲痛的呼声,但是他不在那里,他正在维勒普娄的花园里哭泣。

最后,约瑟芬振作了一下,觉得她没有权利发怒,是她多少引诱了这些男子,她决心装出傻乎乎的样子,以便摆脱他们的贪婪。她站起来,宣称如果不给她派一辆车来,她就步行回去。她说得非常干脆,而且非常坚决地拒绝了放肆的请求,她终于坐上了一辆马车上路了,同行的有拉乌尔,他困难地拖着脚步去上车,还有阿梅代子爵,要摆脱其余的人不得不接受他。刚感到车子转动,拉乌尔醒了一刻,接着又昏昏入睡了。在长得要命的两个小时中,约瑟芬不得不对最放肆的子爵用言语和行动进行自卫。这次旅行使她回想起另一次乘车旅行,那是个富于诗意的黎明,热烈的爱情,两人分享的狂热,这使她那么难过,羞愧地把脸藏在头纱中,泪如雨下。这使子爵变得更大胆。约瑟芬是软弱轻率的,对于有贵族称号的人们的一种本能的尊敬,使她不由自主地不敢发表意见,就像对一个使她不高兴的资产者那样。她本想自卫,但做得那么拙笨,她每个天真的回答都被子爵认为是故作媚态。幸而拉乌尔被冻醒了,脾气相当坏,不能再入睡,他觉得子爵无聊,毫不客气地对他实说了。渐渐地,他想起自己应当对堂嫂尽保护之责,可他那么懦弱地抛弃了她；渐渐地，子爵也看到时间已过，错过了机会，只好控制自己，冷静下来。到达厦垛时，他们三个人都阴郁不快；约瑟芬由于伤心和困乏精疲力竭，把自己关在屋里，倒在床上睡着了，连衣服都没有力气脱下。

一连几夜，科林思人没有睡觉，白天他无精打采地干活。他倒是感到有麻醉自己、忘掉自己的需要，而不是真正后悔走入歧途，他恐惧多于着急地等着萨维尼安娜的回信；因为他徒然地努力，却不能使自己重新怀恋那种严峻的爱情，那是一种与他在侯爵夫人怀抱中尝到的爱情完全不同的爱情。比埃看得出科林思人希望萨维尼安娜拒绝他，比埃也希望是这样。他思想上渐渐坚信他的朋友永远不能完全回到他的初恋上去。他想，如果萨维尼安娜相信科林思人的信，他一定要去提醒她，或者给她写信，或者去找她，把事情对她说清楚，使她明白，并且劝她要坚强些。

科林思人是有罪过的，但是他热烈地爱着约瑟芬。怎么能不爱她呢？他最大的罪恶在于不会对那位没教养的姑娘卖弄风骚有所宽恕，也在于他想过早地从自己心中拔掉还没有足够陶醉的激情。在爱情中，我们都有统治的需要，使得我们对一点小错误也不宽容。侯爵夫人的错误只是她性格和习惯的结果。她要为此付出代价，就像她刚才所为，才能感觉到事情的严重性。起先，她看到好几夜过去，没见她的情郎来访，有些不放心，还以为他生病了。她一清早溜到护壁板的秘密过道，隔着缝往外看。她看见他这时正用一种狂热的激情和勉强的欢乐在干活，她把这些看作是粗暴的冷淡。于是她自己做了一番反省，把那天舞会中那些风流人物对她的奉承和这种粗暴的遗弃做了比较，她对自己的爱情感到羞愧，等待着新的胜利使她重新活跃,她庆幸自己迅速改正了错误,甚至在记忆中抹掉了它。可是在最近这次舞会后送她回来的车子里,她经过了辛酸的思索,现在她昏昏沉沉的睡眠,被令人难堪的噩梦所打乱。

昨天,科林思人看见她动身了,在社交虚荣的旋风中被卷走了。他心想,对于他,她算是完啦。于是绝望代替了他的愤怒。在这天以前,他得意地认为她受不了他的冷落,不久她会叫他去的。他满心为了复仇,一想到她离开他的痛苦,就觉得自己增加了力量。但是当他看见她过去,忘怀一切,兴高采烈,他想扑到车轮下去。"当心,蠢蛋。"阿梅代子爵叫道。他最多费了点事把马拉住,不致压死人。阿莫里本想向这个花花公子扑去,把他打翻,用脚践踏他;但是那匹骄傲的马像风一样把他带走,这位工人满身灰土,约瑟芬什么也没有看见。

科林思人回到园子里,用指甲抓破了自己的胸脯,揪自己的头发,被约瑟芬多次梳拢并且洒过香水的漂亮的头发;当他的狂怒发泄完后,他辛酸地哭了。天还没亮他就起来,跑到工场,猛烈地拔掉用来钉住那块护墙板的钉子,当时他发誓再也不开这个过道,可现在又粗暴地跳进去,不怕暴露自己,他跑到约瑟芬的房间里,看看她是否已经回来。他发现房子很整齐,床是昨晚铺的,有带花边的棉被,他在疯狂中把被子撕得粉碎。接着他又回到花园,在栅栏门边等他那不忠的女友回来。他看见她和子爵来了;由于他没看见蜷缩在车里面的一个角落,盖着大衣的拉乌尔,他回想起第一次占有约瑟芬的情况,他不怀疑子爵没有经过多少斗争,已经战胜了她的弱点。一个小时以后,当他回到厦垛,遇见

349

朱丽,从前是饲养火鸡的,她至少和她的女主人一样俏丽,她常常为他转动着又大又黑的眼睛。他毫不费事引着她谈话,当他知道侯爵夫人自己关在房里,不高兴地拒绝女仆帮她脱衣服,他就问子爵是不是还留在厦垛里。他白白地在花园里等他过去,还以为他走了另一条路。朱丽说:"得啦,子爵先生不会那么早就走。他要了一间房间,正在休息,因为好像他们跳了一夜舞;我肯定他们今天晚上还要跳舞,所有这些漂亮的先生都要回这里吃晚饭。他们都爱上了我的女主人,我认为子爵更是爱得发了狂。"

阿莫里突然转过身去,留下朱丽独自完成她的讲解。他跑到工场,但不能回到秘密过道里去,因为于格南老爹、比埃和别的工人们都在那儿,他就雕刻起来。于格南老爹脾气不太好,他认为工作不像起初进行得那么好。比埃总是很认真,可是为维勒普娄小姐的鸟笼,他用去一个多月的时间,现在还不停地有事找他。人们一天来找他十次,干各种在厦垛内部要修理的小活计,比如修补椅脚横档,把歪斜的门刨平,都是像他这样一位师傅该干的事,好像纪约姆和贝里人干不了这些工作。科林思人巧妙地隐藏起他和侯爵夫人的关系,倒是整天在工场里,但是他常常古怪地心不在焉,昏沉沉地萎靡不振,常常抵挡不住迫切需要的睡眠,人们好不容易才能把他叫醒。那一天,他不用木匠沉重的刨子,而拿起雕刻师轻巧的凿子,于格南老爹扮了一个鬼脸,几次问他是不是不久就可以给他这群小人物穿好衣服。

他说:"我看不出这活计那么有用,那么急迫,干这个的时候,却让墙光秃秃的。至于制造这些纽伦堡玩具的快乐,我更想不出来。尤其自从一个星期以来,可怜的阿莫里,你光做这些龙和蛇,还不提你逼我吞咽下去的那些蛇。① 我认为魔鬼在你后面跑,因为你给鬼描画的各种形象,如果我是妇女,我可不敢看这些先生,我怕生下和他们相像的孩子。"

科林思人用尖刻的声调回答:"现在我所做的是一个很漂亮的怪物。这是'淫荡',极大罪恶会议的女主席,世界的王后,因此我要在她的头上安放一顶王冠;一切妇女的主人,因此我要给她戴上耳环,让她拿上一把扇子。"

于格南老爹不禁笑起来,后来,由于"淫荡"夫人的衣饰老也做不完,他又发起脾气,责备科林思人。科林思人好像没有听见,老人终于用粗鲁的声调和好像燃烧着的目光对他说话。

科林思人说:"您别管我,我的师傅;今天我不能让您满意,我觉得自己并不比您更有耐心。"

于格南老爹平时习惯于被人盲目地服从,这时更加生气了,想从科林思人手中夺过他的凿子。比埃焦急地注视着他们,他看到一股粗野的狂怒在科林思人的眼里燃烧起来,他的手在寻找一把锤子,可能要把它打在老人头上,如果比埃没有冲到他面前的话。

他叫道:"阿莫里,阿莫里,你要用这把锤子干什么?你以为我的心没被你的痛苦撕碎了吗?"

阿莫里看见眼泪在他朋友的双颊上流下来。他站起来,逃到了花园里。当工人们都从工场出来去吃点心的时候,他迅速钻进秘密过道,拿着那把他没有放下的锤子。他以为约瑟芬卧房的小门一定上锁了,准备去撬开。他思想里也许在

---

① "吞下几条蛇",法国成语,忍气吞声,逆来顺受,想说的话不敢说。

转动着更凄厉的念头。肯定他准备看见子爵在侯爵夫人的身边。但是推开弹簧,这是他原来亲自在秘密的门上安装的,他没遇到任何抵抗。他修装这扇门时,特意做得使它开闭时没有声音;因为,在那些幸福之夜中,为了保证做到神不知鬼不觉,他什么也没有疏忽。于是他进到约瑟芬的房间里,没有唤醒她,看见她躺在床上,身体半裸,头发散乱,双臂还戴着宝石,腿上围着已经搓皱和撕破的跳舞时穿的连衣裙。这种玷污的装饰在白天的光亮中更说明她的罪行。看到她这样,他一阵恶心。他回忆起曾读过一点关于克里奥佩特拉①的狂欢,以及被奴役的安东尼可耻的爱情的东西。他注视她很久,在千百次咒骂她之后,终于觉得她比任何时候都美。欲念驱逐了怨恨,在烂醉之后,怨恨变得更辛酸,更深刻。约瑟芬哭了,谦卑地认罪,招认了她曾受到的侮辱,以及她得以免受的侮辱,她咒骂自己想去出风头的那个狂妄腐朽的世界,这个世界曾经如此残酷地惩罚了她;她发誓再也不到那里去了,准备接受她的情夫愿意强加于她的苦行;当她看见在科林思人胸脯上和太阳穴上留下的狂怒和绝望的痕迹,她要把自己漂亮的头发剃光,把自己洁白的胸脯撕破;她在他的面前跪下,乞求上帝向她发怒;痛苦和兴奋使她变得如此美丽,以至科林思人被爱情搞得如醉如痴,请她原谅,千百次吻她光着的脚,只是在听到绮绶的声音时,他才从热情的享乐中拔出身来,绮绶叫堂嫂去吃晚餐,不放心她睡觉睡得那么久。

阿莫里回到工场,规规矩矩地向于格南老爹请求宽恕,老人拥抱他,一边责备他,一边用袖子擦眼睛。接着,他听从老

---

① 克里奥佩特拉,古埃及女王,她和罗马大将安东尼恋爱。

人的命令,非常热心,听话,使他过去的错误都抵消了。他和伙伴们一起合唱,很久以来他没有这样做了;他百般挑逗贝里人,后者向他赌气,最后宽恕了他;因为贝里人宁愿被人折磨,而不愿被人遗忘。最后,当天的任务完成了,开始得很不好,完成时却很快乐。只有比埃一直很不安,很忧愁。他的朋友忽然兴高采烈使他陷入了深思之中。

太阳落山时,绮绶为了摆脱和子爵在一起,悄悄地溜出去,独自到花园尽头散步,因为子爵受到约瑟芬不客气的拒绝后,又来向绮绶讲虽不那么热烈,却一样无聊的恭维话。绮绶想也许可以遇到比埃,因为不管她在哪里散步,总遇到他。这是相爱的人每天都发生的奇迹,没有一对情人能指责我的话不像真的。可是比埃这天晚上没来。他不敢离开科林思人,虽然后者很高兴,看来激动不安。他为了萨维尼安娜的尊严,愿意牺牲自己在世界上唯一的快乐,就是和绮绶谈一刻钟话的快乐。

维勒普娄小姐用眼睛打量着有时比埃从那里来的巡逻道,她看见来了一位妇女,身材相当高,虽然穿着农村的衣服,走路姿态却又安详又高贵。她穿一条青布裙子,蓝羊毛大衣,把头包起来,差不多好像佛罗伦萨的画家给圣母像穿的衣服一样。这位妇女五官端正的美,庄严纯洁的表情使她和拉斐尔派画的圣母像惊人地相似。她赶着一头驴,上面坐着一个金发俊秀的孩子,像母亲一样,裹着棕色粗呢的衣服,两腿垂放在一只篮子里。这一组人使绮绶很惊讶,她想起"向埃及逃亡"[①],她停下来打量着这幅活生生的图画,这幅画只缺一

---

① 典出《圣经》,许多名画以此为题材。

道圆光。

在平民妇女方面,她对这位年轻的贵族女子平静和善的面孔留下深刻印象。看她朴素近于严峻的装饰,把她当作了一个女用人,于是向她说话。

她在花园的栅栏门前停下驴子,说:"好姑娘,请告诉我,离维勒普娄村庄还很远吗?"

绮绶说:"好太太,你现在就在维勒普娄村。你只要沿着花园围墙外面的路走,不到十分钟,你就到村口的头几户人家了。"

旅行的妇人说:"谢谢你,谢谢上帝,因为我可怜的孩子们很累了。"

同时,绮绶看见从驴背上另一个篮筐里伸出来另一个孩子的头,和第一个孩子一样俊秀。

她说:"既然这样,你们可以进来。你们笔直穿过花园,可以提前五分钟到达。"

旅行的女人问:"这样合适吗?"

"很合适。"维勒普娄小姐说,一边迎上去,一边接过驴子的缰绳,把它牵进来。

"看来你是个好心的姑娘。应当一直沿着这条路走吗?"

"我领你们走,因为狗可能吓着你的孩子们。"

旅行的女人又说:"人们告诉我会在这里遇到好人的,俗语说得好:'有其主,必有其仆';因为,你别见怪,你想必是这家的人。"

绮绶笑着回答:"正是。"

"肯定待了很久了吧。"

"自从我出世以来。"

孩子们一看见花园里的大树和碧绿的草坪，早忘了疲劳，从驴背上跳下，高兴地跑起来，那头驴子利用机会，沿着绿篱笆，不时地偷偷衔过一条绿枝。

"你这两个孩子真漂亮。"绮绶说，一面吻那小女孩，又抱起小男孩，让他在一棵苹果树上摘苹果。

那民间妇女说："可怜的没有父亲的孩子们。上一个春天，我失去了我那善良的丈夫。"

"他至少给你留下一点财产吧？"

"一点都没有，肯定这不是他的错：他并不是没有这心思。"

"你就这样步行着，从很远的地方走来的吗？"

"我是坐载客马车直到附近的城市。在那儿，有人告诉我要抄近路。人们相当清楚地把路指给我，租给我这头可怜的驴子，好驮着我的孩子们。"

"你旅行的目的地是哪里？"

"亲爱的姑娘，我就停在这儿，我到这儿来住些时候。"

"你在我们这村子里有亲戚吗？"

"我有几个朋友……也就是，"旅行的妇人又说，她好像怕不能有分寸地表达意见，"是我故去的丈夫的朋友们给我写信，说我能有活干，他们答应给我找到主顾。"

"你会做什么呢？"

"缝缝，补补，洗洗，浆浆，熨平内衣。"

"那太好了，这里没有洗衣服的人。你就干厦垛的活计，全年都有你的活干。"

"你可以给我找这些活计吗？"

"我答应你。"

"这是慈祥的好上帝让我遇到你。我不是见钱伸手的人,可是你瞧,我只能干活来养活这两个孩子。"

"我担保,一切都会很顺利。你朋友家是不是等着你?"

"我的上帝,我想不会那么早。他们上星期写的信,我没有给他们回信,立刻就来了。你瞧,我的好姑娘,我本来是会友们的母亲,可是你也许不知道这些事情?"

"对不起,我认识一些会友,他们给我解释过是怎么回事。你离开你的孩子们了吗?"

"是我的孩子们离开我了。他们没有能保住那个城市;由于我没有办法再立一个家,我没能跟他们走。你瞧,本来有一个大家庭,以后只剩下独自一人,这是一件令人难过的事。我觉得自己再没有什么事要干了,不过,我有这两个孩子要扶养。我要离开那里是那么难过,所以就赶快结束了事。我们大家都哭了;当我现在想起这事,我还哭呢。"

"得啦,我们设法使你忘掉这些事。我们现在到了厦垛的院子!你到谁家去呢?你在朋友们家里可以找到地方住吗?"

"我想不会,不过村子里总有一个小客店吧?"

"不太好;现在有一个比较好的!如果你愿意,你就住在这儿直到你找到安身的地方。"

"在这厦垛里?可是人们不会接待我的。"

"人们会很好地接待你。你跟我来吧。"

"可是,孩子,别这么想。人们会把我当乞丐的。"

"不会,你看着吧,这家人都是诚实人。"

"如果他们都像你,那我相信。圣母马利亚,这儿跟在天堂里一样。"

绮绶把萨维尼安娜和她的两个孩子领到人们称之为"方塔"的一幢古老小屋里,在那里,有一处很清洁的接待客人的住房。她叫来一个村上的男孩把驴牵走,又叫一个女仆去给孩子们和母亲拿点吃的来。绮绶训练了她的用人们习惯于她干的慈善事业,而这慈善事业是以殷勤好客的姿态出现的。

旅行的妇女对这种行事的方式很感惊讶,这使她打消了一切顾虑,好像要使她免于有感恩之意。绮绶简明的语言,正直和坦率的举止不接受任何奉承的语句和任何夸张的感恩表示。民间的妇女感到这点,只是更加感动,她有点过于使劲地亲了维勒普娄小姐,但是热情洋溢,绮绶深感同情,虽然她本来决心不用怜悯来侮辱人家的贫困。那妇人说:"好啦,好啦,我看得很清楚,慈善的上帝没有抛弃我。"

绮绶克制住自己的激动,说:"现在,请你告诉我你在我们村里的朋友们叫什么名字,我派人去通知他们说,你已经到了,他们会到这儿来看你的。"

旅行的妇女迟疑了一刻,回答说:"应当叫人告诉我的儿子维勒普娄,'线条之友',也就是比埃·于格南,就说萨维尼安娜刚到。"

绮绶吃了一惊,注视着这位还很年轻,秀丽得像天使一般的妇女,她来找比埃,要在他身边定居。她以为自己过去弄错了,她本来认为是爱情的,只不过是友谊。这个妇人才是很久以来他所选择的伴侣。她感到要晕倒了,但是她立刻恢复了镇静,她对萨维尼安娜说:"你会见到比埃的,你就告诉他我很高兴地接待了你,他会感谢我的。"

她迅速地走远,派人去通知比埃·于格南,跑到自己房里,关上房门,坐在桌前,双手抱着头,待了两个小时。到了喝茶的时候,她祖父派人来唤她。她回到客厅,十分平静,好像在她思想中没有发生一点严重的事。

第三十一章

比埃一听说萨维尼安娜来到厦垛里，赶紧跑去看她。他本以为在那里能看见阿莫里而欣然自得，因为阿莫里晚餐吃了一半就跑出去了。可是在那里他没有见到阿莫里，他白白地等了他许久；白白地到各处去寻找他。

一个晚上过去了，科林思人没有出现。比埃在预料萨维尼安娜将要到来时，本想她跟阿莫里的第一次谈话可以决定他们彼此的命运，根据她情人的冷淡或者快乐，她可以发现实情或者仍保留幻想。比埃自己却很不好办；因为科林思人没有露面，可能有一个不由他自主的理由，不过在没有给科林思人时间让他本人说明之前，他没有权利替他朋友坦白。另一方面，萨维尼安娜是那么平静，那么充满信心和希望，比埃预感到等待着她的是不可避免的失望，他自责使她停留在错误之中。她不向他提任何问题，一种秘密的羞涩使她不肯第一个提出她所爱的那个人的姓名，可是她等待着他谈起他的朋友，而不要他反复地说"我没看见科林思人来"或是"我希望科林思人快来了"。

有一阵她分心在别的事上：几次谈到那位"侍女"的殷勤，她一开始就告诉比埃她受到的慷慨的接待。由于她的描述，比埃猜出这位侍女不是别人，正是厦垛里的那位年轻女主人。接着她向他提了许多关于这位富有、高贵的小姐的问题,这位小姐在路上留下行人,让他们住宿,还关心他们次日的忧虑,她用纯朴的心干这些事,使人难以猜出她的地位,也难以一开始就理解她是多么善良,除非自己也一样善良。根据比埃告诉她关于维勒普娄小姐的细节,萨维尼安娜对这位年轻的姑娘产生了一种宗教式的崇敬;她非常高兴地得知这位小姐对科林思人雕刻技巧的评价,以及她使他得到了她祖父的重用。但是,由于她一个接一个问了许多事,当她听说科林思人的计划,以及他想到巴黎并且改行的愿望时,她变得沉思起来,而且惊呆了;在听过比埃试图使她理解的一切以后,她摇着头回答说:"比埃师傅,这一切使我非常惊讶,并且显得那么不自然,我简直像听到有时晚上会友们念的书里的一个故事,他们管这叫小说。你说阿莫里想成为艺术家。难道他做木工不是艺术家吗?我倒是认为他想成为资产者,离开他那个阶级。我呢,我不赞成这个,我从来没见过妄图高于自己同等的人会成功。那些达到这个目的的人,失去他们过去伙伴们的尊重,在巴黎变得很不幸,因为他们没有了朋友。他想在巴黎干什么呢?他是不是有办法在那里立足呢?你说他得用好几年工夫在新职业中才能够熟练,还要许多年这个职业才能使他生活。那么,在没有到那时候以前,他得靠你们贵族老爷的慈善来生活了?我承认这位维勒普娄伯爵是一个好人;不过接受富人的资助总是不好受的,我想不通,既然已经能靠自己生活,为什么又甘愿受主人们的保护,或者任凭行善的人们的支配。"

比埃所能说明的,关于智慧有权用一切手段深造自己的种种理由,都不能说服萨维尼安娜。凡是她能理解的事,她从不缺乏通情达理和自然的正直;可是她的见解在某一范围内是有限制的,她虽然有很大的优点,可是有相当多的成见和偏见,这些使她固定于平民阶层,就像树木固定在树根上一样。

当厦垛的钟敲响晚上十一点的时候,她必须放弃在当天见到科林思人的希望,她内心的不满以及痛苦的疑虑增加了。她打发孩子们睡觉,自己感到过于疲乏,不能再熬夜;她上床以后,却不能入睡,听任忧愁的预感在她灵魂中模糊地升起来,在夜里,她有时是在哭泣和祈祷中度过的。

在晚餐时间,科林思人费了好大劲,才从侯爵夫人的怀抱中挣脱,她答应他一等到可以溜走时,就回到房间来;他自己一吃完晚餐就到秘密过道里等她。她借口偏头痛,早早离开客厅,回来关在屋里。在那里,为了使科林思人高兴,并且使他忘记他在嫉妒中的一切辛酸,她想了个主意,为他一个人盛装打扮。在一个硬纸匣里,她有一套狂欢节的化装衣服,她穿着十分合适;这是一套上个世纪的跳舞服装。她卷曲了头发,扑上香粉,接着戴上珍珠、鲜花和翎饰。她穿了一件长长的下摆撑开的连衣裙,非常华丽,而且风流到了极点,还装饰着飘带和花边。她没有忘记穿上高跟拖鞋,也没有忘记拿着布歇[1]画的大扇子,也没有忘记每个手指都戴上宽大的戒指,更没有忘记在眉上嘴角画一粒假痣。至于胭脂,她却不需要;她皮肤自然的光彩可以使胭脂逊色,当时的一个神甫好像这样说的:爱神就藏在她面颊上迷人的酒窝里。这种一半豪华,一半轻佻的服装,特别适合于她的身材和她这个人。她使科林

---

[1] 布歇(1703—1770),法国名画家。

思人着迷直到疯狂的程度。她就这样变成了摄政时期①的侯爵夫人,在他看来,她好像比平时更加百倍地像侯爵夫人;想到一个这样美貌,这样盛装,姿态这样高傲的女人,委身给一个贫穷寒微、衣冠粗陋的平民的孩子,他充满骄傲,这种骄傲也许有点堕落为虚荣。这种孩子的游戏使他们感到开心,整夜如醉如痴。他们两人合起来也不到四十岁。从来没有一种真正严肃的思想使约瑟芬美丽的额头低下来沉思,而科林思人感到在自己身上有那样一种生活的热情,那样需要什么都知道,什么都感觉,什么都拥有,以致比埃·于格南和萨维尼安娜严正的教训从他心中消失,就像一只鸟在飞过水波时在里面倒映出的飞逝的形象。

侯爵夫人晚餐时一点东西也没有吃,以便借口叫人把晚餐端到她房间里,和科林思人分食美味的菜肴。她为了娱乐,大事铺张这顿晚餐,把一套镀金的餐具,放在一张小桌子上,摆上花瓶、鲜花,中间放一面大镜子,以便科林思人能看见有两个她,欣赏她的各种姿态。接着,她紧紧关上房间的护窗板和窗帘,点起壁炉上的大烛台,各个方向都放上蜡烛,点起香,借口模仿过去,尽可能地扮演侯爵夫人。可是这个游戏变得认真了。她太美丽了,不像一张讽刺画,奢侈和享乐的讲究过于容易地渗透在一个艺术家的肌体上,所以科林思人想不到讽刺摆在眼前的旧时风尚,那软绵绵的劲儿,此时他更觉得可怀念,而不觉得令人反感。这顿美味晚餐,一夜的欢乐,装饰成贵妇人小客厅的卧室,化装成风流贵妇的这位有产阶级的

---

① 指法国国王路易十五继位后,由于年幼,由菲力普·德·奥尔良摄政时期(1715—1723)。

小妇人,这一切给他的想象力以致命的打击。一直到这时候,他都是天真地爱着约瑟芬,爱她这个人,遗憾的是她不是一个贫穷的乡下姑娘,他咒骂财富和尊贵是置于他们两人之间的永恒的障碍。从这时候起,他习惯于构成这位妇人生活中的一切无聊的装饰品,在他的爱情的神秘和危险里,他找到一种有刺激性的诱惑力,把他的愿望放在这个有特权的世界里,他毫无反感与恐惧地梦想在其中占一个位置。他在冲动中,向侯爵夫人发誓,说她不会久长地因选中了他而感到羞愧,他会使这些沙龙在他面前双门大开,他生来是为装饰这些大厅的墙壁的,而他现在要走在地毯上,呼吸香水气味,有一天他会昂首阔步,目光坚定地走进去的。野心和虚荣的梦想占据了他的头脑;约瑟芬的爱情和光明的未来联系在一起,他自认为是能有光明前途的;回想起萨维尼安娜来,对他只像一种可怜的奴役,好像是一张和贫困、忧愁和默默无闻订立的长期契约。

因此,在他醒来时,比埃告诉他,母亲已经到来,并且就住在厦垛中的消息,他听了好像挨了一尖刀。阿莫里想钻到地缝里去,可是他不得不去看她。他鼓足勇气,装出若无其事的神气,抚摩孩子们,跟他们玩耍,对萨维尼安娜谈谈事务,用非常热诚和忠诚于她的物质利益的神气,竭力使她忘记他冷冷的眼神以及他勉强装出来的泰然自若的态度。科林思人一边大胆地伪装着,一边不由自主地想起摄政时期那些不择手段的放荡的人,一整夜约瑟芬都跟他谈这些人物,科林思人差一点自以为是侯爵了。萨维尼安娜用非常惊愕的心情听他讲要给她找的住所,他要给她找的活计,以便她开始营业。她任他在周围转来转去,喋喋不休地说,而不回答他,他看到她这种

363

默默无言的沮丧,开始害怕了。他感到勇气消失了,一种胆怯的敬意油然而生,这是跟他那傲慢的尝试毫不协调的。

最后萨维尼安娜站起来,向他伸出手来,对他说:"亲爱的儿子,我感谢你对我表示的殷勤,不过,这事不应当烦扰你。目前我不需要帮助。在此地,我已经遇到一些人,他们关心我,住所不久就能找到。去干活吧,一天工作已经开始,你知道一个好会友的责任就在于守时。"

科林思人走了以后,比埃还在她身旁待了一会儿,他本来以为会看到她痛苦得大哭,但是她坚定,沉着,毫无遗憾和怀疑的表示,也没有说起她要改变在维勒普娄定居的计划。

比埃刚到工场去,萨维尼安娜立刻又穿起孝来,旅途中她曾经脱下了素服,她仔细地整理她那尖角形的帽子,收拾房间,拉着孩子们,把他们领到一个女仆处,这女仆负责领他们去进午餐;接着她问能不能跟维勒普娄小姐谈一谈。几分钟后,她被带到年轻的女主人的房中。

绮绶没有睡好。她刚醒来,睁开眼第一个感觉是残酷的幻想破灭和说不出的思想混乱,可是昨天她已打定主意,当有人来告诉她,她安排在旅客房间里的那位妇女来了,要求见她时,她下决心要慷慨到底,不要半途而废。

她向萨维尼安娜伸出手去,让她坐在床边,对她说:"请坐,你休息了吗?你的孩子们睡得好吗?"

"我的孩子们睡得很好,全仗上帝和你的好心。"萨维尼安娜回答,一边吻绮绶的手,神情严肃,使那位年轻姑娘不能拒绝这种尊敬和感恩的表示。

"我不是来求你原谅我昨天没猜出我和什么人讲话,我知道你比这要高贵;我也不是来对你表示千谢万谢,谢你对待我们这么慈善;有人对我说,你不喜欢受人赞扬,可是我来找你,是把你看作一位好心肠的人,有好主意的人,向你诉说我的一件伤心事。"

"谁对你说可以这样信任我呢,亲爱的夫人?"绮绶说,一面竭力勉强自己鼓励萨维尼安娜说下去。

"是比埃·于格南师傅。"会友的母亲放心地回答。

"那么你跟他谈到我了?"绮绶颤抖地说。

萨维尼安娜回答说:"我们谈了个把钟头,因此我爱你,就像我是看见你生下来的一样。"

"萨维尼安娜,你对我说这个使我听了真舒服。"绮绶说,虽然她鼓足勇气,还感到一滴滚烫的热泪从她眼里流出来,"你再看见比埃师傅的时候,你可以对他说我会是你的朋友,就像我是他的朋友一样。"

萨维尼安娜回答说:"我早就知道,因为我就要得到证实了。"

于是,萨维尼安娜对绮绶诉述她的历史,从她和萨维尼安结婚,一直到她离开布卢瓦,来接受科林思人的邀请。接着,她又说:"我的好姑娘,我讲了这许多使你听累了,可是你瞧,这是件很难处理的事,我只能请教你。虽然我对比埃师傅很尊敬,可是昨天晚上我们却没有谈得通;今天我还远远不明白他想给我解释的事。他对我说科林思人应当成为雕刻家;要做到这点,他必须当学徒,是你,小姐,和你的父亲,想把他送到巴黎去,在很多年里,他一点钱不能挣,要靠你们的救助生活;如果是这样,我们计划的婚姻就不能实现,因为如果我明年嫁给科林思人,就成了你们的负担,而且我和我的孩子们还要连累你们好久。就算你们同意这样,我也不愿意;我的孩子们生下来是自由的,他们不应当在仆役身份中长大。这是我丈夫的一个成见,在他死后,我还要尊重这个成见。我没有向比埃隐瞒,他的朋友的计划使我很难过,但是无疑科林思人更看重这个计划,而不那么在乎我,因为今天早晨我看见他的时候,他对我显得那么窘迫,那么古怪,我都认不出他来了。他好像不满意我不同意他的幻想。这就是我们所处的地位。这地位对我是可悲的,因为我后悔来到这里,把我的生活托付给偶然的遭遇和一个年轻人的任性行为,而我本可以留在那里,处于一个明智忠诚的朋友保护之下,这位朋友无论如何是不会抛弃我的。我相信,对于一个有孩子的寡妇,在选择保护他们的男子时,只听凭感情,这是犯罪。她只应当听从她的理性和责任。是的,我的罪很大,此刻我感觉到这点。但是,错误已经犯了,改变我对好支柱说的话是缺少尊严的,萨维尼安娜的孩子们的母亲不应当被人看作是一个轻浮的、任性的妇女。这样有一天会影响她儿女的荣誉。所以我应当从我自己造成的恶劣的地位中,尽可能找出一条比较好的出路。正是为了这个,而不是拿我的伤心事来麻烦你,我才来请教比埃·于格南称之为'伤心人的好天使'的你。"

萨维尼安娜的叙述搬开了压在绮绶心上的沉重的石头。她感激对方刚对她做的好事,同时被这位妇女的明智和正义所感动,在她灵魂中除了责任感的光明之外没有别的光明。

"亲爱的萨维尼安娜,"她说,一边用一只手臂围起那民间妇女健美的上身,"你向我请教,我看你那么明智,我认为倒是我应当在生活的每时每刻接受你的指教。关于你的科林思人心里怎么想的,我一点也没法告诉你。他不崇拜像你这样一个人,我觉得是不可能的;可是如果我对你说这个青年喜欢家庭幸福、工人的平静勤劳的生活更甚于艺术家的奋斗、痛苦和胜利,我恐怕那是欺骗你。我们常常谈到他,我希望有办法使你理解他的天才和雄心命令他去干的事。我有时和比埃谈到这点,在这方面,比埃能对你谈他曾用来说服我的极好的事情,这使我决定发挥雕刻家的天赋,而不是妨碍它。"

萨维尼安娜睁开大眼睛,试图理解绮绶的话。

"那么你也有推他走上绝路的想法。"她长长叹了口气,这样说。

"是的,我有时这样想,我祖父急于把这个孩子从他的处境中拉出来,使他投身于巴黎的种种危险,以及艺术家生活的一切偶然性,对此我感到恐惧。我觉得他要负很大责任,如果科林思人不能像我们所期望的那样取得成功,那我们就是帮了他一个倒忙。"

"那么,你还继续往他脑袋里灌输这些?"

"比埃决定我们没有权利不让他走这条路。我们每人都有自己的天赋,本身都包含自己命运的胚芽,善良的萨维尼安娜。上帝决不做一件毫无目的的事。他赋予我们这种或那种才能,这种或那种道德,或者也有这种或那种缺点,他都有自己深刻而神秘的看法。年轻时的本能是神圣的,谁也没有权利扑灭天才的火焰。相反,激起它,发展它,是一种责任,给人以新的能力时,要冒给他同样多的痛苦的危险。"

萨维尼安娜回答说:"你说的话,我难以相信,我不知道在这一切中间我应当往哪里走。我本来要告诉你,如果科林思人应当在他新的事业中富有、幸福,而且受人尊重,那我决定牺牲自己,沉默或者远走;但是你告诉我他要痛苦,也许要失败,可是又应当冒这一切危险,为了使上帝高兴。你比我有学问,你说得那么好,我不知道怎么回答,我只知道我不理解而且我很痛苦。"

这么说着,萨维尼安娜哭起来了,这在她是不常发生的事,除非她在自己一个人的时候。

绮绶试着安慰她,恳求她不要操之过急。劝她在村子里安下身来,哪怕只住几个月,以便看看科林思人可以自由选择和考虑以后,会不会回到爱情和平静的幸福上来。绮绶和萨维尼安娜一样,远远没想到阿莫里的不忠,由于发现了秘密过道,侯爵夫人的爱情故事隐蔽得那么好,科林思人在和厦垛的公开关系中,那么小心谨慎,以至谁也没有一点点怀疑。

萨维尼安娜又有了勇气,决定留下来。绮绶恳求她,用孩子们的名义,对自己不要过分矜持,至少在院子里的这所房子中保留她的房间;提醒她说,她可以同时为村子和厦垛工作,在任何情况下,她不能被看作是仆人。萨维尼安娜让步了,就这样留下来度过这个季节,在她和维勒普娄小姐差不多是亲密无间的友谊之中,这位小姐没有一天不去和她谈一两个小时的话,并且教小玛乃特写字和算数。这种亲密关系给比埃更多机会见到绮绶,对这位高贵的人物更增加满腔激情。当他看见她坐在萨维尼安娜做活的桌子旁边,膝上坐着小男孩,教他认字母,而她本来正暗暗地在读孟德斯鸠[1]、帕斯卡尔[2]和莱伯尼兹[3]的作品的,他需要强烈抑制自己才不至于跪倒在她面前。绮绶有点想讨他喜欢;她使自己平民化,是为了让他高兴,替萨维尼安娜管理着熨斗,当孩子们打扰母亲时,她

---

[1] 孟德斯鸠(1689—1755),十八世纪法国著名作家,启蒙运动的思想家。
[2] 帕斯卡尔(1623—1662),法国物理学家,哲学家,作家。
[3] 莱伯尼兹(1646—1716),德国著名哲学家。

有时拿起熨斗替她熨神甫的翻领或者于格南老爹的领带。爱情与共和主义的激情在这些平淡的细节中投入那样多的诗意,比埃的双脚已经不踩在地上,他生活在一种神秘的高烧中,他的智慧每天在增加,他那毫不勉强地倾向于一切善良本能的心,都更富于力量和新的热情,孕育着而且渴望着善和美。读者朋友们,肯定地说,这两位柏拉图式①的恋人在方塔里交换着非常伟大的对话,而他们自己却以为在说世上最简单的事情;你们以为构造得很好的社会,当伟大心肠的逻辑来压倒它的那一天,它会像茅草建筑一样地坍下来,用你们称之为老生常谈的永恒真理的逻辑,这种老生常谈每天围绕着某些炉灶活动,在那里,你们不屑于穿着新的衣服去坐一坐。在这座塔楼的哥特式窗子前面,有一株大葡萄藤,在旁边,许多鸽子在屋檐上玩耍。由于绮绶总是双肘放在窗台上观看,她把鸽子驯服了,而各种鸽子都来到她手上啄食,对完美的境界她常有很深的领悟,和这时正在雕刻一件护墙板上的装饰品的比埃,一起上升到理想的最高境界。

　　逆来顺受的萨维尼安娜为了她的孩子们而劳动,把她空虚悲痛的心沉浸在友谊和宗教的感情里,正当这时,科林思人忍受着巨大的折磨。在这位高贵的妇女面前,他总是不由自主地感到羞辱,于是他到侯爵夫人身边设法麻木自己;可是他再找不到和从前一样的幸福了。约瑟芬感到深切的悲愁,不停地疑虑不安。科林思人觉得她有什么秘密瞒着他。对社交场的恐惧统治着她,虽然她偷偷地咒骂它,虽然她认为和平民偷偷寻欢作乐就是对它的复仇。但是,只要听见一点声音,她

---

① 指精神恋爱。

在阿莫里怀中就心惊肉跳,好像要晕倒一样,显出她的羞愧和恐惧。他有时因此愤怒,有时又加以原谅,可是归根到底,他想在这个享乐中狂热,思考在懦弱的情妇身上,找到更多的大胆和信任。面对她的恐惧,科林思人感到自己的骄傲软化了,准备忍受更大的牺牲。侯爵夫人为了避免因她改变性格引起别人的疑惑,愿意有时到社交场上走走,虽然她在那里曾经遭受屈辱,她不放过一个机会重新和这环境发生关系。她的风流和轻佻每天都在死灰复燃。科林思人常常大发脾气,有时又极端温存。在这些斗争中,他的心好像并没有恢复生气,而是厌倦了,逐渐心肠变狠了。他的性格变得乖戾怪僻,他逃避比埃,违抗于格南老爹,差不多看不起别的会友。贫穷的艰苦习惯开始使他感到压抑,他再没有乐趣雕刻木活了,焦虑地想雕刻大理石,看模特儿。善良的萨维尼安娜痛苦地注意到他对服装的兴趣以及懒散的习惯。

她对于格南老爹说:"唉!他把挣的钱都用来定做绒上衣,请人在衬衣上绣花。当我看见他早晨走过,好像画中人似的梳头戴帽,我就明白为什么他总是最后一个到工场。"

至于于格南老爹,他看到科林思人不穿粗鞋而穿精美的小皮靴,十分反感,有时晚餐时也对他说:"孩子,当我们看到一个工人的手变白,长出指甲来的时候,这是坏现象;因为他的工具长锈了,他的木板发霉了。"

第三十二章

桥梁公路工程局的职员,易希道·勒乐布先生,有一段时间以来,定居在维勒普娄厦垛中不再动弹了。他父亲宣称他与这公司的检查员之间发生了些"不愉快的事",并且"厌倦于这个职位"辞职了。但是事实是易希道的愚蠢和无知使他的领导难以忍受,他们之间发生了激烈的口角,根据关于这次争吵发生的报告,他被撤职了。他被厦垛收留下来,等待着找到一个新职业,他就住在他父亲在大院深处住的那个塔楼上,正对着萨维尼安娜住的方塔。

从他的窗口可以看见在那儿发生的一切事,他不久就深信那娟秀的寡妇和比埃及科林思人都没有爱情关系;他不怀疑自己漂亮的服装和健康的气色对于这位纯朴而且注定要劳动的妇女会起作用,大着胆子围着她献殷勤。萨维尼安娜起头没想到这有什么可怕,没有同厦垛中所有的妇女一样,觉得要对他疏远些。会友之母见过许多粗鲁的家伙在她周围嘀嘀咕咕,以至她觉得没什么可奇怪的,而且她也没有经历过和使人烦躁的卖弄风情紧密相连的那种幼稚的恐惧。

易希道很高兴没有被她顶撞,因为他习惯于被朱丽和别的侍女们顶撞,他以为萨维尼安娜性子比较好,在她身边胆子也大了起来,甚至当她把衣服送回厦垛,穿过院子时,竟想调戏她。这种种殷勤,不合萨维尼安娜的口味,她威吓他说,要给他一记耳光,她这么说,也很可以不动声色地这么做。可是命运注定易希道要被一只更强有力的手制止。

一天晚上,易希道醉醺醺的,看见萨维尼安娜在方塔下面寻找一只刚从窝里掉下来的雏鸽。他扑向她,没有看见比埃·于格南就在两步远的地方,他又开始粗野的纠缠,语言那样下流,样子那样不自重,以至比埃气愤至极,走近他,命令他走开。易希道其实并不勇敢,可是酒给他壮了胆,变得完全粗野起来,竟声称要当着萨维尼安娜的"情人"的面,和她接吻。比埃说:"我不是她的情人,可我是她的朋友,为了证明这点,我来替她摆脱一个混蛋。"一边这么说,他抓住易希道两个肩膀;虽然他还谨慎,没有使出全身力气,却也把他扔到墙上,使这位过去的职员脸上受了一点碰伤。

他只好认输,从此他领教了工人手臂的力量,对于这次倒霉的遭遇,他不敢夸口。可是他又想起了他的一切复仇的计划,他对比埃·于格南的仇恨又复燃起来,更激烈,更有理由。

他从攻击最弱的敌人开始,撕碎萨维尼安娜的心。他偷偷地告诉大家,科林思人和比埃分享她的宠爱,对她和对公众道德表现了恬不知耻的蔑视,甚至贝里人也是她的情人。他说,这是肯定的,因为他从窗户望见晚上在对面塔楼里发生的一切事。

有几个人不肯相信。更多的人却不加考察地相信他,而且毫无顾忌地传播出去。厦垛的仆人们,仔细地观察了萨维尼安娜的行为,慎重地抵制了易希道的诽谤,况且大家都讨厌这个人,虽然表面上客客气气的;由于大家对比埃很尊重,对他有好感,他们不肯把这话传给他。可是他们把这话传给他们不那么喜欢的科林思人,因为他们觉得他骄傲,有点轻视他们。

这对阿莫里是一大惩罚,而且使他感到新的悔恨,看到他过去热爱的,并且叫她到身边来的人由于他的原因受到诽谤,况且她受到的是另一个男子的保护,而不是他的保护。他发誓要使勒乐布的儿子痛苦地追悔莫及,但是由于侯爵夫人的嫉妒,他没有采取任何行动。

约瑟芬每天早晨在女仆给她梳头时,习惯和女仆聊天,朱丽告诉她在餐厅后间里和村里的一切流言蜚语。当她听说关于对萨维尼安娜的怀疑时,没有考虑这是不是有根据,就对她和科林思人爱情的牺牲品怀有异常的憎恨。她先向科林思人询问,问得那么尖刻,那么声色俱厉,以至脾气已经够阴沉的科林思人用稍带骄傲的态度回答她说:他并没有责任向她汇报他的过去。

他又说:"不过,我愿意告诉你,好使你明白你的侮辱是何等没有根据,你的嫉妒心是何等不公正。我爱过萨维尼安娜,我曾被她爱过,这都是真的;我本来应当在她穿孝满期以后跟她结婚,如果我没有遇到你,我会这样做的,这都是真的。我粉碎了最忠诚最慷慨的一颗心,为了保留蔑视我,随时都可以抛弃我的另一颗心,这也是真的。但是你可以放心,虽然我意识到我的疯狂,虽然我肯定有一天会被你粉碎,我还是崇拜你,而且我不再爱萨维尼安娜了;我对我的行为感到羞愧,这也没用;我想弥补我的罪过,也做不到。每当比埃把我拉到她身边,我看到她时,对我是一种可怕的酷刑,我在那里一分钟一分钟地计算我愿意在你身边度过的时间。"

这位年轻的妇人不相信地摇着头说:"那么,是不是你连看都不屑一看的这位慷慨忠诚的妇人,由于绝望,投身到你朋友比埃的怀抱,拿他来安慰她被你遗弃的痛苦?"

科林思人对这种诬陷极端愤怒。他从来没有想到被触犯了的虚荣心能给约瑟芬如此恶毒的思想,使她表现得如此尖刻、恶劣。他受到残酷的考验;因为,在他的愤怒中,他热烈地替萨维尼安娜说话,他被侯爵夫人辛辣的讽刺逼得忍无可忍,为了夸耀萨维尼安娜,他甚至贬低约瑟芬,于是约瑟芬狂怒起来,真正歇斯底里大发作,只有在哭得精疲力竭,累得接不上气,而且把和她一样迷惘和疲乏的情夫抛在脚下时,她才平息下来。

第二天晚上,这些风暴又重新怒吼起来,而且更加激烈。约瑟芬把科林思人从她房里赶出去,可是当他走进秘密过道的时候,她哭得那么凶,那么发狂,他不得不回来保护她,不使她自己折腾自己。他们和解了,但只是为了下一次再吵闹。在这些没有信念作为主宰的爱情的可悲的痉挛之中,说了一些使理想破灭的话,以及一些永远忘不了的答话。科林思人很沮丧,恐怖地自问,在他和约瑟芬之间到底是爱情,还是仇恨。

一直到那时,他们采取了非常小心谨慎的措施,所以没有一点气息,没有一点不谨慎的声音破坏古老厦垛漫长深夜的寂静。但是,在这两夜的风暴中,他们过于信任墙壁的厚度,和房间所处的偏僻地位。像所有的老人一样,伯爵睡觉很少,睡得也很不踏实,他听到一种被压抑的叫声,隐隐约约的呻吟声,以及忽然抑制住的高声叫喊,好像从墙壁厚厚的两侧发出来的,他感到震惊。秘密过道离他的卧室不远,这点他知道,不过他不知道在这死胡同和更狭窄更神秘的小巷中间可以建立甬道,这只有科林思人一个人在教堂中的木板墙上发现。

老伯爵不大相信鬼魂。他首先想到他的孙女,于是从床上起来,走近位于走廊一端她的那套房间,这房间通过小塔和工场相通。他听不见任何声音,轻轻地走进去,看见绮绶平静地在睡觉。他穿过这房间,走下通向小塔书房的螺旋式小楼梯。在这短短的行程中,刚才使他震惊的古怪的声音没有再听见。可是当他前进到工场的宣讲台时,好像又听到了这声音。

伯爵视力一直很不佳,相反,耳朵却异常灵敏而有训练。他好像从一个助听导管中听到两个声音在争吵,声音似乎很远。他用夹鼻眼镜仔细察看雕刻,但是那块活动护墙板太高,看不清不连接的地方。而且,他又什么也听不见了,他正要走开,这时看见护墙板活动了,好像在滑槽里滑下去了,面色苍白的科林思人,头发散乱,眼光狂怒,从一丈多高的地方跳到一堆刨花上,这是他早放在那里的,以便每天跳下来时能减轻声音。他是用梯子上去的,用完后把梯子推倒在地上这堆刨花里,以便消除那些可能晚上到工场来的人的怀疑。

伯爵一看见护墙板活动,就往后退,藏在壁毯后面,他用眼睛观察科林思人,而没有被后者发现。年轻人刚刚退出,伯爵就来到工场里,用他的拐杖一端在一盆铅白里擦了一下,然后在那块活动壁板上做了一个记号,以便辨认。接着,在天亮以前,他去叫醒老仆人卡米耶,这是过去所有伏龙丹[①]中个子最矮小,精力最充沛,最好争吵,最狡猾也是最谨慎的一个。卡米耶掏出他的万能钥匙,从另一条路把他的主人领到工场。

---

① 伏龙丹,十八世纪法国喜剧中常出现的人物,狡黠的仆役。

他靠着指定的木板墙放了一个梯子,拿起他那只小遮光灯,虽然他已有七十岁,却轻捷地爬了上去,好像一只鼬子似的钻进了神秘的过道,穿过在死胡同里打的缺口,一直走到侯爵夫人放床的墙角门边,这地方他很熟悉,他年轻时曾把他主人的一个情敌从这儿放走。由于发生了这件事,过道被堵上,但是太晚了。

等他回来,把他穿过墙壁旅行的结果报告(并不是毫不感到为难)给伯爵的时候,伯爵并没有表示不安,而是用讽刺的神气对他说:"卡米耶,不是只有一条过道,而是有两条,这我本来不知道。我受骗了,我没想到受骗这么久。"

接着,他嘱咐卡米耶对过道的存在保持沉默,同时没有说他自己看见什么人从里面出来,就安安静静地去睡觉了。他活了那么久,什么事都见过,什么都不觉得新鲜了,什么都不能激起他的惊诧或者愤怒。但是在盘算好怎么办来结束这件见不得人的事以前,他睡不着,无论如何,他是不能宽恕这种事的。

第二天,一清早,年轻的拉乌尔和易希道·勒乐布一同去打猎,他把易希道当作一个强壮的驯犬仆人去追赶兔子,也把他当作一个厚颜无耻的马贩子,替他买马换马。将近中午,回到厦垛时,他向易希道提出些关于萨维尼安娜的问题,因为她的美貌激起他的欲望。易希道回答说这是个伪善的假正经女人,他又问易希道是不是认为她很喜欢接受礼物。易希道非常想对比埃进行报复,便鼓励他引诱那女人的打算,又说如果能把于格南儿子弄开,那就更容易使她就范,于格南儿子对她很嫉妒。

拉乌尔回答说:"使这个工人远离我家,我觉得事情不容易办到,我父亲和姐姐都迷上他了,总是把他当一个天才的人来提起。这是个什么人呀?"

桥梁公路工程局过去的职员回答说:"是个蠢货,是个乡下佬,如果您对他干了点什么事,他就对您不礼貌了。因为有伯爵先生保护他,他摆起架子来了,而且他高声地说,如果您的神气好像看中了萨维尼安娜,那就会有人来跟您算账,不管您是什么伯爵。"

"啊!那好,我们倒要瞧瞧。可是,你告诉我,那萨维尼安娜真是他的情妇了?"

"只有您不知道这事。"

"我姐姐可是深信这是世界上最诚实的女人。"

"咳!绮绶小姐完全看错了。非常不幸的是她让这些人跟她那么随便,这会对她发生她想不到的害处。"

拉乌尔忽然变得严肃了,放慢了坐骑,说:"你这是什么意思?在我姐姐和这类家伙之间,你觉得会怎么个随便法?"

读者想必还记得,勒乐布儿子自从那天绮绶讥笑他从马上摔下来,就对她怀恨在心。在她这方面,她从不向他隐瞒她对他的反感和轻视,还有楼梯图纸的故事,引起她对易希道的讽刺。他也从来没有放过任何机会诽谤她,如果他能这样干而不致把自己牵连在内的话。自从一些时候以来,他把报复的行为一直发展到含沙射影地说维勒普娄小姐并不是"侧着脸"看于格南儿子。从他的房间,他看到他们在萨维尼安娜家半天半天地谈话,至少是件古怪的事,一个像她那样身份的小姐竟跟一个不正派的女人来往,而且在臭水沟里寻找朋友。

他把自己想到的那些肮脏语言说成是大家的议论,使年轻的女共和党人的极右派的弟弟感到这些,他想这样对绮绶的独立和家庭幸福,对比埃·于格南,对萨维尼安娜都是大大的打击,他回答拉乌尔说家里人已经注意到,在方塔里,厦垛的女主人、洗衣妇和男工人之间建立起来的奇异的亲密关系;在村里的仆人们都纷纷议论;流言蜚语越过村子越传越远,在附近的集市和市场上除了这事不说别的;他又说这事使他极度难过,差点就和那些竭力诽谤拉乌尔先生的姐姐的人打起来。

拉乌尔静静地听他说完以后,对他说:"你本应当这么做,而永远不要多讲。既然这两点你都没有做到,易希道先生,关于我姐姐被人恶意中伤的事,我劝你除了对我,不要对任何人诉述。可能她对一个年轻人太自由了一些,但是她不可能滥用这种自由。倒是可能我要来管管,使这些恶毒谣言的原因不再发生,尤其可能我要做出一个例子,使那些狂妄的多嘴的人后悔不迭。至于你,你要记住有一种对自己应当尊敬的人加以保护的方式,这方式比诬陷他们更坏。如果你忘记这点,不管我对你有多大的友情,我都能在你的头上打断我最好的手杖。"

这样说着,拉乌尔飞奔而去,马的前胸剧烈地擦过走在它旁边的易希道那匹博斯隆小马。总管的儿子被迫给主人让路,后者敏捷地通过花园的栅栏门,把那爱搬弄是非的人甩在身后,易希道非常惊讶,对于他行事的效果有点不安。

当萨维尼安娜成为上述交谈的对象时,在绮绶和侯爵夫人之间另有一场谈话,同样激烈,也是关于她的。早晨,绮绶走进她堂嫂房里,见她面色难看,很不放心。侯爵夫人回答说她感觉神经痛,她故意找岔子责备她的女仆,试了十个领套,找不到一个按照她的意思洗净熨好的,最后她不准朱丽再把她的花边衣物交给这个愚蠢的萨维尼安娜去洗烫,此人除了做丢脸的事和生孩子外,别的什么事也不会做。

朱丽出去以后,绮绶严厉地责备约瑟芬对于这位可敬的妇女所表示的态度。

在侯爵夫人面前夸奖萨维尼安娜,那真是火上加油。她用惊人的尖酸词句继续诬蔑萨维尼安娜,说她是比埃·于格南和阿莫里的情妇。绮绶带着怜悯的微笑说:"亲爱的孩子,我不懂你为什么相信这些恶毒的话,并且从你漂亮的嘴里说出来。如果我的精神和你今天早晨的精神同样不愉快,我会对你说,我差不多要把前些天我们跟你开的关于你和科林思人的玩笑当真了。"

侯爵夫人回答说:"那肯定是出自你口中的令人致命的侮辱,因为你的原则是认为一个工人不是人,那就使你跟他们一起生活的时候,就像他们都是些鸟、狗或者植物一样。"

绮绶极度惊讶,痛苦地把两只手合起来,叫着说:"约瑟芬,约瑟芬,你怎么了,你今天怎么和平时那么不同?"

"我发生了可怕的事。"侯爵夫人回答,一边头发散乱地俯身扑倒在床上,扭曲着双手,泪如雨下。绮绶对这种绝望感到恐惧,不久以来,她已有预感,看到约瑟芬面容一天天憔悴,脾气一天天变坏,她以全部的慈善心肠,满怀善意同情约瑟芬,把她抱在怀中,用温柔的爱抚,温和的语言,恳求她向自己披肝沥胆。

当然,侯爵夫人把她的秘密告诉给一个纯洁清白的少女,没有比这更不得体,也许更有罪的了,因为对这少女,爱情还有想象力不愿意深入的神秘;可是约瑟芬不能克制自己了。她在堂妹面前,狂热而又厚颜无耻地把她和科林思人爱情整部可悲的小说讲了出来；她以自杀的理论结束，这在当时倒不是过分造作的。

绮绶无声地，低垂着眼皮听她讲述。好几次她脸上显出红晕；好几次她几乎要制止约瑟芬感情的奔放。但是每次她都要求自己要有勇气，并压抑住一声叹息，她坚决而坚定地支持了下去，好像一个年轻的修女，她第一次看到动外科手术，差不多要晕倒了，想到能作为有用的人，减轻耶稣基督大家庭一员的痛苦，她克服了她的恶心与恐惧。

回答这种忏悔，给约瑟芬一个不至于伤害她的判断，或者把通奸这种爱情说成是正常的，这对维勒普娄小姐都是不可能的。应当按原则来进行思考。约瑟芬却没有原则，而且她也不能有，由于她受的教育，她的婚姻以及她在社会上不得其所的和痛苦的地位。绮绶谴责约瑟芬破坏了她的婚姻的约束，同时却设法使约瑟芬了解她自己并不鄙视约瑟芬选择科林思人，不过她也不赞成这个选择。按照萨维尼安娜告诉她的关于科林思人过去的事，绮绶越来越感到在这个年轻人身上，有一种和任何妇女的幸福都不相容的本性和命运。她敢于对侯爵夫人说出自己整个思想，使她好好想想，因为自从维勒普娄先生的保护把科林思人从虚无中拉出来之后，在科林思人身上不知不觉地在发展着的可怕的个性，她还没有认真想过。

约瑟芬开始平静下来，理性语言使她有了听取道德语言的准备。这时有人敲门。绮绶走去看看是什么事，她打开门，见是她的祖父，就像她每次见到他一样，说了几句体贴关怀的话。

伯爵说："孩子，你去吧，我要单独跟你堂嫂谈谈。"

绮绶听命；维勒普娄先生庄严地缓慢地坐下来，就这样开始了谈话。

"亲爱的约瑟芬，我要跟你谈点相当微妙的事，是一个妇女所能有的最大的秘密。你肯定没有人能听到我们的话吗？"

"我认为那是不可能的。"约瑟芬说，面对这种开场白和伯爵盯着她的探索的目光，有点不知所措了。

他说："那好，你到门口去看看，看看所有的门！"约瑟芬站起身来，去看她房间开向走廊的门以及和其他房间相通的门是不是关得很严，接着，她回来要坐下。

"你忘记了一扇门。"伯爵对她说，一边吸了一撮鼻烟，眼光从眼镜上边望着她。

"可是，叔公，我不知道有别的门。"约瑟芬回答，一边脸色发白了。

"放床铺的小空间的门呢？你不知道从工场可以听到在这儿发生的一切事情吗？"

哆嗦着的约瑟芬说："我的上帝，这怎么可能呢？我以为在那里有一个没出口的过道。"

"约瑟芬，你准知道是这样吗？要不要我向科林思人请教关于这方面的情况？"

约瑟芬快要昏倒了；她跪下来，用一种无法表达的恐慌注视着老人，连说一个字的力气也没有。

"起来，侄孙媳，"伯爵用一种冰冷的温和的语气说，"你坐下，听我讲。"

约瑟芬机械地服从，待在他面前，一动不动，面色苍白，像一尊石像。

伯爵说:"亲爱的孩子,在我那个时代,有些侯爵夫人把她们的仆役作为情夫。一般说,这些女人不如你年轻漂亮,在社会上没有你受欢迎;这就也许可以使这种心血来潮的行为容易得到解释。那是'鹿囿'①的时代,现在人们不放过这种事,叫嚷得很厉害,那些工业家不断地把这往我们头上扔,好像这是烙在贵族身上的擦不掉的污点。"

"够了,叔公,看在老天的分上,"约瑟芬合着双手求告,"我都懂了。"

伯爵说:"我远远没有羞辱你,伤害你的意思,亲爱的约瑟芬,我只想告诉你(请耐心些,我要说的话很简短),路易十五时代的风俗也许在当时是可以原谅的,而在今天却行不通了。一个上等社会的妇女再不能等天一亮就对她的情夫说:'滚吧,我不需要你了。'因为再没有乡下佬了;马夫是人,工人是艺术家,农民是土地的主人,都是公民。没有一个妇女,哪怕她是王后,也没权利说服一个正从她怀抱中出来的男子,说他是她的下级。亲爱的侄孙媳,你选择了聪明的、出生于平民家庭的年轻人做你的情夫,并没有降低身份。如果你是自由的,你能和你心爱的人结婚,我会对你说就这样干,如果你认为合适;如果你不做弗莱耐侯爵夫人,而是科林思女人,我一点也不感到受屈辱或反感。可是你是结了婚的人,我的孩子,你丈夫病得非常严重(我刚才还接到他的医生来信,他说你丈夫活不了六个月)。你离你得到自由的时间太近了,使人无法原谅你连这点时间都等不及。在终身的不幸中,有

---

① "鹿囿"是凡尔赛宫附近的一座小宅院的名称(1755 年购置),国王路易十五在此处秘密地"接待"民间年轻妇女。

一霎时间的错误是差不多不可避免的,能在社会上得到宽恕。在你的处境中,你得不到任何宽恕。因此我劝你,使科林思人离开你,除非在一年的寡妇生活以后,把他召来和你结婚。"

这种对待事情的态度,和约瑟芬等待于她叔公的严厉相距那么远,以致惊讶代替了沮丧。她好几次抬起眼皮,看他是不是在严肃地说话,随即立刻又垂下眼皮,肯定他决不是开玩笑。然而,这只是耍弄机智,讽刺性的陷阱,一种可怀疑的喜剧的可笑结局。老伯爵很清楚效果如何,并不怕这个喜剧会转过来反对他。他理解约瑟芬比她自己理解自己还要透彻。他放松缰绳,很清楚这是驾驭一匹烈马唯一的办法。

约瑟芬沉默了一刻之后回答:"亲爱的宽厚的叔公,我感谢您这样仁慈地对待我,而您在心灵深处,一定轻视我。"

"我,轻视你?我的孩子!为什么,请问?如果你是我刚才谈到的这样一个风流侯爵夫人,那我就要更严厉地对待你,因为一个高贵的人应当知道如何控制自己的官能感觉。但是你所犯的并不是这类错误……"

"不是,叔公,"约瑟芬叫道,她又产生了说谎之心,希望为自己辩护,"我向您发誓,这是一种一时冲动的爱情,一时的疯狂,一个传奇式的梦幻,这年轻人到这儿来只是……"

"只是为了吻你的手,这我不怀疑。"伯爵回答说,带着一种那么可怕的讽刺的微笑,一下子使约瑟芬不敢妄想欺骗他了,"可是我并不问你这个,"他装得一本正经,接着说,"有些人犯了大错,感情在其中起了非常大的作用,令人不能谴责她们,而是可怜她们。我深信你对科林思人怀有严肃的爱情,预见到弗莱耐先生的末日已经临近,你答应他有一天和他结合在一起。那好,孩子,如果你已许下了这个诺言,就应当办到;

我再对你说一遍,我决不反对。"

约瑟芬天真地说:"可是叔公,我可没有向他许过任何诺言。"

伯爵好像没有听见对方的回答,实际上他已完全听进去了,他接着说:"如果你愿意我告诉科林思人我对这事情的看法,我今天就告诉他。"

"叔公,那可是给他一个也许不能实现的希望。我并不等待也不愿意那个人的死亡,就是你把我嫁给他的那个人;我觉得,把这种凄惨的机会给这个人是种罪恶,我爱这个人就像做梦似的,又像是一个幸福的希望。"

"因此,在这时刻,你自己去说是不成体统的。我赞成你关于这方面的顾虑。可是我,我很清楚,我亲爱的侄孙媳,侯爵他一点不可爱,因此,也不令人感到惋惜,我个人决不勉强你装出虚伪的痛苦,在灵魂深处,我很明白你要求自由的愿望,我应当负责使科林思人对关于你们分离的时间放心。这次分离是必需的。今天我一个人知道的事,明天大家都会发现。他离开你一定很痛苦;他想必在发狂地爱着你,但是要使他明白,他应当用这个牺牲来表示无愧于你,最多两年以后他会为此得到奖赏,我不怀疑他会接受我将向他提出的建议。"

"什么建议呀,叔公?"惊慌的约瑟芬问。

"就是立刻动身到意大利,以便专心致志地进行艺术修养,在那块保留艺术传统并可供给他最美的模特儿的土地上。我要给他一切条件,让他好好学习,迅速进步。也许在两年后,他能参加一次竞赛,那时你可以有一个出色的学员作为丈夫,你的财产将为他铺平成名的道路。"

约瑟芬说:"叔公,我肯定这个年轻人不会这样理解。他很骄傲,不唯利是图,不愿意依靠我给他在社会上的地位而取得成功。"

伯爵说:"他有野心;任何自认为是艺术家的人都有野心,对光荣的渴望很快会战胜他的顾虑。"

"可我,我不愿意替一个野心家做通往成功的工具。如果科林思人在他成名之前,能用名誉作为交换条件以前,接受我的财产,我会怀疑他的爱情,也不会应承他的爱情。"

"那好,可是时间紧迫,应当赶紧做出决定。我就去问问他,"伯爵说着站起来,"应当叫他知道,你爱他,不管他的地位如何,都可以嫁给他,而且我也同意,哪怕他永远是个工人。这是不是你的意见?"

"但是叔公……"约瑟芬也站起来说,一边拉着假装要离开她的伯爵,"请给我思考的时间,我从来没有想到过这个,我!当我还不是寡妇的时候,我就决定再嫁!而且从结婚的经验中,我只知道它最大的不幸……这不可能!我应当喘口气,我要请求指教……"

"请教谁呢?亲爱的侄孙媳,请教科林思人吗?"

"请教您,叔公,我要请教的是您。"约瑟芬叫着说,一下扑到伯爵的怀里,带着狡猾的媚态。

老贵族很明白,年轻的侯爵夫人恳求他使她脱离她感到恐惧的誓盟,她只需要一点帮助,就能断绝她感到羞愧的私情。约瑟芬确实爱过科林思人,可是她很虚荣,不能放弃上流社会。当一个人为了能在上流社会存身,宁肯自己牺牲,也不肯放弃上流社会的。她更愿意有时能在那里出出风头,只要不是在那里不停地受苦,就不愿被驱逐出来,永远不能再回去。

伯爵自己暗笑他的假戏获得了成功,离开了她,答应她再好好思考一下对科林思人怎样解释,并且也让她好好思索一下,直到晚上。

侯爵夫人跑去找绮绶,把伯爵刚才对她说的话一字不漏地讲给绮绶听。绮绶异常激动地听她讲,面孔由于一种异样的快乐而发出光辉,侯爵夫人在讲完以后,奇怪地看到兴奋的泪水流满了她堂妹的脸。

她对绮绶说:"你怎么了?对这一切你是怎么想的?"

"啊,我亲爱的,高贵的祖父!"绮绶叫道,向空中抬起双眼,举起双手,"我早就肯定,我指望他是对的。我也早知道,只要时机一到,他的言行是一致的。啊,对,约瑟芬应当嫁给科林思人。"

"我可不懂你的意思,绮绶,刚才你还说他永远不会使我幸福的,应当跟他断绝,现在你又劝我和他订立婚约。"

"我本来以为应当对你这样讲,告诉你的情人有什么缺点,以便把你从一个我觉得是有罪的爱情中解救出来,可是我祖父有更高尚的道德感情,他懂得真正的道德,他。他劝你在接近你将要获得自由的庄严时刻,回到忠贞的路上来,在那以后,你将得到自由,那时你能够为一个更正当、更幸福的爱情而立下誓言。"

"你自己也这样劝我嫁给科林思人!他的野心,还有他的嫉妒,以及我难以忍受的侮辱,还有他对萨维尼安娜的爱情,也许还没有熄灭。你忘记今天晚上,在极端的仇恨和无法表达的愤怒中,我把他从这里赶走了。"

"他会回来请求你原谅他的错误,你可以在治愈他痛苦的同时,改正他的错误,用诺言证实你的真诚……"

侯爵夫人忍无可忍,叫道:"这简直是疯狂,要不然,就是你祖父和你,你们在演一幕喜剧来考验我,要不然就是你们受什么传奇式的共和主义的梦想的支配,你们想要为此而牺牲我。我倒想看看,如果你要嫁给比埃·于格南,叔公将怎么说,如果有人劝你这么做,你自己将怎么说……"

绮绶微笑了,什么都没回答,在她堂嫂的额头上长长地亲了一个吻。她的面孔有一种崇高的表情。

第三十三章

在已经充满激动感情的这天晚上,比埃和科林思人在灯下干活,他们都像发烧似的烦躁不安。阿莫里对自己的工作感到腻烦,急着完成最后雕刻的人像,希望开始制作比埃可以帮他做的比较容易的装饰。纯木工的那部分离完成还差得远。还有很多零星的板壁,很多没完成的棱线。但是于格南老爹不得不耐心等着;他的儿子首先要完成讲台的楼梯,这是他给自己保留着的最重要最困难的部分。比埃嘴上不说,可是在他心灵的秘密中,他珍爱工场中的这一部分,这部分使他接近小塔中的书房,接近讲台,在那里有时和绮缓只隔着常常是半开着的书房门。

这些日子以来,比埃隐蔽在工场的深处,不停地工作。他不仅希望他这楼梯是一件符合一切科学规律的活计,而且要把它做成一件艺术品。他想给予这楼梯一种风格,个性,不仅使行动容易而且稳定,并且又大胆,又美观。不应当做成一个饭店或商店用的小巧玲珑的楼梯,而要做成一个古老庄园的严峻而富丽的楼梯,就像在伦勃朗[①]的室内画面的深处可以见到的楼梯,朦胧和起伏的光线在上面或增或减,姿态万千,

---

① 伦勃朗(1606—1669),荷兰著名画家。

深奥莫测。雕刻镂空的木制扶手,下垂的装饰也应当专门设计。比埃有理性、有鉴赏力地在古老的木雕护壁中借用这些部分的图案。他使这些图案适合于他那楼梯的形式和大小,在这方面,几何学的知识对他是十分有用的。这是一种同时是建筑师,布景师和雕刻家的工作。

比埃对自己是严厉的。他想这也许是在他一生中唯一的机会严肃地把有用的条件和美的条件结合在一起,这是一块纪念碑,上面有多少辈灵巧的工人的手制作的那么美好的作品。他是个认真的工人,细心而高贵的艺术家,他愿意在这块纪念碑上,留下自己生命的痕迹。

已经是晚上十点钟了,他终于给他的作品加上最后一道手续。他把匀称的台阶安装在一棵优美的棕榈树形状上,看起来脆弱,实际上很坚固。扶手已经放好,灯光下,它在墙上反射出它轻巧的螺旋和有力的脉络。比埃跪在最后一级梯级上,专心地把最小的凹凸刨平;他的额头汗水涔涔,眼睛发射出一种谦虚而理所当然的快乐的光辉。科林思人离他不远,坐在一把梯子上,正把几个小天使安置在壁龛中。他同样积极地在干活,但不如他朋友那样其乐融融。在他的热情里,有一种狂怒,他随时都可以把凿子扔在石板上,叫着说:"这些该诅咒的傀儡,我什么时候才和你们了清呢?"他不时地看看留在那块通往秘密过道的木板上的粉笔记号,无法给自己做出解释。

"我搞完了,"比埃忽然叫起来,坐在连接楼梯和讲台的台阶上,一边擦着额头,一边说,"我差不多要生气了,我从没有用这样多的爱情和热忱干过活。"

科林思人辛酸地回答说:"这我相信,你为一个值得为她干活的人而干活。"

比埃回答说:"我为艺术工作。"

科林思人突然回答说:"不是,你是为你所爱的那个人工作。"

"住嘴,住嘴。"惊慌失措的比埃叫道,一边指给他看书房的门。

科林思人回答说:"呸,我知道这个时候她们正在喝茶。她们的习惯我件件都知道。在这时,维勒普娄小姐正在整理她的瓷茶杯,一边和她祖父谈政治或是哲学,侯爵夫人在打呵欠,一边看着镜子,看她的头发梳得是不是整齐。就好像她在我眼前一样。"

"那没关系,你说话轻点,我求求你。"

科林思人来坐在他朋友旁边说:"你叫我说话声音多低我就多低,比埃。但是我需要说话,你瞧,因为我的脑袋裂开了。你知道吗?你那楼梯做得太高明了。你有才能,比埃。你生来就是建筑家,就像我生来就是雕刻家,我觉得在两种艺术中都有光荣。你从来没有过雄心大志吗,你?"

"你看得很清楚,我有雄心,因此我为做这个楼梯费了好大的事。"

"那么你的雄心满足了吗?"

"今天满足了,明天我还有图书室的主体部分。"

"你打算一辈子都制作楼梯和图书室?"

"我还能干什么更好的呢?我不会做别的东西。"

"你想做什么就能做什么,比埃,你不愿一辈子做木匠吧,我希望?"

"亲爱的科林思人,我愿意一辈子做木匠。你成为雕刻家也好,你研究米开朗琪罗和多那特罗①也好,这都是正确的。你被一种特殊的机能引向辉煌的作品,因为这种机能强加给你的责任在于寻求最高尚、最有诗意的美。纯粹实用的工作使你感到厌烦,也许是上天赋予你交好运的先兆。可是我,我爱手工,只要我的辛劳能有点用处,我就毫无遗憾。我的智慧并不能把我提高到艺术作品的高度,像你所理解的那样;我是平民,我全身的毛孔都是工人的感觉。一种秘密的声音远远没有呼唤我加入到世界上的喧嚣中去,而是不停地在我耳边低语,要我依附于劳动的耕地上,也许我应当老死在这片耕地上。"

"可是这是荒谬之谈,比埃,你自己降低身份,诬蔑自己,你不是生来应当做机器的,像一个奴隶似的汗流浃背。富人剥削平民的劳动的样子,难道是公正的吗?你自己也说过一百遍了。"

"对,在原则上我恨这种剥削,但在事实上,我却服从。"

"这是轻率的言行,比埃,这是怯懦!如果每个人都像你这么说,事情永远不能改变。"

"亲爱的科林思人,事情会改变的。上帝太正确了,不会抛弃人类;人类太伟大了,不会自己抛弃自己。如果正义是不可能的,我就不能在我的灵魂中感到什么是正义。如果平等是不能实现的,那我就不会珍爱平等。因为我并不疯狂,阿莫里,我感到很平静,在现在这时刻,我肯定很明智,然而我相信富人不能永远剥削穷人。"

"可是你却认为永远做穷人是自己的责任。"

---

① 多那特罗(1386—1466),意大利文艺复兴时期的著名雕刻家。

"对,我不愿意不顾一切成为富人。"

"你不恨富人吗?"

"不,因为人的本能是要逃避贫困的。"

"你给我解释解释。"

"这很容易。从现在起,一个穷人用他的才智,能变为富人,是不是?"

"是。"

"是不是肯定所有聪明的穷人都能成为富人?"

"我不知道,有那么多穷人,也许没有办法使他们都变富。"

"这是肯定的,阿莫里。我们没看见每天都有具有才能智慧的人饿死吗?"

"这样的人很多。光有天才是不够的,还应当有幸福。"

"也就是说要有手段、智巧、野心、胆量。还有最可靠的:必须没有良心。"

科林思人叹息说:"这可能。上帝知道我能不能保住我的良心,是不是抛弃它,或者保住良心,甘愿失败。"

"我希望上帝保佑你,孩子。可是我,你瞧,我不应当冒险。我没有足够的天才,所以命运之声不叫我和人类进行这场危险的斗争。我看那些大多数放弃雇佣劳动的艰苦阴暗的生活,想变得幸福和自由的人,会失去他们仅有的一点道德;他们要穿过阻碍才有出头之日,他们只能在每次努力之下抛弃一点信仰,在每次胜利时,抛弃一点慈悲。这种智慧与智慧之间的敌对行动是一场可怕的战争;一个人可能爬上去,条件是把别的人压碎。社会就好像一个兵营,战斗的一天,少尉看见上尉倒下去而感到高兴,他将要取代他。好呀!既然世界是这么安排的,既然最自由主义,最先进的人还只是找到了这句格言:'你们互相毁灭吧,以便给自己腾出位子来。'我呢,我不愿意毁灭任何人。我们的个人野心过分经常地批准这个可憎恶的原则,就是他们所谓竞争,竞赛,而我管它叫作偷窃和谋杀。我过于热爱平民,不会接受人们给我们千分之一的人这种幸福的命运而使别人受苦。盲目的、顺从的平民任人摆布,他们羡慕那些成功的人,不能成功的人在仇恨中咬牙切齿,在失望中变得愚蠢。一句话,这种竞争的原则只能造就暴君和剥削者,或者奴隶和强盗。我两者都不愿意当。在事实上,我将永远贫穷,在原则上,则是自由的;我也许会死在干草堆上,但同时我向社会科学抗议,它甚至不能使每人都有一张床。"

"我理解你,我高贵的比埃,你的行为就像一个海员,宁愿和全船人员一起死难,不愿和几个特权者坐在小船上逃命。但是你忘记这些特权者总能处于有利地位,可以跳到小船上,上天不会来搭救快死的船中人,我羡慕你的道德,比埃;但是如果你愿意我告诉你,这种道德好像太不自然,太过分;我简直怕这是心血来潮,你以后会后悔的。"

"你从哪儿来的这种想法呢?"

"那是因为在六个月以前你不是这样。"

"那是真的,那时我就像你今天这样;我痛苦,呻吟,厌恶我们的处境,你却没有。今天,我没有野心了,你却有。我们对换了角色。"

"我俩之间哪个对呢?"

"我们两人都对。你是现在社会的人,我也许是将来社会的人。"

"那就是在等待的时间,你不愿意生活,因为在愿望和等待中生活不是真的生活。"

"你可以说在信仰中,在希望中生活。"

"比埃,是维勒普娄小姐教给你的这些疯狂的理论。对这些人,这种理论是很容易的。他们有钱有势,他们什么都有,而他们却劝我们一无所有地生活。"

比埃回答说:"别提维勒普娄小姐,我看不出她和我们刚才所说的有什么共同之处。"

阿莫里激动地说:"比埃,我把我的秘密都告诉你了,你却从来没有把你的秘密告诉我。难道你以为我看不出你的心事吗?"

"别说这个,阿莫里,别叫我无益地痛苦。我尊敬,我敬仰维勒普娄小姐,这是肯定的。但这里面没有一点秘密。"

"你尊敬她,你敬仰她……并且你爱她。"

"是的,我爱她,"比埃战战兢兢地回答,"我爱她就像萨维尼安娜爱你一样。"

"你爱她就像我爱侯爵夫人一样。"

"啊!不对,不对,阿莫里,不是这样。我不是这样爱她。"

"你爱她更多一千倍。"

"不,我不是钟情于她。上天可以为我做证。"

"你不敢说完。好,可能你没有钟情,我也不祝愿你遭遇这样一种不幸;但是,你崇拜她,你为能做这位罗马贵夫人的被征服的戴着锁链的奴隶而感到幸福……"

这次谈话被从花园那方向走来的一个仆人打断,他来对科林思人说伯爵想跟他谈话。科林思人听从命令而去,远远没有预料到这次要求他谈话的重要性。

比埃沉思了一刻,被他朋友刚才大胆的谈话弄得心绪混乱。接着,想到厦垛里的晚休时间已经敲响,维勒普娄小姐也许要到她的书房去,她一般常常是从十一点钟待到半夜。他开始把他的工具捡起来,收拾好,以便出去,忠诚于他在心灵中所做的对她尊敬的誓言。但是,当他弯下身子去拿装劳动工具的皮口袋时,他感到有一只手轻轻放在他的肩上,他抬起头来,看见维勒普娄小姐脸上焕发着一种在这以前从没有过的美。她的整个灵魂都在她的眼里,她一直压抑在心底的力量此时爆发出来了,她并没有想再收回。好像是在她整个身心中发生了一种神圣的转变。比埃常常看见她突然精神振奋,但总有一点神秘,在关于他们友谊的事情中,她的表达总是隐晦而有所保留。他此刻看见她好像是一个准备宣布神示的女预言者,他自己受到一种信任和从未有过的力量的激动,有生以来第一次,他握住了绮绶的手。

他说:"我这楼梯做完了,你将第一个把手放在这扶手上。"

她对他说:"轻点声,比埃。我这辈子第一次,也是最后一次,有一个秘密要告诉你;这秘密明天就不是秘密了。你来。"

她把他拉到书房,仔细地关上门,接着,她这样说:"比埃,我不问你是不是爱我,就像刚才科林思人问你的一样。在我们两人之间,我觉得这个字是不够的、幼稚的。我并不美丽,这大家都知道;我不知道你俊秀不俊秀,虽然大家都说你很俊秀。在你的眼里,我只是寻求你的灵魂。唯一能迷惑我的是道德的美。但是,在看着我们和听着我们说话的上帝面前,我来问你,你是不是像我爱你一样地爱我。"

比埃脸色变得苍白了,他紧紧咬着牙关,回答不上来。

绮绶又说:"你不要让我没有把握。不要弄错了我使你产生的感情,这对于我是很重要的,因为我现在处于我生命中有决定性的危机中,那是我曾经在此地让你预感到的。有一天晚上,我和你在进行烧炭党的仪式,自以为可以教给你一些东西,却没有从你那儿获得对真正平等的启发,这种启发是你以后给我的。你听着,比埃,今天在我家里发生了很多你不知道的事情。我堂嫂告诉了我一个秘密,很久以来你就知道了的秘密。我不知道发生了什么偶然事件,使我祖父发现了这个秘密,他宣布了他的判决,我让你猜猜是什么判决。"

比埃说不出话来。绮绶看出他的焦急,继续说:"我祖父的判决符合他一贯教育我的那些可敬的原则,我过去一直看到他公开主张这种原则。他劝弗莱耐夫人,由于她的丈夫快死了,当她一得到自由就和科林思人结婚。目前,他劝科林思人先离开这里,两年后再回来。两年以后,比埃,你的朋友就是我的堂姐夫,是我祖父的侄孙了。你瞧,如果你爱我,如果你尊敬我,如果你认为我配做你的妻子,正像我爱你,尊敬你,崇拜你一样,我就去找我的祖父,请他同意我们的婚姻。如果我不是确信能成功,我决不会对你说我现在处于精神极端平静,良心绝对自由的状态下对你说的这些话。"

比埃跪下想回答;但是这种爱情,被压抑了那么久,现在一下子过于激烈地爆炸了,他找不到词句,他一言不发,泪如泉涌。

她对他说:"比埃,你竟没有力气对我说一个字吗?这正是我害怕的;你不信任:你以为我在做梦,在向你建议一件不可能的事。你跪着感谢我,好像我爱你是一个伟大的行动。啊!我的上帝,没有比这更简单的了;如果你看我选择一个大贵族,那你倒应当惊讶,以为我丧失了理性。你想一想自从我开始呼吸和生活以来,我一直受到今天在激励着我的精神的培育;你想想我最初的读物,最初的印象,最初的思想使我做了我现在做的事。自从我能对我的前途进行思考的时候,我就决心嫁一个平民,以便自己也做平民,就像那些准备信基督教的人过去要行洗礼以便能说自己是基督徒。在你身上,我遇到除了我的祖父以外,我从来没遇到过的唯一正确的人;在你身上我不仅发现和我的意见与感情完全相同的同情,而且还发现了智慧和道德的优越性,把光明放进我美好的天性中,把兴奋放在我的坚信中。你使我摆脱了一些错误;你治愈了我一些犹疑不决,一句话,你教给我正义,你给予我信心。你不能感到奇怪,除非你认为我太轻浮,太软弱,不能执行我所设想的事。"

比埃处于一种真正的兴奋发狂的状态之中。他注视她,简直连她腰带的一端都不敢吻一下,他看她由于信仰而变得那样高大而神圣。

她对他说:"我看你不能说话。我去找我祖父。如果你不同意,只要做一个手势,一个姿势,我等着你改变主意。"

比埃带着精神失常的样子,拿起那把匕首,就是在阿希尔·勒弗动身的那天,绮绶要给他的那把匕首,现在在桌子上放着。

"你要干什么呢?"她对他说,一面把匕首从他手里抢过来。

"自杀,"他用一种窒息的声音说,"因为这是个梦,我想在另一个生命中醒来。"

"我看出你爱我,"绮绶微笑着说,"因为你不怕碰这个'斩断友谊'的武器了。"

"它可以把我的心切成小块,"比埃回答,"它却不能拿走我对你的爱情。"

绮绶被一种神圣的快乐激动着,双颊盖满羞怯怯的红晕,说:"如果是这样,我只认识一种要把事办成的方式,那就是立刻去执行,我就去找我的祖父,对他去谈你。明天见,比埃,因为这是一件严肃的事,也许我祖父愿意在晚上考虑考虑。"

比埃恐惧地叫道:"明天,明天,明天会不会来到?我怎样把这快乐和恐怖忍受到明天呢?不,不,你先别对你祖父说;让我活到明天,心里仅仅想着你对我的仁慈(比埃不敢说你的爱情)。我还不理解你对我说的将来;我觉得这里面有一种神秘的东西,我想到这事总是带着一种恐惧……是的,我心里很难受,我的幸福如此巨大简直和忧愁相像。这是个郑重、痛苦、醉人的意见。这就好像你要为我去死……让我再想想,你瞧我简直不能用脑筋了,在你在我身上掀起的这阵旋风中,我只能把精神集中到一个念头上:这就是你爱我……你!你!啊,我的上帝。你!……我被你爱着!……这是可能的吗?我是不是在发烧?我不是在说呓语吗?"

"我害怕你的考虑,比埃,我不能给你考虑的时间。我已经替你考虑过了,我采取的决定够成熟了,我能预见到各种后果;这种后果我一个也不怕。并不需要很多勇气来对付世上的成见,你可以相信,当我们执行的不是一时冲动的行为,而是一件充满信念的行动。在这些决定前面,世界是软弱渺小的。至于你,我知道你将有什么顾虑,你一定会记起来我有钱,你没钱。我知道怎样回答你;我已经预见到你所有的反对意见,我肯定能战胜它们,因为你的骄傲对于我比你自己更为宝贵,如果我认为我在逼你做出违反你良心原则的决定,那我宁愿死去。"

他们这样谈了很久。比埃贪婪地听她讲,几乎不加回答。在这意想不到的巨大快乐的最初惶惑状态中,他不能清晰地评价如此违反社会等级的成见与习惯的婚姻的想法。他保留着要在他良心的熔炉中考验这个计划的权利。但是信徒绮绶全身心投入恋爱中的勇气与热情使他充满爱情、感激和钦佩。他们有那么多的事要互相倾诉,要重提,要在一起回溯,以致他们无法结束这场谈话。对他们被压抑的爱情的回顾,这种对过去最细微的神秘,最微小的激情的新的解释,充满了乐趣;他们感到重新度过了一次已经过去的日子。只是,头一次的生活是现实,第二次则是理想。这种两人共同进行的回忆,由于过去所缺少的各种启示而变得更美丽的这种回忆,就像一个心灵在幸福的生活中的感受,它回想起已经在不太舒适的条件中生活过,而现在各种愿望都将得到满足。

当他们这样谈话,忘记了时间,好像生活在另一个世界上时,维勒普娄伯爵正跟科林思人在商谈。一直到这时,侯爵夫人异常激动,受着千百种矛盾的折磨,很羞愧,不敢向叔公承认,后者狡黠地所谓她的严肃的热情,只是一种在精神的幻想中的官能感觉的突然袭击,是一部由于年轻女学生在一时糊涂中开始的小说,这部小说被没有限制没有目的的爱情狂热支持着。在对于谴责的恐惧以及虚荣心的需要面前,这种爱情立刻会解体。科林思人如果有一个人人皆知的名字,由于受器重而取得的头衔,也许能战胜一个没名气没才能的贵族。

可是科林思人只是一个木工会友,当然是个有天才的孩子,立刻要到罗马去深造,可是他还不出名,前途未定,也许开始学习已经太晚,实现不了人们对他寄予的希望……这是在人们所谓"社会"这种赌博中的一颗尚未掷在桌面上的骰子,约瑟芬感到自己没有足够的信念和勇气来接受考验。因此对她叔公虚伪地向她提出的办法非常害怕;在老人要派人去叫阿莫里的时候,她跟叔公到他书房里,恳求他先听听她的意见。她假称在萨维尼安娜和科林思人之间发现了一种关系,声明这件事完全治愈了她的爱情,她甘愿放弃,并请叔公帮助她断绝这个关系。她只撒了一半谎。对阿莫里过去爱情的发现,是最使阿莫里在她心目中失去诗意的事。她对继承了一个"小酒馆的女老板"做科林思人的情妇,感到屈辱,自从她发现她的情夫和一种他不以为耻,也不肯卑鄙到放弃回忆的爱情联系着,她就更不能忍受他的出身微贱了。

伯爵宽大为怀地接待了约瑟芬,他不再演戏了,对她讲了些非常严厉的事情,使她以后不至于反复,并且以后不再去找下等的情夫。他对她说:"我想,这事应当使你清醒一些,它给你证明:如果在原则上热爱而且尊敬平民,不应当急于把这种同情变成像你刚刚所做的那么实验性的执行而让自己吃亏。作为群众,平民是伟大的,美的,就个人而论,平民是弱小的,可悲的;平民需要一步一步地经过社会等级的各个阶段,才能够清洗自己,摆脱老根上带来的污泥,费力地用巨大功勋取得这个声誉,今天他们可以有利地和血统贵族的声誉相匹敌,而有一天他们也许会彻底胜利。你本来以为仗着你漂亮的眼睛,就能使这个年轻人转变,其实这种转变要二十年的劳动和战斗才能做到,或者不能做到。他并不理解你,他会高兴地回到他那个萨维尼安娜身边去。这就对你证明,平民这种铺路石块距离真有价值和真有名望的权威,比由木匠的工作台到侯爵夫人的床还远得多。"

约瑟芬以盲目的服从来忍受这种玩世不恭和尖刻的责备。她的思想超不过老伯爵狭隘的自由主义的高度。她看不出在他的举止和语言中有任何前后不一致;她认为一切都是信条。她痛苦地吞下她的屈辱,但是没有反抗,她跪着,含着感激的心情接受他的宽宥,她属于这个种族,对于他们,贵族这个等级虽然受到仇恨,被人嘲笑,却还能发挥至高无上的影响。

伯爵一开始试着像对待一个小孩似的对待科林思人,吓唬他。平时看他那么和蔼,从来没想到他性格如此骄傲与暴躁。当他看见科林思人反抗起来,宣称他是自由的,谁的话都不听,别人可以从厦垛和工场中把他赶出去,可是不能把他赶出本地,赶出村子,他不承认伯爵对侯爵夫人和他有任何权威,精明的老人只好承认他刚才犯了一个错误①。害怕棍打,害怕失去保护和优待都不能使科林思人的骄傲屈服。于是他改变策略,用软功夫对付他,像父亲一般跟他讲道理,同情他的爱情,向他揭穿约瑟芬的弱点和虚荣,劝他跟萨维尼安娜结婚或者到意大利去学习雕塑。科林思人还记着伯爵刚才对他进行的威胁;为了报复,他什么都没答应,走出了维勒普娄先生的书房。不过黑夜可以出好主意,到意大利去看看,他被这个强烈的愿望所激动,他决定第二天去接受妥协的办法。在

---

① "犯了一个错误"(faire une erreur)是按照这部小说的最新评注版本(1976年出版,1979年第二次印刷)改正的。以前的版本,包括1843年的初版,均作"faire une école",不可解,想系排字错误。

这方面,伯爵是很放心的。他早就看见年轻的工人一听到罗马这个词,眼睛就射出野心的火焰,他便肯定知道任何爱情都不能妨碍这个人的前程。

忙了一天有点疲乏的老伯爵正要去睡觉,他的孙子拉乌尔来请求见他。是有关易希道向他揭露的关于绮绶以及她和萨维尼安娜和比埃的亲密关系所引起的议论。这种提醒如果是头一夜告诉维勒普娄先生,他也许会觉得不值得考虑,尤其是拉乌尔还狡黠地叫他祖父看看他的共和主义的危险性和有失体统。可是侯爵夫人的故事使得伯爵十分注意拉乌尔对他谈的事情。他向拉乌尔问了很多。当拉乌尔说下边这段话时,他也没有叫他住口;这个年轻的保皇党花花公子用沉浊的发音,拐弯抹角地像大多数他这类人(一种被打倒的力量的退化子孙,甚至连说清楚话的能力也没有)似的说:"您瞧,祖父,如果您不管管,这会闹出笑话来的。绮绶疯疯癫癫的;您把她宠坏了,您对她施加权威已经来不及了。她已经到结婚的年龄;您应当把她安置于一位青年的保护之下,这个人将同时是您老年时忠实的倚靠。如果您愿意,做起来很容易。阿梅代对她是一个好对象。他年轻,风雅,有教养,是个漂亮的小伙子,他有钱,出身名门;他家在宫里很得势。他爱着她,或者是准备爱她。他的姐姐伯爵夫人还准备采取主动,虽然绮绶对人家相当冷淡。如果您愿意,绮绶会改变主意的,因为如果对小事她很固执,我相信对大事她很理智。此外,她爱您,再说,使您高兴的愿望……"

伯爵说:"我们以后再谈这些。你去吧,我想先跟她谈谈这个萨维尼安娜。"

拉乌尔退出去了,伯爵下楼到塔楼中的书房里去。这时已经是凌晨一点钟。他当场发现他孙女和比埃·于格南单独在一起。到此,他完全失去了谨慎。他本来就容易动的肝火,一下冲到脑子里,对这种不合适的亲密讲了些很没有分寸的话。比埃是那么激动,以至没有想到要服从老人叫他走开的粗暴命令。他替绮绶害怕祖父发怒的后果,而他对替自己开脱罪行没有一点可说的。绮绶一时很害怕,片刻之后,由于她性格的力量,控制了这形势造成的可怕的困窘。她对祖父无情的语言并不暗暗生气,而是用双臂抱着他的脖子,一边抚摩着他的白发,一边对他说,被发现他们两人在一起她感到很幸福,这样可以缩短她冗长的开场白。接着,她拉着比埃的手,把他拉到祖父身边,跪下,用一种深沉而坚定的声音说:"祖父,您对我说过一千遍,说您信任我的理性和我的自重,可以允许我自己选择丈夫。当人们给我介绍各种出于有利可图或出于野心打算的婚姻,您赞成我的拒绝,您曾对我说您更愿意看到我和一个诚实的工人结合,而不是和一个狂妄卑下的贵族结合,这种人诬蔑您政治的性质,而在您的金钱面前却低声下气。最后,今天您对堂嫂说了一些话,我使她重复对我说了好几遍,以便肯定我对您说我刚才说的话不会使您不高兴。这个就是我要嫁的男子,如果您愿意祝福和批准我的选择。"

绮绶被迫中止了她的话。惊讶,愤怒,忧伤,尤其也许是无法回答的混乱,在老伯爵身上起了那么大的震动,使他忽然丧失了力气,血液在耳朵里嗡嗡作响。他倒在一把安乐椅上,先是面孔涨红,后来苍白得如死人一般。绮绶看见他昏过去,叫了一声,吻他的双膝。老人费力地说:"倒霉的孩子,你在杀死你的祖父!"接着,他失去了知觉。

第三十四章

伯爵得了脑充血,起初人们还以为是严重的中风,因而引起了全厦垛人们的惊慌。但是放了几滴血以后,他感到轻松了,向他的孙女伸出手去,她比他更苍白,更像个病人,她吓得半死地跪在他的床边。老人身体和精神都很衰弱,不想再提绮绶对他提出的古怪的声明。天快亮时,他相当安宁地睡着了;绮绶精疲力竭,一直跪在他旁边,脸靠床上,双膝蜷曲在一个靠枕上睡着了。

在这一夜,比埃·于格南的痛苦超过在他一生中所感受的全部痛苦。一开始,他帮助绮绶把她祖父抬到他的房间里去呼救;但是当医生叫大家都出去,除了维勒普娄小姐和她弟弟以外,当他深夜出现在厦垛内室既不可解也不可能而必须离去的时候,他满怀着不安和恐怖的各种焦虑。他想到绮绶要忍受的痛苦,他以为伯爵要死了,他沉浸在可怕的后悔中,好像犯了什么罪似的。他在花园里一直徘徊到天亮,每过一个钟头回来向萨维尼安娜打听一次,她跑到绮绶身边,在旁边的房中守夜。她不时地偷偷下楼,溜到花园,要她的朋友放心。当他知道伯爵已完全脱离危险,这次意外事件不会有严重后果后,他重新深入花园,到他从前曾经多次在那里梦想过的地方,那里是他爱情的纯洁快乐的见证。首先,他完全从自己的地位设想,一心只想着永远结合或是绝对分离的可能性,因为一方面有姑娘的坚定意志,另一方面有老伯爵的愤怒和绝望。在他的意识中遇到的一切阻碍的回忆都消失在两人分享的突然和不可磨灭的快乐中。他想绮绶会战胜她家中起来反对她的人,他怀着宗教式的信任完全信赖她。况且,他的血液在血管中沸腾,使他思想模糊不清,想起现在还在他耳中颤动的卓绝的语言,他的心跳动得那样激烈以致他不得不每步都停下来,坐一坐,以免窒息。夜色阴沉,下着雨,他在湿漉漉的沙土上,冷冰冰的草地上走着,什么都觉察不到。一阵阵秋季狂风在他周围扬起滚滚的枯叶。狂风和骚动的自然界正与他心中的暴风雨般的混乱的状况一模一样。

但是,天亮的时候,比埃又一点不差地来到原来那地方。四个月以前,在他的思想中,他提出财富的问题,带着不可想象的痛苦,可怕的不清楚。自从那一天,从各方面看,在他生命中都是难以忘记的那一天以来,比埃一直继续集中精神在这个问题上探讨,如果说他有伟大的本能,如果说真理的永恒的原则穿过了他混乱的思想,如果说他找到了他行动的准则,确定了他和现社会的关系,却并不因此而不能肯定对于他和对于同时代更坚强的人们一样,一般性的问题还是一样可怕,一样神秘。在接受开始照亮人民宽广视野的更丰富更明确的光明之前,比埃必须穿过很多不同的信仰,很多不完全的体系,判断很多错误,分享很多政治的和哲学的陶醉。

在欢乐和爱情的陶醉中,他又被引回到他为自己规定的寻求真理和正义这个严峻的义务,面对这个好像自动提供给他,邀请他参加特权阶级的享乐的财富,他感到恐怖。不管伯爵对他孙女的计划怎样反对,比埃总能娶她。伯爵年老了,绮绶身体结实，而且忠诚。比埃因此只要说一个字，接受一个誓言，那么这些土地，这个厦垛，这个第一次使他想到用人的手征服自然，并使之理想化的美丽的花园，这一切就都能属于他了。此后他可以狠心不问人间的痛苦与怜悯，四十或五十年间，在当代的生活里安睡，忘记神圣的问题，利用对某些人的特殊幸福加以认可，并且利用几乎使之神圣化的法律。为什么他不能接受这个幸福，同时又不放弃他的那些原则呢？难道他不能追随社会的潮流，像阿莫里一样，成为一个风云人物，幸福的新贵，征服世界的艺术家或者摇身一变的富人，而同时仍然是善良的人，仍不放弃追求理想？他不能使他的财富为探索问题服务吗？对一定数量的人广施善行，对无产者的农民试验开发农村各种更有利的形式？建立医院？建立学校？这些高贵的梦想穿过他的思想。肯定无疑绮绶不会阻碍他，会用全部意志和德行来帮助他。无疑，这就是她保留的为了战胜他的无私与骄傲的有力的论点。

可是比埃想到财富向他这样一个对宗教如此虔诚的人提出的责任，他对自己的无知感到可怕。他自问除了良好的意愿，他还有没有别的东西，他受的教育能不能使他发挥他的原则并加以执行。他想知道他拥有财产之后，他所能做的、好的、明智的和真正有用的事，他在自己身上找到的只是犹豫不决和不知所措。他完全转向沉思的冥想的神秘天性，排除这种实际的活动，这种特殊的才干，这种灵巧的手段，一句话，这种算术，对于这些为了在邪恶的社会里实行善举的慷慨者，是极其需要的。他探测自己的智慧，毫无虚伪的谦卑，但也没有无聊的得意，不允许对幸福的渴望使自己有幻想。他感到并且承认他不是这样的人；原则问题整个吸引着他，而对后果他却不加考虑。比埃二十一岁,当代最高尚的人在道德方面可能知道的一切他都知道,在纯智慧的事物中,他却一点不懂。如果要重新受教育,他感到已经晚了十年,对于这些事物他没有先天的本能来弥补文化修养的不足。他又想到了使人堕落的各种因素,这些因素在富有的生活中,可以使他的理想减色,在光明来到以前,使他的良好愿望变质。他想也许在他这个年龄,维勒普娄伯爵,这个具有那么美好的理论,在实践中却那么可悲的人像他一样,充满对正义的热爱。他简直害怕变富,因为他怕爱财富本身,而不会使用这财富。

读者朋友,关于最后一句明智的话,我不在这里做出结论。如果比埃·于格南,周游法国的木工行会会友,他的青年时期可能使你们感到一点兴趣,他的壮年,我打算在下一部小说里跟你们谈①,会使你们更感兴趣,我这样希望;你们将能看到,在以后很多岁月里,有很多次他怀疑自己所做的事而扪心自问。但是,在我现在向你们介绍他那时的年龄,他那虔诚的灵魂,只能接受对人世间的乐趣做诗意的几乎是宗教式的弃绝。他是这样生活过来的,他曾从中汲取道德、诗意和爱情;他不能在一刻之间就放弃它们。他渴望做一件伟大的事,这件事出现在他面前了,他毫不迟疑,他比他读过的任何小说更加传奇化;他认为放弃绮縠的爱情才能够更配得上绮縠的爱情;证明他高于她给他的这一切财产,才能够证明他的爱好是正确的。在他的行动中,也存在着骄傲。在一切伟大的行动中,都存在骄傲,如果我们这样分析的话。

---

① 根据1976年出版的这部小说评注本的考证,乔治·桑后来并没有在别的小说中继续写比埃·于格南这个人物。

他等待着伯爵休息好了，冒险去请求和他谈一次话。首先得到的是拒绝，他一味坚持，对方才同意。

老人面色苍白、严厉。他用衰弱的声音说："比埃，你来侮辱在痛苦和疾病中的人吗？你，我曾像爱儿子一样地爱你；你，我向你伸出双臂，你，我可以分一半的家财给你这样一个最有价值、最有用的人，可你欺骗了我，你撕碎了我的心，你引诱了我的孙女！"

比埃没有被这个事先准备好的宣言所骗，他心中暗笑这人居然不怕费事，要锁住一个自己投案的人。

他用坚定的声调说："不，伯爵先生，我没有这样一种罪恶要谴责自己，如果我卑鄙到想这样干，您高贵的孙女会自卫的。我可以向您发誓，用世上对您和对我最神圣的，用她发誓，我的手昨天第一次碰到她的手，在这以前，我从来没有想到过她会爱我。"

当人们稍微知道一点比埃·于格南的真诚和道德，就不可能怀疑这个宣言，这宣言使老伯爵心上一块可怕的石头放下了。他很清楚他的孙女，因此他不担心她的故事会和侯爵夫人的故事一样，但是听说绮缎这个计划才刚刚产生，他感到更有希望、更容易地使她放弃这个计划。

他说："比埃，我相信你，我不怀疑你，更甚于不怀疑我自己。但是你有和真诚同样多的勇气吗？我估计，既然你什么都没有干，没有迷惑我孙女的头脑，你能尽一切可能使她回到自己应尽的责任上，使她还像过去那样服从我吗？"

比埃回答说："您走得太快了，伯爵先生，在表面上，您对我的精神力量有很高的评价。我谦卑地感谢您，但是我愿意知道为什么您拒绝您亲爱的孙女嫁给一个人，对这个人您是那样尊敬,以致一下子就请求他做出道德上的努力,而这种努力,您并不敢期待于任何其他人。"

这个使人难以回答的问题,是比埃想对老伯爵的伪善进行报复的唯一的举动。老伯爵只能用幼稚的论据来回答,他大谈其那么葸小、庸俗的想法,使比埃觉得他可怜。他提出对绮缎终身大事已有约在先。比埃知道他在撒谎,他不会没有孙女的同意就把她许配给人。他谈到上流社会、舆论、成见、不幸、遗弃,以及轻视,这一切将是他孙女的命运,如果她只听从感情的声音,而不征求这个荒谬和不公正的上流社会的意见,而对这社会是应当给予信念和赞美的,不然连一块做枕头的石头都不给你了。绮缎还是一个孩子。她将后悔屈服于一时的传奇式的冲动,到那时后悔也来不及了,无法挽回了。比埃也会辛酸地后悔的。他将忍受屈辱,后悔不迭,看到为他牺牲的那个人痛苦而感到极度痛苦。

比埃说:"够了,伯爵先生,您给自己的恐惧和拒绝提出的理由,已经足够了。不过这一切是一钱不值的,如果不是我预先决定使您胜诉,因为我对您孙女的智慧和坚定的评价,比您对她的评价更高。不过我到这儿来要告诉您一件您也许想不到的事,那就是我拒绝做您的孙女婿,即使您肯同意。您想想,您不惜对我做过一次相当长的谈话,关于财产的事,伯爵先生,您总记得,我并没有从您那里得到我所期待的结论。由于我是个简单而无知的人,但是一个诚实的人,由于您没有告诉我财富是不是一种权利,贫穷是不是一种义务,在怀疑中,我克制自己,宁愿贫穷。这就是我的回答。"

伯爵向木工张开双臂,由于害怕、疾病和激动,他的身体更衰弱了,他哭着感谢比埃愿意不触动自己的财富和虚荣心。

比埃受到阵阵赞扬,并没有怎么增加他的骄傲,然后,他冷冷地说:"现在我请您允许我见见维勒普娄小姐,跟她谈谈,不要别人在场。"

伯爵迟疑、慌乱了一刻之后,回答说:"行,比埃。你不能说谎,那是不可能的。你所答应的事,你一定能办到的,你想干的事,你一定会做到的。"

比埃和绮绶在房中关了两个小时,他们一步一步地争论他们对理解和实行他们的美好理想的不同方式。绮绶对于和她选中的那个人订终身的计划毫不动摇。比埃在这场和自己的斗争中疲惫不堪,当绮绶最后对他说下面这些话的时候,他不知如何回答是好。

"比埃,我承认我们必须分离几个月,也许分离几年。昨天,当我看到祖父反对我对你永远不变的选择时,我所感到的痛苦和恐惧告诉我,如果由于我的抗拒,引起在世界上除你以外我最爱的人的死亡,我将何等痛悔。是的,比埃,他仅次于你。你们两人中最有道德的一个在我的心里占有最大的地位。但是我对祖父有终生应尽的义务,即使他有一时的弱点和错误,也不能取消我对他应尽的义务。只要他反对我们的爱情,我就再也不跟他提起,但愿我不用迫害来糟蹋他的余年,因为我如果坚持,他也许会让步的。但是也可能他自己(我是这么打算,我平时不习惯于怀疑他)回到真理方面,我一直看到他热爱和实行真理。如果他坚持不改,我服从他的一切意志,除了要我和你以外的另一个人结婚。在这方面,我自认为我已经不是自由的了。我对你说的这话,我已对上帝和我自己发誓;我永远不会违背誓言。这样,在一年内或者十年内,当我自由了的那天,如果你有耐心等待我,比埃,你会看到我的感情跟今天一样。"

三天以后,伯爵,他的孙子、孙女和侯爵夫人,坐着四匹马拉的小轿车,奔驰在去巴黎的大路上,科林思人坐着公共马车在去里昂的路上走,从那里到意大利去。萨维尼安娜整理着绮绶的书房,静静地落着大滴泪珠。贝里人在工场里唱歌,比埃·于格南脸色苍白得像裹尸用的白布。在一夜之间,他瘦了许多,老了十年,他神气安详地在工作,温和地回答他父亲的亲热的表示和提出的不安的问题。

结　论[*]

人们在劳动和坚忍中度过了冬天。比埃把护墙板完全做好，善良的贝里人已经回家。萨维尼安娜总是那么秀丽、明智，忙着照顾孩子们，听天由命。她每天晚上都为科林思人、侯爵夫人、她亲爱的绮绶以及她可怜的萨维尼安的灵魂祈祷。易希道先生被任命为收税官；他娶了他助手的女儿。他还是像过去一样讨厌比埃和萨维尼安娜，对后者藐视他的爱情不能原谅。在村子里，他到处散布谣言，说她和比埃形影不离，人们终于相信了他的话，尤其村里的老神甫已经去世，接替他的是个年轻的代理神甫，气量狭窄，极端无知，容易动火，他严禁年轻的姑娘们在橡树下跳舞，在宣教台上他对通奸、自由主义以及跳舞大肆谩骂。于是村里人渐渐变得排斥异己，狂热信教。拉克莱特老爹肯定地说风气并不因此有所好转，又说老勒乐布是个老伪君子。

弗莱耐侯爵夫人回到故乡。她已成年，借口要自己管理她的产业，一天早晨来到她那座炼铁厂，准备住几个星期。但

---

[*]《木工小史》这部小说1843年初版没有《结论》，历次重版也没有。但是乔治·桑的手稿中却有这篇《结论》。不知道为什么她在发表这部小说时删去了已经写好的《结论》。现在我们根据小说最新版本，即1976年的考订版（1979年第二次印刷），把它译了出来，供读者参考。

是她病倒了,没有离开过房间。她拒绝任何医生治疗。当地人说她脸上长了一个疮,她是如此爱美,不肯这样见人,甚至连医生都不肯见。

萨维尼安娜虽然受人暗中迫害,却仍在方塔里天使般安静地生活着。她唯一的支柱,忠诚的朋友,可尊敬的儿子维勒普娄人,她总是这样称呼他,每天晚上来教小玛乃特写字,小男孩开始学很好听的拼音;比埃并不消沉,也不忧心忡忡,但他总是很忧郁,而且面色苍白。当地的少女们觉得他变了样子,他已不再引起她们注意。他父亲抱怨他过于严肃,认为他老是读书,会把眼睛看瞎的。肯定,比埃很少微笑,除非有时萨维尼安娜的两个孩子表现出的温情和可爱使他不得不微笑。

在他经受了爱情被粉碎的巨大危机之后,只有一个办法生活下去:埋头学习。绮绶把自己书房的钥匙交给了他,恳求他到那里去用功,甚至得到了他的诺言,每天晚上都去,哪怕只去片刻也好。她通知勒乐布先生永远不要阻拦比埃,因为比埃对护墙板的装饰总有一些要修改、加工。严冬的每个晚上,在萨维尼安娜的孩子们睡觉后,他就到孤寂的小塔中读书、写字、思考问题,直到午夜。俗人不知道一个聪明勤学的人,由于有规律的和勤奋的工作方式,能在短期内取得那么广博丰富的知识。每天晚上,比埃第一个小时学习语言,第二个小时学习历史,第三个小时阅读科学和哲学作品。他已经把手边的重要著作都吞读完了。厦垛里的图书馆很大,是他把这些书归类整理,收在他制作的书柜中,由他自己管理、享受。至于诗歌,他在散步或吃饭时阅读。

五月中一个月光如水的晚上,他在小塔里。开着的窗子给他送进花朵的芳香和夜莺的歌声。半夜刚刚敲过钟声,他还专心地沉浸在孔道赛①的著作中。忽然,绮绶出现在他面前,好像是从一缕月光中飘下来的。他惊叫一声,推开桌子、灯火和书籍,将她一把抱在怀里,把她紧紧抱在胸前很久很久。她对他说:"啊,亲爱的、高贵的朋友,我感谢你恪守诺言,每天到这里来。我们这样相爱还要好久,因为我祖父身体很健康。但是,比埃,未来是属于我们的。在我的面前,未来好像是在人世企望已久的幸福,最终要到天上才能享受。我一定要配得上和你共同享受,不用亵渎宗教的心愿来要求结束考验,是孝道的义务禁止我仇恨这种考验,我感到过一天就和你越接近一步。"

比埃说:"我为配得上你而勤奋学习。我自信现在已不像过去那样无知,那样不配跟你谈话了。对于现实的生活以及适合于我的生活,我都思索过。我发誓要永远过贫穷的生活,绮绶,如果你真能在若干年中保持对我的爱情,我在这期间,可以尽量不辜负你使我的思想得到充实的幸福。可是你怎么会在这里的呢?是什么奇迹使你回到我的身边?"绮绶说:"唉!这件事如此奇怪,如此令人痛苦,如此微妙,我不知道怎样对你讲。可是,我感到应当站在高于无聊的羞耻心的顾虑之上,而且不停地想,在人世间,只有一类妇女能保持道德的、纯洁的生活,那就是慈善的修女的生活。"

她一面这样说着,一面让比埃看下面的一封信:

绮绶,在我这样的处境中,我只有向你乞求帮助了,我知道我在做一件荒谬的、前所未有的、也许是有罪的事

---

① 孔道赛(1743—1794),法国哲学家、数学家。

情。我知道这件事不合一切常规,而且不成体统,一位少女的羞耻感不应当受到一个堕落与沮丧的妇女的干扰与纠缠。但是如果我不来求你,我去求谁呢?如果我不相信我认识的唯一慎重、慷慨、伟大的妇女,那我相信谁呢?绮绶,你听我说,你可以拒绝我,抛弃我,那将是判处我死刑,因为我心中已经绝望,在我每天要饮的苦水中再加上一滴胆汁,那么苦杯就装不下了。绮绶,啊,我的朋友,我要给你写的事情,你只能红着脸来读它。最多再过一个星期,我就要做母亲了。本来我成功地向你隐瞒了我的情况,但当我发现到了不能再隐瞒的时候,我逃跑了,躲在索洛涅深处,虽然是找了一个借口,我怕这瞒不过你的祖父。此外,我行事非常谨慎,这里没有一个人猜疑我的秘密。但是你瞧我的不幸:我本来打算在这里找到我的老乳母,一位谨慎、盲目地忠心耿耿的女人。在决定命运的时刻,她会帮我的忙,帮我把孩子藏起来。可是她竟去世了!在世界上,我只有求你代替她了。绮绶,你愿意吗?如果你愿意,你能办到吗?啊!但愿上帝给你启发,可怜可怜我。

约瑟芬

绮绶说:"我在蒙特维尔,在我祖父距这里约一百六十公里拥有的一块土地上接到这封信,我们打算在那里度过春天。我祖父由于一件政治上的事务,被请去巴黎,当时他正要动身去巴黎,不过立刻就要回来。我请求他在他不在蒙特维尔的短暂时间内,让我留在那儿。我利用这机会,坐驿站的马车来到这里。我想我不能亲自帮助约瑟芬分娩。我也不能等待她,她不知哪一天才能分娩。但是我想到了你。我想你可以找到一位可靠的妇女代替约瑟芬失去的乳母。我就要去看我那不幸的堂嫂,我将努力给她勇气。请你设法把孩子安置在一个可靠的乳母家中,当这一切事情都办妥后,也就是在二十四小时内,我就动身回蒙特维尔去。我祖父不会不知道我曾来到这里。我将把真情都告诉他。约瑟芬会允许我这样做的。有些事我祖父可能不允许我干,可是当我已经干了,他会赞成的。当没有任何办法而用别的方式的时候,人们不得不这样勉强那些善良的灵魂。"

"外国文学名著丛书"书目

第 一 辑

书 名	作 者	译 者
伊索寓言	〔古希腊〕伊索	周作人
源氏物语	〔日〕紫式部	丰子恺
堂吉诃德	〔西班牙〕塞万提斯	杨 绛
泰戈尔诗选	〔印度〕泰戈尔	冰 心 石 真
坎特伯雷故事	〔英〕杰弗雷·乔叟	方 重
失乐园	〔英〕约翰·弥尔顿	朱维之
格列佛游记	〔英〕斯威夫特	张 健
傲慢与偏见	〔英〕简·奥斯丁	王科一
雪莱抒情诗选	〔英〕雪莱	查良铮
瓦尔登湖	〔美〕亨利·戴维·梭罗	徐 迟
欧·亨利短篇小说选	〔美〕欧·亨利	王永年
特利斯当与伊瑟	〔法〕贝迪耶	罗新璋
巨人传	〔法〕拉伯雷	鲍文蔚
忏悔录	〔法〕卢梭	范希衡 等
欧也妮·葛朗台 高老头	〔法〕巴尔扎克	傅 雷
雨果诗选	〔法〕雨果	程曾厚
巴黎圣母院	〔法〕雨果	陈敬容
包法利夫人	〔法〕福楼拜	李健吾
叶甫盖尼·奥涅金	〔俄〕普希金	智 量
死魂灵	〔俄〕果戈理	满 涛 许庆道

书　名	作　者	译　者
当代英雄	〔俄〕莱蒙托夫	草　婴
猎人笔记	〔俄〕屠格涅夫	丰子恺
白痴	〔俄〕陀思妥耶夫斯基	南　江
列夫·托尔斯泰中短篇小说选	〔俄〕列夫·托尔斯泰	草　婴
怎么办？	〔俄〕车尔尼雪夫斯基	蒋　路
高尔基短篇小说选	〔苏联〕高尔基	巴　金 等
浮士德	〔德〕歌德	绿　原
易卜生戏剧四种	〔挪〕易卜生	潘家洵
鲵鱼之乱	〔捷〕卡·恰佩克	贝　京
金人	〔匈〕约卡伊·莫尔	柯　青

第　二　辑

荷马史诗·伊利亚特	〔古希腊〕荷马	罗念生　王焕生
荷马史诗·奥德赛	〔古希腊〕荷马	王焕生
十日谈	〔意大利〕薄伽丘	王永年
莎士比亚悲剧五种	〔英〕威廉·莎士比亚	朱生豪
多情客游记	〔英〕劳伦斯·斯特恩	石永礼
唐璜	〔英〕拜伦	查良铮
大卫·科波菲尔	〔英〕查尔斯·狄更斯	庄绎传
简·爱	〔英〕夏洛蒂·勃朗特	吴钧燮
呼啸山庄	〔英〕爱米丽·勃朗特	张　玲　张　扬
德伯家的苔丝	〔英〕托马斯·哈代	张谷若
海浪　达洛维太太	〔英〕弗吉尼亚·吴尔夫	吴钧燮　谷启楠
哈克贝利·费恩历险记	〔美〕马克·吐温	张友松
一位女士的画像	〔美〕亨利·詹姆斯	项星耀
喧哗与骚动	〔美〕威廉·福克纳	李文俊
永别了武器	〔美〕欧内斯特·海明威	于晓红

书　名	作　者	译　者
波斯人信札	〔法〕孟德斯鸠	罗大冈
伏尔泰小说选	〔法〕伏尔泰	傅　雷
红与黑	〔法〕司汤达	张冠尧
幻灭	〔法〕巴尔扎克	傅　雷
莫泊桑中短篇小说选	〔法〕莫泊桑	张英伦
文字生涯	〔法〕让－保尔·萨特	沈志明
局外人　鼠疫	〔法〕加缪	徐和瑾
契诃夫小说选	〔俄〕契诃夫	汝　龙
布宁中短篇小说选	〔俄〕布宁	陈　馥
一个人的遭遇	〔苏联〕肖洛霍夫	草　婴
少年维特的烦恼	〔德〕歌德	杨武能
德国，一个冬天的童话	〔德〕海涅	冯　至
绿衣亨利	〔瑞士〕戈特弗里德·凯勒	田德望
斯特林堡小说戏剧选	〔瑞典〕斯特林堡	李之义
城堡	〔奥地利〕卡夫卡	高年生

第　三　辑

埃斯库罗斯悲剧二种	〔古希腊〕埃斯库罗斯	罗念生
索福克勒斯悲剧二种	〔古希腊〕索福克勒斯	罗念生
欧里庇得斯悲剧二种	〔古希腊〕欧里庇得斯	罗念生
神曲	〔意大利〕但丁	田德望
西班牙流浪汉小说选	〔西班牙〕克维多　等	杨　绛　等
阿拉伯古代诗选	〔阿拉伯〕乌姆鲁勒·盖斯　等	仲跻昆
列王纪选	〔波斯〕菲尔多西	张鸿年
蕾莉与马杰农	〔波斯〕内扎米	卢　永
莎士比亚喜剧五种	〔英〕威廉·莎士比亚	方　平
鲁滨孙飘流记	〔英〕笛福	徐霞村

3

书 名	作 者	译 者
彭斯诗选	〔英〕彭斯	王佐良
艾凡赫	〔英〕沃尔特·司各特	项星耀
名利场	〔英〕萨克雷	杨 必
人性的枷锁	〔英〕威廉·萨默塞特·毛姆	叶 尊
儿子与情人	〔英〕D. H. 劳伦斯	陈良廷 刘文澜
杰克·伦敦小说选	〔美〕杰克·伦敦	万 紫 等
了不起的盖茨比	〔美〕菲茨杰拉德	姚乃强
木工小史	〔法〕乔治·桑	齐 香
恶之花 巴黎的忧郁	〔法〕波德莱尔	钱春绮
萌芽	〔法〕左拉	黎 柯
前夜 父与子	〔俄〕屠格涅夫	丽 尼 巴 金
卡拉马佐夫兄弟	〔俄〕陀思妥耶夫斯基	耿济之
安娜·卡列宁娜	〔俄〕列夫·托尔斯泰	周 扬 谢素台
茨维塔耶娃诗选	〔俄〕茨维塔耶娃	刘文飞
德国诗选	〔德〕歌德 等	钱春绮
安徒生童话选	〔丹麦〕安徒生	叶君健
外祖母	〔捷〕鲍·聂姆佐娃	吴 琦
好兵帅克历险记	〔捷〕雅·哈谢克	星 灿
我是猫	〔日〕夏目漱石	阎小妹
罗生门	〔日〕芥川龙之介	文洁若

第 四 辑

一千零一夜		纳 训
培根随笔集	〔英〕培根	曹明伦
拜伦诗选	〔英〕拜伦	查良铮
黑暗的心 吉姆爷	〔英〕约瑟夫·康拉德	黄雨石 熊 蕾
福尔赛世家	〔英〕高尔斯华绥	周煦良

书　名	作　者	译　者
月亮与六便士	〔英〕威廉·萨默塞特·毛姆	谷启楠
萧伯纳戏剧三种	〔爱尔兰〕萧伯纳	潘家洵　等
红字　七个尖角顶的宅第	〔美〕纳撒尼尔·霍桑	胡允桓
汤姆叔叔的小屋	〔美〕斯陀夫人	王家湘
白鲸	〔美〕赫尔曼·梅尔维尔	成　时
马克·吐温中短篇小说选	〔美〕马克·吐温	叶冬心
老人与海	〔美〕欧内斯特·海明威	陈良廷　等
愤怒的葡萄	〔美〕斯坦贝克	胡仲持
蒙田随笔集	〔法〕蒙田	梁宗岱　黄建华
悲惨世界	〔法〕雨果	李　丹　方　于
九三年	〔法〕雨果	郑永慧
梅里美中短篇小说选	〔法〕梅里美	张冠尧
情感教育	〔法〕福楼拜	王文融
茶花女	〔法〕小仲马	王振孙
都德小说选	〔法〕都德	刘　方　陆秉慧
一生	〔法〕莫泊桑	盛澄华
普希金诗选	〔俄〕普希金	高　莽　等
莱蒙托夫诗选	〔俄〕莱蒙托夫	余　振　顾蕴璞
罗亭　贵族之家	〔俄〕屠格涅夫	陆　蠡　丽　尼
日瓦戈医生	〔苏联〕帕斯捷尔纳克	张秉衡
大师和玛格丽特	〔苏联〕布尔加科夫	钱　诚
茨威格中短篇小说选	〔奥地利〕斯·茨威格	张玉书　等
玩偶	〔波兰〕普鲁斯	张振辉
万叶集精选	〔日〕大伴家持	钱稻孙
人间失格	〔日〕太宰治	魏大海